ALBANE

Marie-Bernadette

DUPUY

ALBANE
Un ciel d'orage

*

CALMANN LEVY

CALMANN LÉVY
ÉDITEUR DEPUIS 1836

COUVERTURE
Conception graphique : Constance Clavel
Photographies : Paysage : © Memory Catcher/ Pixabay
Jeune fille : © Mark Owen/ Trevillion Images

ISBN 978-2-7021-8234-5

Je dédie cet ouvrage à mes enfants chéris,
Isabelle, Yann, Louis-Gaspard et Augustin Dupuy,
qui m'entourent de tout leur amour et me soutiennent fidèlement,
ainsi qu'à ma fidèle Guillemette.

J'espère que cette saga leur plaira,
avec en toile de fond les magnifiques paysages de Dordogne.

Note de l'auteure

Chères amies lectrices, chers amis lecteurs,

Sur les traces d'Albane de Séguilières, je vous emmène cette fois en Dordogne, autour de la petite ville de Brantôme, avant, pendant et après la Seconde Guerre mondiale. Cette nouvelle saga témoigne d'une époque troublée, où le quotidien de chacun était bouleversé, où les lendemains étaient incertains.

Au fil de ces pages, vous découvrirez bien sûr les richesses du patrimoine périgourdin, tout en partageant avec mon héroïne son chemin semé d'épines, celles des privations, des combats clandestins et des persécutions, mais aussi celles de l'amour, quand il rime avec passion…

Je tenais également à rendre hommage encore une fois à tous les Justes qui ont sauvé des Juifs, parfois au prix de leur propre vie, comme ces personnes admirables ayant caché des dizaines d'enfants dans le préventorium des Fougères, près de Brantôme.

J'espère que vous apprécierez ce roman, et que vous aurez autant de plaisir à le lire que j'ai eu à l'écrire.

Je redirai également, comme dans chacun de mes livres, que toute ressemblance avec des personnes existantes ou ayant existé serait fortuite et indépendante de ma volonté, et que les événements sont fictifs, hormis ceux signalés comme authentiques par une note.

Bonne lecture.
Avec toute mon affection,

Marie-Bernadette Dupuy

1

Un matin d'été

Dordogne, commune de Brantôme, château de Séguilières, lundi 17 juillet 1939

Des plaintes affreuses et des sanglots s'élevaient de l'ancien pavillon de chasse. Une clameur de pure terreur, ponctuée d'un grondement terrible qui figea Albane de Séguilières sur place. Affolée, elle ramassa une branche morte assez solide qu'elle ajusta entre ses mains. Comme le mur d'enceinte du parc était affaissé à plusieurs endroits, quelqu'un avait dû entrer. De toute évidence, un drame se jouait là.

— Qui est là ? demanda-t-elle.

Un aboiement furieux lui répondit et un énorme chien noir surgit de la porte entrebâillée du petit bâtiment. Il bondit vers la jeune fille pour s'arrêter à un mètre d'elle, en montrant les crocs, son poil ras hérissé le long du dos. Albane leva son arme de fortune sans quitter l'animal des yeux.

— Va-t'en ! File de là, sale bête !

Au même instant, elle distingua des mots chuchotés et des gémissements, en provenance du pavillon.

— J'ignore qui vous êtes, mais si cette bête vous appartient, rappelez-la ! cria-t-elle.

Le dogue avança encore, toujours menaçant, mais il hésitait à attaquer. Albane le sentait et elle le fixa d'un regard impérieux.

— Va-t'en ! répéta-t-elle. Je te dis de t'en aller !

— Ayez pitié, Seigneur, implora alors une voix féminine.

Cet appel adressé à Dieu rassura Albane. Il ne s'agissait pas de rôdeurs, mais d'une femme en détresse.

— Madame, est-ce votre chien ? insista-t-elle, en supposant que l'animal défendait sa maîtresse.

— Non, faites-le partir, je vous en prie ! Nous avons besoin d'aide !

Déterminée, Albane chercha comment chasser le dogue. Elle décida d'être plus agressive et fonça sur lui pour le frapper sur le crâne d'un coup énergique. La branche craqua sans se briser en deux.

Maté par la correction reçue, le chien s'éloigna en trottinant, puis il se mit à courir entre les arbres. Les yeux couleur de noisette d'Albane eurent un fugace éclat de satisfaction.

— Vous pouvez sortir, n'ayez pas peur, dit-elle. Cette grosse bête a pris la fuite ! Madame ? Il n'y a plus de danger, venez !

Malgré son invective, il n'y eut aucun mouvement, mais de nouvelles plaintes qui trahissaient de vives souffrances. Très inquiète, elle courut pour ouvrir la porte en grand. Un flot de lumière dissipa la pénombre et lui révéla un spectacle qui lui arracha un cri de surprise.

Deux inconnues étaient assises dans un angle de la pièce, l'une assez âgée, la seconde beaucoup moins. Cette dernière baignait dans une flaque de sang, le teint blafard, le visage en sueur. Son ventre distendu ne laissait aucun doute sur son état.

— Ma fille va accoucher, mademoiselle, expliqua la femme, dont les cheveux bruns, très bouclés, étaient parsemés de fils d'argent. Le bébé arrive trop tôt. Nous avons marché toute la nuit. Nous sommes venues à pied de Périgueux.

— De Périgueux ? Vous devez être épuisées, c'est à vingt-sept kilomètres de Brantôme, concéda Albane.

— Nous avons fait plusieurs haltes. Nous avons d'ailleurs passé la nuit ici mais ce chien a surgi. Nous avons eu si peur ! Il aboyait de plus en plus fort. Il allait nous attaquer. Dieu soit loué, vous êtes arrivée ! Mademoiselle, ayez pitié, ne nous chassez pas !

— Madame, je suis bonne chrétienne et même si je ne l'étais pas, comment pourrais-je vous chasser ? Vous êtes dans le parc de notre château, vous êtes en sécurité. Mais vous ne pouvez pas rester ici, c'est insalubre.

Elle désigna d'un geste le carrelage fissuré et grisâtre, tapissé de feuilles rousses datant du dernier automne, tandis que cramponnée à sa mère, la jeune femme poussait des gémissements de douleur.

— Il faudrait aller à l'hôpital, hélas mon père et moi nous n'avons ni voiture ni téléphone, ajouta Albane.

— Non, pas l'hôpital, je n'ai pas assez d'argent, et je dois garder le peu que j'ai. Nous devons nous rendre à Bordeaux.

— D'accord, mais vous m'expliquerez votre situation plus tard. Ne perdons pas de temps, je vous emmène chez moi. Votre fille doit mettre son enfant au monde dans un bon lit, et dans des conditions plus hygiéniques.

— C'est trop tard, mademoiselle, le bébé s'annonce, affirma la femme. J'ai pu examiner Sophie quand le chien est parti et l'enfant va naître.

— Maman, j'ai de plus en plus mal, souffla alors sa fille. Tiens-moi bien, j'ai peur de mourir.

— Mais non, ne crains rien. Dieu a entendu mes prières et il nous a envoyé de l'aide. Mademoiselle, si vous pouviez me passer mon sac de voyage, il est juste derrière vous…

La future mère poussa alors un râle d'agonie, secouée de frissons incoercibles. Désemparée, Albane donna le sac en cuir, assez lourd, à la femme qui s'empressa de l'ouvrir.

— J'ai une gourde pleine d'eau, un peu de linge, une paire de ciseaux et du désinfectant. Je m'y connais un peu, si vous m'assistez, mademoiselle, tout ira bien.

— Maman, je n'en peux plus, j'ai si mal, se lamenta la jeune inconnue.

Devant son désarroi et sa souffrance, Albane ne songea plus qu'à être le plus efficace possible.

— Respirez profondément, lui conseilla-t-elle en lui prenant la main. Et gardez votre calme. Il n'y a pas d'autre solution, votre bébé va venir au monde ici. Madame, si vous quittiez votre manteau pour le glisser sous Sophie, cela l'isolera du sol et ce sera plus confortable.

— Oui, c'était mon idée, mais toute seule, je craignais de ne pas pouvoir la soulever.

— Je suis là maintenant, à nous deux, nous allons faire du bon travail, la rassura Albane.

Elles réussirent à passer le vêtement sous Sophie qui se mit à haleter en se cambrant. Sa mère s'agenouilla entre ses cuisses et retroussa sa jupe.

— Seigneur, je vois sa tête, pousse, ma fille, pousse encore !

L'odeur âcre du sang écœura Albane, mais elle domina sa répulsion, heureuse de se rendre utile. Pourtant, confrontée à ces instants fatidiques, un épouvantable souvenir la traversa, celui qu'elle refoulait de toute sa volonté depuis dix ans. Elle revit sa mère adorée, si pâle, morte en couches des suites d'une hémorragie. Le fils qu'elle avait enfin donné à son époux n'était qu'un petit corps déjà bleu, sans vie.

— Mademoiselle, préparez les ciseaux pour couper le cordon, il faut les désinfecter avec le flacon d'alcool, recommanda la femme d'une voix tremblante.

Albane se concentra sur sa tâche, tandis que Sophie hurlait de douleur, le visage crispé par un ultime effort. Peu après, le vagissement caractéristique d'un nouveau-né s'éleva.

— C'est un garçon, me voici grand-mère ! sanglota la femme, terrassée par le soulagement et la joie. Seigneur, qu'il est beau ! Tu as un fils, Sophie ! Écoute-le crier, il n'a pas souffert, et il me semble vigoureux !

Très émue, Albane lui tendit la paire de ciseaux. Après un coup d'œil fasciné sur le bébé, elle imbiba un linge d'eau pour rafraîchir le front et les joues de la malheureuse accouchée.

— Vous avez été très courageuse, reposez-vous un peu, lui dit-elle d'un ton chaleureux.

— J'ai un fils, murmura Sophie. Dieu soit loué.

À bout de forces, elle ferma les yeux et s'adossa au mur, les bras ballants, sans même avoir vu son enfant, que sa mère avait enveloppé dans un carré de tissu propre.

— Je vais courir atteler notre cheval et je reviendrai vous chercher en calèche. Je ferai au plus vite, madame, dit Albane en se relevant. Votre fille a grand besoin d'un lit propre, d'une toilette minutieuse et d'une boisson chaude. Maria, notre domestique, s'occupera de vous installer pendant que j'irai chercher le docteur.

— Je ne sais pas comment vous remercier, mademoiselle, vous êtes si gentille ! s'écria la femme. Je m'appelle Mireille, et vous ?

— Albane de Séguilières, mais nous ferons les présentations plus tard.

— Et si le chien revenait ?

— De là où vous êtes, vous pouvez guetter les alentours. Si vous le voyez approcher, fermez la porte.

Mireille approuva d'un signe de tête, en serrant son petit-fils sur son cœur.

Albane s'élança entre les arbres du parc, parmi les fougères qui reprenaient leurs droits, plus aucun jardinier n'entretenant ce bel espace planté d'érables, de chênes et de trois grands cèdres. Le vent tiède de l'été, au parfum de foin et de fleurs, lui parut délicieux, comme la vision des tours du château, dont les toits d'ardoise luisaient au soleil.

— Vite, vite ! s'exhortait-elle en songeant à la jeune mère, au bébé et à la femme plus âgée, dont les traits tirés trahissaient l'épuisement et l'angoisse.

Elle dut s'arrêter pour dégager le bas de sa robe prise dans une ronce, puis elle repartit, submergée par un tourbillon de pensées qui la ramena en arrière, à l'instant où elle s'était réveillée et levée, heureuse de contempler le flamboiement de l'aurore depuis la fenêtre de sa chambre. Après sa toilette, elle avait mis la robe en mousseline bleue de sa mère ainsi que ses peignes en ivoire, et elle avait eu la joie de découvrir un bidon de lait frais laissé par Maria lorsqu'elle était descendue dans la cuisine. Elle en avait bu un bol avant de sortir.

Albane se revit foulant la terre jaune de l'allée, grisée par le vent et le chant des oiseaux. Auparavant elle avait rendu visite à leur unique cheval, un hongre alezan âgé de vingt-cinq ans.

« Je suis partie me promener pour ne rien perdre de l'été tant que j'habite encore ici. Je ne me doutais pas que la journée serait si différente des autres », songea-t-elle.

Lorsque, essoufflée, elle atteignit la cour d'honneur, une robuste femme brune apparut sur le perron du château, comme mystérieusement avertie. Sanglée dans un tablier en toile bleue, Maria semblait guetter son retour.

— Pourquoi vous dépêcher autant, mademoiselle ? Il n'y a pas le feu que je sache ! s'exclama la domestique. Misère, vous êtes blessée ? Il y a des taches de sang sur votre jolie robe !

— Non, moi je n'ai rien, Maria ! Rejoins-moi à l'écurie avec deux couvertures. J'attelle Ulysse.

— Qu'est-ce qui se passe encore ?

Maria n'obtint aucune réponse, Albane s'étant précipitée vers les communs. Sans attendre davantage, elle alla chercher les couvertures demandées.

Dix minutes plus tard, elle grimpait sur le siège avant d'une vieille calèche dont les roues grinçaient affreusement. Le temps d'arriver au plus près du pavillon de chasse, la domestique eut toutes les explications souhaitées.

— Si c'est pas une honte, ces pauvres dames qui ont dû traîner sur les routes, sans un sou en poche ! Où sont-ils, leurs maris ?

— Nous finirons par le savoir, Maria. Sophie aura du mal à marcher, pourtant je ne peux pas avancer plus loin.

Albane arrêta le cheval et sauta à terre, dans sa hâte de retrouver ses protégées. En apercevant la porte du petit bâtiment grande ouverte, elle eut la certitude que le dogue noir n'était plus dans les parages.

— Ah vous voilà, mademoiselle ! lui cria Mireille qui était sortie aussitôt, le bébé dans ses bras. Vous avez fait vite, Dieu soit loué. Sophie est inconsciente, et depuis qu'elle a expulsé le placenta, elle perd encore du sang.

Sur ces mots, elle observa la distance à parcourir jusqu'à la calèche.

— Comment allons-nous faire ? gémit-elle.

— Bonjour, madame, je vais porter votre fille si elle est trop faible pour marcher, annonça Maria. Ne vous faites pas de bile, je suis plus forte qu'un homme. Et ce pitchoun, il dort bien, lui !

— Oui, je l'ai bercé, expliqua Mireille.

— Qu'avez-vous fait du placenta ? s'enquit Albane. Il faudrait l'enterrer.

— Je l'ai enroulé dans un tissu et je l'ai laissé sur le sol, un peu à l'écart. Je m'en occuperai plus tard, quand ma fille ira mieux.

— Ne vous faites pas de souci, je reviendrai tout nettoyer, déclara Maria. Laissez-moi voir la maman.

Albane était déjà accroupie près de Sophie. D'une extrême pâleur, elle gisait sur le manteau de sa mère.

— Mon Dieu, il faut faire vite ! Pourvu que le docteur soit chez lui.

Vibrante de compassion, elle se sentit investie d'une mission sacrée. Plus rien ne comptait, hormis sauver Sophie, la mettre à l'abri, lui offrir un bon repas, si toutefois elle se réveillait de la dangereuse torpeur où elle avait sombré.

Lorsque Maria souleva la jeune fille inanimée et la cala sur ses bras musculeux, Mireille loua Dieu en silence pour le secours inespéré qui leur était accordé.

En quelques minutes, elles furent toutes les quatre dans la calèche et le cheval reprit le chemin du château.

— Pourquoi n'êtes-vous pas venue toquer à notre porte ? s'étonna Maria, le teint cramoisi par son exploit. Mademoiselle Albane vous aurait bien accueillies.

— Il faisait nuit quand nous nous sommes abritées dans le pavillon, précisa Mireille. Je l'avais vu de la route, nous avons enjambé le mur, là où il était écroulé. Nous avions l'intention de nous remettre en chemin au lever du jour, mais Sophie a été prise de terribles crampes. J'ai compris qu'elle allait accoucher. Les douleurs ont augmenté à l'aube, je ne voulais pas la laisser seule.

— Je comprends, admit Albane. Mais Maria dit vrai, il fallait venir nous demander de l'aide. Je serais allée chercher la sage-femme ou le docteur.

— Nous étions déjà heureuses de trouver un abri, plaida Mireille. Et comment savoir de quelle façon nous serions reçues ?

— Hé, nous ne sommes pas des sauvages ! protesta Maria. Mademoiselle Albane est institutrice et il n'y a pas plus charitable qu'elle. Là, ce sont les vacances depuis samedi et elle tient compagnie à son père.

— Ah, vous êtes enseignante, c'est un beau métier, commenta distraitement Mireille, malade d'anxiété quant à l'état de sa fille.

— Oui, et je suis en poste à Brantôme depuis un an, lui dit Albane. Doucement, Ulysse !

En dépit de son âge, le hongre alezan avait un trot rapide. Mais en cheval rodé aux ordres, il ralentit en atteignant les pavés de la cour d'honneur.

— Dites, mademoiselle, vaudrait mieux installer la p'tite dame dans le boudoir, ça m'évitera de la porter dans l'escalier, et je serai plus à mon aise pour veiller sur elle.

— Tu as raison, Maria. Où est mon père ?

— Monsieur n'a pas encore quitté sa chambre, à cette heure-ci ! Il n'y a que vous, mademoiselle, pour vous balader de bon matin.

Cette fois, Albane aida la domestique à transporter Sophie jusqu'au boudoir situé au fond du grand salon. Il faisait presque froid dans le hall jadis luxueux du château de Séguilières. La façade avait encore belle allure, mais dès qu'on y pénétrait, la décrépitude des lieux était évidente, du moins pour les visiteurs occasionnels, ses trois habitants ne prêtant plus attention aux plâtres lézardés ni aux tapisseries délavées.

Mireille, son petit-fils serré contre elle, se moquait bien du décor qui l'entourait. Quand Sophie fut étendue sur un divan, un coussin sous la tête, elle eut l'impression de rêver.

— Prends soin de ces dames, souffla Albane à la domestique. Je vais chercher le docteur à vélo.

— Mademoiselle, d'abord il faut vous laver les mains et changer de robe.

— C'est vrai, mais quelle perte de temps !

— Et monsieur Amédée, qu'est-ce que je lui dis, s'il descend ?

— La vérité !

Peu après, Albane pédalait en direction de la petite ville de Brantôme, que deux kilomètres séparaient du château de ses ancêtres. Ses cheveux bruns, que le soleil enflammait, dansaient sur ses épaules en mèches souples. En jupe plissée et corsage rose, elle n'avait qu'une crainte, ne pas trouver le docteur Joseph Géraud à son cabinet.

Elle fut rapidement dans une des rues les plus fréquentées de la ville, où le médecin exerçait.

— Tiens, voilà la plus jolie ! s'esclaffa un homme couronné de boucles blanches, quand elle freina à sa hauteur.

Il tenait un plat en cuivre à bout de bras, dont le métal doré scintillait sous la clarté matinale.

— Bonjour, monsieur Maurice, savez-vous si le docteur est chez lui ?

— Foi de dinandier[1], je ne l'ai pas vu partir, affirma le sexagénaire. Quelqu'un est malade au château ?

— Oui, et c'est urgent !

Elle descendit de vélo dix mètres plus loin, devant une grande maison d'allure bourgeoise. Elle actionna la sonnette, puis elle entra dans le vestibule. La salle d'attente était vide, ce qui lui parut de bon augure.

— Albane, que se passe-t-il, votre père serait-il souffrant ? s'étonna le médecin en sortant de son bureau.

Il portait une blouse blanche qu'il ne boutonnait jamais, sur un pantalon en velours brun et une chemise beige. De haute taille, il toisait Albane de ses yeux clairs.

— Bonjour, docteur, nous avons besoin de vous, débita-t-elle très vite. C'est pour une jeune accouchée qui perd beaucoup de sang.

Il hocha la tête sans faire de commentaires et alla préparer sa mallette. Sous ses airs froids, c'était un praticien qualifié et dévoué. Un an plus tôt, il avait demandé Albane en mariage, mais il s'était heurté à un refus poli. La demoiselle du château, comme les gens la surnommaient parfois, en avait déjà choisi un autre.

1. Artisan qui fabriquait de la dinanderie, soit des ustensiles de cuisine en cuivre jaune. (Toutes les notes sont de l'auteure.)

— Je prends ma voiture, montez avec moi, décréta-t-il d'un ton n'autorisant aucune protestation. Vous me donnerez des précisions en cours de route.

Elle accepta aussitôt et le devança dans la rue pour confier son vélo au dinandier, dont l'échoppe restait ouverte jusqu'au soir. Maurice promit d'en avoir soin.

Le docteur Géraud fut très surpris par le court récit que lui fit Albane durant le trajet.

— Ces femmes vous ont-elles dit où elles comptaient se rendre ? s'enquit-il.

— Elles venaient de Périgueux et elles vont à Bordeaux. Je sais qu'elles ont fait tout le trajet à pied. J'ai pu observer leurs chaussures, qui sont en fort mauvais état.

— C'est bien triste, mais il y a des miséreux un peu partout, qui errent ainsi en quête d'un abri provisoire et d'un peu de pain, professa-t-il.

— Je n'ai pas eu l'impression que ces dames étaient depuis longtemps dans l'embarras, avoua-t-elle.

— Ne vous fiez pas à leurs vêtements ni à leur politesse, elles n'ont sans doute plus un sou vaillant. La pauvreté est un fléau, et si nous devons subir une nouvelle guerre, ce sera encore pire pour les familles sans ressources. Suivez-vous l'actualité ?

— Je suis bien informée par mon fiancé, qui est abonné à des journaux parisiens. Louis m'a régulièrement parlé de la guerre civile en Espagne et des atroces exactions qui continuent à être commises depuis l'avènement du franquisme.

— L'Europe va mal, renchérit le docteur Géraud. Le fascisme règne en Italie sous la férule de Mussolini, et il faut craindre les ambitions démesurées du chancelier Hitler, le « Führer » comme il se fait appeler. L'Allemagne a annexé l'Autriche et les accords de Munich, passés il y a quelques mois, lui ont permis d'obtenir également la Tchécoslovaquie. Mais j'ai peur qu'il ne s'arrête pas là, et il est doté d'une armée bien entraînée. Vous verrez, une nouvelle guerre me paraît inévitable.

— J'ose espérer que ce ne sera pas le cas, docteur, dit-elle d'un ton anxieux.

Albane fut soulagée lorsque le médecin se gara dans la cour d'honneur. Elle le précéda d'une démarche rapide.

— Ces dames sont dans le boudoir, dit-elle en traversant le grand salon désert. Suivez-moi, docteur.

— Quel silence, nota-t-il. J'espère que je n'arrive pas trop tard. Les hémorragies postnatales sont redoutables.

— Je sais, ma mère est morte ainsi.

— Excusez-moi, je l'ignorais.

— À l'époque, c'était le docteur Vérin, votre prédécesseur, il n'a rien pu faire, murmura Albane.

La porte du boudoir s'ouvrit brusquement sur Maria, qui les dévisagea comme si elle ne les avait jamais vus. Sa brave figure aux traits lourds témoignait d'une vive angoisse.

— Ah, Dieu merci, vous êtes là, docteur, marmonna-t-elle. La p'tite dame est très faible à cause de tout le sang qu'elle a perdu. Je lui ai massé le ventre, comme me l'a appris ma grand-tante, qui faisait office de sage-femme. Pour le moment, ça saigne moins.

Le médecin se précipita au chevet de Sophie dont le teint cadavérique et les paupières closes n'annonçaient rien de bon. Il lui prit le pouls, sous les regards affolés de Mireille et d'Albane.

— Je vous laisse travailler, docteur, ajouta Maria tout bas. Si la p'tite dame s'en sort, elle aura besoin d'un bouillon. Mademoiselle, me permettez-vous de tordre le cou à une de nos poules ?

— Fais au mieux. Mon père n'est toujours pas descendu ? Et s'il était malade !

— Vous tracassez donc pas, Monsieur a joué du cor de chasse juste après votre départ. Et croyez-moi, il a toujours du souffle.

— Dans ce cas, je n'ai pas à m'inquiéter. De toute façon, il va falloir que je monte chercher une de mes chemises de nuit pour Sophie. Elle sera plus à l'aise et nous laverons ses vêtements.

Le docteur Géraud avait procédé à un examen minutieux de sa patiente, après avoir enfilé des gants en latex.

— A-t-elle une chance de survivre ? lui demanda Mireille.

— Je suis très pessimiste, madame, avoua-t-il. Elle a perdu beaucoup de sang pour une jeune personne déjà sous-alimentée et de constitution fragile. Lui donner du bouillon ne suffira pas. Dans un hôpital, on pourrait tenter une transfusion, pas ici.

— Pitié, docteur, essayez, supplia Mireille. Je suis du même groupe sanguin que ma fille.

— Vous en êtes vraiment sûre ? interrogea Géraud.

— Mon mari était médecin et il pratiquait la chirurgie si c'était nécessaire ! s'écria la femme. C'était dans une autre vie, celle d'avant…

— Ainsi votre époux était docteur, s'étonna-t-il.

— Oui, je n'ai aucune raison de vous mentir. Parfois, je l'aidais à soigner des blessés et des malades. Je l'ai vu faire une transfusion avec son propre sang sur un garçon de treize ans, qui a survécu. Je vous en prie, prenez mon sang pour ma fille. Il suffit d'aiguilles et de tubes en caoutchouc ! Docteur, c'est sa seule chance de voir grandir son enfant, son beau petit garçon.

Maria entra alors sans avoir frappé. Elle tenait un plateau entre les mains.

— Il faut vite que la p'tite dame avale quelque chose de revigorant, dit-elle d'un ton autoritaire. Je n'ai pas pu attraper de poules, on nous les a toutes massacrées durant la nuit. Alors j'ai préparé un bouillon instantané, à base de concentré de viande. Et un verre de vin ne lui fera pas de mal.

La domestique n'attendit pas de réponse. Elle s'assit au chevet de Sophie et commença à la faire boire, en s'aidant d'une cuillère qu'elle glissait au coin de sa bouche.

Soudain le nouveau-né se réveilla et se mit à pleurer. Ses cris véhéments résonnèrent dans le cœur du docteur.

— Bien, je tente une transfusion, déclara-t-il. J'ai le matériel nécessaire dans ma sacoche. Madame, confiez le bébé à Mlle de Séguilières. Et il vous faudrait un siège confortable.

— Je prends un des fauteuils du salon, décréta la domestique en donnant une dernière cuillerée de bouillon à Sophie. Après ça, je m'occuperai d'aller chercher une chemise de nuit et de la lingerie.

— Merci, Maria, souffla Albane.

Tremblante d'émotion, Mireille nicha l'enfant dans les bras de la jeune fille qui le contempla avec tendresse.

— Courage, mon petit, chuchota-t-elle en le berçant. Que tu es mignon… Ne pleure pas, je suis là.

— Albane, je vais aux cuisines me laver les mains et désinfecter à la flamme ce dont j'ai besoin, lui indiqua le médecin à mi-voix.

Il étudia au passage le minuscule visage du bébé, un peu marqué par le rude travail de la naissance.

— Tout va rentrer dans l'ordre pour celui-ci, dit-il. Il doit peser dans les deux kilos, un poids raisonnable. Étant né en avance, il a de la chance de venir au monde en plein été.

— Docteur, comment fait-on une transfusion ? s'intéressa Albane.

— Comme l'a indiqué cette dame ! J'introduirai une aiguille dans une veine au creux de son coude, après y avoir fixé un tube très fin en caoutchouc qui sera relié à une autre aiguille insérée dans une veine de sa fille. Il faut surélever un peu le donneur. Vous pourrez regarder, à défaut de m'assister.

Sur ces mots, il quitta la pièce, sa sacoche en cuir à bout de bras. Maria avait calé un fauteuil près du divan et Mireille s'y était assise, pour faire boire à son tour un peu de bouillon à Sophie.

Comme le bébé continuait à pleurer, Albane le berça d'un mouvement régulier. Elle passa ainsi dans le salon, où elle avait la place de déambuler afin de le calmer par des allées et venues. Dès qu'il somnola, elle retourna vers le boudoir, dont la porte était entrebâillée. Sans avoir voulu être indiscrète, elle entendit Mireille parler tout bas à sa fille.

— Je t'en prie, ne nous abandonne pas, Esther ! Tu as un petit garçon, tu dois vivre pour lui. Nous devons le protéger et faire en sorte qu'il grandisse en sécurité. Accroche-toi, ma fille. Ne me laisse pas seule. Bientôt nous serons sur l'océan, comme le souhaitaient ton bien-aimé David et ton père, mon époux adoré, mon cher Aaron.

Intriguée, Albane entra et fixa Mireille d'un regard où brillaient de l'indignation et de l'incompréhension.

— Pourquoi m'avez-vous menti, madame ? Votre fille s'appelle Esther, pas Sophie ! Vous auriez pu avoir confiance en moi ! Qui êtes-vous ?

— Je suis Mireille Dresner, c'est mon vrai nom. Mademoiselle, je vous promets de vous raconter notre longue et tragique histoire, mais pas tout de suite. Je n'ai jamais eu l'intention de vous berner. Vous avez été d'une extrême bonté envers nous, alors je vous dois la vérité. Et soyez tranquille, si Dieu accorde la vie à ma fille, nous ne vous dérangerons pas très longtemps. On nous attend à Bordeaux.

Les yeux larmoyants et les intonations de la femme plaidaient pour sa sincérité.

— Je suppose que je dois continuer à vous nommer Mireille et Sophie en présence du docteur, hasarda Albane.

— Tant pis si vous refusez, au point où j'en suis ! Certaines transfusions échouent, même entre deux groupes sanguins identiques. Mon mari faisait des recherches sur ce problème.

— Que ferons-nous du bébé, si un malheur se produisait ?

— Nous l'élèverons, évidemment ! décréta une voix grave.

— Père, vous étiez là, murmura la jeune fille en se retournant.

Amédée de Séguilières esquissa un sourire malicieux, sous l'épaisse moustache châtain qui dissimulait en partie sa lèvre supérieure. Vêtu d'une jaquette en velours gris et d'une chemise blanche à jabot, en pantalon d'équitation et bottes de cuir, il s'appuyait de la main droite sur une canne en bois noir, au pommeau sculpté. Il arborait un catogan, sa chevelure couleur de bois brûlé attachée sur la nuque. Seules ses tempes grisonnaient un peu.

— Père, j'ai offert l'hospitalité à ces dames, qui avaient grand besoin de notre aide. Je vous aurais averti un peu plus tard.

— Le docteur Géraud m'a exposé la situation, puisque j'étais dans l'office en train de moudre du café, répliqua-t-il. Madame, peu m'importe vos noms et le drame qui vous a jetées sur les routes, votre fille et vous êtes les bienvenues sous mon toit.

Médusée par l'allure de l'homme et par l'éclat de ses prunelles d'un brun clair, si semblables à celles d'Albane, Mireille se contenta de le saluer d'un léger signe de tête.

— Père, le docteur va procéder à une transfusion sanguine.

— J'en suis informé, aussi nous ferions mieux de laisser le champ libre, Albane. Voici Maria, elle saura l'assister.

La domestique, du linge sur le bras, précédait le médecin qui paraissait très nerveux, conscient des risques inhérents à sa décision.

— Finalement, vous ne restez pas, Albane ? s'enquit-il. Décidez-vous, je dois agir au plus vite.

— Maria vous secondera, docteur, répliqua-t-elle. Je dois parler à mon père.

— Très bien, commençons.

Une fois Amédée et Albane sortis du boudoir, il ferma la porte.

Le père et la fille se dirigèrent vers les cuisines, l'endroit le plus accueillant du château. C'était une salle voûtée, au sol pavé de larges pierres grises. Un fourneau en fonte restait allumé été comme hiver, qui servait à chauffer de l'eau et sur lequel Maria mettait des ragoûts à mijoter.

— J'aimerais tenir le bébé, Albane, confessa le châtelain en prenant place sur une large chaise à accoudoirs.

— Bien sûr, père, j'en profiterai pour vous préparer du café. Tenez-le contre vous, qu'il n'ait pas froid, recommanda-t-elle en lui donnant le nouveau-né. Sa grand-mère l'a enveloppé dans un tissu douillet, mais il lui faudrait de la layette.

— Quel bonheur de tenir un tout-petit sur son cœur, soupira Amédée. Quant à habiller ce chérubin, nous avons le trousseau de ton frère dans une malle de ma chambre.

Cet aveu inattendu bouleversa Albane. Elle ignorait que son père avait pieusement conservé les vêtements destinés au fils qu'il avait tant désiré.

— Vous auriez dû vous remarier, père, au lieu de rester aussi seul, déclara Albane. Je sais combien vous vouliez un garçon qui perpétuerait votre nom.

— Aucune femme n'aurait pu succéder à ta mère. Mathilde a été mon grand amour et le demeurera jusqu'à mon décès, répliqua-t-il du ton solennel qu'il affectait souvent. Et je suis comblé de t'avoir, ma belle enfant. Maintenant, si tu me relatais comment tu as rencontré ces dames.

— Bien sûr, père.

Lorsqu'il sut en détail ce qui s'était passé, Amédée de Séguilières étouffa un juron.

— Ce chien aurait pu te blesser, Albane. C'est sûrement cette sale bête qui a tué nos poules. Je l'ai constaté de ma chambre, car chaque matin, je jette un œil sur le poulailler. Quel tableau, nos meilleures pondeuses tuées, des plumes blanches partout. Cet après-midi, j'irai à la recherche de ce dogue à cheval avec mon fusil.

— Soyez prudent, père ! Cette bête a dû rentrer chez son maître. Je doute qu'il s'agisse d'un animal errant, il m'a paru bien nourri.

— N'oublie pas que j'ai chassé dès mon plus jeune âge et que je suis habile à suivre une piste. Mais dis-moi, Albane, c'était aujourd'hui le pique-nique au bord de la Dronne en compagnie de ton fiancé ! Tu seras en retard. Je plains Molinier s'il t'attend des heures, son panier à la main.

— Mon Dieu, vous avez raison, j'avais oublié ! Hélas, je ne peux pas y aller et je n'ai aucun moyen de prévenir Louis. Si j'avais mon vélo au moins ! Mais je l'ai confié à monsieur Maurice.

— Ah ce brave dinandier ! Je ne l'ai pas vu depuis des mois.

La jubilation du châtelain était évidente, malgré ses efforts pour la cacher. Il méprisait son futur gendre, lui reprochant surtout d'épouser sa précieuse fille qu'à son avis aucun homme ne méritait.

Dépitée, Albane fit couler de l'eau frémissante sur le café moulu. L'arôme qui monta vers elle la réconforta.

— Père, vous ne voyez personne car vous restez enfermé ici, sauf quand vous parcourez la campagne. Et n'ayez pas cet air triomphant à propos de Louis. Mon fiancé devinera que j'ai eu un problème si je ne suis pas au rendez-vous, et il viendra au château.

Amédée ne daigna pas répondre, fasciné par le nouveau-né qui s'agitait un peu dans ses bras.

— Quel prodige, ce petit vient de naître et il suce déjà son pouce ! Regarde-le, Albane...

L'émotion qui se lisait sur les traits altiers de son père eut le don d'attendrir la jeune fille. Elle lui servit une tasse de café avant de se pencher sur le bébé.

— Il est adorable, souffla-t-elle. J'espère que la transfusion sauvera sa maman.

— Ce sera à la grâce de Dieu, même si le docteur Géraud sait sûrement ce qu'il fait. Lorsque j'étais à Verdun, on m'avait dit que des médecins de la Croix-Rouge tentaient de donner du sang à certains grands blessés. En une vingtaine d'années, la technique a dû s'améliorer.

— Vous ne me parlez jamais de la guerre, père.

— À quoi bon évoquer cette effroyable boucherie ? J'ai vu tant d'horreurs sur le front. J'ai moi-même été blessé à la fin de la bataille de Verdun et j'ai dû être démobilisé, mais je suis revenu vivant et ta mère m'attendait. Mathilde, ma belle épouse. Nous nous sommes mariés immédiatement, et un peu plus d'un an plus tard, nous fêtions ta naissance.

L'irruption de Maria coupa court à leur conversation. Les joues rouges, leur domestique semblait prête à pleurer.

— Alors, dis-nous vite ! s'écria Albane.

— C'est fait, le docteur a ôté les aiguilles, il se dit confiant ! Mon Dieu, j'en ai le cœur à l'envers d'avoir vu le sang circuler dans ce petit tube. Du coup, la jeune dame a repris un peu de couleurs et elle a cligné des yeux. Je dois préparer un bon repas avec de la viande pour ces malheureuses qui n'ont pas dû manger à leur faim ces derniers jours. Je suis désolée, Monsieur, je dois entamer nos provisions.

Infiniment soulagée, Albane courut ouvrir un placard d'angle. Elle inspecta les bocaux qui y étaient rangés.

— Il faut réchauffer du civet de lièvre, Maria, c'est un plat qui les aidera à récupérer leurs forces.

— Pardi, c'est bien vrai, mademoiselle !

Songeur, Amédée continuait à bercer doucement le bébé. Il contemplait Albane du coin de l'œil, toujours charmé par sa vivacité et sa silhouette gracieuse. Sa chevelure d'un brun intense dansait sur ses épaules, retenue par des peignes.

— Approche un peu, ma belle enfant, dit-il.

— Pourquoi donc, père ?

— J'ai envie d'admirer de près ton joli minois, ces beaux yeux presque dorés que je t'ai légués !

Amusée, Albane s'exécuta en souriant. Amédée lui pinça gentiment le menton.

— Tu aurais dû choisir le docteur Géraud et rejeter Louis Molinier, murmura-t-il. Ou bien patienter avant de te marier, tu n'as que vingt et un ans.

— Oh non, père, ne recommencez pas !

— Un gendre médecin m'aurait davantage convenu. D'abord la profession est honorable et gratifiante, sur le plan humain et financier. Ton instituteur ne pourra rien t'offrir ! La preuve en est, vous n'irez même pas en voyage de noces. Si seulement nous n'étions pas ruinés…

— Le docteur Géraud a quarante-cinq ans, père, Louis en a trente-quatre, pour moi, cela fait une différence importante. Et je me moque de l'argent, affirma-t-elle. Mon fiancé me plaît, il est très instruit et d'une moralité irréprochable.

— Ce n'est qu'un mécréant, rétorqua le châtelain en haussant le ton. Il refuse de t'épouser devant Dieu !

Cet éclat de voix réveilla tout à fait le bébé. Il se mit à geindre, puis à pleurer en agitant ses menottes.

— Voilà, vous êtes content ? s'indigna Albane.

Elle s'empara du nouveau-né pour l'emmener dans le salon, où elle s'installa sur une méridienne dont le tissu fleuri était déchiré à plusieurs endroits.

— Là, là, mon tout-petit, ce n'est rien, calme-toi.

Plus Albane répétait ces paroles apaisantes, plus elle avait l'impression de se les dire à elle-même. Son père avait touché un point épineux de son engagement envers le directeur de l'école de garçons.

— Je rêvais de marcher vers l'autel dans notre église Saint-Pierre, se dit-elle tout bas. J'aurais porté la robe de mariage de maman, qui est si belle, en soie blanche, au bustier brodé de perles, avec une traîne digne d'une reine, et j'aurais mis son voile en dentelle. Joseph Géraud, qui est veuf, aurait accepté une union religieuse. Il me l'avait promis, pourtant il prétend avoir perdu la foi.

Troublée, Albane imagina sa vie conjugale qui débuterait dans le modeste logement que la mairie octroyait depuis trois ans à Louis Molinier. Ils mèneraient une existence rythmée par leurs obligations d'enseignants, levés et couchés tôt, discutant en priorité de l'actualité et des résultats de leurs élèves.

— C'est ce que je souhaite, bébé, chuchota-t-elle. Mais le plus dur sera de ne plus habiter ici, où mes parents ont été heureux, où ils m'ont conçue, entre les murs de notre vieux château que j'aime tant.

La porte du boudoir s'entrouvrit sur le médecin. Il avait l'air d'un homme ayant accompli son devoir avec succès.

— Ces dames se reposent, annonça-t-il. Je craignais le pire, mais à présent j'ai bon espoir, Albane.

Elle le dévisagea avec une expression perplexe. Le docteur Géraud était grand et mince, coiffé de courtes boucles blondes. Son regard clair, d'un vert pâle, reflétait l'intelligence et le dévouement.

— Je vous remercie, répondit-elle en souriant. Cet enfant aura une maman et une grand-mère pour l'aimer, grâce à vous.

— J'en suis heureux aussi.

— Sophie a-t-elle repris connaissancc ?

— Durant quelques minutes, mais sans pouvoir prononcer un mot. Je suis cependant certain qu'elle pouvait m'entendre, alors je lui ai dit que son fils était en bonne santé. Vous pourrez lui présenter son enfant dans une heure ou deux, quand elle ira un peu mieux. Excusez-moi, Albane, je dois encore me laver les mains et si vous aviez du café, j'en boirais volontiers.

— Il y en a du frais à la cuisine, Maria vous servira. Et nous avons ouvert des bocaux de civet pour nos invitées.

— Excellent choix, pour une fois, lui lança le médecin.

Elle avait très bien compris l'allusion. À l'instar de son père, le docteur lui reprochait d'être fiancée à Louis Molinier, qui, de son côté, guettait l'arrivée d'Albane en faisant les cent pas sur la berge de la Dronne, le panier du pique-nique posé sur l'herbe.

2
Les fiancés

Château de Séguilières, même jour,
une heure plus tard

Avant de quitter le château, le docteur Géraud ausculta une dernière fois Sophie qui somnolait sur le divan. Il n'était pas entièrement rassuré sur le sort de sa patiente.

— Son pouls est toujours faible, dit-il. Je reviendrai en fin de journée. Continuez à lui faire boire du bouillon et de l'eau coupée de vin rouge.

De son côté, Albane se réjouissait de voir la jeune femme revêtue d'une de ses chemises de nuit, au col surpiqué d'un galon bleu ciel. Maria lui avait fait sa toilette, brossant aussi ses cheveux, désormais divisés en deux épaisses nattes.

— Vous avez vu ça, mademoiselle ? Le bébé se plaît dans cette corbeille, commenta la domestique. Elle est assez grande pour lui et je l'ai garnie d'un oreiller. Il a bien chaud sous ce châle en laine, qui est lavé d'hier et séché au soleil.

En une vingtaine de minutes, Albane et Maria avaient déniché tout ce qui leur paraissait indispensable au confort du nouveau-né. La layette dont avait parlé le châtelain était propre et intacte, les petits habits étant emballés de papier de soie. Il y avait aussi des langes en quantité.

— Je vous remercie pour tout, mon petit-fils semble à son aise, s'extasia Mireille d'une voix lasse. Et je n'avais pas aussi bien mangé depuis des semaines.

— Reposez-vous encore, madame, préconisa le médecin. Je vous dis à ce soir. Albane, vous saluerez votre père de ma part.

— Ce sera à mon retour, car j'allais vous demander de me déposer près de chez vous. Je dois récupérer mon vélo.

— Avec plaisir...

— Ne vous tracassez pas, mademoiselle, je veille sur ces dames et sur le pitchoun, assura Maria. Et puis vous ne pouvez pas laisser votre fiancé en rade. Je dirai à Monsieur que vous êtes en vadrouille !

Le langage souvent très familier de la domestique fit sourire Mireille, qui clignait des paupières, alanguie sur la méridienne. Amédée et Albane avaient réussi à déplacer la chaise longue et à l'installer dans le boudoir, à proximité du divan.

— Je me demande où est mon père, murmura la jeune fille en suivant le médecin jusqu'à sa voiture. Il a disparu tout à coup pendant que nous donnions un peu d'eau sucrée au bébé.

— N'oubliez pas de faire bouillir l'eau auparavant, insista le docteur en se mettant au volant. Vous devriez acheter un biberon à la quincaillerie, je doute que la mère puisse l'allaiter. Quant au lait, celui de chèvre est le plus digeste, sinon je peux vous procurer du lait en poudre, mais c'est assez onéreux. J'en ai une boîte neuve, je l'apporterai ce soir.

— Merci beaucoup. À propos d'argent, je viendrai régler vos honoraires demain, précisa Albane une fois assise sur le siège passager.

— Je ne suis pas pressé ! J'aurais soigné cette jeune femme de toute façon, même si je l'avais trouvée dans une ruine ou un fossé. J'ai la chance de posséder une solide fortune grâce à mon héritage paternel. Ma profession représente pour moi une sorte de sacerdoce laïc, et jamais je ne trahirai le serment d'Hippocrate.

— Je n'en doute pas une seconde, docteur. C'est tout à votre honneur.

— Si j'ai bien compris, vous aviez rendez-vous avec Louis Molinier !

— Nous devions pique-niquer au bord de la Dronne. Je me sens obligée de le retrouver, du moins s'il m'attend encore, pour lui dire à quel point je suis navrée.

Le médecin hocha la tête d'un air mélancolique. Il ralentit pour se garer dans la rue où il habitait. Maurice, le dinandier, les vit passer et les salua d'un geste de la main.

— Cet homme connaît son métier, commenta Géraud. Je lui ai donné un ancien service de casseroles en cuivre à restaurer, il me les a rendues comme neuves. À ce soir, Albane, récupérez vite votre vélo et rejoignez votre fiancé.

Brantôme, au bord de la Dronne, un peu plus tard

Louis Molinier s'était assis à l'ombre d'un saule, sur la couverture qu'il avait étalée sur l'herbe deux heures plus tôt. Il regarda encore une fois sa montre-bracelet avant de se rouler une cigarette. D'un geste vif, il poussa loin de lui le panier en osier, flambant neuf, qui contenait le pique-nique.

— Ce n'est pas le genre d'Albane d'être en retard, marmonna-t-il. Pourvu qu'elle ne soit pas malade, ou bien son père.

Il s'était autorisé à manger une tranche de pain pour tromper sa faim, mais il songeait aux délices à sa portée.

— Je ferais mieux de rentrer, la chaleur monte, et la nourriture va s'abîmer.

Un crissement de freins lui fit relever la tête. Il aperçut une silhouette féminine perchée sur un vélo.

— Albane, enfin ! s'écria-t-il en bondissant sur ses pieds.

Elle avait calé la bicyclette contre un poteau et s'élançait à travers la prairie constellée de marguerites.

— Je suis désolée, répétait-elle.

Le vent souleva un peu sa jupe et Louis eut la charmante vision de ses jolies jambes en plein mouvement. Il courut lui aussi pour la recevoir dans ses bras.

— Tu n'aurais pas dû m'attendre, dit-elle, haletante.

Il l'enlaça en riant, heureux de la tenir contre lui. Il déposa un baiser sur ses lèvres, incapable de lui faire des reproches.

— Je commençais surtout à m'inquiéter, Albane. Mais tu es là, alors je ne regrette pas d'être resté. Viens vite, j'ai acheté du pain blanc, du jambon sec, du fromage et des fraises. Il y a aussi une bouteille de limonade au frais dans la rivière.

— C'est gentil ! Je suis affamée car je n'ai déjeuné ni ce matin ni à midi.

Tout content, Louis disposa leur repas sur un torchon.

— J'avais déjà coupé quelques tranches de pain, lui dit-il. Comme dit le dicton, « mieux vaut tard que jamais » ! Tu es là et je suis ravi. Nous avons une longue journée devant nous. Veux-tu de la limonade ?

— Oui, bien sûr.

Il la servit dans une timbale en aluminium et la regarda boire en souriant.

— À mon tour, j'ai oublié d'emporter mon gobelet !

Ils mangèrent le jambon et un peu de fromage. Enfin Louis exhiba fièrement la barquette de fraises.

— Elles viennent du jardin de l'école. J'ai eu une bonne idée en demandant au maire la permission de cultiver un lopin de terre, tu ne trouves pas ? Et c'est un jardin utile à plus d'un titre : je peux y emmener mes élèves quand je leur donne une leçon de choses, mais surtout, il nous offre de quoi nous régaler.

Les fruits étaient sucrés et subtilement parfumés. Albane les savoura, en ayant soin de les partager avec son fiancé.

— Tu ne m'as pas demandé pourquoi j'étais aussi en retard, dit-elle une fois rassasiée.

— Ce n'est pas important, puisque tu es venue. Où voudrais-tu aller en promenade ? Si les eaux de la Dronne étaient moins basses, je t'aurais proposé un tour de barque. Albane, je t'ai invitée à ce pique-nique pour pouvoir te parler sérieusement et en toute intimité.

— Je t'écoute, Louis ! Nous sommes bien ici, il n'y a personne et il fait bon à l'ombre.

Elle le dévisagea d'un air très doux, appréciant de nouveau son teint clair, son regard brun, sa bouche au dessin spirituel et les courtes mèches châtain clair qui effleuraient son front.

— En effet, il est inutile de repousser le moment fatidique, insinua-t-il. Albane, l'Europe fait figure d'une poudrière prête à exploser. Hitler s'empare des pays frontaliers par les armes et si la guerre est déclarée, je risque d'être mobilisé malgré mon statut d'enseignant.

— On ne peut pas en être sûr, Louis !

— Crois-moi, je suis bien renseigné. Aussi nous devrions nous marier le plus vite possible. Déjà, s'il m'arrivait malheur, tu toucherais une pension, ce qui n'est pas négligeable. Ensuite...

Il se rapprocha et la prit par la taille, avant de la fixer avec insistance. Troublée par l'expression passionnée qu'il avait, Albane nicha sa tête au creux de son épaule.

— Ensuite, j'ai hâte que tu sois ma femme, souffla-t-il à son oreille. Je t'aime tant et tu es si jolie, si câline. Comme tu ne m'accorderas rien avant le mariage, épouse-moi, Albane, ma toute belle.

— Mais nous avions parlé du printemps prochain, lui rappela-t-elle en s'écartant un peu. Je ne me sens pas prête.

— Ma chérie, où est le problème ? Il suffit de faire publier les bans par la mairie et nous pourrions nous marier d'ici une quinzaine de jours. Nous n'avons guère de frais. J'ai mon costume du dimanche et tu pourras mettre ta robe en mousseline bleue, celle qui a des petits pois blancs.

Très contrariée, Albane dut se dominer afin de ne pas céder à la colère.

— Pardonne-moi, Louis, je n'imaginais pas me marier aussi rapidement. On dirait que tu évoques une simple formalité administrative, mais c'est un engagement pour la vie. Tu n'as rencontré mon père qu'une fois et ça s'est mal passé.

Son fiancé soupira de manière exagérée, puis il se roula une cigarette. Il gardait un mauvais souvenir de sa rencontre avec Amédée de Séguilières, qu'il prenait pour un personnage d'un autre siècle, ancré dans ses principes.

— Tu es majeure depuis le mois d'avril, tu as le droit de te marier sans le consentement de ton père. Si tu m'aimais aussi fort que je t'aime, tu n'hésiterais pas une seconde.

Albane se releva brusquement et marcha jusqu'au bord de la rivière. Là, elle ôta ses sandales en toile et après s'être assise, elle trempa ses pieds dans l'eau fraîche.

— Tu es fâchée ? demanda Louis qui se penchait sur elle.

— Juste un peu ! Tu as osé insinuer que je ne t'aimais pas, du moins pas autant que tu m'aimes. Je suis blessée, car j'éprouve de profonds sentiments pour toi. Je ne me serais pas fiancée avec un homme qui m'était indifférent.

La gorge nouée, Albane considéra la bague qu'elle portait à l'annulaire gauche. C'était une aigue-marine sertie d'argent.

— J'ai été maladroit, je suis désolé, plaida-t-il en prenant place à ses côtés. Un baiser ?

Elle lui offrit sa bouche, d'un rose vif, aux lèvres charnues. Il l'embrassa longuement en lui caressant le bas du dos.

— Je te désire à en tomber malade, avoua-t-il. Six mois de fiançailles, c'est déjà une épreuve.

Tout en observant ses pieds nus nacrés par l'eau vive, Albane avait eu le temps de réfléchir. Furieuse contre le spectre de la guerre dont on la menaçait depuis le matin, elle avait décidé d'imposer ses conditions.

— Je veux bien avancer notre mariage, dit-elle d'un ton net. Mais tu m'épouseras à l'église. D'abord, parce que je suis très croyante. Si nous nous contentons d'une signature sur un registre, à la mairie, j'aurai l'impression de ne pas être ta femme devant Dieu. C'est très important à mes yeux, Louis, et aussi pour mon père. Il sera plus conciliant si tu consens à ce petit sacrifice. Après tout, tu es baptisé et tu as fait ta communion, tu me l'as dit dès notre première rencontre à l'école.

— Mais je n'ai plus la foi, Albane ! N'exige pas ça de moi.

— Pourquoi ? Tu exiges bien que je renonce à mes convictions religieuses en passant uniquement devant le maire ! Autre chose, je veux continuer à enseigner même si nous avons un enfant.

— Tu es un petit démon femelle ! s'écria-t-il en la renversant et en la maintenant allongée sur le sol.

Sa chevelure sombre étalée contrastait avec le vert intense de l'herbe de la prairie. Louis contempla ses joues roses, son nez bien droit et il plongea dans son regard, où il lut un brin de défi et une tendre ironie.

— Alors, tu acceptes ? murmura-t-elle.

— Oui, je dis oui à tout ! Tu me ferais marcher sur les mains, ma chérie.

Albane dut replier ses jambes afin de sortir ses pieds de la rivière. Sa jupe glissa jusqu'en haut de ses cuisses, ce qui affola Louis. Il résista vaillamment à la tentation, en l'embrassant encore, à moitié couché sur elle.

— Arrête, je t'en prie, se défendit-elle entre deux baisers. On pourrait nous voir de la route. Et puis je dois rentrer chez moi pour annoncer la bonne nouvelle à mon père. Demain, nous irons parler au curé de la paroisse.

Elle se redressa et fut vite debout. Encore tremblant de désir, son fiancé se leva également.

— Albane, on avait prévu de passer l'après-midi ensemble et tu t'en vas. Est-ce que cela a un lien avec ce qui t'a mise en retard ? s'enquit-il dans l'espoir de la retenir.

— Oui. Nous avons recueilli deux femmes en détresse, la plus jeune accouchait. Elle a mis au monde un beau garçon. Je te donnerai des détails demain matin, c'est promis. On se retrouve à 10 heures sur le pont, près du Grand Hôtel…

— Je t'attendrai, Albane ! S'il le fallait, je t'attendrais des années.

Touchée par cet aveu romantique, elle l'étreignit en riant.

— Bientôt je serai ta femme, Louis. Tu n'auras plus à m'attendre.

Commune de Brantôme, même jour

Partagée entre l'enthousiasme et le doute, Albane pédalait à un rythme régulier. Elle suivait la petite route sur laquelle s'ouvrait l'allée menant au château, lorsqu'un grognement dans le sous-bois tout proche l'alerta.

— Qu'est-ce que c'est ?

Soudain le dogue noir jaillit d'un fourré de ronces et de fougères. Il sauta le fossé d'un bond prodigieux, obligeant la jeune fille à freiner brusquement. L'animal se planta devant son vélo, la gueule béante sur une solide rangée de crocs.

— Encore toi, dit-elle.

Afin de garder son équilibre, elle posa un pied sur le bitume, les mains crispées sur les poignées du guidon. Instruite par son père qui avait chassé le loup dans sa jeunesse, elle fixait le chien en refoulant sa peur.

— Reviens ici, Titan, fit une voix traînante. Tu effraies cette demoiselle ! Ne craignez rien, il m'obéit parfaitement.

Un homme apparut entre les arbres, un fusil en bandoulière. Il siffla et le dogue courut aussitôt vers lui.

— J'ignore où vous habitez, mais il ne faut plus laisser votre bête divaguer ! s'exclama Albane. Ce matin, il menaçait deux de mes amies, dans notre parc. Et il a tué toutes nos poules !

— Je suppose que vous êtes la fille d'Amédée de Séguilières !

— En effet.

— J'ai eu l'honneur de croiser votre père il y a une vingtaine de minutes. Il montait à cheval et avait l'intention d'abattre mon dogue, débita-t-il d'un ton nonchalant. Je l'en ai dissuadé en m'engageant à le dédommager pour vos volailles. Titan a dû s'exciter dès qu'il en a attrapé une, et ensuite il n'a pas maîtrisé son instinct de chasseur, à l'instar de beaucoup de chiens.

Méfiante, Albane se demandait où pouvait vivre l'inconnu. Il était de haute taille, les cheveux blonds presque rasés, et elle lui donnait une quarantaine d'années. Son regard froid, d'un bleu très pâle, lui causait un malaise.

— Je viens de m'établir dans le pays, ajouta-t-il. J'ai acheté un corps de logis flanqué d'une grande écurie et je compte élever des chevaux de race lourde, indispensables au travail de la terre. Je ne me suis même pas présenté : Maubert Guérin, originaire de Picardie.

— Vous n'êtes pas tenu de m'en dire autant ! Au revoir, monsieur. J'espère ne plus voir cet animal chez nous.

Elle se remit à pédaler, certaine que le dénommé Maubert Guérin la regardait s'éloigner. Le personnage lui déplaisait au plus haut point.

Maria se précipita vers Albane dès qu'elle entra dans le hall. La domestique triturait un pan de son tablier, sa manie quand elle était gênée.

— Vous voilà déjà, mademoiselle ! Je croyais que vous alliez passer l'après-midi avec votre fiancé.

— Vu les circonstances, j'ai préféré écourter notre rendez-vous. Est-ce que mon père est revenu ?

— Oui, hélas Monsieur était furieux ! Si vous l'aviez vu ! Même qu'il a cassé les jolies assiettes que vous aimez tant, je n'ai pas pu l'en empêcher, j'en suis toute penaude.

La jeune fille devina sans peine ce qui avait provoqué la rage de son père.

— Ne t'inquiète pas, Maria. Mon père a rencontré le maître du dogue noir et moi aussi, il y a quelques minutes. Cet homme m'a paru hautain et prétentieux, mais honnête, car il compte nous dédommager pour les dégâts causés par son chien.

— Qu'il nous rembourse ou non, je n'ai plus qu'une douzaine d'œufs. Avec vos invitées à nourrir, ça tombe mal. Enfin, si vous cherchez Monsieur, il est monté dans sa chambre. Et ces dames se reposent.

— Et le bébé ? Si sa mère ne l'allaite pas, nous devrons trouver du lait de chèvre. J'ai acheté un biberon, il faut le stériliser à l'eau bouillante. Le docteur Géraud repasse ce soir, il me donnera du lait en poudre, pour parer au plus pressé.

Suspicieuse, Maria scruta le ravissant visage d'Albane d'un œil perspicace. Elle avait vu naître la jeune fille, sa « petite maîtresse » comme elle la surnommait parfois.

— Qu'est-ce qui vous tracasse, mademoiselle ? murmura-t-elle. Venez donc à l'office, on va boire du thé, puisque vous aimez ça. J'ai même eu le temps de faire un gâteau, il est encore tiède.

Albane suivit la domestique, avec l'envie refoulée de la prendre par le bras, un geste qu'elle aurait fait avec sa mère si celle-ci avait survécu.

— Maria, tu seras la première au courant, Louis et moi nous allons nous marier d'ici une quinzaine de jours, et à l'église.

— Ma parole, votre fiancé a fini par accepter de vous conduire à l'autel. Mais pourquoi si vite ?

— Louis est persuadé qu'il y aura une guerre très bientôt. Il m'aime tant, je ne peux pas refuser.

— Et vous, mademoiselle, vous l'aimez vraiment ?

— Bien sûr, je ne trouverai jamais un mari comme lui, aussi instruit, galant, respectueux.

— Les hommes changent dès qu'ils vous ont passé la bague au doigt, soupira Maria. Le mien, paix à son âme, au bout de trois mois, il me houspillait et me traitait de bonne à rien. Pourtant je l'ai beaucoup pleuré. Fichue guerre, elle en a tué des soldats. Émile est mort pour la France en 1916, et moi j'étais veuve à trente-quatre ans.

— Tu l'aimais ?

— Je l'aimais à la folie, mademoiselle. Bon, parlons d'autre chose, et mangez donc votre part de gâteau...

Pour ne pas la vexer, Albane avala deux bouchées de la génoise nappée de confiture, mais elle n'avait plus d'appétit. Le cri du cœur de Maria, « à la folie », résonnait dans son esprit.

« Est-ce que j'aime Louis ainsi ? se demandait-elle. Peut-être pas, mais j'ai de profonds sentiments pour lui. Mon amour est sincère et justifié... »

Amédée de Séguilières affûtait un de ses couteaux de chasse lorsque sa fille frappa à sa porte en s'annonçant. Toujours en bottes d'équitation, un peu échevelé, il ne lui accorda pas un regard, faisant mine d'être concentré sur son travail.

— Père, je voudrais vous parler !

— Je m'en doute, sinon tu ne serais pas là. Albane, je suis désolé pour les assiettes. Je sais que tu y tenais beaucoup car elles venaient de la dot de ta mère. Mais j'étais dans une colère noire à cause de ce malotru et…

— Il s'agit de Maubert Guérin, n'est-ce pas ? le coupa-t-elle.

— Exactement, qui te l'a dit ? Je n'ai pas prononcé son nom devant Maria.

— Je l'ai rencontré peu de temps après vous, père. Son chien a failli me faire tomber de vélo. Pourquoi cet homme vous a-t-il mis autant en colère ?

— Pourquoi ? Cet individu m'a traité de haut, en évoquant la ruine de notre famille et en me proposant d'acquérir le château et ce qui nous reste de terres ! Non content de m'humilier, il m'a menacé de porter plainte si j'abattais cet affreux dogue, qu'il appelle Titan.

— Je comprends mieux, admit Albane qui aurait volontiers câliné son père pour le réconforter.

Elle s'enhardit cependant à lui tapoter l'épaule, avant de déposer un léger baiser sur sa joue ombrée par une barbe naissante.

— Vous ne vous êtes pas rasé ce matin, déplora-t-elle. Père, prenez soin de vous et de votre apparence. Vos cheveux sont un peu ébouriffés.

Le châtelain éclata d'un rire amer, tout en étudiant la lame de son couteau. Soudain, il lança l'arme d'un geste habile et elle se planta dans les lambris en chêne.

— Je ne suis plus rien, ma fille, déclara-t-il d'une voix dure. On m'a décoré après la guerre pour ma vaillance sur le front et à Verdun, mais l'héroïsme ne suffit pas. Au fil des ans, notre fortune a été dilapidée, notamment par mon frère aîné, paix à son âme.

La mauvaise humeur et la sourde tristesse de son père firent hésiter Albane. Ce n'était peut-être pas le moment idéal pour lui parler de son mariage. Étonnamment, Amédée aborda le sujet.

— Ma précieuse enfant, je me suis comporté en vieil idiot. Tu peux épouser ton directeur d'école, je respecterai ta décision. S'il y a une nouvelle guerre, tu auras un homme en pleine force de l'âge qui veillera sur toi, s'il n'est pas mobilisé. Puisque tu l'aimes, je m'incline.

La jeune fille prit les mains de son père entre les siennes. Elle tendit vers lui un visage rayonnant de joie et de soulagement.

— Je vous remercie ! Vous serez content d'apprendre que Louis consent à un mariage religieux. Nous irons voir le curé et le maire demain matin, pour la publication des bans.

— Déjà ?

— Oui, à cause des menaces de guerre justement. Je porterai la robe de maman, qui est une pure merveille. Maria va la nettoyer et amidonner le voile et la traîne. Nous ferons un déjeuner ici, dans la salle à manger. Cela ne vous coûtera presque rien.

Amédée hocha la tête avec une mimique désolée. Dans le secret de son cœur, il avait honte d'imposer une telle pauvreté à sa fille unique. Mais il se ravisa en fanfaronnant, selon son habitude.

— Demain soir, Albane, je te remettrai les bijoux de ta mère. Mathilde en possédait de magnifiques. Ils sont dans un coffret équipé d'un verrouillage. Elle en avait hérité de ta grand-mère Hortense, que tu n'as pas connue. Ils sont pour toi et ils valent une petite fortune. J'ai toujours refusé d'y toucher et après les funérailles de ma tendre épouse, j'avais fait le serment de ne jamais les vendre. Et nous ne sommes pas si misérables ! Notre métayer nous fournira de quoi faire un banquet. Eh bien, les dés sont jetés, mon enfant, tu t'apprêtes à quitter le nid.

— Je préférerais continuer à habiter le château, père, mais ce n'est guère possible. Je viendrai souvent vous voir, ne soyez pas triste.

Il lui caressa la joue en souriant. Albane se redressa et l'embrassa de nouveau.

— Laisse-moi seul, à présent, marmonna-t-il. C'est l'heure de ma sieste.

— Très bien, père, reposez-vous, je vais rendre visite à nos invitées.

Château de Séguilières, même jour, à la nuit tombée

La fenêtre du boudoir était grande ouverte, mais voilée par un large rideau de tulle. Maria venait d'apporter une lampe à pétrole dont la flamme diffusait une douce luminosité à travers son verre en colonne.

— Voilà un peu de clarté, mesdames, dit la domestique. Je prépare une infusion de verveine et de fenouil, des plantes qui aident la montée de lait, tout en faisant digérer.

— Vous êtes notre ange gardien, Maria, affirma Mireille. J'ai repris des forces, alors dès demain je vous aiderai aux cuisines et pour le ménage.

— Hé non, ça me gênerait. Occupez-vous plutôt de votre fille et du bébé, répliqua celle-ci. Vous avez entendu le docteur Géraud, vous êtes encore faibles toutes les deux, surtout notre jeune maman. Mademoiselle Albane ne va pas tarder, elle tient à veiller sur vous ce soir.

— C'est bien gentil de sa part, elle m'a tenu compagnie une partie de l'après-midi, jusqu'au passage du médecin. Mais je ne faisais que m'assoupir et je n'ai presque pas eu l'occasion de discuter avec elle.

— Vous vous rattraperez tout à l'heure, madame. Je laisse la porte entrouverte, sinon ce n'est pas pratique quand on arrive avec un plateau.

Maria sortit en adressant un bon sourire à leurs protégées, comme les avait surnommées Amédée au cours du dîner.

Silencieuse, Sophie contemplait son fils, couché à ses côtés. L'enfant avait pris un biberon de lait maternisé et il dormait profondément.

— Dieu s'est montré d'une extrême bonté avec nous, maman, murmura-t-elle en effleurant le front de son bébé. Il nous a guidées vers ces gens qui sont si charitables. As-tu choisi un prénom pour mon fils ? J'aimerais l'appeler David, comme son papa, au cas où la vie nous sépare à jamais.

— Si nous parvenons à atteindre les États-Unis, tu pourras le baptiser ainsi. D'ici là, Sophie, il faut être prudentes.

— Mais maman, il n'y a pas de danger en France.

— Je l'espère, cependant je ne respirerai à mon aise qu'une fois sur l'océan. Si nous l'appelions Pierre ?

— Oui, c'est très bien, maman. Qu'il fait chaud... Je suis toute moite.

— Souffres-tu encore du ventre ?

— Non, grâce à la piqûre du docteur, je ne sens plus rien. Et je suis heureuse, parce que tu m'as donné ton sang. J'ai un peu de toi qui coule dans mes veines.

— Je ne peux pas le nier, concéda Mireille en riant tout bas. Mais tu n'en as peut-être pas reçu assez, car tu es toujours très pâle, ma chérie. Ah, quelqu'un vient, ce doit être Maria avec la tisane.

Elle fut détrompée par l'apparition d'Albane, qui tenait un plateau à bout de bras.

— Me voici, mesdames, j'ai envoyé Maria se coucher. Elle ne se plaint pas, mais elle était épuisée par sa journée.

— Que vous êtes généreuse, mademoiselle ! s'extasia Sophie. Et si jolie...

— Vous l'êtes tout autant et j'ai remarqué aussi combien vous ressemblez à votre maman lorsque vous dormiez toutes les deux, cet après-midi.

Mireille avait pu faire une grande toilette dans une salle d'eau du premier étage. Ses courtes boucles noires, lavées, brillaient et ondulaient autour de ses traits reposés.

— Asseyez-vous, mademoiselle. Depuis ce matin, j'ai hâte de vous dire qui nous sommes vraiment et pourquoi nous avons dû fuir l'Allemagne.

— Vous n'y êtes pas obligées, répondit Albane. Mon cœur me dit que vous êtes de bonnes personnes et je me doute que vous avez beaucoup souffert, cela me suffit.

— Je vous remercie pour votre confiance, mais en fait, je dois témoigner, comprenez-vous. Aaron Dresner, mon époux, était un Juif allemand, médecin à l'hôpital de Stuttgart. Quant à moi j'étais juive et française. Mireille est mon véritable prénom, d'origine hébraïque. Il signifie « celle qui élève » ! Aaron et moi nous sommes mariés en 1912, avant la guerre. Esther est née pendant le conflit, j'étais seule avec ma belle-mère lors de l'accouchement. Je n'ai pas pu avoir d'autres enfants.

Passionnée par ce récit, Albane servit la tisane et la sucra avec du miel.

— Il y a trois ans, Esther a épousé David Blum, un étudiant en droit issu d'une riche famille. Nous étions ravis par cette union. Mais certaines mesures ont commencé à nous inquiéter. Hitler a exigé que tous les non-Allemands quittent le pays. Quant aux Juifs, nous étions loin d'imaginer ce qui allait se passer.

— Que voulez-vous dire ? s'enquit Albane, bouleversée par les intonations tragiques de Mireille.

— Il y a eu des actes d'une épouvantable violence, les vitrines des commerces brisées, des vieillards jetés au sol et frappés en pleine rue. Ensuite des disparitions inexplicables ont commencé à avoir lieu, des arrestations iniques. Par le biais d'un ami, Aaron a appris l'existence de camps où l'on enfermait les opposants au régime, mais également les citoyens juifs, les handicapés, les Tsiganes.

— Seigneur, comment est-ce possible ? se récria la jeune fille.

— Hitler en a décidé ainsi, soupira Sophie. Maman, ne pleure pas, je t'en prie.

— Il me reste le plus pénible à raconter, déclara Mireille. Mon mari a voulu prendre la défense de notre voisine, une charmante vieille dame que les soldats traînaient hors de chez elle. J'étais derrière ma fenêtre et je les ai vus tirer sur Aaron, oui, l'abattre comme un chien. Cela s'est passé il y a un peu plus d'un an. Mon époux bien-aimé repose désormais en terre allemande, sa terre, sa patrie. Et en mai, David était arrêté et emmené, sûrement dans un camp. Mon gendre avait eu le temps d'organiser notre fuite. Il m'avait suppliée de rentrer en France avec Esther, qui était enceinte. Nous avons d'abord séjourné à Paris, chez un cousin antiquaire, mais cela se passait mal, alors nous avons logé dans un hôtel minable. Selon les plans de David, qui avait contacté une personne sérieuse, nous devions nous trouver à Bordeaux le 25 juillet, pour embarquer sur un bateau de commerce.

— C'est dans moins de dix jours, gémit Sophie. Je devais accoucher à la mi-août, chez mon oncle établi à New York. Maman, nous dépenserons nos derniers sous pour voyager la veille, le 24. Je te promets que je serai rétablie.

— Je vous plains de tout cœur, avoua Albane. Le docteur Géraud pourrait sans doute vous conduire à Bordeaux si vous lui expliquiez votre situation. C'est un homme bien, qui a de grandes valeurs morales.

— Nous nous en remettons à Dieu, répondit Mireille. Quand nous serons loin, pensez à ce que je viens de vous confier, mademoiselle. Pour être franche, même à Paris, ma fille et moi avons subi des commentaires déplaisants, voire des insultes. Les Juifs sont rarement appréciés.

— Je suis au courant, madame, cependant vous n'avez pas à redouter des persécutions ici. Deux familles juives habitent à Brantôme, personne ne leur cherche d'ennuis.

— Pardonnez-moi, mais mon expérience me pousse à redouter le pire. Ce maudit « Führer » peut avoir l'idée d'annexer la France et s'il réussit, il agira de la même façon ici qu'en Allemagne.

Soudain oppressée, Albane avala une gorgée de tisane. Après un temps de réflexion, elle prit la main de Mireille.

— Quoi qu'il en soit, j'admire votre courage, madame Dresner. Mais pourquoi veniez-vous de Périgueux ?

— Nous avions rendez-vous avec un usurier, recommandé par mon cousin parisien. Je lui ai remis tous mes bijoux en échange d'une certaine somme.

— Sophie, rien ne prouve que votre mari est mort. Comment vous retrouvera-t-il s'il est libéré ? insista Albane.

— Ce sont des camps de travaux forcés. David saura s'enfuir et il me rejoindra aux États-Unis, balbutia la jeune femme, dont les paupières clignaient de fatigue.

— Dors, ma chérie, je donnerai un biberon à Pierre s'il se réveille, murmura Mireille.

— Vous le baptiserez Pierre ? C'est un beau prénom.

— Merci, mademoiselle. Esther préférait David, mais je lui ai déconseillé ce choix.

Accablée sous le poids de ces cruels souvenirs, Mireille appuya sa tête au dossier de la méridienne.

— Si nous parlions de choses plus agréables, maintenant ? dit-elle tout bas. Votre domestique m'a soufflé à l'oreille que vous allez vous marier très bientôt... Dites m'en davantage, si cela ne vous dérange pas.

— Oh non, moi aussi j'ai envie de ce genre de bavardages, pour me changer les idées. Mon fiancé est le directeur de l'école de garçons de Brantôme et il est aussi instituteur, bien sûr. Je porterai la robe de ma mère, qui est splendide.

— Il faudra coiffer vos beaux cheveux en chignon, et avoir un bouquet à la main. En cette saison, les roses abondent dans les jardins, renchérit Mireille. Irez-vous en lune de miel ?

— Non, ce serait trop coûteux. Louis et moi, nous avons des goûts simples, mais nous pourrons sans doute aller dîner au Grand Hôtel, le meilleur établissement de Brantôme.

— Votre maman a dû vous manquer bien souvent. Votre domestique m'a dit qu'elle est morte en couches, quand vous aviez onze ans.

— J'ai appris à me passer d'une mère, admit Albane. Et puis Maria était là, bienveillante, affectueuse et même câline. Mon père a été très attentif lui aussi. Je lui dois tant. Il m'a appris l'escrime et l'équitation. Je sais tirer au fusil, jouer du cor de chasse et du piano. Mais je rêve de savoir conduire une voiture.

Égayée, Mireille eut un petit rire attendri. Le bébé s'agita au même instant, en lançant un pleur tremblant.

— Prenez-le vite, madame, je cours préparer son biberon. Votre fille dort si bien, il ne faut pas la réveiller.

Sous la clarté dorée de la lampe à pétrole, Esther avait une expression paisible et un vague sourire sur les lèvres. Sa mère souleva délicatement le nouveau-né pour le bercer.

— Sois sage, petit Pierre, ta maman se repose, chantonna-t-elle.

3
Amédée de Séguilières

Château de Séguilières, même jour, le soir

Seule dans la grande cuisine, Albane utilisait un réchaud à alcool pour faire bouillir de l'eau plus rapidement. Elle avait déjà stérilisé la tétine et le biberon en verre.

— Il faudrait deux biberons, c'est trop long de procéder ainsi, se dit-elle à mi-voix. J'achèterai aussi de l'eau minérale comme l'a conseillé le docteur.

Après le dîner, pour être plus à l'aise, elle avait mis un pantalon en jersey et un cardigan en fin lainage. Tout en s'affairant, elle songeait aux sinistres révélations que lui avait faites Mireille.

— Pourquoi traiter les Juifs de la sorte ? s'interrogea-t-elle tout bas. J'en discuterai avec Louis demain matin, il est toujours bien informé, mais je suis sûre qu'il ignore l'existence de camps de prisonniers en Allemagne.

Elle retirait la casserole du réchaud quand Mireille entra dans la pièce, le bébé contre elle. Il pleurait si fort que son minuscule visage était rouge vif.

— Je ne peux pas le calmer, je ne sais pas s'il a faim ou s'il souffre, se désola-t-elle. Je suis allée jusqu'à la salle à manger, mais il faisait sombre.

— Vous avez bien fait de venir ici, c'est plus gai grâce aux suspensions en opaline, expliqua Albane.

Elle désigna d'un mouvement de tête les deux grandes lampes à pétrole accrochées au-dessus de la longue table en bois noir. Des papillons de nuit voletaient autour des abat-jour en verre rose.

— Mon père y tient beaucoup, car ma mère les avait reçues en cadeau de mariage.

— Nous avions l'électricité dans notre maison de Stuttgart, mais cette lumière dorée est plus douce, commenta Mireille. Ah, petit Pierre se calme enfin…

— Il a compris qu'il va boire du bon lait, plaisanta la jeune fille. Si vous voulez, madame, dès que le biberon sera prêt, je peux lui donner ici, et vous pouvez retourner vous allonger.

— C'est très aimable, Albane ! Je peux vous appeler par votre prénom ?

— Oui, volontiers.

— Dans ce cas, faites de même, ne me dites plus « madame ». Mais je ne voudrais pas abuser de votre gentillesse et j'ai été si bien nourrie que je ne suis pas fatiguée du tout.

— Tant mieux, je trouve agréable d'avoir de la compagnie. Le soir, mon père se réfugie dans sa chambre pour lire ou écouter de la musique sur son gramophone. Maria se couche tôt aussi.

— Et vous, que faites-vous de vos soirées ?

— Je m'installe dans le boudoir et j'étudie. Mireille, je vous admire vraiment. Ce que vous m'avez raconté tout à l'heure m'a bouleversée. J'espère que vous parviendrez sans encombre à Bordeaux, puis à New York, et que Sophie reverra son mari un jour. Je prierai pour vous trois et sachez-le, je ne vous oublierai jamais.

— Nous non plus, nous ne pourrons pas oublier votre bonté, ce château, l'asile que vous nous avez accordé ! Ce matin, vous êtes apparue telle une envoyée du Seigneur, capable de terrasser cet affreux chien, et ensuite de nous secourir.

Toutes les deux au bord des larmes, elles échangèrent un sourire complice. Albane avait préparé le biberon, et elle prit place sur la chaise à accoudoirs. Mireille lui remit son petit-fils.

— Vous serez peut-être bientôt maman, hasarda-t-elle. Je suis certaine que vous offrirez beaucoup d'amour à vos enfants.

— Sûrement, et vous serez une merveilleuse grand-mère pour Pierre. C'est étrange de penser qu'il grandira en Amérique, après être né dans le pavillon de chasse de notre propriété. Si c'est possible, nous nous écrirons, n'est-ce pas ?

— Mais oui, acquiesça Mireille. Bon, je retourne auprès de Sophie, elle a pu se réveiller.

— Je vous ramène Pierre dès qu'il a fini son biberon.

— Merci, je vais en profiter pour passer aux commodités...

Albane se pencha sur le bébé. Il faisait à chaque gorgée un petit bruit de déglutition qui la charmait. Elle s'imagina devenue mère à son tour, nourrissant son propre enfant, tandis que Louis les contemplait.

— Est-ce vraiment ce dont j'ai envie ? s'interrogea-t-elle. Connais-tu la réponse, petit Pierre... ?

Le bébé s'était endormi, un peu de lait à la commissure des lèvres. Un béguin en calicot blanc couvrait son crâne bien rond et Albane ne put s'empêcher de déposer un léger baiser sur son front bombé.

C'est alors qu'une clameur gutturale aux accents pathétiques retentit. Elle prit de l'ampleur et résonna dans le château silencieux, pareille à un appel désespéré. Maria dévala l'escalier, suivie par Amédée, en longue robe de chambre chamarrée.

Tous deux s'immobilisèrent au milieu du hall, où Albane s'était précipitée, le nouveau-né blotti contre sa poitrine.

— Mon Dieu, c'est Mireille, je crains le pire, souffla-t-elle. Maria, prends l'enfant, je te prie.

— Donne-le-moi, exigea le châtelain. Allez-y toutes les deux.

Elles obéirent sans dire un mot. À peine poussée la porte du boudoir, Albane et la domestique découvrirent un funeste tableau. Hébétée, un masque tragique sur le visage, Mireille tenait sa fille entre ses bras, en se balançant un peu. Le même cri effroyable montait de sa bouche entrouverte.

L'attitude alanguie de Sophie, ses yeux mi-clos, trahissaient une inertie fatale.

— Seigneur, la pauvre p'tite dame s'est éteinte, chuchota Maria en se signant.

— Non, ce n'est pas possible, gémit Albane.

Soudain consciente de leur présence, Mireille se retourna. Son regard brun était voilé par la force dévastatrice de son chagrin.

— Esther est morte, balbutia-t-elle. Je l'ai laissée toute seule et je l'ai retrouvée morte. Ma fille est morte… Je n'aurais pas dû m'en aller, pas une seconde. Il n'y a pas longtemps, elle est encore chaude… Ma chérie, ma petite.

Tétanisée, Albane n'osait pas avancer. La lumière dorée de la lampe à pétrole irisait d'une teinte chaude le gracieux profil de la jeune défunte, dont les nattes brunes luisaient doucement.

— Pourquoi, Seigneur, pourquoi ? se lamentait Mireille.

Elle avait cessé de crier, mais elle couvrait de baisers les joues de Sophie en sanglotant.

— Qu'est-ce qu'on peut faire, Maria ? murmura Albane.

— Voulez-vous que j'aille chercher le docteur ?

— À cette heure-ci ? Peut-être, oui…

— Je monte m'habiller et j'emprunte votre vélo, décida la domestique qui recula et disparut dans la pénombre du salon.

Amédée s'aventura peu de temps après jusqu'au seuil du boudoir. Il poussa un long soupir désolé.

— « Et rose elle a vécu ce que vivent les roses, l'espace d'un matin... [1] », récita-t-il à mi-voix.

Albane se remémora les obsèques de sa mère, la douce Mathilde de Séguilières. Son père avait dit la même phrase, près du mausolée familial, où la pierre tombale venait d'être scellée.

— Je ne sais pas quoi faire, lui dit-elle dans un souffle, en observant Mireille, qui pleurait en étreignant le corps de Sophie.

— Suis ton cœur... Que te dit-il ?

Ce simple conseil poussa Albane à s'agenouiller près du divan pour attirer la mère éplorée dans ses bras. Loin de se débattre, celle-ci accepta la tendresse pleine de compassion que lui offrait la jeune fille.

— C'est sûrement ma faute, gémit Mireille. J'ai demandé au docteur de faire une transfusion, je n'aurais pas dû prendre le risque. Même entre deux groupes sanguins identiques, il peut y avoir des problèmes qui entraînent la mort. Je le savais, mais j'ai insisté. Maintenant Sophie est morte.

— Sans l'apport de votre sang, elle n'aurait pas connu cette journée de paix, à pouvoir câliner son bébé, répondit Albane. Je suis infiniment triste et même horrifiée par son décès, mais ce matin, vous la pensiez condamnée. Mireille, gardez de votre fille adorée les images d'aujourd'hui, quand elle a savouré le civet de lièvre et le flan à la vanille, ou bien quand elle caressait les joues de son petit Pierre. Ces quelques heures de sursis, Sophie ne les a pas vécues dans l'inconfort et la peur, mais entre des draps frais, du linge propre, réconfortée par votre amour et notre amitié.

— Oui, vous dites vrai, admit Mireille en jetant un regard noyé de larmes sur sa fille. Comme elle est belle, si tranquille ! Mais Pierre, où est mon tout-petit ?

---

1. *Consolation à M. Du Périer*, François de Malherbe.

— Mon père vient de le coucher dans sa corbeille, il dort bien, précisa Albane.

— Madame, je vous présente mes plus sincères condoléances, déclara alors Amédée de Séguilières. J'ai appris par Albane, au cours du dîner, que vous avez perdu votre époux bien-aimé dans d'atroces conditions. Pour ma part, le deuil que je porte est plus ancien, néanmoins toujours aussi douloureux... Mais la perte d'un enfant est plus cruelle encore.

— Oh oui, oui, balbutia Mireille.

Tremblante, elle s'appuyait de tout son poids contre Albane qui la tenait par les épaules.

— Quelle que soit votre décision, madame, vous êtes ici chez vous, reprit le châtelain d'un ton solennel. Il vous reste une précieuse consolation, votre petit-fils, la chair de votre chair. Je vous laisse à présent. Maria va revenir avec le docteur Géraud.

Sidérée par le désespoir, Mireille marmonna quelques mots de remerciements. Cependant, dès qu'elle fut seule avec Albane, son élocution s'améliora et elle s'apaisa.

— Je dois faire la toilette mortuaire de Sophie, même si j'ignore où l'inhumer, dit-elle d'un ton résigné. La religion juive préconise d'enterrer le défunt au plus vite. Aaron et moi n'étions pas de fervents pratiquants, mais je tiens à respecter nos coutumes.

— Nous vous aiderons, Mireille, assura Albane.

— Je suis navrée d'avoir perdu tout contrôle. Sophie était seulement de passage sur cette terre, le temps de nous combler de bonheur. Je crois qu'elle l'avait pressenti ces dernières semaines.

— Vous en avez eu l'impression ?

— Ma fille me parlait souvent du bébé qu'elle attendait en me priant d'avoir soin de lui si elle disparaissait. Je lui promettais, bien sûr, mais cela m'inquiétait. Le Seigneur m'est témoin, je veillerai sur Pierre jusqu'à ma propre mort.

Un bruit de moteur dans la cour d'honneur leur annonça le retour du docteur Géraud et de Maria.

Château de Séguilières, mardi 18 juillet 1939

Avec la permission de son père, Albane et Mireille venaient d'entrer dans la chambre qu'avait occupée Mathilde de Séguilières, de son mariage jusqu'à sa mort.

— Maria fait la poussière et aère cette pièce une fois par semaine, été comme hiver, mais rien n'a été changé de place, expliqua la jeune fille. Voyez, près de la fenêtre, il y a le clavecin de maman, et là, sa coiffeuse de style Louis XV. Je l'avais aidée à repeindre ce joli meuble en gris clair.

— Je suis gênée de porter des vêtements de votre mère, avoua Mireille quand Albane ouvrit une penderie.

— Ils sont là depuis dix ans. Je ne vous l'aurais pas proposé sans l'accord de mon père, mais vous l'avez entendu, il estime que c'est une bonne chose. Choisissez deux tenues de saison, vous êtes de la même taille que maman. Bien sûr, elles sont très démodées. Les jupes ont raccourci. Maria pourra faire des retouches d'ici demain.

Albane lui montra un tailleur d'été en lin beige, orné d'un large col, puis une robe droite bleu marine, à la taille marquée d'une ceinture de même couleur.

— Voilà, ce sera bien suffisant, avec ce cardigan noir, affirma Mireille. Je suis déjà tellement soulagée pour l'enterrement de Sophie. Jamais je ne pourrai vous exprimer toute ma gratitude, à votre père et vous, sans oublier Maria.

— Nous écoutons notre cœur et nous suivons les préceptes de Jésus notre Sauveur. Tenez, prenez aussi des bas en soie et ces chaussures, le talon est assez bas. Si vous aviez connu maman ! Elle aurait été la première à vous donner ce dont vous aviez besoin et du superflu également.

Sous sa bienveillance spontanée, Albane dissimulait la sourde révolte qu'elle éprouvait. Le docteur Géraud, lorsqu'il avait examiné Sophie, avait été catégorique : la jeune femme était morte d'un arrêt cardiaque imprévisible. Consterné par ce coup du sort, il avait signé le permis d'inhumer.

« Sophie laisse un nouveau-né, elle aurait dû vivre, voir son fils grandir, songeait-elle sans cesse. Pourquoi Dieu l'a-t-il rappelée à lui ? »

Depuis la visite du médecin, la veille au soir, ce sentiment d'injustice la hantait, la ramenant à l'époque tragique de son enfance, où elle avait dû apprendre à vivre sans sa mère.

— Albane, tant que votre père m'hébergera, il faudra me donner du travail, décréta Mireille quand elles furent sorties de la chambre. Rien ne me fait peur, je peux bêcher le potager, me charger des grosses lessives, et même fendre du bois. J'ai connu l'aisance financière une fois mariée à Aaron, mais auparavant, je devais seconder mes parents.

— Et de votre côté, vous n'avez vraiment plus de famille, à part votre cousin parisien et le frère de votre époux qui vous attendait à New York ?

— Non, je n'ai plus personne, et ma fille unique reposera sur vos terres, grâce à la charité de votre père. L'argent que j'ai obtenu de cet usurier à Périgueux va me servir pour le cercueil de ma petite Sophie.

— Il sera prêt demain matin, Mireille, le menuisier me l'a promis et je lui ai versé un acompte. Maria lave un grand drap blanc pour le linceul. Il sera sec à la fin de la journée, il fait si chaud.

Discuter de détails pratiques les aidait à oublier un instant le boudoir aux volets clos, le corps soigneusement lavé de Sophie étendu sur le divan, revêtu d'une longue chemise de nuit rose.

Tôt le matin, Albane était allée dans le potager en compagnie de la domestique, pour cueillir des bouquets d'herbes aromatiques, du thym, de la sarriette, ainsi que de la lavande en fleur. Les plantes exhalaient leur parfum autour de la jeune défunte.

— J'entends pleurer bébé, il doit être affamé, nota Mireille. Vous avez eu raison de l'installer dans la salle à manger.

Albane n'avait pratiquement pas dormi de la nuit. À l'aube, elle avait attribué à l'enfant un angle de cette pièce dévolue aux repas.

— Par chance, mon landau était encore en bon état, grâce à Maria qui préserve toutes nos affaires avec soin. Votre petit-fils semble s'y plaire, on peut l'emmener un peu partout et la moustiquaire le protège des insectes.

Elles allaient se séparer en bas du grand escalier qui donnait dans le hall, quand deux hommes franchirent la double porte vitrée, restée grande ouverte. Albane reconnut tout de suite son fiancé, la mine dépitée, mais aussi Maubert Guérin, qui tenait son dogue noir en laisse.

— Monsieur, veuillez sortir d'ici avec votre chien ! ordonna-t-elle d'un ton net. Nous pouvons discuter sur le perron, car je suppose que vous êtes là pour nous dédommager. Mais c'était inutile d'amener cet animal.

Depuis la salle à manger, Mireille assistait à la scène, ayant laissé le battant entrouvert. La physionomie et l'allure de Maubert Guérin lui causèrent un malaise. L'individu lui rappelait les soldats du régime hitlérien, qui sévissaient dans chaque ville d'Allemagne.

Cependant Guérin disparut de son champ de vision, étant ressorti aussitôt. Toute tremblante, elle courut prendre le bébé dont les pleurs devenaient véhéments.

— Est-ce ce nouveau-né qui t'a empêchée de me rejoindre ? demanda Louis à Albane d'une voix irritée. Nous avions rendez-vous sur le pont.

— Mais j'ai déposé un message dans ta boîte aux lettres, il y a environ trois heures ! protesta-t-elle.

— Je ne l'ai pas vu ! Donc tu étais à Brantôme ce matin ?

— J'ai dû rendre visite au menuisier pour lui commander un cercueil, le moins onéreux possible. La mère de l'enfant est morte hier soir. Tu admettras que n'est pas le moment de me faire une scène.

L'annonce le surprit et il changea tout de suite d'attitude, en caressant la joue de sa fiancée.

— Je comprends mieux, avoua-t-il. Tant pis, nous irons voir le curé et le maire en fin de semaine.

— Sophie sera inhumée demain matin dans le caveau familial qui se trouve au fond de notre parc. Mon père en a décidé ainsi. Nous tenons à être très discrets, je t'expliquerai pourquoi plus tard.

— D'accord, Albane. Maintenant je t'accompagne, je préfère être à tes côtés quand tu parleras à ce type, le maître du chien qui te menaçait hier, de toute évidence.

— Oui, viens si tu veux, mais je suis capable d'appréhender seule la situation.

— Un mari doit soutenir et protéger sa femme, rétorqua-t-il. Tu t'es habituée à être indépendante, et c'est une bonne chose, seulement désormais je serai là pour veiller sur toi.

Albane le gratifia d'un doux sourire, puis elle passa sur le perron inondé d'un soleil brûlant. Maubert Guérin la regarda des pieds à la tête d'un air conquérant. Titan, son dogue, s'était couché sur les larges dalles de calcaire.

— Il y a eu une naissance, hasarda-t-il, ou bien vous gardez des marmots pour arrondir votre salaire d'institutrice ?

— Ni l'un ni l'autre, répliqua-t-elle. Ce qui se passe ici ne vous concerne pas.

— De surcroît, vous êtes d'une rare insolence, monsieur, renchérit Louis Molinier. Comment savez-vous que ma fiancée est enseignante ?

— Il suffit d'interroger les gens du coin, toujours contents de bavarder ! Enfin, je ne vais pas vous déranger plus longtemps, dit-il en sortant une enveloppe de sa veste en toile. Je vous ai fait un chèque, mademoiselle, pour acheter de nouvelles poules. Et je suis prêt à en signer un beaucoup plus conséquent afin d'acquérir le château, ou du moins les terres alentour que votre père cherchait à vendre l'an dernier.

— Un chèque pour une dizaine de volailles, c'est ridicule, lui assena Louis. Vous n'avez pas d'espèces ? Qu'est-ce qui nous prouve que votre compte bancaire est approvisionné ?

Maubert Guérin haussa les épaules en descendant la volée de marches en pierre du perron. Albane avait lu la somme inscrite sur le chèque et elle le rattrapa d'un pas rapide.

— Vous vous moquez de mon père et de moi, déclara-t-elle. Votre geste est censé nous humilier, rien d'autre, comme si nous vous avions demandé la charité ! Il est inutile de nous rembourser. Mon salaire d'institutrice, même s'il vous semble méprisable, me permettra de racheter des pondeuses au marché. Maintenant partez de chez nous et n'y revenez jamais.

Il se déroula alors un singulier incident, dont Albane se souviendrait durant des semaines. Furieux, Maubert Guérin reprit le chèque qu'il déchira, avant de faire le geste de lever une main vengeresse sur la jeune fille. Mais le dogue bondit vers son maître en grognant, comme pour la défendre.

— Sage, Titan ! hurla-t-il. Quel crétin, ce chien !

Il ponctua ces mots d'un coup de talon décoché dans le flanc de l'animal. L'instant suivant, Louis repoussait Guérin d'une violente bourrade. Déséquilibré, celui-ci tituba sur ses jambes en reculant.

— Ne vous avisez plus de menacer ma fiancée, sinon vous aurez affaire à moi ! hurla l'instituteur. Fichez le camp, bon sang !

— Vous me le paierez cher, tous autant que vous êtes ! cria Guérin.

Il s'en alla enfin, tout en fouettant le dogue à l'aide de la poignée en cuir de sa laisse.

— Cet homme doit être fou, s'indigna Albane. Merci d'avoir volé à mon secours. Hélas, je crois que tu t'es fait un ennemi.

— Je lui aurais volontiers arrangé le portrait ! Tu te rends compte, il voulait te frapper !

— Je sais, mais tu étais là...

Elle se rapprocha de son fiancé pour nouer ses bras autour de son cou et lui donner un baiser.

D'une des hautes fenêtres à meneaux du salon, Amédée de Séguilières avait assisté à toute la scène. S'il était satisfait de la réaction fulgurante de son futur gendre, le comportement de leur nouveau voisin l'inquiétait beaucoup. Désireux d'en discuter avec Louis Molinier, il prit l'initiative de l'inviter à déjeuner.

— C'est très aimable à vous, monsieur, répondit l'instituteur lorsque le châtelain vint le saluer au milieu du hall.

— Père, vous êtes sûr ? s'enquit Albane, un peu désorientée.

— Tout à fait, ma chère enfant ! Je dois apprendre à connaître l'homme que tu aimes et dont tu vas partager l'existence.

— Mais j'ai installé le bébé dans la salle à manger, derrière un paravent et la table sert pour le langer. Nous pourrions inviter Louis la semaine prochaine, père. Ce n'est guère le moment.

Elle n'osait pas évoquer la présence de la défunte Sophie, dans le boudoir.

— Je comprends ce qui te gêne, Albane, aussi nous prendrons le repas de midi en cuisine. Maria va nous préparer une omelette, une assiette chacun et le tour est joué, décréta son père. J'ouvrirai une bouteille de bon vin, afin de remercier ton fiancé pour son intervention. Sans lui, cet odieux personnage aurait porté la main sur toi, j'ai tout vu... N'est-ce pas, Molinier ?

— Vous pouvez m'appeler Louis, monsieur de Séguilières !

Le jeune homme avait été surpris quand Albane lui avait dit qu'elle vouvoyait son père depuis sa petite enfance. Issu d'une famille ordinaire, il savait qu'il devrait s'adapter aux manières parfois fantasques de cet aristocrate vieillissant et ruiné.

— Très bien, venez à l'office, Louis !

Albane ne les suivit pas. Elle alla retrouver Mireille dans la salle à manger. Celle-ci, assise sur une banquette à l'abri du paravent, donnait le biberon à son petit-fils. Très pâle, elle avait une expression accablée.

— Est-ce que cet individu et son chien sont partis ? s'enquit-elle à voix basse.

— Oui, mais je suis désolée, mon père a retenu mon fiancé pour le déjeuner.

— Pourquoi êtes-vous désolée, Albane ?

— Peut-être que vous pourriez croire que nous nous soucions peu du décès de Sophie ? Pour ma part, j'espérais une journée tranquille, dans le recueillement et la prière.

— Ne vous faites pas de souci ! Ma fille et moi nous avons échoué dans votre parc, puis sous votre toit. Votre père et vous avez fait preuve d'une immense gentillesse. Je perturbe votre quotidien, ce serait à moi d'être navrée. J'ai surtout hâte que ma pauvre enfant soit enterrée.

— Je sais, Mireille. Si vous souhaitez rester ici, près de Pierre, je demanderai à Maria de vous apporter un plateau. Mais je dois rejoindre Louis qui est seul avec mon père.

— Ne vous préoccupez pas de moi, Albane. L'isolement me permet de pleurer et de prier.

Le châtelain et l'instituteur étaient en grande discussion lorsque Albane entra dans les cuisines. Maria s'affairait au-dessus du fourneau, dont le ronflement indiquait un feu très vif.

— Qu'il fait chaud ici, constata la jeune fille.

— Pardi, mademoiselle, je dois faire brûler du petit bois si je veux réussir une belle omelette avec nos derniers œufs. Et puis j'ai mis du pain à cuire dans le four.

Louis se tut un instant, le temps de sourire à Albane. Il put enfin apprécier la robe légère qu'elle portait ce jour-là et l'éclat de sa chevelure brune, retenue par des peignes. Son cœur fit un petit bond de joie, à la perspective de leur vie commune.

— Il faudrait se renseigner sur ce Maubert Guérin, déclara Amédée, qui fixait son verre de vin blanc. Je me demande d'où il vient et pourquoi il se montre aussi hargneux !

— J'interrogerai M. Lafaye dès cet après-midi, répliqua Louis. En tant que maire, il sera forcément au courant. Ce type me semble dangereux, son geste menaçant envers Albane en dit long sur sa mentalité.

— Je vous l'accorde, trancha le châtelain d'un air sombre. Et quel obscur motif le pousse à vouloir acheter notre propriété ? Il prétend s'établir sur la commune pour élever des chevaux de trait, car il vient d'acquérir des terres et un corps de logis.

— C'est ce qu'il m'a dit hier, confirma Albane. Quoi qu'il en soit, as-tu remarqué l'attitude de son dogue, Louis ? Le chien semblait prêt à me défendre.

— Tu as dû faire la conquête de cet animal en lui cognant sur le crâne avec une branche, ironisa son père.

Enfin, il n'y a pas vraiment de quoi rire. L'homme et sa bête sont des brutes.

Après avoir encore fait des hypothèses sur la personnalité de Maubert Guérin, ils se turent pour déguster l'omelette aux fines herbes. Albane se chargea d'en garder une part pour Mireille, ainsi qu'une tranche de pain tiède.

— En dessert, je vais lui donner du flan, précisa Maria. La pauvre dame n'a pas d'appétit, mais elle doit se nourrir.

— Combien de jours cette femme restera-t-elle chez vous ? s'intéressa Louis, tandis que la domestique quittait la cuisine avec un plateau.

— Mme Dresner s'en ira dès qu'elle le souhaitera, lui dit Amédée. Et elle peut demeurer indéfiniment au château si elle le désire, car l'hospitalité est un devoir sacré dans notre famille. Ma fille, as-tu raconté à ton fiancé ce que ces malheureuses ont subi en Allemagne ?

— Parce que ce sont des Allemandes ? s'étonna Louis.

— Non, mais leurs maris l'étaient, rectifia Albane. Je t'en parlerai tout à l'heure. Je comptais le faire de toute façon, afin d'avoir ton avis.

— Dis-lui tout de suite, insista son père. Je voudrais connaître l'opinion de mon futur gendre sur le sujet.

— Très bien ! Des soldats ont exécuté l'époux de Mireille sans sommation, en pleine rue, et celui de Sophie a été emmené dans un camp de prisonniers. Il y aurait de nombreux camps, d'après des rumeurs, où sont conduits les Juifs et les opposants au régime en place. Selon Mireille, si Hitler tentait de nous envahir et s'il réussissait, les Juifs français seraient victimes d'odieuses persécutions.

Stupéfait, Louis secoua la tête en signe de protestation. Il refusait de croire ce qu'il venait d'entendre.

— Les exactions contre les Juifs datent de plusieurs siècles, et force est de constater qu'en France les antisémites sont souvent virulents, mais je doute qu'en

Allemagne, on en vienne à tuer un honnête citoyen sous ce prétexte, déclara-t-il.

— Mireille n'a aucune raison de mentir, répliqua Albane. Elle était terrifiée à l'idée que l'on découvre qu'elles étaient juives, au point de changer le prénom de sa fille. Sophie s'appelait en réalité Esther... J'ai pu longuement discuter avec Mireille, et elle m'a dit que certains Juifs très fortunés, ou bien renseignés, s'étaient empressés de fuir l'Allemagne dans l'espoir de se réfugier en Angleterre ou en Amérique.

Amédée en profita pour vider son verre de vin blanc d'un air songeur. Il considéra ensuite sa fille et Louis avec une expression farouche.

— Mariez-vous vite, tous les deux ! s'écria-t-il. Ne nous voilons pas la face, une nouvelle guerre va éclater et nous connaîtrons des heures d'épouvante. Attention, je ne joue pas les visionnaires, mais je le sens, là, dans mon vieux cœur qui a déjà tant souffert. Le destin tragique de Mireille et d'Esther en est le funeste présage ! Et cette jeune mère qui repose dans le boudoir ne serait jamais morte si elle avait pu mettre au monde son enfant dans son foyer, auprès de son mari et de ses parents.

Dissimulée derrière la porte entrebâillée de la salle à manger qui communiquait avec les cuisines, Mireille avait écouté les dernières paroles du châtelain. Touchée par chaque mot, elle devait lui vouer à l'avenir beaucoup d'admiration et un profond respect.

— Nous ne pouvons pas partir, petit Pierre. Ici, tu seras en sécurité, chuchota-t-elle au bébé qu'elle tenait sur son cœur.

Elle recula sur la pointe des pieds pour regagner en silence la nursery improvisée par Albane et Maria.

Château de Séguilières, mercredi 19 juillet 1939

Une fine pluie d'été ruisselait sur le mausolée de la famille de Séguilières, érigé deux cents ans auparavant au fond du parc. On y accédait par une allée bordée d'ifs, qu'empruntait ce matin-là un cheval alezan, attelé à une charrette drapée d'un grand drap blanc. Le tissu révélait la forme d'un cercueil, celui d'Esther Blum, née Dresner.

Toute vêtue de noir, Maria tenait l'animal par sa bride, tandis qu'un très modeste cortège les suivait. Mireille était seule en tête, devant Amédée et le docteur Géraud. Albane et Louis fermaient la marche, serrés sous un parapluie qui protégeait aussi la voiture d'enfant.

— Pourvu que le bébé ne prenne pas froid, s'inquiéta la jeune fille. Maria l'a bien emmitouflé, mais le vent est frais à cause de l'orage de cette nuit.

— En tous les cas, il dort bien et la capote du landau l'abrite suffisamment, commenta son fiancé. Et ce ne sera pas long, puisqu'il n'y aura pas de cérémonie.

— Mireille m'a expliqué les rites de la religion juive lors des obsèques. En principe, il n'y a ni fleurs ni couronnes, mais elle m'a laissé cueillir deux beaux bouquets de roses. En fait, les Dresner n'étaient guère pratiquants, ni David, l'époux d'Esther. Je pense que dans de telles circonstances, les traditions n'ont plus le même poids, nota Albane.

— Sans ton père et toi, où et comment aurait été enterrée la fille de cette femme ? Vous vous êtes montrés secourables et très généreux, admit Louis.

— Le docteur Géraud nous a bien aidés aussi. Comme il est l'adjoint du maire, il a déclaré le décès et obtenu l'autorisation d'inhumer Esther sur notre propriété, précisa Albane.

— Peut-être, cependant je t'assure que notre maire n'était pas très enthousiaste, souffla-t-il. Il voulait même prévenir les gendarmes, pour contrôler l'identité de vos protégées. Disons qu'il a cédé afin de ne pas contrarier son plus riche concitoyen, M. Joseph Géraud ! Mais tu devines pourquoi je suis au courant ?

— Non, pas du tout, dit-elle tout bas, un peu agacée par le ton désinvolte de son fiancé.

— Hier après t'avoir quittée, je suis allé tout droit à la mairie pour me renseigner. Si nous fournissons sans tarder les documents nécessaires, nous pourrions nous marier le samedi 5 août, ou une semaine plus tard, le samedi 12.

— C'est très bien, mais parle moins fort, Louis. Nous sommes arrivés. Maria a arrêté le cheval.

— Qui est ce jeune homme près du mausolée ?

— Un maçon que le menuisier m'a recommandé quand il a livré le cercueil hier soir. Il fallait quelqu'un en mesure de desceller la dalle de la cavité où reposerait Esther, et de la fermer ensuite avec du ciment.

— Et qui paye tout ceci ?

— Mireille, bien sûr, avec l'argent destiné à leur voyage pour New York. Elle m'a confié ce matin même qu'elle n'avait plus aucune raison de s'exiler aux États-Unis. Veille bien sur le bébé, je dois rejoindre mon père.

Un quart d'heure plus tard, ils revenaient tous ensemble vers le château, laissant le jeune maçon travailler. Silencieuse, mais l'air apaisé, Mireille poussait le landau où dormait son petit-fils. Elle ressassait dans son esprit meurtri la douce image des bouquets de roses, déposés par Albane au pied du mausolée. Les fleurs étaient perlées de gouttes de pluie et elle avait pensé à la joie qu'aurait eue Esther si elle avait pu les contempler. Une pensée la blessa, ravivant sa douleur.

« Ma fille bien-aimée, tu peignais à ravir des aquarelles, et ton thème favori, c'étaient les fleurs, les renoncules, les jonquilles, les lys et les roses bien sûr. Où sont ces œuvres si délicates, aujourd'hui ? »

Albane et Louis la suivaient à quelque distance en se tenant par la main.

— Ne pleure pas, ma chérie, je t'en prie, dit l'instituteur pour la seconde fois. Tu as fait de ton mieux, maintenant il faut songer à nous, à notre mariage.

— Je n'ai pas le cœur à ça, répondit-elle enfin. Tu n'as jamais vu Esther, moi si. Elle avait un sourire tellement lumineux et des yeux tendres. Sa mort est injuste.

En guise de réponse, Louis Molinier la prit par l'épaule pour l'embrasser sur la joue. Albane le remercia d'un faible sourire.

Amédée de Séguilières, lui, guidait le cheval à la place de Maria, qui les avait précédés pour préparer une collation dans le grand salon. Toujours habillé d'un manteau de cuir qui descendait à mi-cuisses, et chaussé de bottes d'équitation, le châtelain lançait souvent vers le ciel gris un regard rêveur.

— Avez-vous remarqué que la pluie a cessé pendant la mise au tombeau de la douce Esther ? dit-il au médecin qui marchait à ses côtés.

— Oui, cela vous a permis de lire dans un parfait silence ce poème qui était bien choisi, concéda Géraud.

Aussitôt, certain que Mireille ne pourrait pas l'entendre, Amédée récita de nouveau, mais tout bas, les deux strophes qui lui étaient chères.

Mais le ciel avait au trépas
Condamné ses jeunes appas.
Au ciel elle a rendu sa vie,
Et doucement s'est endormie
Sans murmurer contre ses lois.
Ainsi le sourire s'efface ;
Ainsi meurt, sans laisser de trace,
Le chant d'un oiseau dans le bois.[1]

1. Évariste de Parny, *Élégies et poésies diverses.*

— J'ai découvert cette poésie un mois après le décès de mon épouse, indiqua-t-il. Je l'ai apprise et j'allais la dire là-bas, près du mausolée. L'auteur est un certain Évariste de Parny, un poète du XVIIIe siècle. Ma fille me demande parfois ce que je fais tard le soir dans ma chambre, mais je lis, je lis jusqu'à tomber assoupi.

— Une sage passion, monsieur, je ne peux que vous féliciter, répondit le docteur. Pour ma part, je consacre mes soirées à la science médicale, qui est en perpétuel progrès et comporte beaucoup plus d'énigmes qu'un roman policier. Pour être franc, je me suis beaucoup interrogé ces derniers jours sur les échecs des transfusions sanguines, même entre deux groupes identiques. Et au fond, je regrette d'avoir tenté cette intervention sur cette jeune femme.

— Mais vous la disiez condamnée à cause de l'hémorragie, comme l'a été Mathilde, mon épouse.

— Certes, cependant je me serais senti moins coupable en ce triste jour où nous l'avons accompagnée à sa dernière demeure. Une autopsie aurait pu m'en apprendre davantage, hélas il n'en était pas question.

Les deux hommes continuèrent à discuter sur le ton feutré des confidences. Soudain le cheval piaffa et poussa un bref hennissement. Le châtelain dut le maintenir d'une poigne vigoureuse pour l'empêcher de se cabrer.

— Qu'est-ce qui te prend, Ulysse ? s'écria-t-il.

Albane s'élança au secours de son père. Sans hésiter, elle grimpa dans la charrette et retint fermement les rênes.

— Je le ramène à l'écurie, dit-elle. Quelque chose lui fait peur. Mireille, faites attention, écartez-vous de l'allée.

L'alezan prit le trot immédiatement en s'ébrouant. De son siège, la jeune fille jeta un coup d'œil vers les arbres du parc. Elle aperçut une bête noire, tapie parmi les fougères, et une silhouette masculine en partie cachée derrière le tronc d'un chêne.

« Maubert Guérin nous épiait, il était là avec son chien, se dit-elle. Mais pourquoi ? »

Parvenue devant les écuries, elle s'empressa de dételer Ulysse et de le mettre au box. Le hongre frissonnait nerveusement.

— Qu'est-ce que tu as senti pour vouloir fuir ? soupira-t-elle en le frictionnant à l'aide d'une poignée de paille.

Un peu affolé, Louis la trouva ainsi, occupée à bouchonner l'animal. Dans sa robe noire, les joues roses, son chignon un peu défait, Albane lui parut adorable. Il lui aurait volontiers donné un baiser, mais il craignit une rebuffade.

— J'ai eu peur, ma chérie, en te voyant perchée sur la charrette, avoua-t-il. J'ignorais que tu savais aussi bien mener un cheval ! Quelles surprises me réserves-tu encore, à l'avenir ?

— Tu le découvriras petit à petit, riposta-t-elle en se forçant à rire.

Elle dévisagea Louis, heureuse de sa présence affectueuse. Il la couvait d'un regard amoureux et tout à coup, elle désira être dans ses bras pour savourer la caresse impérieuse de ses lèvres sur les siennes.

— Louis, je t'aime, chuchota-t-elle.

Il la reçut contre lui. Leurs bouches s'unirent avec fébrilité. Si Maria ne les avait pas appelés, ils seraient restés enlacés jusqu'à en perdre toute notion du lieu et de l'heure.

4
Jour de noces

Château de Séguilières, samedi 29 juillet 1939

Ce matin-là, Albane avait enfilé un pantalon en toile et une chemisette, déterminée à faire un grand ménage au rez-de-chaussée du château. Secondée par Maria et Mireille, elle s'était lancée dans le nettoyage du salon.

— Je me marie dans deux semaines, tout doit être impeccable. La mère et la sœur de Louis déjeuneront ici, après la cérémonie à l'église. Et aussi mon amie Coralie, qui sera mon témoin.

— Il y a du boulot, ronchonna la domestique. D'abord, détachez les doubles-rideaux, mademoiselle. Grimpez sur l'escabeau, si vous n'avez pas le vertige.

— Tu veux les laver ? Je te le déconseille, ils sont trop lourds et trop épais, nota Albane.

— On les secouera bien de la terrasse, ils sont surtout poussiéreux.

— Je cirerai le parquet quand nous aurons briqué le mobilier, proposa Mireille. C'est la plus belle pièce, je vous conseille de la fleurir, le jour venu, et de servir le dessert ici.

— Dites, mademoiselle, votre future belle-mère a cassé sa tirelire, plaisanta Maria. Elle ne voulait pas dépenser un sou, maintenant elle offre le gâteau. Cette dame doit être soupe au lait, pardi !

— Si mon fiancé t'entendait, lui reprocha Albane en riant, perchée sur la dernière marche de l'escabeau en bois. Tu as de la chance, Louis est parti camper au bord de la mer avec son meilleur ami. Il revient dans une huitaine de jours. Je voudrais lui faire la surprise à son retour.

— Quelle surprise ? s'intéressa Mireille, qui vidait les cendres de l'âtre monumental dans un seau en fer.

— Il trouvera notre château agréable et propre, digne de recevoir nos quelques invités, précisa Albane.

Elle souhaitait s'étourdir, afin de ne pas penser à ce mariage précipité dont elle appréhendait l'inévitable conséquence, à savoir la nuit de noces. Afin de se débarrasser de cette crainte lancinante, elle avait prévu plusieurs tâches, comme désherber l'allée principale menant à la cour d'honneur et faire tous les carreaux, mais aussi accrocher des tentures sur les murs du hall pour dissimuler les lézardes du plâtre.

— Notre domaine doit avoir belle allure, c'est une question de dignité, déclara-t-elle en luttant contre le bout de la tringle qui ne cédait pas.

— Moi je dis que votre fiancé aurait pu vous emmener voir l'océan, bougonna Maria, son balai à la main.

— Je préférais profiter au maximum de mon père et de vous deux, sans oublier le petit Pierre. Une fois mariée, je logerai au-dessus de l'école. L'appartement sera plaisant si je l'arrange à mon idée.

Son cœur se serra, à la perspective de quitter ces lieux où elle était née. Il lui semblait impossible de ne plus se réveiller dans son lit et de ne pas pouvoir courir dans le parc le soir, au soleil couchant.

— Albane, vous viendrez souvent, la rassura Mireille. Ce n'est pas comme si vous partiez vivre dans une autre ville.

Tout de suite, la jeune fille eut des remords. Elle avait exprimé sa tristesse de déménager à seulement deux kilomètres du château, alors que Mme Dresner avait tout perdu.

— Excusez-moi, Mireille, je devrais avoir honte de me plaindre devant vous, qui avez tant souffert.

— Ne soyez pas désolée, Albane, je vous comprends, soupira celle-ci. Cependant je suis d'accord avec Maria, votre fiancé aurait pu vous faire découvrir l'océan. C'est tellement beau ! Les vagues, le sable, le vent au parfum d'iode. Aaron et moi allions souvent sur une plage de la mer du Nord.

— Louis m'a proposé de venir, mais j'ai refusé, avoua Albane. Je tenais à préparer notre mariage. Il y a tant de choses à mettre au point.

Elle évita de préciser lesquelles, ayant enfin réussi à faire coulisser les anneaux en cuivre des rideaux.

« Si j'étais allée avec lui, son ami ne l'aurait pas accompagné et je sais ce qui serait arrivé, se disait-elle. Nous aurions brûlé une étape, et je ne le souhaitais pas. Je marcherai vers l'autel au bras de mon père sans avoir cédé au désir… Au désir de Louis. »

Depuis leur langoureux baiser de l'écurie, son fiancé s'était montré plus entreprenant. Ils se retrouvaient au crépuscule, au bord de la Dronne ou dans le bois voisin. À chaque fois, son futur mari la suppliait : « Je t'en prie, Albane, pour trois semaines de plus ou de moins, quelle importance », disait-il à son oreille, en osant des caresses qui la gênaient.

Elle avait résisté, soucieuse de son honneur et surtout irritée par son insistance. À présent, le compte à rebours débutait, que la jeune fille passerait à donner une meilleure allure au château de ses ancêtres.

— Oh, le petit Pierre est réveillé, fit remarquer Maria. Si on s'accordait un bon café, le temps que ce chérubin prenne son biberon. Maintenant qu'on a du bon lait de biquette pour lui !

— Grâce à vous, fit remarquer Mireille. Quand je vous ai vue ramenant cette chèvre au bout d'une corde avant-hier, je n'en croyais pas mes yeux.

— Le métayer ne s'est pas fait prier, on est cousins issus de germains, comme on dit. Il fallait trouver une solution, leur lait en poudre, il coûte cher. Le docteur ne pouvait pas continuer à nous en fournir à prix réduit.

Albane était descendue de son perchoir. Elle fut la première à se pencher sur le landau où s'agitait le bébé, son minuscule visage coloré par les cris virulents qu'il poussait.

— Vous pouvez le prendre, avança Mireille en la rejoignant.

— Je veux bien, oui.

Elle souleva le nourrisson qui se calma aussitôt. Il la fixa un instant avant d'esquisser un vague sourire. Attendrie, Albane l'embrassa sur le front du bout des lèvres.

— Qu'il est mignon, soupira-t-elle. Mireille, ce tout-petit est votre bien le plus précieux. Je devine à quel point vous cachez votre chagrin et je vous admire pour ça. Esther doit tellement vous manquer.

— Ma fille est en paix. Je prie pour son âme, mais j'évite de la pleurer, afin de la laisser s'élever vers Dieu. Ici, j'ai trouvé un asile et je pourrais vous remercier à chaque minute. Mais...

— Mais il y a quand même une ombre au tableau, soupira Albane. Vous redoutez cet homme, Maubert Guérin.

— En effet, comme vous, Albane ! Je les ai aperçus, lui et son affreux chien, le jour où nous avons inhumé ma pauvre enfant. Et dimanche dernier, le dogue rôdait dans votre parc, Maria l'a vu. Je n'ose pas promener Pierre en landau, si par malheur cette sale bête m'attaquait.

— D'après mon père et mon fiancé, Guérin se livre à de l'intimidation, dans l'espoir d'acheter notre propriété. On dirait parfois qu'il se croit déjà chez lui, j'ignore pourquoi. Le maire n'a rien pu nous apprendre d'intéressant ou d'inquiétant à son sujet, quand Louis a voulu se renseigner. Il sait seulement que Maubert Guérin a trente-cinq ans, qu'il est célibataire, et qu'il aurait gagné une fortune grâce à l'élevage de chevaux de course qu'il avait en Picardie.

— Je suis au courant, votre père m'a dit la même chose, mais j'ai un mauvais pressentiment. Enfin, n'en parlons plus. Bébé est affamé.

Mireille souleva son petit-fils et le nicha sur son bras gauche, en déposant un léger baiser sur son front.

« Moi aussi, un jour je serai maman, songea Albane. Mais pas avant un an ou deux, car j'aime mon métier. Et puis en tant qu'enseignante, à la rentrée j'aurai vingt-six enfants dont je devrai m'occuper. »

Sa boutade la fit sourire, néanmoins pour l'avoir dite en riant à Louis Molinier, elle savait qu'il ne l'avait guère appréciée.

Château de Séguilières, samedi 12 août 1939

Il était 8 heures du matin. Le cœur survolté, Albane ne pouvait pas détacher ses yeux du reflet que lui renvoyait le grand miroir de sa chambre. Elle avait du mal à se reconnaître, toute vêtue de blanc, en robe longue. Le bustier brodé de perles moulait sa poitrine ronde et marquait sa taille fine.

— Vous êtes bien belle, mademoiselle ! s'extasia Maria, qui l'avait aidée à s'habiller. Je n'ai même pas eu besoin de faire des retouches. Maintenant il faut vous coiffer.

— Sois franche, une telle toilette n'est-elle pas un peu trop élégante, surtout pour le mariage civil ? Et à l'église, il n'y aura pas beaucoup de monde.

— Mais si, vous verrez ! Misère, vous dites des sottises, c'est sûrement l'émotion. Il y aura les parents de vos écolières, des curieux et les braves gens qui vous ont vue grandir. Ne vous faites pas de bile pour votre traîne, trois de vos petites élèves la tiendront, et puis on ne se marie qu'une fois ! Asseyez-vous, je dois natter vos cheveux et les rouler en chignon sur la nuque, sinon votre couronne en fleurs artificielles ne tiendra pas bien.

Docile, Albane prit place à sa coiffeuse, un meuble en forme de demi-lune, tout en bois de merisier et surmonté par trois miroirs pivotants. Soucieuse de son image, elle s'observa encore sous tous les angles, ce qui fit rire la domestique.

— Vous feriez mieux de choisir les bijoux que vous allez porter, mademoiselle, au lieu de jouer les coquettes.

— Je ne peux pas me décider, ils sont tous magnifiques !

La jeune fille effleura le contour du coffret en marqueterie que lui avait remis le châtelain le mois précédent, où rutilaient des bracelets en or, des colliers sertis de rubis, ainsi que plusieurs bagues, dont une ornée d'un diamant.

— Il y en a pour une fortune, Maria, murmura-t-elle. En les vendant, mon père aurait pu sauver certaines parcelles de terre qu'il a soldées au tout-venant. Et il ne se serait pas privé d'un peu de confort, comme il le fait depuis des années.

— Pour monsieur Amédée, ces bijoux sont sûrement sacrés, et d'après ce que je sais, ils venaient de la famille de votre maman. Il tenait à vous les offrir.

Sur ces mots, Maria commença à brosser avec énergie la chevelure brune d'Albane, qui frôlait ses épaules. Mais la jeune fille se releva brusquement et courut vers la cheminée en marbre. D'un geste précautionneux, elle s'empara d'un cadre et le ramena.

— C'est la photographie de mes parents le jour de leurs noces, soupira-t-elle en se rasseyant. Je voudrais voir quels bijoux maman portait.

Le cliché sépia, de taille moyenne, avait toujours eu le don de l'émouvoir. Le couple qui y figurait semblait si heureux, d'un bonheur idéal, pourtant promis à se briser environ douze ans plus tard.

— Maria, quand es-tu entrée au service de maman ?

— Quelques mois avant son décès, mademoiselle. Mais à l'époque, il y avait beaucoup plus de personnel ici. Un jardinier, une cuisinière, deux femmes de chambre et une lingère. Ces gens sont partis peu à peu, Monsieur ne pouvait plus leur verser de gages. Alors j'ai remplacé tout le monde ! J'étais toujours en deuil de mon mari, je n'arrivais pas à me remettre de son décès qui remontait pourtant à plus de dix ans, ça me faisait du bien de travailler dur. Dites, ce n'est pas le moment de causer du passé. Dans une heure, vous devez être à la mairie.

— Je sais, seulement je suis de plus en plus anxieuse ! Louis doit être à la gare, car sa mère et sa sœur arrivent par le train. Sa famille est de Périgueux. Tu te rends compte, je vais faire la connaissance de ces dames juste avant la cérémonie.

— Elles seront éblouies ! Au fait, le pâtissier a livré la pièce montée qu'a offerte votre belle-mère.

Avec un petit soupir attendri, Maria mit la dernière touche au chignon natté de la future mariée, qu'elle avait élaboré en piquant des épingles dont la tête représentait une fleur blanche.

— Je suis bien contente, mademoiselle, avoua-t-elle. Monsieur s'est décidé à écorner ses économies pour que vous ayez un dîner et une nuit à l'hôtel.

— Je rectifie, ses maigres économies, et je n'étais pas d'accord.

— C'était la moindre des choses. Bon, pensez plutôt aux bijoux...

Albane avait pu étudier la photographie. Elle chercha dans le coffret, obligée de disposer sur la coiffeuse certains colliers et quelques bracelets.

— Voilà ! Maman avait ce tour de cou en perles, et les boucles d'oreilles assorties. Je mettrais volontiers à la main droite la bague ornée d'un diamant, mais cela pourrait contrarier Louis.

— C'est bien vrai, son aigue-marine ferait pauvre figure à côté de cette merveille, admit la domestique. Ne gigotez pas, mademoiselle, je vais vous aider.

Pendant que Maria accomplissait son délicat labeur, Albane songeait à Mireille, qui avait refusé d'assister au mariage et de participer au repas de fête.

— C'est dommage, pensa-t-elle tout haut.

— Quoi donc, mademoiselle ?

— L'attitude de Mireille ! Elle ne sort pas du château. Et je viens de me poser une question ! Pourquoi sont-elles venues à pied de Périgueux, sa fille et elle ? Il y avait des trains jusqu'à Brantôme.

— Soit par crainte de dépenser de l'argent, soit parce qu'elles avaient raté le dernier convoi... Vous lui demanderez quand vous en aurez l'occasion. Pour l'heure, poudrez-vous un peu les joues. Vous êtes toute pâle.

On frappa à la porte de la chambre. La voix grave d'Amédée résonna aussitôt.

— Es-tu prête, Albane ? Ton témoin est là, je l'ai installée dans le salon.

— Je viens d'ici cinq minutes, père, dites-le à Coralie.

— Ai-je le droit d'admirer la mariée le premier ?

— Patientez dans le hall, vous me verrez descendre l'escalier.

— Faisons ainsi, ma chère enfant.

Ce fut au tour de Maria de s'affoler. Elle ôta le tablier qui protégeait sa robe du dimanche en satinette mauve.

— Tiens, mets ce pendentif, murmura Albane. Il égaiera ta toilette, le médaillon est joli, c'est un camée. Je t'en prie, accepte, tu m'as servi de mère et sans toi, je me sentirais très seule ce matin.

— D'accord, mais je vous le rends à midi !

Le cœur d'Amédée fit un bond dans sa poitrine lorsque sa fille lui apparut, nimbée de soie blanche et coiffée d'un voile en dentelle. Elle soulevait le bas de sa robe de ses mains gantées de blanc. Il crut revoir Mathilde, le jour où il l'avait épousée.

— Tu es ravissante, souffla-t-il quand il put la prendre par le bras. Comme tu ressembles à ta mère ! Mais elle était blonde, oui, ses cheveux avaient la teinte du miel... Toi tu as hérité de ta grand-mère maternelle, qui était encore plus brune que toi et bien moins jolie. Dieu soit loué, tu as les traits adorables de ta maman. Peut-être ton nez est-il plus menu et ton menton n'a pas de fossette.

Radieuse, Albane prit le temps de détailler le costume gris foncé à queue-de-pie de son père, qui avait fière allure, une lavallière couleur ivoire nouée autour du cou.

— Vous êtes très élégant, père, lui dit-elle. J'allais oublier, quand Maria descendra, ne vous formalisez pas, je lui ai prêté un pendentif qui était dans le coffret de maman, le camée représentant une déesse grecque de profil.

— Il t'appartient désormais et tu as même le droit de le lui offrir, elle le mérite amplement. Mais viens vite saluer ton amie, une charmante personne.

— Oui, bien sûr, passons au salon.

Coralie Laville sirotait un verre de l'orangeade concoctée par Maria à l'aube, en même temps que des plats destinés au déjeuner.

— Albane, que tu es belle ! s'écria la jeune femme en se levant souplement de son fauteuil. On s'embrasse !

— Avec plaisir.

Elles avaient le même âge et s'étaient rencontrées à l'École normale primaire de Périgueux. Très blonde, les cheveux coupés à la Greta Garbo, Coralie était assez grande et d'une rare minceur. Elle arborait un tailleur en lin beige, sur un corsage rose et une capeline de même teinte.

— J'ai été très touchée quand tu m'as demandé d'être ton témoin, affirma-t-elle.

— Tu es mon amie, je n'ai pensé qu'à toi pour ce rôle, répliqua Albane. Nous étions si proches pendant ces deux ans d'études. Père, Coralie et moi, nous correspondons depuis un an, à raison d'une lettre par semaine. Je lui ai écrit récemment que notre cheval boitait beaucoup et que je devais renoncer à me rendre à la mairie en calèche.

— Et donc, je me suis proposée comme chauffeur, annonça Coralie. Papa m'a prêté sa voiture. Rassurez-vous, monsieur, j'ai mon permis de conduire.

— J'en ai eu la preuve en vous voyant débouler au volant d'une superbe automobile, rétorqua le châtelain. Eh bien, vive le progrès ! Nous allons défrayer la chronique en traversant Brantôme en pareil équipage... Voici Maria, notre fidèle gouvernante.

Amédée adressa un clin d'œil à la domestique, à qui il venait d'accorder un titre dont elle se moquait bien. À ce moment précis les pleurs d'un bébé retentirent dans la pièce voisine.

— Coralie, encore quelques minutes, et nous pourrons y aller ! s'écria Albane. Je voudrais dire au revoir à Mireille et à son petit-fils, dont je t'ai raconté la triste histoire dans une lettre.

— Je ferai sans doute la connaissance de cette dame plus tard, hasarda son amie.

— Je te la présenterai avant le repas.

Mireille s'était réfugiée derrière le paravent, avec le landau qu'elle agitait doucement. Le soleil qui pénétrait par les deux hautes fenêtres lui dispensait une clarté tamisée.

— Je suis désolée, Pierre s'est manifesté, pourtant ce n'est pas l'heure de son biberon, dit-elle immédiatement à Albane. Je vais le prendre dans mes bras et le rendormir. Moi qui ne voulais pas gâcher votre journée ! Seigneur, vous êtes toute belle… et c'est la robe de votre maman ! Elle n'est pas démodée du tout.

— Merci pour vos compliments, mais je suis un peu triste de vous laisser cloîtrée ici. Promenez votre petit Pierre pendant notre absence. Le docteur Géraud recommande des balades pour le fortifier, notamment en cette saison.

— Non, non, je préfère rester à l'abri, protesta Mireille. Cet homme, Maubert Guérin, était encore dans le parc hier avec son chien. Maria les a aperçus du côté de la fontaine. Ils me terrifient tous les deux, j'en fais des cauchemars.

— Dans ce cas, Mireille, ne sortez pas si c'est une souffrance pour vous. Mais ouvrez en grand les fenêtres quand la chaleur montera, il fait trop frais dans cette pièce.

— Cessez de vous préoccuper de moi, Albane ! Votre fiancé doit vous attendre. C'est le jour de vos noces…

Mairie de Brantôme, même jour,
vingt minutes plus tard

Pendant le court trajet du château à la mairie, Albane se répéta les mots de Mireille : « C'est le jour de vos noces. » Son père était assis à l'avant, Maria et elle sur la banquette arrière.

— Faites attention à la traîne, s'inquiéta la domestique. Elle prend beaucoup de place.

— Oui, et j'ai peur de froisser la robe.

Submergée par la nervosité, la jeune fille ferma les yeux un instant. Afin de vaincre son angoisse, elle décida de se laisser porter par le courant, sans réfléchir à la suite des événements. Malgré tout, une petite voix intérieure lui disait que c'était trop tôt.

« Je voulais me marier l'année prochaine, se souvint-elle. Je ne suis pas vraiment prête... »

Cependant, dès que Coralie se gara sur la place de la mairie, Albane eut l'étrange impression de ne plus s'appartenir et d'être dédoublée. D'un côté, il y avait la jolie mariée, rose d'émotion, qu'une foule acclamait avec amitié. Celle-ci souriait à Louis Molinier, en costume trois pièces et cravate bleue, tout en saluant sa mère et sa sœur qui l'entouraient.

L'autre facette reflétait la détresse d'une ravissante jeune fille, éprise d'indépendance, accoutumée à la liberté et peu désireuse de mener une vie conjugale.

— Vive la mariée ! cria une vieille dame en agitant un bouquet de dahlias rouges.

Lorsque Albane sortit de la voiture, avec l'aide de son père, quelqu'un poussa vers elle trois de ses élèves dans leur toilette du dimanche, bien coiffées et intimidées.

— Qu'elles sont mignonnes, commenta Maria qui s'empressa de montrer aux petites comment tenir la traîne.

Adèle, la mère de Louis, et Denise, sa sœur, assistaient à la scène d'un air impénétrable. Elles étaient vêtues simplement, chacune en tailleur et chapeau. Les présentations faites, Albane prit la main de son fiancé et ils entrèrent dans la mairie, suivis par une masse animée de gens, dont le docteur Géraud et Maurice Bérard, le dinandier.

Le couple écouta le discours du maire, puis ils prononcèrent le « oui » qui les unissait au nom de la République française, sous le regard indifférent du président Albert Lebrun, figé dans son cadre au-dessous du buste de Marianne.

Albane évoluait au sein d'un brouillard oppressant qui étouffait jusqu'aux sons autour d'elle.

— Je vous souhaite une union longue et heureuse, avec toutes mes félicitations, disait encore le maire. Et bien sûr, le marié peut embrasser la mariée !

Les lèvres de Louis se posèrent sur la bouche d'Albane pour un baiser chaleureusement applaudi.

— Ma petite femme chérie, souffla-t-il à son oreille. Nous allons à l'église, maintenant. Mais qu'est-ce que tu as ?

— Rien, je vais bien. Il fait très chaud.

Marcher au grand air ranima Albane. Elle retrouva un peu de sa vivacité habituelle en avançant vers l'église paroissiale Saint-Pierre. Des badauds accouraient des rues voisines pour voir passer la mariée qui tenait le bras d'Amédée.

— Hé, c'est la demoiselle du château ! claironna un garçon d'une douzaine d'années.

— Z'avez vu ça, il est ben chic, le châtelain ! cria un adolescent coiffé d'une casquette.

La rumeur grandissait autour du cortège, un ronronnement de nombreuses conversations mêlées d'éclats de rire ponctués par l'écho d'un tambourin dont jouait une fillette en sabots, perchée sur un muret.

— Quel succès nous avons, confia Louis à Maria, qui était près de lui. Enfin, surtout Albane, elle est tellement belle !

— Ah ça, vous pouvez le dire, et puis tous les parents de vos élèves sont venus, marmonna la domestique. Pardi, ça fait du monde.

Le moment arriva enfin où Amédée de Séguilières mena sa fille vers l'autel, tandis qu'une dame, professeur de piano, jouait sur l'harmonium la marche nuptiale de Mendelssohn.

— Comment te sens-tu ? souffla le châtelain. Tu trembles…

— Je vais bien, père.

Albane domina enfin son malaise et son impression de ne plus être elle-même. La musique l'apaisait, mais plus encore, le décor familier de l'église Saint-Pierre. À l'abri du voile en dentelle qui couvrait son visage, elle caressa du regard les vitraux ravivés par le soleil, le

Christ en croix, puis le curé qui les attendait en souriant. Le religieux l'avait baptisée et lui avait enseigné le catéchisme et aujourd'hui, il allait l'unir à Louis.

Après avoir de nouveau prononcé le « oui » fatidique, Albane éprouva un léger soulagement. Lorsqu'au bras de son mari, elle fit face à l'assemblée des paroissiens, la joie était revenue dans son cœur. Coralie, assise au premier rang, prenait des photos avec un petit appareil.

— Ce n'était pas si terrible, ce mariage devant Dieu, chuchota Louis. Es-tu heureuse ?

— Mais oui, répondit-elle en souriant.

Elle vit alors Maria qui séchait ses larmes, puis son père et le docteur Géraud, tous deux prêts à se lever après le passage du jeune couple.

Quand les cloches se mirent à sonner, Albane découvrit Maubert Guérin parmi l'assistance. Il était en costume noir et la fixait d'un air songeur.

« Pourquoi est-il venu ? se demanda-t-elle. Sans doute par curiosité ! »

Contrariée, elle serra plus fort le bras de Louis qui en fut ravi. Ils franchirent la haute porte du sanctuaire, pour être encore une fois acclamés et applaudis. Des enfants leur jetèrent des grains de riz avec des vivats joyeux.

— Beaucoup de bonheur pour notre maîtresse ! s'égosilla une fillette aux nattes blondes.

— Longue vie à notre maître ! renchérit un gamin de dix ans.

Une atmosphère de liesse régnait, assortie au bleu pur du ciel d'été, qui se mirait dans les eaux sombres de la Dronne toute proche.

— J'ai envie de te photographier assise sur le parapet de la rivière, lui dit Coralie. La lumière est parfaite. Nous ferons la photo de groupe au château, dans la cour d'honneur.

Louis discutait avec le maire et le docteur Géraud. Albane se plia à la volonté de son amie, tout en admirant la majestueuse abbaye édifiée sur la rive de la Dronne. Adolescente, elle avait souvent rêvé de se marier dans l'église abbatiale, et cette réminiscence lui conféra une expression très douce, que capta l'objectif de Coralie.

— Il faut que mon fils pose avec ma belle-fille, décréta alors Adèle Molinier d'un ton sec. J'espère que vous m'enverrez les clichés. Louis, viens par ici.

— Bien sûr, madame, j'y veillerai, affirma Albane, gênée par le regard incisif de sa belle-mère.

Le couple prit la pose, à l'instant où Maubert Guérin passait près de Coralie. Goguenard, l'éleveur s'immobilisa quelques secondes, puis il s'éloigna en sifflant après avoir bousculé Maria qui s'approchait.

— Mon Dieu, si vous saviez ce que j'ai entendu de la bouche de ce sale individu, soupira la domestique d'un air effaré, dès qu'il eut disparu parmi la foule.

— N'y fais pas attention, recommanda Albane.

— Mais mademoiselle, il a dit : « Tiens, la youpine n'était pas invitée à la noce. »

Accaparé par sa sœur, Louis n'entendit pas ce que disait la domestique, mais Coralie, elle-même de confession juive, s'indigna.

— C'est honteux, affirma-t-elle. Cet homme doit être un sale fasciste.

Furieuse, Albane songea au mauvais pressentiment dont lui avait parlé Mireille.

— Maria, nous devrons veiller sur Mme Dresner et le petit Pierre, dit-elle d'un ton farouche. Après tout ce qu'elle a subi comme épreuves, elle a le droit d'être en paix.

— Je ferai bien attention, je vous le promets, mademoiselle. Pardon, je dois vous appeler Madame à présent que vous êtes mariée.

— Eh oui, Maria, désormais Albane se nomme Mme Molinier, se félicita Louis qui venait de les rejoindre.

Coralie fut la seule à saisir l'éclat de révolte qui brilla alors dans les beaux yeux de son amie. Elle devina que cela lui déplaisait de ne plus porter l'élégant patronyme de sa famille.

— Eh bien, rentrons au château, je peux ramener quatre personnes dans ma voiture, proposa-t-elle.

Le docteur Géraud, convié au déjeuner, prit en charge Adèle et Denise Molinier, ainsi qu'Amédée de Séguilières, dont la bonne humeur battait de l'aile. À l'instar de sa fille, il prenait conscience qu'elle quittait pour longtemps les murs séculaires témoins de son premier cri.

Grand Hôtel de Brantôme, le soir

Les jeunes mariés avaient dîné en tête à tête à une table située près d'une fenêtre d'où ils voyaient le pont sur la Dronne et un méandre de la rivière.

— C'était délicieux, admit Albane.

— Tu n'as presque rien mangé, j'ai fini la moitié de tes plats, fit remarquer Louis.

— Le repas préparé par Maria à midi était si copieux que je n'avais pas très faim.

— Pourtant nous sommes venus ici à pied, justement afin de faire un peu d'exercice. Alors, que penses-tu de ma mère et de ma sœur ? Nous avons discuté de beaucoup de choses cet après-midi et ce soir, mais tu ne m'as pas donné ton opinion sur elles.

— Je les ai trouvées très sympathiques. C'était notre première rencontre, nous ferons mieux connaissance à l'avenir. Ta mère s'est montrée réservée, comme si elle n'était guère à son aise, mais Denise m'a complimentée sur la décoration du salon.

— J'avoue que vous avez fait des prodiges, Maria et toi, pendant mon séjour à la mer. Le château était plus agréable, même si cela reste un château, en particulier pour ma mère. Je ne t'avais rien dit pour ne pas t'inquiéter, cependant nous sommes de fervents socialistes en mémoire de mon père. Tu sais que nous l'avons perdu il y a quatre ans d'une mauvaise grippe, mais de son vivant, il militait pour l'égalité sociale et surtout il méprisait les aristocrates.

Tout de suite sur la défensive, Albane vida d'un trait son verre de vin blanc.

— Comment peut-on mépriser des gens qui le plus souvent ont juste hérité d'une particule et non d'une fortune ! Ce terme d'aristocrate ne signifie plus rien de nos jours. Mon père est ruiné, notre château est en partie délabré, tu as pu le constater toi-même.

— Ne te fâche pas pour si peu, soupira Louis.

Mais Albane était blessée. Elle revoyait le grand salon agrémenté de bouquets de fleurs et de feuillages, les nappes damassées qui drapaient les tables. Tous ses efforts n'avaient sûrement servi à rien.

— Je comprends mieux la mine renfrognée de ta mère, lâcha-t-elle tout bas. Coralie essayait en vain de la dérider. Si tu m'avais avertie, nous aurions déjeuné ici. J'ai des économies, je pouvais vous inviter.

Contrarié à son tour par sa réaction, Louis tenta d'arranger les choses. Il s'empara de la main d'Albane, qu'elle avait posée à côté de son assiette à dessert.

— Allons, ma chérie, évitons une dispute, notamment ce soir. Tout était parfait à midi et pour ma part, j'ai grandement apprécié de fêter notre mariage au château.

— Vraiment ?

— Tout à fait ! Ton père était charmant et ton amie Coralie a su distraire le docteur Géraud, qui semblait mélancolique. Je présume qu'il aurait voulu être à ma place…

L'allusion attrista davantage Albane, qui avait remarqué la façon dont le médecin la regardait, avec une douce amertume.

— Tu as beaucoup trop d'imagination, répliqua-t-elle. Mais tu as raison, ce n'est pas la peine de nous quereller.

— Nous ferions mieux de monter dans notre chambre, il est déjà tard, déclara Louis en guise de réponse.

— Et si nous nous promenions un peu, il fait tellement bon la nuit tombée. Aujourd'hui la chaleur m'a incommodée. Nous pouvons marcher jusqu'à l'abbaye. Je n'ai jamais le temps de l'admirer de près. Les moines de la congrégation de Saint-Maur ont entrepris de la restaurer[1]. Les travaux ont bien avancé depuis leur arrivée en 1936.

Louis la dévisagea d'un air suspicieux qui la fit rougir. Puis il se mit à sourire, en repliant sa serviette.

— La rentrée des classes est prévue le 2 octobre, nous avons encore plusieurs semaines où nous pourrons nous balader matin et soir, répliqua-t-il. Albane, ma chérie, je suis fatigué et toi aussi. Nous sommes debout depuis 6 heures du matin. Sais-tu que je te préfère habillée ainsi ? Ce corsage te met en valeur et cette jupe a le mérite de dévoiler tes jolies jambes.

Albane s'était changée à la fin du déjeuner. La somptueuse robe de soie blanche était à nouveau rangée dans une penderie, protégée par un drap de calicot. Quant à ses bijoux, ils avaient repris leur place au fond du coffret.

— Louis, tu exagères ! Est-ce que tu le fais exprès ? Je me sentais plus belle en mariée que dans cette tenue... Tout le monde m'a dit que j'étais ravissante. Toi aussi !

— Mais oui, tu m'as ébloui ! Cependant j'ai le droit de te préférer vêtue plus simplement. Ne fais pas l'enfant, ma chérie, allons dans notre chambre.

Le désir faisait vibrer la voix de son mari. Albane en eut conscience et elle demeura silencieuse, hantée par l'image du grand lit du premier étage où ils se coucheraient tous les deux.

— Je vais chercher notre clef à la réception, dit-il en se levant, une cigarette au coin des lèvres.

---

1. Fait véridique.

Il la précéda dans l'escalier. Un tapis rouge, maintenu par des barres en cuivre, couvrait chaque marche, étouffant le bruit de leurs pas.

— C'est dommage que ta mère et ta sœur soient reparties à Périgueux avec Coralie, insinua Albane une fois sur le palier. Elles auraient pu dormir dans cet hôtel ou au château.

— Quelle importance ! Si nous pensions à nous, maintenant, protesta-t-il. Au cours du dîner, tu m'as récité le menu élaboré par Maria, le rôti, la truffade de pommes de terre, les salades, ensuite tu t'es souciée uniquement de Mireille et du bébé.

— C'est normal, Louis. Je me suis attachée à cette femme et à son petit-fils.

— C'est tout à ton honneur, mais je t'en prie, oublie-les au moins jusqu'à demain.

Il la prit par la taille pour la faire entrer dans la chambre. Dès qu'il actionna l'interrupteur, la lumière électrique du plafonnier parut aveuglante à Albane.

— Tu devrais allumer les lampes de chevet, murmura-t-elle. Où est mon sac ?

— Là, sous la fenêtre. Tu peux faire ta toilette dans la salle de bains, j'irai ensuite.

Soudain gêné par leur intimité, Louis regretta son attitude au cours du dîner. Il avait été désagréable sans le vouloir sous l'effet d'une nervosité incontrôlable. À présent, il craignait de brusquer Albane, dont les craintes étaient bien naturelles. D'un geste câlin, il l'attira contre lui.

— Pardonne-moi, ma petite chérie, dit-il à son oreille. Je me suis conduit comme un imbécile tout à l'heure, peut-être pour cacher mes émotions. Écoute, lorsque j'ai relevé ton voile en dentelle dans l'église et que tu m'as regardé, j'ai eu envie de pleurer. Tu étais d'une beauté bouleversante. Toute la journée, je n'ai pensé qu'à cette nuit. Mais n'aie pas peur, je serai délicat. Il suffit que tu sois détendue et que tu me laisses faire.

Albane se dégagea de son étreinte. D'abord comblée par les tendres excuses de Louis, elle avait ressenti un élan vers lui, or il avait tout gâché avec ces dernières paroles.

— Je n'ai pas peur, mentit-elle d'un ton net, en prenant son sac en cuir, qui avait appartenu à sa mère.

Elle s'enferma dans la salle de bains, partagée entre la colère et l'appréhension. Pour se donner du répit, elle ouvrit les robinets de la baignoire. Il y en avait deux au château, mais l'eau chaude n'était plus qu'un souvenir, ce qui imposait à Maria de monter à l'étage chargée de brocs d'eau bouillante.

— Tout est allé de travers, se dit-elle dans un murmure. Si je reste dans cet état d'esprit, notre nuit de noces sera une catastrophe.

Bientôt entièrement nue, Albane se plongea dans son bain, ses cheveux relevés en chignon haut. Les yeux fermés, elle chassa la moindre pensée négative pour se remémorer les meilleurs instants passés entre les bras de Louis. Souvent c'était en pleine campagne, quand ils s'embrassaient à perdre haleine ou bien se cajolaient en riant. Ils échangeaient des mots d'amour et faisaient mille projets. Un coup discret à la porte la ramena à la réalité.

— Albane, tu ne t'es pas endormie, au moins ? demanda son mari. Dépêche-toi un peu, ma chérie. Je crois que tu as pris un bain, ne le vide pas, je m'en servirai.

Une demi-heure plus tard, ils étaient étendus côte à côte dans la pénombre. Louis avait entrouvert la fenêtre sans crocheter les volets et la pâle clarté d'un réverbère leur tenait lieu de veilleuse.

— Il fait encore chaud, dit Albane tout bas.

— Pourtant tu es en chemise de nuit et moi en pyjama. Ce doit être de la pudeur.

De plus en plus fébrile, son mari repoussa les draps, avant d'effleurer les joues et le cou de sa femme du bout des doigts. Enfin il lui donna un long baiser où s'exprimaient sa sensualité et son désir. Lorsqu'ils reprirent leur souffle, Louis se mit nu en quelques gestes rapides.

— À toi, ma toute belle, supplia-t-il.

Albane tremblait de tout son corps, une fois nue à son tour. Elle avait entrevu le sexe durci de Louis et désemparée, elle décida de fermer les yeux, comme dans son bain.

— Enfin, enfin, répéta-t-il, haletant. Tes jolis seins bien ronds, j'en rêvais... Ton ventre tout doux, tes cuisses.

Il ponctuait son émerveillement de caresses un peu rudes à l'endroit indiqué, puis il utilisa sa bouche chaude pour téter ses mamelons bruns. Troublée, Albane ne songeait pas à le toucher, restant passive afin de dissimuler un début de panique.

— Ma chérie, tu me rends fou, gémit son mari. Embrasse-moi, mon amour.

Elle lui offrit ses lèvres, avide d'un baiser qui lui redonnerait une timide sensation de langueur. Mais il en profita pour guider son membre viril, tendu à l'extrême, au sein de son calice de chair féminine, moite et soyeux.

— Voilà, voilà, souffla-t-il en s'enhardissant d'un vigoureux coup de reins.

Surprise par une douleur aiguë, Albane tourna la tête et serra les dents. Pas un cri ne lui échappa, tandis qu'ivre de joie et délirant de plaisir, son mari renonçait à la délicatesse promise, en prenant possession d'elle avec frénésie.

— Ma femme, ma petite femme toute à moi, marmonna-t-il après un ultime spasme.

Elle demeura muette, sans même percevoir les larmes qui coulaient sur ses tempes. Quand Louis roula sur le côté, elle lui tourna le dos.

— Tu as eu mal ? Non, même pas, dit-il d'une voix attendrie.

— Un peu.

— Je suis désolé si tu as souffert, mais ensuite, c'était bien ?

— Je ne sais pas... Oui, je crois.

Si elle avait osé, Albane se serait levée et rhabillée en toute hâte pour rentrer au château. Mais il était trop tard, elle était liée à cet homme qui continuait à la caresser. De son plein gré, elle avait consenti à l'épouser.

— Ne t'inquiète pas, ma chérie, ce sera mieux quand tu auras l'habitude, murmura-t-il en l'embrassant dans le cou. Tu es une petite novice, je suis sûr que tu feras vite des progrès.

Deux fois avant l'aube, Louis Molinier voulut lui prouver la véracité de ces affirmations. Lorsqu'il s'endormit enfin, Albane n'en pouvait plus. Elle fut incapable de trouver le sommeil, un peu rassurée néanmoins, car de légères sensations de volupté l'avaient traversée au cours de leur troisième étreinte.

— Je dois commencer à m'habituer, ironisa-t-elle à mi-voix.

Très lasse, elle retourna dans la salle de bains. Le jour de ses noces cédait la place à un dimanche ensoleillé où ils iraient en couple marié au château des Séguilières.

— Là-bas, je bouclerai mes deux valises et ce soir, je devrai m'installer pour longtemps dans l'appartement au-dessus de l'école, dit-elle au reflet que lui renvoyait le miroir du lavabo. C'est la voie que j'ai choisie, c'est mon destin. Désormais plus de larmes ni de regrets.

Faisant appel à sa force de caractère et à son orgueil, Albane eut le courage de s'adresser un sourire.

5

Mauvais présages

Brantôme, dimanche 13 août 1939

Albane avait quitté le Grand Hôtel sans même avoir pris de petit déjeuner. Il était 7 heures du matin et assise sur le parapet en surplomb de la rivière, elle contemplait l'abbaye Saint-Pierre, dont les bâtiments harmonieux s'étendaient sous une falaise, à laquelle s'adossait l'église au clocher de pierre, que le curé nommait un campanile, car il abritait plusieurs cloches.

— Ce sera bizarre, tout à l'heure, au château, se dit-elle en suivant le vol d'un pigeon. Ils vont peut-être me dévisager pour voir comment s'est passée la nuit de noces…

Elle se promit de prendre un air détendu et joyeux, afin de ne rien montrer du malaise persistant qui l'oppressait.

La jeune femme avait ressenti le besoin de marcher seule, en respirant le vent frais du petit jour. Le ciel s'était voilé mais il faisait très doux.

« Qu'est-ce que je rapporterai de ma chambre ? se demanda-t-elle pour s'occuper l'esprit. Hier, Coralie a mis ma caisse de livres dans le coffre de sa voiture, il me reste mes vêtements et mes chaussures. Deux valises suffiront et nous pourrons les attacher sur les porte-bagages des vélos. »

Malgré tous ses efforts, Albane revit le corps dénudé de son mari, le torse pâle à peine parsemé de poils, son dos et son sexe d'homme dont il avait usé et abusé avec un plaisir évident.

— Coralie adore faire l'amour, chuchota-t-elle en haussant les épaules sous l'effet de la perplexité.

La veille, son amie s'était répandue en confidences et en conseils lorsqu'elles étaient montées dans la chambre d'Albane.

— Je comprends que tu aies peur de coucher avec Louis, mais tu aurais dû franchir le pas avant de te marier, lui avait dit Coralie d'un ton amical. Souvent, il faut une sorte d'alchimie dans un couple, légal ou non.

Albane avait appris ainsi certains détails dont elle n'avait aucune idée auparavant, même si elle savait comment se déroulaient les rapports sexuels.

« Je suis peut-être une fille froide, songea-t-elle. Si j'en crois Coralie, qui a connu trois hommes, ils ne sont pas tous aussi passionnés que Louis. »

Elle s'interrogeait encore quand on l'appela par son prénom. En se retournant, elle vit son mari qui empruntait le pont sur la Dronne, en chemise, sans cravate, sa veste de costume sur le bras. Une mèche châtain barrait son front et il avait une expression soucieuse.

— Albane, tu es là, dit-il une fois devant elle. J'ai eu peur de t'avoir perdue, que tu te sois enfuie.

— Mais Louis, je suis juste sortie faire un petit tour et je l'avais signalé à la réception de l'hôtel.

Il l'enlaça et la serra très fort contre lui, sans chercher à l'embrasser.

— Quand je me suis réveillé, ta place dans le lit était vide, tes habits avaient disparu. J'ai pensé que tu étais rentrée chez toi et que tu ne voulais plus de moi.

Sa voix tremblait et il la cajolait comme si elle était encore une enfant. Cet élan de tendresse la réconforta et elle nicha sa tête au creux de son épaule.

— Je te demande pardon, ma chérie. Hier j'avais beaucoup bu pendant le repas au château et à table, lors du dîner. Alors tout à l'heure, seul dans la chambre, je me suis souvenu de cette nuit, de la manière dont je me suis comporté et j'ai eu honte de moi. Je suis vraiment désolé.

— Ce n'est rien, nous étions tous les deux sur les nerfs, dit-elle tout bas.

— Tu es adorable de me chercher des excuses, je n'en ai pas. Je te promets que ça ne se reproduira plus, enfin pas de cette façon. Nous ne sommes plus à l'époque où un mari estimait normal de faire valoir ses droits. Si tu ne veux pas, tu devras me le dire.

— Je m'en souviendrai, affirma-t-elle, égayée par sa mine de coupable. Si tu me donnais un baiser ? Je te trouve très séduisant ce matin.

Albane était sincère, car Louis était redevenu le jeune homme galant et tendre de leurs fiançailles.

— Seulement ce matin ? s'enquit-il en souriant.

— Mais non, avoua-t-elle. Est-ce que je t'aurais épousé si tu ne me plaisais pas ?

Toujours inquiet, Louis l'embrassa avec délicatesse. Ensuite il la fixa en lui prenant les mains.

— Tu es si jolie, Albane. Je t'aime, et j'aime tout de toi, tes cheveux bruns si soyeux, ton petit nez, tes beaux yeux couleur noisette, sans oublier ton intelligence et ta bonté.

— Tais-toi, c'est gênant. Maintenant j'ai envie d'un café et de tartines.

— Retournons à l'hôtel, dans ce cas.

Un peu avant midi, ils pédalaient tous les deux sur la route menant au château de Séguilières. Parfois ils lâchaient d'une main leur guidon pour saisir les doigts de l'autre, ce qui amusait beaucoup Albane. Elle était confiante désormais et elle se promettait de découvrir le plaisir physique le plus vite possible.

— Oh non ! Regarde là-bas, Louis ! s'écria-t-elle alors qu'ils s'engageaient dans l'allée traversant le parc.

— Encore ce type ! enragea-t-il.

Maubert Guérin avait garé sa luxueuse automobile à la carrosserie vert foncé sur le bas-côté et assis au volant, il braquait une longue-vue sur la façade de l'édifice, blanche de soleil à cette heure-ci.

— Il continue à nous surveiller, s'exaspéra Albane en freinant brusquement.

— Ne va pas lui parler, recommanda Louis en la rejoignant. S'il continue, ton père devrait porter plainte à la gendarmerie.

— Sais-tu ce que Maria a entendu hier, quand Coralie prenait des photos, à la sortie de l'église ? Maubert aurait dit : « Tiens, la youpine n'est pas invitée à la noce ! » Je voulais t'en parler, je n'en ai pas eu l'occasion. Cela signifie qu'il a compris pour Mireille, j'ignore comment.

— Il a découvert qu'elle était juive, et il ose la traiter ainsi ! De quoi se mêle-t-il, ce crétin ?

Maubert Guérin les avait aperçus. Il replia sa longue-vue et commença à rouler, car le moteur de sa voiture tournait au ralenti. En passant à leur hauteur, il ralentit puis s'arrêta. Sa vitre était baissée et il les salua d'un bonjour moqueur.

— Alors, cette nuit de noces, réussie ou pas ? interrogea-t-il en s'esclaffant. Hé, Molinier, la mariée valait le coup ?

Furieux, celui-ci sauta de son vélo qu'il laissa tomber sur la route. Il tenta d'ouvrir la portière, mais elle était verrouillée.

— Descendez, que je vous fasse passer l'envie d'insulter ma femme ! hurla-t-il. Sortez de là, espèce d'ordure !

Mais Guérin démarra en trombe, le pied sur l'accélérateur, obligeant Louis à lâcher prise. Il tomba rudement sur le goudron, tête la première.

— Louis, est-ce que ça va ? s'alarma Albane en s'agenouillant pour l'examiner. Tu es blessé au front, au coude et ça saigne.

— Ne t'inquiète pas, j'aurais pu me faire plus mal, prétendit-il une fois debout. Ce type est dangereux, on vient d'en avoir la preuve. Ma parole, il s'est échappé d'un asile !

— Allons vite au château pour te soigner. J'ai eu très peur, Louis.

D'un élan instinctif, Albane enlaça son mari avec douceur. Elle écarta une mèche de cheveux qui frôlait la plaie de son front.

— Si j'avais pu lui casser la figure, au moins, jeta-t-il d'un ton hargneux. Tu as entendu comment il parlait de toi ? Demain, je dépose une plainte contre lui.

— Nous en discuterons plus tard, ce soir, chez nous, dit-elle à mi-voix en l'étreignant encore.

Le « chez nous », prononcé d'une voix douce, apaisa les plaies du corps et de l'âme dont souffrait son mari. Il dévisagea Albane qui lui souriait.

— Je me suis senti humilié, mais j'ai eu tort, puisque c'était pour te défendre, avoua-t-il tout bas.

— Je sais, merci, Louis... Mon chéri.

Elle ne l'avait encore jamais appelé ainsi. Il tressaillit de joie en l'embrassant.

Amédée prenait le soleil sur la terrasse, assis sur une chaise longue, lorsqu'il vit arriver Albane et Louis. Les jeunes gens poussaient leurs vélos et le châtelain devina tout de suite qu'il y avait un problème, car son gendre boitait.

— Vous avez fait une mauvaise chute ? cria-t-il en descendant d'un pas alerte dans la cour d'honneur.

— Père, c'est la faute de Maubert Guérin !

Elle lui relata l'incident en quelques mots, encore vibrante d'indignation.

— Et hier, Guérin a traité Mireille de « youpine », je l'ai confié à Louis tout à l'heure, ajouta-t-elle dans un souffle.

— Un terme injurieux qui date du siècle dernier, professa Amédée. Décidément, cet ignoble individu affiche sans crainte son déplorable antisémitisme. Mais comment a-t-il su, pour Mireille ?

— Il nous épiait le jour de l'enterrement d'Esther. Peut-être en a-t-il tiré des conclusions, hasarda Albane.

— En tous les cas, pas un mot devant Mireille, déclara son père. Rentrons, Maria aura le nécessaire pour désinfecter vos plaies, mon cher Louis. Vous évoquerez une simple chute de vélo.

— D'accord, monsieur, je comprends.

Maria insista pour s'occuper de monsieur Louis, comme elle le nommait dorénavant. Ensuite, satisfaite d'avoir utilisé ses baumes de consoude et sa teinture d'arnica, elle servit un excellent déjeuner, concocté avec les restes du repas de noce. Cette fois, Mireille se mit à table avec eux.

— Je suis soulagée que vous profitiez un peu des bons plats que nous avons dégustés hier, lui dit Albane.

— Je n'ai guère d'appétit, et puis j'aurais été de trop. Vous étiez en famille, répondit Mireille. Mais j'ai fait la connaissance de votre amie Coralie, qui a même donné le biberon à Pierre. Saviez-vous que sa mère est une Juive polonaise ?

— Oui, bien sûr ! Quand nous étudiions à l'École normale de Périgueux, j'étais parfois invitée à dîner par ses parents. Cette charmante dame préparait des mets exquis dont j'ignorais tout.

La conversation se poursuivit au moment du café, autour des ultimes choux à la crème de la pièce montée. Le bébé se réveilla et ce fut Amédée qui le prit dans son landau pour le bercer et lui chantonner des gentillesses.

— Monsieur adore cet enfant. Pardi, il aurait tant voulu un fils, murmura Maria.

— Il aura sûrement un petit-fils bientôt, répliqua Louis.

— Je le lui souhaite, renchérit Mireille.

Ce fut la seule allusion, fort discrète, à la nuit de noces qui avait fait d'Albane une femme. En fin d'après-midi, les jeunes mariés s'en allèrent, ayant chacun arrimé une valise sur le porte-bagages de leurs vélos.

Le soleil se couchait sur la vallée de la Dronne et sur la petite ville de Brantôme. Albane admirait le ciel irisé d'or et de nuages roses, accoudée à la fenêtre de sa cuisine, qui aurait logé au moins six fois dans celle du château.

— Notre premier dîner chez nous, lui fit remarquer Louis, debout à ses côtés. Ton omelette était fameuse.

— J'ai un livre de recettes, je ferai de mieux en mieux. Maria m'a appris quelques-uns de ses secrets.

— Fais à ton idée, ma chérie. Je ne suis pas gourmand et je me contente de peu. Maintenant que dirais-tu de ranger tes affaires ? Le lit de notre chambre est couvert de robes, de jupes et de lingerie, au demeurant très jolie.

Un peu de rose aux joues, Albane garda le silence. Avec ses premiers salaires d'institutrice, elle s'était offert en priorité des sous-vêtements dans un magasin de Périgueux.

— Très bien, allons dégager le lit conjugal, répondit-elle en le devançant dans la chambre.

Ce soir-là, Louis sut se montrer attentionné et lui prodigua de subtiles caresses, assorties de longs baisers voluptueux. Enfin Albane le supplia, égarée par le plaisir, de venir en elle. Il reçut comme une récompense la faible plainte de jouissance qu'il avait su faire naître.

Château de Séguilières, vendredi 25 août 1939

La joie exubérante de son père touchait beaucoup Albane. En la voyant entrer dans le salon, il s'était levé pour l'accueillir avec un grand sourire et l'embrasser.

— Ma fille adorée ! Je ne pensais pas que tu me manquerais autant, avoua Amédée. Ta dernière visite remonte au lendemain de ton mariage, soit onze jours, une éternité !

— Vous aussi, vous me manquez, père. Mais je vais passer deux jours ici et j'en suis ravie.

Blottie dans les bras paternels, ce qui ne lui était pas arrivé depuis des années, Albane savourait l'instant, sous le regard ému de Maria.

— Vous me faites défaut à moi aussi, mademoiselle, renchérit la domestique. Et je suis bien contente que vous dormiez là ce soir. Où est-il parti, votre mari ?

— Louis a pris un train pour Périgueux en fin de matinée. Il doit rencontrer un fonctionnaire de l'Éducation nationale, quelqu'un d'important paraît-il. Bien sûr, il en profitera pour passer deux jours dans sa famille. Sa sœur va se fiancer et elle veut lui présenter l'heureux élu, Gérard Jacquet.

Amédée libéra Albane, mais il la prit par les épaules pour mieux l'admirer, en reculant d'un pas.

— Alors tu es revenue au bercail, plaisanta-t-il. Et tu as bonne mine, le teint un peu hâlé.

— Louis et moi avons fait de grandes balades à vélo. C'était agréable, on emportait de quoi pique-niquer au bord de l'eau. Nous sommes allés à Bourdeilles, à Saint-Pierre-de-Côle, et hier jusqu'à Biras. Mais où sont Mireille et le bébé ? Je pensais les trouver dans la salle à manger, il n'y a personne.

— Je vais vous expliquer, dit la domestique. Asseyez-vous donc, on dirait que vous n'êtes plus chez vous.

— Oui, faisons salon, ma chère enfant, se rengorgea Amédée. Nous boirons le thé tout à l'heure, n'est-ce pas ? Maria, dis vite à Albane ce qu'il en est au sujet de nos protégés, ensuite tu pourrais nous préparer un gâteau avec les pommes que tu as ramassées hier.

— Oui, monsieur, mais c'est déjà fait, comme si j'avais deviné que mademoiselle viendrait. Bon, voilà ce qui s'est passé avec madame Mireille. Je lui avais proposé de s'installer dans une chambre du premier étage, que je comptais nettoyer et aménager, mais elle a demandé à Monsieur si elle pouvait loger dans le boudoir, précisa Maria tout bas.

— Quelle idée étrange, s'étonna Albane. Sa fille y est morte.

— Je sais bien, mais ça ne la dérangeait pas d'y dormir avec le petit. Alors j'ai remis le divan à sa place, puisque ces derniers jours Mireille couchait dans la salle à manger. Au fond, ce n'était pas pratique.

— J'ai accepté, comme cela lui tenait à cœur, ajouta Amédée. Je pense que Mme Dresner se sent plus en sécurité au rez-de-chaussée et dans le boudoir, qui peut se verrouiller de l'intérieur. Notre malheureuse amie brasse de sombres idées et elle n'ose toujours pas mettre le nez dehors.

— Misère, c'est même moi qui promène le pitchoun en landau pour qu'il prenne l'air et du soleil, soupira Maria.

Désemparée, Albane espéra mettre son séjour à profit afin de distraire Mireille.

— Père, vous lui avez bien dit que Louis a déposé une plainte contre Maubert Guérin à la gendarmerie ? Le brigadier Roslin a dû se montrer inflexible et le menacer d'une forte amende, mais il a finalement réussi à dissuader cet individu d'approcher du château. Louis a même eu droit à une lettre d'excuse de sa part.

— Souhaitons qu'il ait compris la leçon. Et bien sûr que nous avons tout raconté à Mme Dresner. Le brigadier m'a rendu visite d'ailleurs, précisa Amédée. Il m'a promis de se renseigner sur Guérin. Nous avons beaucoup discuté tous les deux. Selon lui, la guerre est inévitable. La gendarmerie est équipée d'un poste de radio, alors ils ont des nouvelles régulières. Et hier, le gouvernement français a rappelé sous les drapeaux les réservistes affectés aux unités de forteresse.

— La guerre, toujours la guerre, ronchonna Maria. Mais je suis prévoyante, Monsieur, je ne vous laisserai pas mourir de faim. Mon cousin va m'aider à agrandir le potager. Mademoiselle a racheté des bonnes poules pondeuses, je trouverai des lapins et si je peux, j'engraisserai un cochon.

— Nous n'en viendrons pas là, s'effara Albane. Et rien n'est sûr, à propos de la guerre. Louis est abonné à *L'Aurore* et suit de très près l'actualité. Si la situation empirait, il me l'aurait dit.

— Il a dû voir les articles sur le pacte germano-russe et d'après ce que m'a dit le brigadier, cet accord est assez alarmant. Mais ton mari ne voulait sans doute pas t'inquiéter, lui fit remarquer son père.

Leur domestique regagna les cuisines en donnant son avis en patois, une de ses ruses pour ne pas être comprise.

— Encore son jargon du pays, s'amusa Amédée.

— Père, je vais rendre visite à Mireille et l'inviter à boire un thé avec nous. J'ai hâte de revoir le petit Pierre et de le cajoler.

Albane se leva gracieusement, son chignon brun piqué d'une marguerite cueillie au bord de l'allée du château.

Mireille berçait son petit-fils dans ses bras lorsque Albane entra dans le boudoir, après avoir toqué deux coups discrets à la porte.

— Bonjour, je suis de retour au château, dit-elle en souriant.

— J'avais entendu votre jolie voix et j'attendais votre venue. Que vous êtes belle dans cette robe à fleurs ! Et vous avez un teint de pêche.

La jeune femme nota que la fenêtre était grande ouverte derrière le rideau en mousseline. Maria avait apporté une table au plateau de marbre, sur laquelle étaient disposés une cuvette et un broc en porcelaine. Quant au landau, il était rangé devant la cheminée, de taille modeste comparée à celles du salon et des cuisines.

— Vous inspectez mon humble logis, constata gentiment Mireille. Je me sens mieux ici que dans la chambre où Maria voulait m'installer. Souvent j'ai l'impression d'être encore avec ma fille. Je m'assieds sur ce fauteuil avec le bébé, je regarde le divan et je crois revoir Esther endormie, avant son décès. Elle était tellement belle, avec ses nattes brunes, ses traits si fins.

— Oui, je l'admirais. Vous aussi, Mireille, je vous trouve en beauté aujourd'hui.

— Comment serait-ce possible, à mon âge ? Albane, j'ai eu cinquante-quatre ans au printemps.

— Vos cheveux noirs brillent et ils sont tout bouclés, ça vous va bien.

— Maria me les a lavés tôt ce matin. Quelle brave personne, son dévouement est exemplaire, et elle ne se plaint jamais.

Albane se pencha un peu pour regarder le bébé endormi, son pouce minuscule à la bouche.

— Il doit bien supporter le lait de chèvre car il semble en parfaite santé et il est de plus en plus beau. Est-ce que vous le ferez baptiser ? J'ignore tout de vos traditions religieuses.

— Je me pose beaucoup de questions à ce propos, soupira Mireille. Dans notre religion, pour un garçon, le baptême se fait quand l'enfant a huit jours. Il est circoncis en présence de son père et reçoit son prénom hébreu. Mais je suis seule en France, mon époux et ma fille sont morts. Pourquoi imposer un tel rite à ce tout petit ? Et qui procéderait à la cérémonie, de toute façon. Il vaudrait mieux pour Pierre qu'il soit considéré comme un catholique. Si vous saviez, Albane, comme je redoute maintenant le mot *Juden*. C'est le terme allemand pour désigner les Juifs. J'ai toujours été fière de ma religion, de ma culture, mais je frissonne désormais dès que je l'entends. Les nazis en ont fait une insulte, un symbole d'ignominie. Je les ai entendus le hurler, quand ils tiraient sur Aaron, et quand ils ont baissé le pantalon d'un de nos voisins de douze ans pour vérifier s'il était circoncis ou non et qu'ils ont battu jusqu'à le laisser sans connaissance.

Albane prenait enfin la pleine mesure du traumatisme subi par cette femme si douce, un traumatisme dont elle ne guérirait sans doute jamais. Quant à la circoncision, elle était soulagée d'avoir été informée sur ce point par Louis, sinon elle aurait dû interroger Mireille.

— Moi qui voulais vous proposer une grande promenade dans le parc, je n'ose plus, murmura-t-elle. Mon père se fait du souci pour vous, Mireille. Le grand air et la marche vous redonneraient de l'appétit.

— Ne vous souciez pas de moi, Albane, vous avez déjà fait beaucoup. Si vous me parliez un peu de votre vie de couple ? Les premiers jours sont souvent idylliques.

— Louis et moi sommes heureux car nous avons des goûts en commun. C'est un mari attentionné et j'apprécie son instruction. Nous pouvons discuter des heures d'un livre… Mais je suis inquiète à cause de ces rumeurs de guerre. Il me répète qu'il sera mobilisé et j'ai peur pour lui.

— Je vous comprends, cependant M. Molinier ne partira peut-être pas, comme il est directeur d'école… Ayez confiance, Albane. Si vous le voulez bien, prenez mon petit Pierre et couchez-le dans son landau. Je dois faire une lessive de langes, ils sécheront vite par ce temps chaud.

— Je vous aiderai, mais d'abord venez goûter avec nous.

— Si cela vous fait plaisir, je veux bien au moins boire un thé, répondit Mireille en lui confiant le bébé.

La jeune femme éprouva un réel bonheur en tenant le bébé contre sa poitrine. Encore une fois, elle s'imagina mère à son tour et une onde de chaleur la parcourut.

— Il ne s'est pas réveillé, dit-elle après avoir niché l'enfant entre des petits draps propres, sous une couverture en laine. Est-ce que vous le laissez là ?

— Oui, mais je ferme la fenêtre. Et il faut mettre la moustiquaire pour le protéger des insectes.

En observant Mireille bloquer l'espagnolette, Albane nota qu'elle avait d'abord scruté les alentours.

— Je vous en prie, ne craignez plus Maubert Guérin. Le brigadier de gendarmerie lui a ordonné de ne plus venir sur notre propriété. Je pense que ce rappel à l'ordre lui a fait suffisamment peur, car je soupçonne cet odieux personnage d'être un lâche, juste capable de s'en prendre aux femmes.

— Pourtant Maria tient la chèvre attachée au piquet près de la porte des cuisines. Et votre père garde le cheval à l'écurie. Ces deux bêtes pourraient rester dans un pré, mais non, parce que cet horrible dogue noir peut échapper à son maître et venir faire des dégâts, conclut Mireille d'un ton inquiet.

— Sans doute, mais ce n'est pas arrivé ces derniers jours. Le moment va peut-être vous sembler mal choisi, mais quelque chose me trotte dans la tête depuis quelques jours. Est-ce que je peux vous poser une question indiscrète ?

— Tout dépend de la question, Albane. Mais j'y répondrai avec franchise si elle me paraît légitime.

— Pourquoi êtes-vous venues à pied de Périgueux le mois dernier, alors qu'il y a des trains réguliers. Esther a dû marcher pendant presque trente kilomètres, enceinte de huit mois. Vous aviez obtenu de l'argent d'un usurier et les billets ne sont pas chers.

Confuse, Mireille noua et dénoua ses mains à hauteur de sa taille. Elle hésitait, le regard soudain noyé de larmes.

— C'est encore ma faute, confessa-t-elle tout bas. Esther était déjà fatiguée par le trajet entre Paris et Périgueux. La pauvre enfant m'avait suppliée de dormir à l'hôtel mais je redoutais de manquer d'argent par la suite. Et puis nous n'avions pas prévu de venir à Brantôme, nous devions prendre un autre train pour Bordeaux très tôt le lendemain.

— Que s'est-il passé ? Dites-moi, Mireille.

— J'avais fini par accepter de louer une chambre dans un hôtel en face de la gare, mais des hommes étaient regroupés sur le trottoir. Deux d'entre eux ont abordé ma fille, qui, affolée, a commis l'erreur d'employer quelques mots de yiddish pour qu'ils ne comprennent pas ce qu'elle me disait.

— Le yiddish ?

— C'est une langue germanique issue de l'ancien allemand, qui comporte de l'hébreu et du slave, parlée uniquement par les Juifs. Tout de suite, l'un des hommes, le plus vieux, nous a traitées de youpines. Après il y a eu les railleries, les insultes. Esther et moi étions terrifiées et nous avons pris la fuite. La route la plus proche indiquait Brantôme, alors nous l'avons suivie, dans un état de panique affreux. Tout recommençait comme en Allemagne.

— Merci pour votre franchise, ma chère Mireille, je suis tellement désolée par la bêtise de certains de mes compatriotes. Allons, venez au salon, Pierre dort encore, un bon thé vous fera du bien.

En fin d'après-midi, Albane se dirigea vers l'écurie, en pantalon d'équitation et bottes en cuir. Son père lui ayant annoncé que leur cheval ne boitait plus grâce aux bons soins de Maria, elle entreprit de seller Ulysse, après l'avoir brossé.

— On part faire une petite balade, mon vieux compagnon, dit-elle à l'animal.

Le hongre alezan appartenait déjà au châtelain lorsqu'elle était venue au monde. Malgré ses vingt-cinq ans, il avait une belle allure, propre à sa race de demi-sang anglo-normand.

— Tu pourras brouter au bord des chemins, ajouta Albane. Il y a trop longtemps que je ne t'ai pas monté. S'il y a la guerre, j'espère que ton âge t'empêchera d'être réquisitionné.

Amédée lui avait raconté plusieurs fois le chagrin de Paul de Séguilières, son père, lorsqu'il s'était vu contraint de céder ses chevaux à l'armée française en 1914.

— Je te cacherai s'il le faut, murmura-t-elle en lui flattant l'encolure.

Elle fut vite sur le dos de l'alezan et ils s'éloignèrent au pas vers le fond du parc, là où les arbres étaient plus rares et où une fontaine en pierre laissait filtrer une eau très pure. Albane lança un regard vers le mausolée familial, où elle se promit d'apporter des fleurs le lendemain.

— J'ai une petite idée en tête, Ulysse, tu seras dans le secret.

La selle en cuir était équipée de sacoches, où la jeune femme avait rangé une paire de jumelles, un couteau de chasse et un gilet en laine. Le ciel se couvrait de lourds nuages couleur de plomb qui pouvaient présager un orage.

— La propriété qu'a achetée Maubert Guérin se trouve à trois kilomètres si j'y vais par les champs.

Tourmentée par l'angoisse qui rongeait Mireille et sûrement son père, Albane avait décidé d'observer leur voisin à prudente distance. Elle quitta l'enceinte du parc en utilisant un ancien portail en fer, réservé au passage des charrettes. Ensuite il lui suffisait de s'engager dans un réseau de chemins sillonnant des bois de châtaigniers et de sapins.

— Allez, au trot, Ulysse ! s'écria-t-elle sous le couvert des arbres.

Elle le fit galoper sur un sentier tapissé d'herbes drues, un peu jaunies par l'été. Bientôt, du sommet d'une petite colline, le corps de logis acquis par Guérin lui apparut, au creux d'une combe traversée par un ruisseau. Il y avait de beaux prés déjà clôturés de barrières peintes en blanc.

« Cette ferme fortifiée appartenait aux Séguilières, jadis, se dit-elle le cœur lourd. Mon grand-père l'a vendue, ainsi que tous les hectares autour, à un Parisien qui n'y est presque jamais venu. Tout est tombé à l'abandon. »

Dissimulée par les hautes fougères et l'ombre tiède des bois, Albane sortit sa paire de jumelles qu'elle régla pour mieux voir les silhouettes masculines s'agitant en contrebas.

— À chacun son tour d'épier, chuchota-t-elle avec un sourire de défi. Maubert Guérin est là, c'est celui qui a un chapeau noir et une veste en cuir. Son chien tire sur sa chaîne, au moins il l'a attaché. Mais il n'y a pas encore de chevaux ou bien ils sont enfermés.

Elle étudia également l'élégant corps de logis, qui datait du XVIIe siècle. Une tour carrée le jouxtait, en partie écroulée.

— Une des cheminées fume, ils ont dû allumer un feu. C'est bizarre par cette chaleur.

Albane vit apparaître deux femmes sur le seuil de la porte principale, surmontée d'un fronton sculpté en demi-cercle. Elles étaient très blondes et vêtues de robes moulantes de couleur vive, qui dénudaient leurs épaules et leurs bras.

— Personne n'est aussi blond, elles se sont décolorées. Je ferais mieux d'arrêter et de m'en aller.

C'était la première fois qu'elle se permettait d'observer des gens à leur insu et son sens moral en était affecté. Cependant une légère fascination la clouait sur place. Elle vit ainsi Guérin enlacer une des femmes et l'embrasser à pleine bouche, puis la pousser dans les bras d'un autre. Il fit de même avec la seconde. Des rires aigus lui parvinrent, des cris exaltés, tandis qu'ils continuaient leur petit jeu.

— J'en ai assez vu, on repart, Ulysse, déclara-t-elle en ajustant ses rênes.

Au même moment, le dogue se mit à aboyer furieusement dans sa direction. Un des hommes l'aperçut et la désigna de la main. Albane baissa les jumelles, mais elle avait eu le temps de voir Guérin détacher son chien.

— Vite, en avant, Ulysse !

Elle poussa le cheval au galop dès qu'elle regagna le sentier. Il s'élança et fit quelques foulées, avant de ralentir et de trotter. Les grognements du dogue se rapprochaient, l'animal courant de toute sa vitesse, malgré le terrain accidenté du flanc de la colline.

— Doucement, doucement, ordonna Albane qui sentait une peur instinctive envahir l'alezan.

Il transpirait et avait repris le galop. Le premier coup de tonnerre acheva de l'effrayer.

— Calme-toi, Ulysse ! hurla-t-elle en tentant de le ralentir.

Le chien surgit dans un virage et immédiatement, il bondit vers eux. Désarçonnée par un violent écart de sa monture, Albane tomba en arrière et se retrouva à terre, le dos endolori.

— Sale bête ! Bien sûr, il fallait que ton maître te libère.

Ulysse poursuivait sa course folle en direction du château. Confrontée au chien qui lui montrait les crocs, Albane le fixa d'un regard noir.

— Va-t'en, rentre chez toi, Titan ! ordonna-t-elle.

Elle chercha un bout de bois afin de le menacer, prête à renouveler son précédent exploit. En se relevant, une douleur vrilla sa cheville gauche.

— Et flûte, j'ai dû me faire une entorse.

À sa grande surprise, le dogue s'était couché dans l'herbe. Il haletait à présent, en apparence dénué d'agressivité.

— Tu as peur de prendre un autre coup sur le crâne, jeta-t-elle d'une voix radoucie. Eh bien, je n'ai plus qu'à rentrer à pied.

Des éclairs blancs illuminèrent le ciel assombri. Le tonnerre gronda avec des roulements impressionnants, puis un déluge s'abattit sur la campagne. Albane se réfugia tant bien que mal sous un gros chêne. Le chien la suivit et se recoucha à ses côtés. Elle faillit le caresser, mais suspendit son geste, alertée par une série de pétarades. Peu après une moto déboula et freina à sa hauteur.

— Je me doutais qu'il y avait une demoiselle en détresse par ici, se moqua Maubert Guérin, coiffé d'un casque et sanglé dans un imperméable kaki. Pardon, j'oubliais, plutôt une respectable femme mariée.

— Épargnez-moi votre ironie ! rétorqua-t-elle. Votre dogue a effrayé mon cheval et j'ai fait une mauvaise chute.

— Comme votre tendre époux il y a une dizaine de jours ?

— C'était encore à cause de vous, riposta Albane.

Il se mit à rire et coupa son moteur. Elle allait lui reprocher d'avoir lâché le chien, puis se reprit à temps.

« Si je lui dis ça, il saura que je l'épiais avec des jumelles ! »

— Que souhaitez-vous faire, madame ? demanda Guérin. Soit vous passez la nuit ici, sous la pluie, soit vous regagnez vos pénates en boitillant... Ou bien je vous ramène !

— Je préfère marcher, monsieur.

— Comme vous voulez, mais ce ne serait guère raisonnable ! Que faisiez-vous sur mes terres ? Pour ma part j'ai respecté l'injonction du brigadier.

— Je me promenais ! La pratique de l'équitation me manque et Ulysse quitte rarement l'écurie.

— Ulysse, répéta-t-il en éclatant de rire. Mon dogue se nomme Titan, comme vous le savez. Nous devons aimer tous deux la mythologie. C'était l'époque bénie des héros de légende, des surhommes !

Nerveuse, Albane ne souhaitait pas rentrer dans son jeu, cependant confrontée à Maubert Guérin, elle ne put garder le silence.

— Inutile de jouer les chevaliers servants après votre attitude de l'autre jour. De quel droit vous avez prononcé ces paroles désobligeantes à mon égard ?

Guérin parut d'abord déconcerté. Il fit mine de réfléchir, tout en songeant que cette ravissante jeune femme avait un sacré caractère.

— Ce dimanche-là, le lendemain de vos noces, j'étais ivre. En tant que célibataire, vous savoir mariée à ce type m'a rendu furieux. Par chance, j'ai eu la joie de voir votre instituteur s'étaler sur le goudron.

— Vous êtes répugnant et vous avez tous les défauts de la terre ! Prétentieux, impoli, curieux, indiscret, grossier…

— Rajoutez ma propension à m'amuser avec les filles qui sont moins prudes que vous, se moqua-t-il.

La colère et l'indignation faisaient trembler Albane. Elle avait aussi conscience que le tissu détrempé de son corsage se plaquait sur ses seins. Guérin avait dû le constater, car ses yeux d'un bleu très clair se posaient souvent sur sa poitrine.

— La liste de vos défauts n'est pas encore complète, dit-elle encore. Le terme antisémite y a également sa place. Pourquoi osez-vous traiter une de mes amies de « youpine » ?

— Tout simplement parce que c'est la vérité, répondit-il calmement. Et comme je ne peux rien refuser à une aussi sublime créature, je vais tout vous expliquer. Le dimanche 16 juillet, j'étais invité à déjeuner chez un ami, à Périgueux. Cet ami habite juste en face d'un sale bonhomme, un usurier juif qui prête en priorité à des Juifs. De la fenêtre, en sirotant mon café, j'ai vu entrer deux femmes chez lui. Elles ont mis longtemps à ressortir. Quand elles ont tourné au coin de la rue, je suis allé questionner ce vieux prêteur à gages. Je l'ai même cogné un peu, histoire de le rendre plus bavard. Il m'a parlé de ces dames et il m'a donné leur nom, Mireille et Sophie Dresner. Trois jours plus tard, j'ai reconnu la plus âgée dans votre parc, et puisque vous étiez en train de faire une sorte d'enterrement, j'en ai déduit que sa fille était morte. En couches, j'imagine. Et votre père héberge la grand-mère et l'enfant. Ces sales Juifs sont un fléau, vous devriez vous méfier.

Secouée de frissons, Albane résistait à l'envie de frapper cet homme pétri de haine et de mépris. Mais elle était à sa merci, seule sous une pluie battante.

— Allez-vous-en ! ordonna-t-elle d'une voix nette. C'est à cause de gens comme vous qu'il y a des guerres sur terre. Vous me dégoûtez.

— Même si c'est le cas, acceptez mon offre de vous ramener au château, ce sera rapide, dix minutes au plus. Si vous persistez à rester sous cet arbre, vous tomberez malade.

Guérin descendit de sa moto et la cala sur la béquille. Il se rapprocha d'Albane qui, vite, recula. Sa cheville endolorie la fit trébucher.

— Ne soyez pas sotte ! s'exaspéra-t-il. Vous êtes blessée !

Le chien sauta sur son maître au moment où il s'apprêtait à prendre la jeune femme par le bras. Mordu à la cuisse, Maubert Guérin poussa une clameur de rage.

— Saleté de cabot, tu vas me le payer !

Avec une rapidité sidérante, il sortit un revolver de sa poche intérieure et tira presque à bout portant sur le dogue. L'animal tressauta en lançant une plainte, ensuite il retomba sur le sol, agité de spasmes d'agonie, le poitrail en sang.

— Mais non, non, gémit Albane. Titan me défendait !

— Ça m'a prouvé qu'il ne valait rien. Vous savez quoi, débrouillez-vous, petite imbécile ! J'abandonne la partie. Si ça vous dit de crever sous l'orage comme ce chien.

Guérin enfourcha sa moto qu'il fit démarrer. Albane le vit disparaître sur le chemin avec un infini soulagement. Tout de suite, elle s'accroupit auprès du dogue.

— Quelle brute ! Il a osé te tirer dessus, murmura-t-elle en le caressant.

Soudain elle crut entendre des appels. Son prénom résonnait dans le crépuscule. Elle répondit, pleine d'espoir, ayant reconnu les voix de son père et de Maria.

Amédée montait Ulysse et la domestique les suivait, chaussée de godillots. Albane trembla de joie en les voyant apparaître.

— Tu m'as fait une belle peur, ma fille, déclara le châtelain. Nous avons vu le cheval débouler dans la cour, les rênes pendantes. Il aurait pu se prendre les antérieurs dedans et se blesser. Que fais-tu près de ce chien ?

— Je vous raconterai tout, père, mais je suis bien punie d'avoir voulu jouer les espionnes. Maria, je t'en prie, il faudrait soigner le dogue. Il a pris une balle de revolver, mais il vit encore.

— Misère, moi je devrais soigner cette bête digne des enfers !

— Il a attaqué son maître pour me protéger, insista Albane.

— Et on le ramène comment au château ? Monsieur, on ne va pas emporter cet animal qui a tué toutes nos poules !

— S'il a défendu ma fille, nous ne pouvons pas le laisser mourir ici, décréta le châtelain. Où est la brouette ?

— Je l'ai laissée à dix mètres de là, Monsieur, pour traverser le roncier.

— Tu as pris la brouette, Maria ? s'exalta la jeune femme. J'ignore ce que tu comptais en faire, mais elle va nous servir à transporter Titan.

— Pardi, c'était pour vous, mademoiselle ! Monsieur et moi on craignait de vous retrouver une jambe cassée.

— J'ai dû me fouler la cheville, ça ne m'empêchera pas de marcher.

— Non, je marcherai, protesta son père. Remonte sur Ulysse. Albane, ma précieuse enfant, si tu as affronté seule Maubert Guérin et que tu t'en sors indemne, je te félicite ! Tu es bien une Séguilières.

Sur ces mots solennels, Amédée déposa un baiser sur le front humide de sa fille qui se réfugia dans ses bras.

6

En septembre 1939

Château de Séguilières, samedi 26 août 1939

Albane et Maria étaient seules au fond des écuries, dans un des huit box. Des décennies auparavant, ils étaient tous occupés par des chevaux de race. Désormais il n'y avait plus que le vieil Ulysse. Le hongre alezan boitait de nouveau après son galop forcené de la veille.

— J'ai fait tout ce que j'ai pu pour le sauver, mademoiselle, soupira la domestique en hochant la tête devant le cadavre du dogue.

— Je sais bien, Maria. Pauvre Titan.

Le chien était mort après des heures d'agonie. Il gisait sur une couverture, dans une stalle où était stocké du foin. Albane ne pouvait pas détacher les yeux de son corps massif au poil noir. Sa forte mâchoire restait entrouverte sur une écume rosâtre.

— Il aurait fallu retirer la balle, mais comment voulez-vous ? Je ne suis point chirurgienne. Maintenant, je dois l'enterrer.

— Je vais t'aider, Maria, affirma Albane. Si je ne l'avais pas ramené ici, je suppose que son maître serait allé le récupérer.

— Quand même, ce saligaud de Guérin est armé, on a intérêt à se méfier de lui. Et puis une chose me tracasse : puisqu'il a tué cet animal, il peut s'en procurer un autre ou même deux autres, encore plus mauvais que celui-ci.

— Titan n'était pas si méchant que ça, avança Albane. Il s'est comporté de manière étrange les deux fois où Guérin m'a menacée. Je t'assure, il attaquait son propre maître et voilà le résultat, il en est mort.

— Allez comprendre ce qui se passe dans la caboche de certaines bestioles, marmonna la domestique. Et vous ? Votre cheville vous fait toujours mal ?

— Après une nuit de repos et grâce à ta pommade, je ne sens presque plus rien.

— Venez vite boire un bon café au lait, on s'occupera du chien dans la matinée. Il fait moins chaud ce matin. On a de la chance, l'orage d'hier a rafraîchi l'air.

Songeuse, Albane prit le temps d'envelopper Titan dans la couverture. Elle suivit Maria en se remémorant sa rencontre avec Maubert Guérin. Le souvenir des paroles qu'il avait débitées lui causait un pénible malaise.

— Tiens, on a de la visite, souffla la domestique lorsqu'elles atteignaient ensemble le perron. Pardi, c'est encore le brigadier Roslin. Tout gosse, c'était un garnement, il venait à la ferme chaparder nos cerises et il me cherchait des noises. Pensez donc, j'étais plus petite que lui. Bah, c'est loin cette époque. Je me demande ce qu'il vient faire de si bon matin.

— Prépare du café, nous lui en offrirons, ainsi qu'à son jeune collègue.

Amédée se montra sur la terrasse, rasé de frais et très digne dans son manteau cintré en cuir brun. Il caressa furtivement la joue d'Albane.

— À ta petite mine, je devine que le chien n'a pas survécu, lui dit-il à voix basse. Ne sois pas triste, c'est un moindre mal en ces temps troublés.

Il s'empressa ensuite d'accueillir les gendarmes à qui il serra la main. Le brigadier jeta un regard perspicace sur la façade du château, comme s'il en prenait les mesures.

— Monsieur de Séguilières, combien avez-vous de chambres dans votre demeure ? s'enquit-il.

— Six au premier étage, huit au second, celles-ci étant jadis dévolues aux domestiques. Pourrais-je savoir pourquoi vous me posez cette question ?

— Comme je vous l'ai dit il y a quelques jours, le gouvernement se prépare à la guerre. Si le conflit éclate, les départements du nord-est seront évacués. Notre région accueillera des gens du Bas-Rhin. On m'a prié de répertorier les logements disponibles, afin de parer au désordre que provoquerait une arrivée massive de réfugiés.

— Et donc ? insista le châtelain.

— J'ai tout de suite pensé à cet endroit, monsieur. Il y a des communs et puis votre fille est mariée, vous n'êtes plus que trois à habiter le château. Avez-vous des lits et des matelas ?

— Bien sûr, cependant nous n'en sommes pas encore là, brigadier ! Ou alors vous hésitez à nous exposer la situation réelle. À quoi doit-on s'attendre ?

— J'obéis aux consignes que j'ai reçues hier, monsieur de Séguilières. J'ai déjà rendu visite aux Desbordes, qui possèdent le domaine de la Barde, au sud de Brantôme. Ils se sont engagés à accueillir trois familles si nécessaire.

— Père, nous avons la place d'héberger plusieurs personnes, admit Albane qui était restée sur le seuil du hall. Du moins s'il y a vraiment une guerre…

Le gendarme eut une mimique explicite, en homme averti, mais tenu au secret. Il eut néanmoins un sourire pour la jeune femme.

— J'espère que votre mari, M. Molinier, ne sera pas mobilisé. Mon petit-fils est dans sa classe et il a de très bonnes notes. Si nous perdons nos enseignants, ce sera un grave souci de plus.

Albane acquiesça en silence, accablée par l'allusion à une possible mobilisation. Elle s'esquiva en saluant poliment et alla frapper à la porte du boudoir.

— Mireille, je dois vous parler, dit-elle à peine entrée dans la pièce.

Elle estimait indispensable de lui confier ce qu'elle avait appris de la bouche même de Guérin, en lui racontant aussi dans quelles circonstances. Pour ne pas l'effrayer davantage, elle omit d'évoquer la violence faite au vieil usurier.

— Ainsi cet homme nous a vues à Périgueux, déclara Mireille d'un ton las. Qu'y puis-je s'il déteste les Juifs ? Que me conseillez-vous, Albane ?

— Ne vous souciez plus de lui ! Il respecte l'injonction du brigadier et je le crois très occupé. De plus, comme je viens de vous le dire, son dogue est mort.

— Seigneur, que vous êtes courageuse d'avoir affronté ce sale énergumène. Je vais essayer d'être moins peureuse. Cet après-midi, nous irons toutes les deux promener Pierre.

— Avec plaisir, Mireille. Et nous cueillerons des fleurs pour votre fille.

Quelques heures plus tard, Albane poussait le landau le long de l'allée principale, envahie de mauvaises herbes. Le bébé, qui était réveillé, observait le ciel bleu parsemé de nuages blancs. Mireille, un bouquet de marguerites et de bleuets à la main, respirait avidement le vent tiède de l'été.

— J'avais tort de me priver de balades, au moins autour du château, dit-elle avec un timide sourire.

— Vous continuerez à sortir même quand je ne serai pas là ?

— Je le ferai, oui, sauf s'il pleut ou s'il fait très froid. J'ignore comment sont les hivers dans votre région... En Allemagne, nous avions souvent de la neige et du gel.

— C'est plus rare ici, mais on ne peut jurer de rien. Maria nous annonce un hiver plutôt doux. Elle se fie aux pelures d'oignons, à la date où passent les grues. Allons jusqu'au mausolée, à présent, poser vos fleurs.

Elles repartaient lorsqu'un coup de klaxon les alerta. Une automobile rouge bordeaux, aux chromes étincelants, avançait dans leur direction.

— On dirait Louis à côté du conducteur ! s'écria Albane. Mais il devait revenir seulement demain, en train.

— Accueillez votre mari, j'irai seule fleurir la tombe d'Esther, décida Mireille.

La voiture s'arrêta à deux mètres de la jeune femme. Louis eut un léger choc au cœur en la voyant si jolie, en robe fleurie. Il descendit du véhicule pour courir l'enlacer.

— Ma chérie, tu es très belle, souffla-t-il à son oreille.

— Pourquoi rentres-tu plus tôt, et avec qui ? demanda-t-elle en se laissant câliner.

— Gérard, le fiancé de Denise, m'a ramené pour me rendre service. Il a emprunté la voiture de son père. Albane, je voulais avoir le plus de temps possible près de toi, au cas où nous serions séparés bientôt.

Le dénommé Gérard était resté au volant sur les conseils de Louis, mais il serra chaleureusement la main d'Albane.

— Enchanté de faire votre connaissance, dit-il. Vous êtes aussi ravissante que je l'imaginais après le portrait que votre mari a tracé de vous.

— Merci beaucoup, monsieur. Allez vous garer dans la cour d'honneur, je vous servirai du thé ou des rafraîchissements.

— Non, pas de monsieur, appelez-moi Gérard et on se tutoie.

Blond, doté d'un début d'embonpoint, il portait des lunettes rondes et une fine moustache. Il désigna le château d'un signe de tête, un petit sourire au coin des lèvres.

— Un bel édifice, mais très délabré selon Denise, dit-il. Et votre parc est devenu une forêt vierge.

Vexée, Albane garda le silence et s'éloigna d'une démarche rapide. Gérard redémarra après avoir discuté un instant avec Louis.

— Attends-moi, ma chérie ! cria celui-ci en courant pour la rattraper.

Il la prit par la taille et l'attira d'un geste possessif contre lui. Le baiser qu'il lui donna avait quelque chose de désespéré.

— Qu'est-ce que tu as ? s'étonna-t-elle. Pourquoi étais-tu aussi pressé de rentrer ? Et où va dormir cet homme ?

— Sois tranquille, il repart avant la nuit et il nous déposera à l'école. Albane, à Périgueux les gens sont beaucoup mieux renseignés qu'ici, notamment l'ami que j'ai rencontré.

— Tu avais parlé d'un fonctionnaire de l'Éducation nationale.

— Tout à fait, un de mes camarades de lycée a grimpé les échelons. Peu importe ! Hitler compte s'emparer de la Pologne, soutenu par la Russie. Ils se partageront sans doute le territoire annexé. Mais le Royaume-Uni a conclu un pacte d'assistance militaire avec la Pologne, qui mobilise ses troupes. La France va entrer en guerre, c'est une question de jours désormais.

Une sensation de panique fit tressaillir Albane. Louis la serra plus fort.

— J'avais besoin d'être près de toi, ma chérie, dit-il.

— Tu me fais peur ! Est-ce que tu seras mobilisé ? Il faut bien des enseignants dans les écoles.

— J'ai peu de chances d'y échapper, sauf si cet ami que j'ai revu intervient en ma faveur. Au fond, je ne le souhaite pas, ce serait assez déshonorant, n'est-ce pas ?

— Instruire des enfants est une mission essentielle. Je préfère que tu restes, moi. Nous sommes juste mariés.

En guise de réponse, Louis l'embrassa de nouveau.

Brantôme, école primaire, chez Albane et Louis, le soir

Il faisait chaud dans la chambre, dont l'unique fenêtre était ouverte sur le ciel mauve, nuancé de pourpre, du crépuscule. Le jeune couple était allongé sur le lit, parmi un fouillis de draps. Si Louis était entièrement nu, Albane, plus pudique, avait remis sa combinaison en soie rose. Elle était blottie contre son mari qui lui caressait l'épaule du bout des doigts.

— C'était bon de faire l'amour, dit-il d'un ton rêveur. Je pensais si fort à toi, la nuit dernière, chez ma mère. Ton beau corps me manquait, ton sourire, ta bouche, tous tes trésors.

— J'aurais pu t'accompagner à Périgueux, hasarda-t-elle.

— C'est vrai, je ne te l'ai pas proposé. Tu n'aurais peut-être pas été très à l'aise entre maman et Denise. Je savais aussi que tu serais heureuse de passer deux jours au château.

— Tu me connais bien. Louis, si tu es mobilisé, seras-tu obligé de te battre ? Il n'y a vraiment pas d'autres solutions ?

— Je suis apte au combat, alors je devrai servir mon pays, lutter contre les nazis et leur maudit Führer. On m'a donné un fascicule à la fin de mon service militaire où est spécifié le régiment que je dois rejoindre et le nombre de jours qu'on m'accorde, une semaine dans mon cas. N'y pensons plus, du moins pas ce soir. Je veux profiter de toi, de notre intimité. Soyons un peu fous, ma chérie, pourquoi ne pas rester deux jours dans ce lit ? On se ferait des plateaux et on mangerait là, en bavardant, en s'aimant.

D'un geste vif, Louis s'empara de la main droite d'Albane qu'il posa sur son sexe de nouveau durci.

— Je suis prêt à recommencer, murmura-t-il. Tu es si belle. Tes mamelons pointent sous la dentelle, tu as envie aussi.

Troublée, elle évita de lui répondre. Il se redressa un peu pour l'étreindre, puis il la conseilla à mi-voix.

— Maintenant, viens sur moi et enlève ta combinaison. J'adore cette position, tu agiras à ta guise, et je te verrai.

Son mari ne lui avait encore jamais suggéré ce genre de fantaisie. Elle refusa d'abord d'un non presque inaudible.

— Plus tard, quand il fera noir, là je n'ose pas.

— Je t'en prie, Albane. En quête de plaisir, il faut parfois innover. Fais-moi confiance. J'aurai ce souvenir gravé dans mon esprit et mon cœur, si la guerre nous sépare.

Elle consentit malgré ses réticences, cependant sans ôter la fragile combinaison en soie. Louis y prêta à peine attention, tout de suite comblé de la sentir sur lui. Il l'incita tout bas à certains mouvements, en la tenant par la taille.

— Oui, comme ça, oui, ma chérie.

Bientôt, les paupières mi-closes, Albane fut envahie d'ondes voluptueuses. Elle poussa de petits cris étonnés, en écho avec les plaintes d'extase de son mari, mais il se cambra soudain en gémissant, hébété par sa jouissance d'homme.

— Un baiser, supplia-t-il en lui souriant.

La jeune femme se pencha et l'embrassa, avant de se coucher à ses côtés, en proie à de singulières sensations de vide et de frustration.

— Tu seras peut-être enceinte, ou bien tu l'es déjà, avança Louis d'une voix douce.

— Cela ne me dérangerait pas si notre enfant avait un père pour l'aimer et le protéger, répliqua-t-elle. En ce moment, tout le monde parle de la guerre, de réfugiés et de mobilisation. J'en ai assez, je voudrais vivre avec toi sans craindre de te perdre. On se contenterait de travailler, de partager nos repas, de dormir ensemble et de choyer un bébé tous les deux. L'élever seule, je ne veux pas.

— Je comprends, Albane.

— Vraiment ? Maman est morte quand j'avais onze ans, donc j'ai beaucoup de souvenirs d'elle. Ils sont à la fois douloureux et merveilleux, mais au moins ils existent. Je ne peux pas envisager de mettre au monde une fille ou un garçon, sachant qu'ils souffriront de ton absence. Je n'aurai qu'une photo de notre mariage à leur montrer.

Très émue, Albane se leva et alla s'isoler derrière le paravent qui dissimulait un lavabo. Louis avait dû allumer une cigarette, car elle perçut l'odeur de la fumée.

— Au fait, ma chérie, tout à l'heure, au château, j'ai entendu Maria parler d'un chien que vous avez enterré ? De quoi s'agit-il ? Comme Gérard était là et discutait avec ton père, j'ai oublié de te poser la question.

Elle retint sa respiration en s'observant dans le miroir, un peu surprise de se découvrir échevelée, les lèvres meurtries, mais surtout d'une étrange séduction.

— C'était Titan, le dogue de Maubert Guérin.

— Quoi ? Il rôdait près du poulailler et ton père l'a tué ? Il y avait fait allusion quand tu as racheté des poules pondeuses. Et son fusil de chasse est en bonne place dans le salon.

Albane réapparut, une serviette-éponge entre les mains. Elle adressa un sourire sans réelle joie à son mari.

— Guérin a abattu lui-même son chien, parce qu'il l'avait mordu à la cuisse pour me défendre. Louis, je suis affamée. Si on grignotait quelque chose, je te raconterai tout.

Louis avait enfilé sa robe de chambre en satinette. Il cassait des noix dont il disposait les cerneaux sur la toile cirée nappant leur table de cuisine. Albane avait également sorti du garde-manger le fromage et le jambon que lui avait donnés Maria.

— Tu n'aurais jamais dû aller épier ce type, décréta-t-il d'un ton irrité. L'indépendance ne sied pas aux femmes. Ton père t'a laissé trop de liberté, si bien que tu agis souvent en dépit du bon sens.

— C'est déjà la deuxième fois que tu me le dis, rétorqua-t-elle. Je t'ai expliqué mes raisons, changeons de sujet.

— Mais Guérin aurait pu en profiter pour abuser de toi ! s'indigna son mari en tapant du poing au milieu des coquilles de noix brisées. Je me représente la scène et ça me donne envie d'aller lui flanquer une bonne raclée.

— Cela ne ferait qu'envenimer les choses. Et j'ai l'intuition qu'il m'aurait giflée sans oser abuser de moi. Le débat est clos.

— Pas du tout, figure-toi, enragea Louis. Moi aussi je devais t'informer d'un détail d'importance. Les parents de Gérard ont dîné chez ma mère, vendredi soir. Quand j'ai appris que son père, Edmond Jacquet, était le commissaire de police de Périgueux, j'ai patienté jusqu'au dessert, et là, en aparté, je lui ai décrit la conduite inacceptable de Maubert Guérin. Il était intrigué par le personnage, et dès que je lui ai demandé s'il pouvait se renseigner sur lui, il m'a promis de le faire.

— Il a le droit d'enquêter sur quelqu'un ainsi, sans raison précise ? s'enquit Albane.

— Oui, après avoir contacté la gendarmerie de Brantôme, où j'ai déposé une plainte. Edmond Jacquet me téléphonera à l'école s'il obtient des résultats intéressants. Et toi, ma chérie, si par malheur tu te retrouves seule, sollicite l'aide de Jacquet, je noterai son numéro dans l'agenda.

— Très bien. Et son fils, Gérard, quel métier fait-il ?

— Il est infirmier à l'hôpital de Périgueux. C'est là-bas qu'ils se sont connus, ma sœur et lui, puisqu'elle est infirmière aussi.

— C'est vrai, concéda Albane tout bas. Ta mère peut être fière de ses deux enfants. Je retourne me coucher, je suis très fatiguée. Je te préviens, rejoins-moi vite. N'essaie pas de me fausser compagnie pour aller régler tes comptes avec Maubert Guérin.

— Bah, si son propre chien l'a mordu, j'estime qu'il est puni. Va te reposer, ma chérie. Je ne tarderai pas.

Brantôme, samedi 2 septembre 1939

Albane s'était levée à l'aube pour préparer le petit déjeuner. Son mari avait réparé un poste de radio remisé dans le débarras de l'école et elle écoutait de la musique classique, après avoir entendu un morceau de jazz.

En six jours, le couple s'était rendu deux fois au château pour de courtes visites. Maria leur donnait des œufs, du lard, du lait et de la farine, comme s'ils ne mangeaient pas à leur faim.

— La guerre, la guerre, les gens n'ont que ce mot à la bouche, se dit-elle à mi-voix. Évidemment, Hitler a envahi la Pologne.

Elle se refusait à prononcer le terme « mobilisation », même en sachant que la veille, le gouvernement avait rappelé sous les drapeaux ses réservistes et les jeunes gens récemment libérés de leurs obligations militaires.

— Louis ne partira pas, c'est impossible.

Par la fenêtre ouverte sur les deux cours de l'école, lui parvint alors une rumeur grandissante, ponctuée de cris et d'exclamations virulentes. Son mari, qui était parti acheter du pain, entra en trombe, une baguette dorée à la main.

— Cette fois, c'est la mobilisation générale ! Il y a une affiche sur le panneau de la mairie, une autre sur le mur de l'église. Les gens sont dans tous leurs états ! Tous les hommes valides de vingt à quarante-huit ans doivent partir. Des femmes pleurent, des vieux bougonnent des insultes !

— Et toi ? demanda Albane, livide.

— Moi aussi, dans une petite semaine. Nous ne pouvons pas tous voyager en même temps.

L'expression de Louis la désorientait. Il semblait à la fois exalté et inquiet.

— Si tu t'en vas, qui va prendre en charge la classe des garçons ? Tu auras un remplaçant ?

— Je l'ignore, ma chérie. Ils peuvent envoyer un instituteur qui n'est pas encore diplômé, un gars de moins de vingt ans. Je serai encore là de lundi à mercredi. Jeudi, j'irai dire au revoir à ma mère et à ma sœur. Il me faudrait du linge propre.

Albane approuva en lui tournant le dos. Elle ne versa pas une larme malgré cette vague impression qui la tourmentait.

— On dirait que tu es content de me quitter, avoua-t-elle enfin.

— Comment peux-tu débiter une telle sottise ? Bien sûr je préférerais rester ici, mais en temps de guerre, je dois servir la France, ma patrie. Si mon père était toujours en vie, il serait fier de voir son fils sous les drapeaux.

— Excuse-moi, Louis. Nous avons cinq jours ensemble, je ferai en sorte qu'ils soient agréables.

Il la prit dans ses bras et la cajola un peu. Albane ne vit pas le regard éperdu de tristesse de son mari, qui s'était promis de ne pas lui montrer ses peurs et son chagrin.

Toute la matinée, Louis multiplia les allées et venues jusqu'à la mairie, d'où il rapportait des informations sur les directives du gouvernement.

— Tous les véhicules sont réquisitionnés, les camionnettes, les voitures, les autocars, annonça-t-il à Albane le soir. C'est la panique, les gens assaillent le maire de questions. Selon lui, nous sommes très mal préparés pour affronter l'Allemagne.

— Mais tu restes quand même jusqu'à mercredi ? s'inquiéta-t-elle, les mains plongées dans une bassine en zinc remplie d'eau mousseuse. Je lave tes gilets de corps, ils sécheront vite au soleil.

Ses cheveux cachés par un foulard, le teint rosi par son labeur, Albane avait mis un grand tablier gris pour protéger sa robe. Louis la trouva adorable dans cet accoutrement.

— Je suis désolé de te donner du travail, ma chérie.

— Ne le sois pas, j'ai besoin de m'occuper, ça me calme, surtout faire la lessive. Tes chemises sont déjà sur le fil à linge.

Louis s'approcha et l'embrassa trois fois dans le cou, ce qui la faisait souvent réagir, car elle était assez chatouilleuse.

— Tu en profites parce que je ne peux pas me défendre, lui reprocha-t-elle en riant.

— Tout à fait !

Cependant Albane étouffa aussitôt un sanglot. Il l'obligea à se retourner en l'enlaçant. Elle secoua ses doigts ruisselants puis les essuya sur son tablier.

— Reste avec moi, Louis, gémit-elle. Je n'ai plus de courage, moi qui veux toujours être forte et avoir du cran. On est si bien tous les deux. Et on a fait l'amour plusieurs fois, la nuit, le jour, je suis peut-être enceinte. Ne pars pas, trouve un moyen, je t'en prie ! Je sais, le docteur Géraud pourrait nous aider, en te déclarant inapte.

Son mari relâcha son étreinte pour mieux la regarder. Il s'écarta encore un peu et alluma une cigarette.

— Albane, c'est toi qui me proposes ça ? Je ne te reconnais plus ! Durant nos fiançailles, tu étais la première à te glorifier des actes héroïques de ton père au cours de la Grande Guerre. Tu prétendais même regretter d'être une femme, car tu ne pouvais pas devenir soldat.

— J'ai dit ça, moi ? balbutia-t-elle.

— Je m'en souviens très bien, ma chérie. Et il y a encore peu de temps, tu partais à cheval jouer les espionnes. S'il te plaît, reprends-toi, Albane. Je suis lucide, je ne reviendrai peut-être pas, mais j'aurai fait mon devoir de patriote.

Louis se tut brusquement, tête basse. Il fixa son paquet de tabac comme s'il pouvait y lire une solution à un mystérieux problème.

— Qu'est-ce que tu as ? demanda-t-elle.

— Je vais te dire quelque chose de déplaisant. Viens là, ne prends pas cette mine de gamine en faute.

— Tu n'as pas été très tendre avec moi, riposta-t-elle.

Il la fit asseoir sur ses genoux en la tenant par la taille. Tout de suite son désir d'homme s'éveilla, grâce au parfum de sa chair tiède et au contact de ses cuisses sur les siennes.

— Si tu devenais veuve, ma chérie, patiente un an ou deux avant de te remarier. C'est plus décent et aussi il pourrait s'agir d'une erreur. Pendant le dernier conflit, certains soldats blessés ont été faits prisonniers et conduits en Allemagne, mais on les a déclarés disparus. Ce fut le cas de mon père, qui réapparut en janvier 1919. Bien sûr, ma mère le croyait mort. En le revoyant bien vivant, elle était folle de bonheur et elle lui a dit aussitôt que jamais elle n'en aurait épousé un autre.

— Ne parle pas de ça ! s'indigna Albane. Tu reviendras toi aussi et je t'attendrai fidèlement.

— Je ne t'en demande pas tant. Tu es si jeune, tu as le droit d'être heureuse et d'aimer.

Louis releva le tablier et la jupe de sa femme. Il écarta d'un doigt le satin de sa culotte pour la caresser ensuite d'une main impérieuse. Elle ferma les yeux et s'abandonna au plaisir qu'il lui prodiguait, mais des coups ébranlèrent la porte du vestibule.

— Qui est-ce ? dit-il d'une voix sourde. On ne répond pas et on va dans notre chambre.

— Tu es sûr ? Quand même, si c'était le maire...

— Un télégramme pour M. Molinier ! s'égosilla-t-on en frappant encore.

— J'arrive, répondit Louis.

Intriguée, Albane voulut le suivre, mais il lui indiqua d'un geste de rester dans la cuisine. Elle l'entendit discuter avec le facteur et refermer la porte. Comme il tardait à revenir, elle s'aventura sur le seuil de la pièce après s'être débarrassée de son foulard et du tablier.

— Qu'est-ce que tu as, tu es tout pâle ? Louis, tu as reçu une mauvaise nouvelle ?

— Oui, je dois partir dès demain matin pour Périgueux.

— Mais tu avais huit jours ?

— Plus maintenant. Je suis navré, ma chérie. J'irai à vélo et j'emporterai juste une petite valise. Si je passe chez ma mère, elle me donnera du linge de corps, celui de mon père. Albane, jusqu'à la rentrée, il vaudrait mieux que tu retournes habiter au château. Tu ne seras pas seule là-bas.

— Louis, prends le train, tu seras épuisé si tu fais vingt-sept kilomètres à vélo. Tu es appelé à rejoindre ton régiment ?

— Mais oui, où voudrais-tu que j'aille ? mentit-il avec aplomb. Autant se dépêcher, il faut faire le ménage, tout ranger ici. Prépare tes affaires, je m'occuperai des miennes plus tard, je dois sortir.

Rendue muette par la déception, la jeune femme vit son mari enfiler sa veste et se ruer sur le palier, son chapeau à la main. Elle n'avait qu'une consolation, le destin lui accordait un mois entier sous le toit béni de ses ancêtres, les Séguilières.

Brantôme, dimanche 3 septembre 1939

Louis attachait sa valise sur le porte-bagages de son vélo. Le soleil pointait à peine, mais le ciel d'un bleu lavande annonçait une belle journée. En robe de chambre et en chaussons, Albane observait le moindre de ses gestes. Ils étaient dans la cour de l'école de garçons où un chat blanc déambulait, en habitué du lieu.

— Mets ta casquette, il fera chaud sur la route, lui dit-elle d'une petite voix douce.

— Je te téléphonerai une fois arrivé.

— D'accord, je ne partirai pas avant d'avoir eu ton appel. Louis, c'est quand même bizarre que tu sois obligé de t'en aller trois jours plus tôt.

— Je n'y peux rien, ma chérie. Tu as écouté Radio-Paris, le Royaume-Uni déclare la guerre à l'Allemagne ce matin à 11 heures et la France à 17 heures. Le gouvernement va renforcer les défenses à l'est, sur la ligne Maginot. Il y a déjà des corps d'armée en place là-bas.

Son mari portait des pantalons bouffants qui s'arrêtaient sous les genoux, ce qui lui évitait de mettre des pinces à vélo. En chemisette et veste de toile, il semblait prêt pour une longue promenade dans la campagne.

— Alors, tu t'en vas, soupira Albane. Je ne sais même pas quand on se reverra, et si on se reverra.

— Je te promets de t'écrire, ma chérie. Sois forte et ne perds jamais espoir. D'après le maire, une fois incorporé, il se peut que je sois renvoyé ici, à mon poste de directeur. L'instruction demeure une valeur capitale de la République.

Ils avaient fait l'amour la veille en se couchant et aussi à l'aube, encore somnolents et malheureux de se quitter. Albane s'était livrée aux exigences de son mari, mais elle avait éprouvé très peu de plaisir, et toujours cette sensation d'être inassouvie.

— Oh oui, que l'armée te renvoie chez nous, j'en sauterai de joie, dit-elle en l'étreignant.

Louis lui donna un rapide baiser. Elle lui ouvrit le portail et il grimpa sur son vélo en s'éloignant un peu plus à chaque coup de pédales.

— Au revoir, chuchota-t-elle. Tu ne t'es même pas retourné pour me sourire.

Le cœur serré, Albane remonta dans l'appartement où elle s'allongea sur leur lit, en proie à un malaise indéfinissable. Mais comme elle n'avait presque pas dormi de la nuit, le sommeil la terrassa.

— Mon Dieu, le téléphone, Louis a peut-être appelé, s'affola-t-elle en se réveillant deux heures plus tard.

L'appareil se trouvait au rez-de-chaussée, dans le couloir, et produisait un son strident aux notes métalliques. Il était impossible de ne pas l'entendre.

— Je suis sotte, il n'est pas déjà arrivé à Périgueux. Et il lui faut le temps d'aller chez sa mère.

Elle s'aspergea le visage d'eau froide et coiffa ses cheveux en chignon avant de s'habiller. En prévision de son départ pour le château, elle mit une jupe-culotte en lin beige et un chemisier.

« Je vais inspecter les classes en attendant le coup de fil de Louis. Ça m'occupera l'esprit », se dit Albane.

Tout était en ordre. Elle effleura de l'index un des pupitres, puis un autre. Sur le tableau noir amovible, un trait de craie subsistait, qu'elle effaça à l'aide du chiffon réservé à cet usage. Pour proposer de la lecture à ses élèves, la jeune femme avait pris des livres dans la bibliothèque de son père, notamment des romans de Jules Verne et d'Hector Malot, ainsi que les œuvres complètes de la comtesse de Ségur.

— Je suis pressée de travailler, se dit-elle.

Albane sortit et longea le couloir afin d'entrer dans la classe des garçons. Là aussi, l'ordre et la propreté régnaient. Elle souleva le couvercle du gros poêle en fonte, où il demeurait un peu de cendres.

— Aurons-nous du bois en suffisance ? s'inquiéta-t-elle.

Les mois à venir lui semblaient pleins de complications de toutes sortes. Perdue dans ses pensées, elle sursauta lorsque M. Lafaye toqua à la porte entrouverte.

— Bonjour, madame Molinier ! J'aurais besoin de parler à votre mari. J'ai reçu un appel du préfet, les évacuations ont commencé dans le Bas-Rhin. Notre commune devra accueillir des gens résidant au sud de Strasbourg, si j'ai bien compris. Un triste sort quand on vit près de la frontière. Les familles ont droit à trente kilos de bagage et on leur demande de lâcher leur bétail dans la nature.

— Ils viendront en train ?

— Oui, parfois dans des wagons de marchandises, où on aura jeté de la paille. Mais je préfère en discuter avec votre mari.

— Je suis navrée, monsieur le maire, Louis est parti à 7 heures ce matin. Il a reçu un télégramme hier, lui disant de rejoindre son régiment plus tôt que prévu.

— Un télégramme ? Alors là, je suis perplexe. La guerre va être déclarée cet après-midi, les services de l'armée ne vont pas envoyer des câbles aujourd'hui ! Vous l'avez lu ?

— Louis ne me l'a pas montré.

— Il y a sans doute une explication, ne vous inquiétez pas, chère madame. Eh bien, je vous laisse.

— Je vous préviens, puisque vous êtes là : mon mari m'a conseillé de retourner chez mon père, comme je suis seule. Je reviendrai la veille de la rentrée des classes.

— À ce propos, vous aurez forcément des élèves en plus avec les enfants des réfugiés. Mais nous aviserons en temps voulu, quand ils seront là.

Le maire la salua et s'en alla. Albane regagna le couloir, en fixant la petite table sur laquelle étaient disposés le téléphone et le Bottin. Sous le meuble, il y avait une poubelle en treillis métallique. M. Raymond, le concierge de l'école, avait soin de la vider chaque soir pendant la période scolaire, mais des papiers froissés s'y étaient accumulés pendant les vacances.

Elle aperçut alors des bouts de papier de couleur beige, déchirés menu, mais dont l'aspect lui rappela aussitôt le fameux télégramme. D'abord indécise, Albane tira la poubelle vers elle et examina de près un des morceaux, où figuraient trois lettres dactylographiées.

— U... R... G, épela-t-elle. Urgent.

Sans la remarque un peu suspicieuse du maire, elle aurait jeté le fragment qui provenait assurément du télégramme envoyé à son mari. Cependant son envie de vérifier le texte dépassa ses scrupules.

— Pourquoi Louis ne me l'a pas fait lire ?

Avec minutie, Albane récupéra le document. Elle étala les petits bouts de papier afin de les rassembler à la manière d'un puzzle, un jeu qu'elle adorait enfant. Le message fut vite déchiffrable et distilla aussitôt son venin.

— Mais non, non ! Qu'est-ce que ça signifie ?

Tremblante de nervosité, elle rêva des minutes précédentes, où elle n'avait encore rien lu.

— Pourquoi, pourquoi ? cria-t-elle en se tordant les mains.

Les mots s'inscrivaient à jamais dans son esprit de jeune mariée. Elle se tortura en les prononçant à voix haute :

— « Louis mon amour, viens vite. Notre petite a une grosse fièvre. »

Ce n'était pas signé, comme si le destinataire saurait de toute façon qui lui écrivait cette supplique. Prompte à la colère, Albane ramassa les morceaux et les jeta à la poubelle. Elle avait envie de pleurer, mais elle préféra contenir ses larmes.

— Je téléphone chez sa mère...

Une tempête intérieure la ravageait, si bien qu'elle balbutiait en tentant de se calmer. Quand Adèle Molinier décrocha, elle put s'exprimer presque normalement.

— Bonjour, madame, c'est Albane. Pouvez-vous me passer Louis ?

— Louis ? Mais mon fils n'est pas à Périgueux, enfin ! Qu'est-ce qui se passe ? Je sens à votre voix qu'il y a un problème.

— En fait, Louis effectuait le trajet à vélo, il a dû faire une halte pour se reposer. Il va me donner des nouvelles, excusez-moi, madame.

— Déjà, appelez-moi belle-maman ! Ensuite expliquez-vous, Albane. Pourquoi mon fils est-il parti ce matin, alors que nous l'attendions jeudi soir ?

— Non, il devait dormir chez vous mercredi soir, rectifia la jeune femme de plus en plus furieuse.

— Louis m'avait dit jeudi, je n'y comprends plus rien. Tenez-moi au courant surtout, et de mon côté, s'il arrive, nous vous rappelons. Il y a sûrement une explication.

Albane raccrocha d'un geste rageur. Elle se mit à faire les cent pas dans le couloir, les bras croisés sur sa poitrine.

— Oui, une bonne raison, belle-maman ! Une inconnue qui lui dit « mon amour » ! Et ils ont un enfant, une fille. Il ne m'aime pas, il ne m'a jamais aimée. Je le sentais la veille de notre mariage, j'aurais dû tout annuler.

Le téléphone sonna lorsqu'elle s'apprêtait à sortir dans la cour pour respirer à son aise.

— Si c'est Louis, qu'est-ce que je fais ?

Courageusement, elle se dirigea vers l'appareil qui émettait sans interruption son tintement affreux. Le souffle court, elle décrocha.

— Ma chérie, je suis à Périgueux ! Ne te tracasse pas, tu peux fermer l'appartement et aller chez ton père, déclara son mari d'un débit rapide.

— Tu es chez ta mère ? questionna-t-elle.

— Pas encore, je bois une bière dans un bistrot avec un ami que j'ai croisé. Il incorpore le même régiment que moi.

— Louis, arrête de mentir ! Tu es instruit et doué dans bien des domaines, mais tu peux être stupide aussi. La prochaine fois que tu reçois un télégramme douteux, brûle-le ou jette-le loin de l'école !

Un silence lui répondit qui eut le don d'exaspérer Albane. Elle voulait la vérité et l'exigea.

— Qui est cette femme ? Elle te dit « mon amour » ! Vous avez une fille en plus... Louis, comment as-tu pu me tromper à ce point ? Pourquoi me demander de t'épouser ? J'ai réfléchi, tu allais une fois par mois à Périgueux, et même deux fois bien souvent. Je me sens trahie, humiliée et ridiculisée.

— Je t'en prie, ne tire pas de conclusions hâtives, protesta Louis d'un ton véhément. Je t'aime, je n'aime que toi. Albane, ma chérie, j'aurais dû t'en parler. Écoute, il y a six ans, j'ai eu mon premier poste à Périgueux et je fréquentais Régina, une jeune ouvrière. Au début c'était une passade, mais elle est tombée enceinte. J'ai assumé les conséquences de mon insouciance sur le plan financier, grâce à l'argent que mon père avait placé pour Denise et moi. Et sur le plan moral, je n'ai pas voulu rompre le contact, à cause de cette petite fille innocente.

— Ta mère et ta sœur sont au courant ?

— Pas du tout, sinon cela aurait fait un vrai scandale dans la famille. Ma chérie, je suis sincère : quand je t'ai rencontrée, j'ai eu le coup de foudre. En quelques heures, j'étais fou amoureux de toi.

— Est-ce que Régina sait que tu t'es marié ?

Il y eut un nouveau silence. Glacée, Albane attendit la réponse qu'elle avait devinée.

— Non, je ne lui ai rien dit, elle aurait eu trop de peine. Je te promets de lui en parler ce soir. Elle me voue une adoration pathétique.

— Louis, je ne sais plus qui tu es ! Enfin si, un menteur, un lâche, un ignoble personnage en somme. Je suppose que tu fais l'amour avec elle ?

— Pas depuis notre mariage, Albane. Je prétexte la fatigue et elle n'insiste pas.

— Mais tu n'as pas quitté Brantôme depuis notre mariage ! Ton séjour à la mer, c'était avec elle ? Tu peux tout avouer, je souffre tant que ça m'est égal d'avoir encore plus mal. Louis, tu serais parti à la guerre avec ces mensonges sur le cœur ? Et moi j'aurais espéré ton retour ! On dirait que tu as fait exprès de jeter ce télégramme dans la poubelle du couloir. Un acte manqué, car au fond, tu avais envie que je le sache.

— Ma chérie, je suis tellement désolé que tu l'aies appris ainsi. Comprends-moi, je pensais à la guerre, en me répétant que si je revenais vivant, je te parlerais de Régina, et si j'y restais, tu ne découvrirais jamais la vérité. Mais je t'aime, Albane, tu es la seule femme que j'aime. Je peux te le prouver. On circule encore en voiture, ici, les réquisitions ne sont pas au point. Je vais demander à quelqu'un de me ramener à Brantôme.

— Ne prends pas cette peine, Louis. C'est fini. Passe la soirée avec la mère de ta fille. Adieu.

Albane raccrocha le téléphone. En montant l'escalier qui la mènerait à l'appartement, elle ôta sa bague de fiançailles et son alliance. Écœurée et blessée dans son orgueil, elle n'avait plus qu'une hâte, se retrouver au château. Avant de partir, elle mit les bijoux dans son sac à main.

— Je dois les garder, hélas, car à la rentrée, je devrai donner le change, faire semblant d'être la fidèle épouse d'un vaillant soldat, se dit-elle.

7

Le premier jour de guerre

Brantôme, école primaire, même jour,
dimanche 3 septembre 1939

Le clocher de l'église Saint-Pierre venait de sonner. Albane regarda sa montre qui affichait 18 heures. Elle était enfin prête à partir pour le château, après avoir effectué quelques achats à l'épicerie la plus proche de l'école.

« J'ai fermé les volets, j'ai coupé le compteur électrique et celui de l'eau », se dit-elle.

La jeune femme s'était accordé le temps de réfléchir à son nouveau statut d'épouse bafouée. Louis n'avait pas rappelé, ce qui l'avait encore plus révoltée.

— Que je suis sotte ! Si je suis restée ici jusqu'à maintenant, c'était sûrement dans l'espoir qu'il revienne, comme il le prétendait. Même ça, il ne l'a pas fait... Père sera surpris mais bien content de me voir. Je me demande s'il sait que la France a officiellement déclaré la guerre à l'Allemagne il y a une heure.

Sa valise à la main, un foulard noué sur ses cheveux, elle portait une sacoche en bandoulière. En passant devant le téléphone, Albane songea à Coralie, la seule personne à qui elle pourrait se confier. En effet, par pudeur et par orgueil, elle avait décidé de ne rien dire à Maria ni à Mireille et encore moins à son père. Son infortune devait demeurer secrète, jusqu'à nouvel ordre.

— Je dois au moins en parler à quelqu'un, sinon je vais devenir folle !

Vite, elle posa ses bagages et chercha le numéro des parents de son amie dans l'annuaire. Ce fut Coralie qui décrocha.

— Albane, quelle bonne surprise ! Tu es au courant, bien sûr, nous sommes en guerre. Toi qui venais de te marier !

— Justement, je voudrais te dire quelque chose au sujet de Louis.

— Il a été mobilisé ? Mes frères aussi. Ils ont trois jours pour intégrer leur régiment.

— Coralie, écoute-moi, il s'agit de tout autre chose.

Albane avait l'art du résumé. Elle exposa sa situation en quelques mots efficaces.

— Personne ne doit le savoir au château, mais j'avais besoin de le dire, pour mieux réaliser, alors j'ai pensé à toi.

— Mais c'est vraiment abominable ! Comment Louis a-t-il pu te traiter ainsi ? Il cachait bien son jeu. Je suis indignée, et toi tu dois être désespérée. Albane, si je pouvais, je viendrais te voir.

— Je suis surtout furieuse et humiliée. Moi qui commençais à éprouver des sentiments profonds pour cet homme ! Pourquoi m'a-t-il épousée ?

Le cœur serré, Albane s'adossa au mur, consciente qu'elle venait d'avouer la faille initiale de son couple.

— Tu n'avais pas ces sentiments-là avant de te marier ? s'effara Coralie. Dans ce cas, je te retourne la question, pourquoi t'es-tu engagée avec lui si tu ne l'aimais pas sincèrement ?

— Nous étions fiancés, je l'appréciais beaucoup ! Louis avait de l'instruction, il était galant, charmant. Et dès qu'il y a eu les menaces de guerre, il a insisté pour qu'on se marie, avec des arguments dénués de romantisme, comme ma pension de veuve s'il mourait au combat. Il aurait mieux fait d'épouser la mère de sa fille.

La résistance nerveuse d'Albane s'effondrait. Elle se retenait de sangloter, hantée par les aveux de son mari.

— Je suis navrée, je vais être un peu cruelle, décréta alors Coralie. Je pourrais parier que tu refusais de coucher avec lui et ce mariage était l'unique moyen de t'avoir.

— Non, non, ce serait ignoble ! Louis a quand même accepté d'aller à l'église. Quand je l'ai eu au téléphone, il a répété qu'il m'aimait, qu'il n'aimait que moi. C'est peut-être vrai.

— Réfléchis bien, je connais mieux les hommes que toi. Je suis quasiment certaine qu'il a abusé de ses prérogatives pendant la nuit de noces. Vrai ou faux ?

— Vrai, hélas ! Je n'ai pas osé te le dire dans une lettre, mais j'étais très déçue et tout endolorie. Il s'est montré insatiable.

— Quel saligaud ! Albane, ma mère me fait signe, je suis désolée, mais je dois raccrocher. Je n'ai qu'un conseil à te donner. Si Louis revient, ce qui est très possible comme il est directeur d'école, demande immédiatement le divorce.

— Mais je me suis engagée devant Dieu, et pour moi les sacrements religieux sont importants et irréversibles. Je suis condamnée à rester sa femme. Ne t'inquiète pas, Coralie, merci de m'avoir écoutée. Le premier choc est passé. Je t'écrirai demain, et je suis sûre que j'irai déjà mieux.

En prenant son vélo dans la cour, Albane se moqua d'elle-même, à cause des derniers mots qu'elle avait dits à son amie.

— J'ai gâché ma vie ! Il s'en passera du temps avant que je me sente mieux, se dit-elle tout bas.

Des bruits insolites lui parvenaient, qui s'élevaient des rues voisines. Elle entendait des cris et des ordres, parfois en patois, assortis de hennissements, auxquels succéda le braiment caractéristique d'un âne.

Soucieuse de ne croiser personne, Albane s'engagea aussitôt sur la route qui menait au château. Au bout de cinq cents mètres à peine, elle aperçut la robuste silhouette de Maria qui tenait Ulysse en licol. Mathurin, leur métayer, la suivait en tirant sa mule.

— Mais où allez-vous ? demanda-t-elle après avoir roulé à toute vitesse vers eux.

— C'est la réquisition, mademoiselle, répondit la domestique. On doit conduire les chevaux, les ânes et les mules sur le champ de foire.

— Ulysse est trop vieux et il boite souvent ! protesta Albane.

— Le souci, c'est qu'il a été recensé chaque année comme une bête pouvant servir à l'armée en cas de mobilisation. Mathurin ou moi, on le présentait à la commission départementale.

— Ils vont prendre la chèvre aussi ?

— Je ne pense pas, maugréa le métayer. Un cheval de selle, comme le vôtre, même s'il est vieux et boiteux, ils le prendront, au pire il nourrira les soldats.

— Non, c'est injuste ! s'écria la jeune femme. Je viens avec vous et je ferai en sorte de sauver Ulysse. Qui s'occupe des inspections ? Si c'est le maire ou le brigadier de gendarmerie, j'aurai une petite chance.

Maria eut une mine consternée. Elle empoigna le coude d'Albane et la regarda droit dans les yeux.

— Rentrez donc chez vous, avec votre mari qui va bientôt s'en aller ! Ou alors allez embrasser monsieur votre père. Le docteur Géraud s'est déplacé pour nous dire que la guerre était déclarée. Comme il est adjoint au maire, c'est lui aussi qui nous a demandé d'emmener Ulysse sur le champ de foire. Mais ce n'est pas le plus grave.

— Qu'est-ce qu'il y a encore, Maria ?

— Maubert Guérin fait partie de la commission de réquisition des chevaux. Paraît que ce jean-foutre est qualifié, en tant qu'éleveur.

— Raison de plus pour que je vienne.

Albane poussa son vélo par le guidon et marcha à côté d'Ulysse dont les sabots ferrés résonnaient sur le goudron. Le métayer semblait morose, même s'il gardait son percheron, utile pour les labours.

— J'avais treize ans en 1914, marmonna-t-il. Ce que j'ai pu pleurer quand ils nous ont pris nos ânes et notre jument de trait. Voilà que ça recommence... Mais je ne suis pas mobilisé à cause de mes poumons malades. Et mon fils est trop jeune, Dieu soit loué.

Le spectacle que découvrirent Albane, Maria et Mathurin était désolant. Une foule de paysans et d'habitants de Brantôme s'agitait sur le champ de foire. C'était une véritable cohue où chacun tentait d'approcher en premier d'une longue table dressée en plein air.

— Procédons par ordre alphabétique, je vais appeler le nom des propriétaires d'équidés, clama un homme vêtu de noir.

Il s'agissait de Maubert Guérin, une casquette sur ses courtes mèches blondes. Deux gendarmes lui servaient d'assistants.

— Misère, il y en a pour des heures, s'affola Maria. Vous avez vu tout ce monde ! Ne restez pas là, mademoiselle, vous ne pourrez rien empêcher.

— Louis est déjà parti pour Périgueux, lui expliqua Albane. Tu as vu ma valise sur mon porte-bagages, je revenais m'installer au château jusqu'à la rentrée des classes. J'espère qu'on ne va pas voler mon vélo.

— Mais non, vous l'avez laissé contre le mur de l'église ! Le Bon Dieu veillera au grain. Alors vous rentrez à la maison ? C'est Monsieur qui va sauter de joie, souffla la domestique. Il s'ennuie de vous. Heureusement, le bébé le distrait beaucoup. Figurez-vous qu'il l'appelle « mon petit Pierre », comme si c'était le sien.

Albane approuva d'un hochement de tête. Elle ne pouvait s'empêcher de chercher le visage de son mari parmi les gens rassemblés là. Un superbe étalon gris donnait du fil à retordre au palefrenier qui le tenait. C'était un splendide animal, sûrement de race espagnole.

— Il appartient à M. Desbordes, murmura le métayer. Paraît qu'il est méchant comme la teigne !

— M. Desbordes ou son étalon ? s'enquit Albane.

— Les deux, pardi, blagua Mathurin dans sa barbe. Celui qui le tient n'y connaît rien. Si ça continue, cette sale bête va lui échapper et nous foncer dessus.

Prudemment, Albane emmena Ulysse à une bonne distance de l'étalon. Sans le vouloir, elle se retrouva ainsi dans le champ de vision de Maubert Guérin. Il darda son regard bleu pâle sur la jeune femme.

— De Séguilières ! clama-t-il. Approchez !

Il y eut des rumeurs outrées et des protestations dont il ne tint aucun compte. Albane arriva devant lui, les doigts crispés sur la longe en corde de l'alezan.

— Mademoiselle de Séguilières, oh pardon, madame Molinier, bonsoir…

— Je m'appelle toujours Albane de Séguilières, même mariée.

— Je vous félicite de vous être déplacée en personne, d'autres n'ont pas eu ce courage. Ils envoient leurs larbins.

— Monsieur, mon cheval est vieux et il boite ! S'il part je ne sais où uniquement afin d'être abattu et consommé, je vous en prie, épargnez-le, demanda-t-elle tout bas.

Guérin s'approcha d'Ulysse et l'examina d'une main experte. Il flatta son encolure, inspecta ses sabots un par un.

— Un beau demi-sang, un anglo-normand, n'est-ce pas ? dit-il sans hausser le ton.

— Oui, j'ai grandi avec lui, ajouta-t-elle la gorge nouée.

— C'est dommage, sans monture, vous ne pourrez plus venir m'épier. Qu'avez-vous fait de mon chien, au fait ?

Autour d'eux, les gens s'impatientaient. L'étalon entraîna son palefrenier et attaqua un âne qui appartenait à une vieille blanchisseuse prénommée Colette. Bousculée, la malheureuse s'écroula sur le sol, vite secourue par Maria et un adolescent.

— Titan est mort malgré nos soins, nous l'avons enterré au fond du parc, chuchota Albane.

— Je devais m'en débarrasser, un chien qui mord son maître ne vaut rien.

Il toisa la jeune femme de ses yeux transparents et constata qu'elle retenait ses larmes. D'un pas rapide, il contourna la table et griffonna quelques mots en bas d'une feuille.

— Votre cheval est inapte à servir l'armée, même en pot-au-feu, déclara-t-il bien fort. J'ai diagnostiqué une maladie qui rend sa viande immangeable. Vous pouvez partir. Au suivant, vite…

— Je vous remercie, monsieur, dit Albane en s'empressant d'obéir. Merci beaucoup.

Elle s'écarta le plus possible de la foule. Maria la rejoignit au pas de course.

— Est-ce qu'on attend Mathurin, mademoiselle ? Il voudrait bien garder sa mule.

— Non, on s'en va, Ulysse est sauvé, c'est le plus important. Colette est-elle blessée ? J'ai vu la scène.

— Son dos la fait souffrir, mais j'ai promis de lui apporter un de mes baumes demain matin. La pauvre, sans son grison, elle devra trimballer le linge en brouette.

— Commence à avancer, Maria, je vais récupérer mon vélo.

— Dites, mademoiselle, il a été coulant avec vous, Guérin !

— Je pense qu'il aime les chevaux plus que les chiens et les êtres humains, trancha Albane.

Soulagée pour Ulysse, la jeune femme dut jouer des coudes pour traverser le champ de foire. Elle souhaitait confusément voir surgir Louis. Il la serrerait dans ses bras et lui jurerait qu'elle seule comptait. Au fil des heures, au sein de toute cette agitation tissée d'angoisse, elle cédait à l'indulgence.

« Il dit peut-être la vérité, songeait-elle. Cette veuve a eu un enfant de lui, il n'a pas voulu les abandonner. Qu'aurais-je fait s'il m'avait avoué cette liaison pendant nos fiançailles ? »

Elle ne trouva ni la réponse ni son vélo, qui avait disparu avec sa valise.

Château de Séguilières, même jour, le soir

Amédée avait allumé un feu dans la colossale cheminée du salon. Assis au coin de la cheminée, il scrutait d'un air inquiet les traits tirés de sa fille.

— Tu es contrariée par ce vol, Albane, avança-t-il. Qu'avais-tu apporté dans ta valise ? D'après Maria, elle ne pouvait pas contenir grand-chose.

— Deux gilets, de la lingerie, des chaussures, et mes corsages, père. Mais il y avait aussi trois romans que je voulais lire avant la rentrée. Par chance, j'avais gardé avec moi la sacoche où je transportais de l'argent, mes papiers d'identité et des photographies.

— Je suis persuadé que tu as pris les clichés de ton mariage. Ton amie Coralie m'en a envoyé. Cette jeune personne est douée.

— Oui, surtout qu'elle les développe elle-même.

Le châtelain se pencha en avant pour caresser le visage d'Albane.

— Tu es triste, ma fille bien-aimée ! Louis a dû incorporer son régiment, mais tu t'en doutais. Qui le remplacera à l'école ?

— Je n'en sais encore rien, père. Le maire m'a informée que les enfants des réfugiés viendraient augmenter le nombre des élèves. J'aurai besoin d'aide.

Mireille entra dans la pièce sans faire de bruit, d'un pas glissant. Elle portait le bébé emmailloté au creux de son bras gauche.

— Bonsoir, Albane, je suis tellement contente de vous revoir. Pourriez-vous prendre Pierre un moment ? Je dois préparer son biberon.

— Volontiers, Mireille ! Oh, il a pris du poids, cet angelot !

Le doux contact de ce petit être innocent contre sa poitrine la réconforta. Elle contempla Pierre qui semblait la fixer de ses prunelles sombres.

— Mon Dieu, qu'il est mignon, et on le dirait très éveillé ! s'extasia-t-elle. Il sera brun, comme sa maman.

— Je ne me lasse pas de le regarder, admit Amédée. Souvent Mireille me le confie et je siffle un air de berceuse. Je voudrais que Pierre grandisse ici, au château.

— Mais, père, souvenez-nous de ce que nous a raconté Mireille. Si Hitler envahit la France, il peut persécuter les Juifs de notre pays, comme il le fait en Allemagne.

— Ce maudit Führer ne franchira pas la ligne Maginot ! Nos troupes lui barreront le passage. Et l'armée est mieux équipée qu'en 1914. Sois tranquille, Albane, nous ne verrons pas les troupes ennemies entrer en Dordogne.

— Vous êtes très optimiste, père.

— Tu dois l'être également ! La guerre sera brève, j'en suis convaincu. La France et l'Angleterre sont liées à la Pologne par un accord d'assistance mutuelle, et par notre entrée en guerre nous posons un ultimatum à Hitler. Il n'aura pas d'autre choix que de retirer ses troupes de Pologne et tout rentrera dans l'ordre. Louis reviendra et un jour j'aurai l'immense joie de devenir grand-père.

Albane tressaillit à cette perspective. Même si son mari réapparaissait et qu'elle lui pardonnait, le timide amour qui avait éclos dans son cœur était brisé à jamais.

« Je suis peut-être enceinte... Non, il ne faut pas », s'affola-t-elle en son for intérieur.

— Ne pleure pas, recommanda Amédée. Ton mari doit te manquer, mais je suis là et pour t'occuper l'esprit : après le dîner, je vais t'apprendre à jouer aux échecs. Maria va nous servir un bon dîner qui te redonnera des couleurs.

Le cœur lourd, Albane déposa un léger baiser sur le petit front rond du bébé. Encore une fois, elle tenta d'imaginer la fille de Louis.

« Est-elle blonde, brune, châtain comme lui ? Quel âge a-t-elle exactement ? J'ignore même son prénom. Elle avait une grosse fièvre, est-elle guérie ? »

— Me revoici, annonça Mireille. Grâce à Dieu, nous avons du lait de chèvre. Je craignais que cette brave bête soit réquisitionnée.

— Ne vous tracassez pas, chère amie, le château possède des caves et un souterrain. Nous avons de quoi cacher le nécessaire pour survivre en période de restrictions. Maria et moi œuvrons dans ce but dans la plus grande discrétion.

Amédée de Séguilières bomba le torse, son profil d'aigle auréolé par la clarté des flammes, tandis qu'un éclat de défi faisait briller ses yeux. Albane oublia son chagrin et son orgueil mis à mal. Auprès d'un homme de la trempe de son père, elle saurait surmonter l'épreuve qui l'avait affaiblie le temps d'une journée, la première de la guerre.

Château de Séguilières, mardi 5 septembre 1939

C'était le deuxième matin où Albane se réveillait dans son lit de jeune fille. Elle avait dormi en laissant sa fenêtre entrouverte si bien que des chants d'oiseaux lui parvenaient, ainsi que le parfum de la terre humide. Il avait plu toute la nuit, mais il faisait désormais grand soleil.

Revigorée par des heures de vrai sommeil, elle se promit de ne pas penser à des choses désagréables afin de savourer le décor si familier de sa chambre et le bien-être de son corps alangui.

— Comme tout est tranquille ici, soupira-t-elle.

Ses yeux errèrent sur la tapisserie en épais papier damassé, où se dessinaient des arabesques et des motifs de feuillage, puis sur les doubles-rideaux en velours jaune.

— Je n'aurais pas dû me marier…

— Mademoiselle, je vous apporte le petit déjeuner au lit, lui cria Maria.

La domestique entra aussitôt, sans avoir eu de réponse, sachant pertinemment qu'Albane était contrariée d'être servie ainsi.

— Pourquoi faire cela, Maria ? Hier matin, je suis descendue à l'office pour boire un café avec toi. Je refuse que tu me traites de cette façon. Tu connais mes idées, je suis socialiste et à mon sens, nous sommes tous égaux : « Liberté, égalité, fraternité. »

— Oh, encore votre refrain républicain ! Si ça me plaît à moi de vous dorloter un peu ? Et en me l'interdisant, vous faites acte d'autorité, alors je n'ai pas de liberté.

La boutade fit rire Albane, amusée par l'expression triomphante de Maria.

— Tu aurais dû faire de la politique, lui lança-t-elle. Bon, pour une fois, j'accepte.

Satisfaite, Maria posa le plateau au bout du lit. Elle désigna de la main ce qu'elle avait préparé.

— Un œuf à la coque, des tartines et du café au lait. Mais il y a autre chose, annonça-t-elle en sortant une enveloppe de la poche de son tablier. Une lettre de votre mari ! Vous serez quand même plus tranquille pour la lire ici ! Je n'ai pas raison ?

— Le facteur est déjà passé ?

— Pardi, il est plus de 9 heures, mademoiselle. Monsieur est déjà à l'écurie et Mireille l'a accompagné, comme ça le petit Pierre prend l'air.

— 9 heures ! Je ne me suis pas levée aussi tard depuis des mois. Je n'avais pas encore regardé ma montre et ma pendulette est arrêtée.

— Vous n'aurez qu'à la remonter, la clef est juste dessous le socle. Bon appétit, mademoiselle. Dites, je peux continuer à vous dire « mademoiselle », parce que je n'arriverai pas à vous appeler « Madame », enfin pas tout de suite.

La jeune femme avala une gorgée de café au lait avant de répondre, tout en considérant la lettre de Louis, posée sur sa table de chevet.

— Je préfère que tu me dises « mademoiselle », Maria. Ou bien Albane, tout simplement. Tu veilles sur moi depuis le décès de maman. Mon père était si désespéré qu'il est resté enfermé dans sa chambre plus d'un mois, et si tu n'avais pas été là pour me consoler, me câliner, j'aurais souffert le martyre. Alors tu peux m'appeler par mon prénom.

— Misère, il ne manquerait plus que ça !

Sur ce cri effaré, la domestique quitta la pièce de son pas énergique. Albane s'accorda un peu de temps avant de lire le courrier de son mari. Elle délaissa l'œuf à la coque au profit du pain beurré.

— Qu'est-ce que Louis m'a écrit, encore des mensonges ?

La curiosité l'emporta cependant très vite sur la méfiance. Elle décacheta l'enveloppe qui ne contenait qu'une feuille pliée en quatre, noircie par l'écriture large et penchée en arrière du directeur d'école.

Albane, mon amour, ma chérie,

Je n'ai pas osé revenir dimanche soir, mais ce ne sont pas les kilomètres et la fatigue qui m'en ont empêché, j'étais prêt à refaire le trajet à vélo pour plaider ma cause. Non, je n'ai pas eu le courage d'affronter le mépris et la haine dans tes beaux yeux d'or tellement j'étais honteux.

Tu disais sans doute vrai, le fait de déchirer le télégramme dans le couloir de notre école, de jeter ces morceaux dans une poubelle que tu pouvais aller vider, était peut-être de ma part un acte manqué.

Mon secret m'étouffait depuis nos fiançailles, mais je ne pouvais pas abandonner Régina et notre petite Louisette de cinq ans. Et oui, mon enfant se nomme ainsi, ce n'est pas moi qui ai choisi ce prénom si proche du mien, mais sa mère.

Au fond, tu m'as rendu un grand service. En effet, rongé par la culpabilité, j'ai avoué à Régina que je t'avais épousée le 12 août de cette année et surtout je lui ai dit combien je t'aimais. La pauvre a beaucoup pleuré, mais la santé de Louisette passant avant toute chose, elle s'est calmée et nous avons veillé la petite qui toussait de manière inquiétante. Le docteur lui a prescrit de la quinine et elle va déjà mieux.

Hier, sur ma lancée, j'ai également révélé à ma mère et à ma sœur l'existence de Régina et de Louisette. Bien sûr, j'ai semé le scandale et récolté l'opprobre, mais après des cris et des larmes, nous avons pu discuter tranquillement.

Je crois que maman n'est pas mécontente d'être grand-mère. Je lui ai donné l'adresse de Régina et elle s'occupera de mon enfant quand j'aurai incorporé mon régiment. J'ai appris que les soldats seraient concentrés sur le front est, où il faut déjà consolider les anciennes installations de la ligne Maginot.

Après toutes ces précisions d'ordre pratique, ma chérie, je te redirai combien je t'aime, combien je t'ai désirée à en devenir fou pendant nos fiançailles. Ces semaines tous les deux, en jeunes mariés, resteront les plus belles de ma vie. N'oublie pas que tu demeures mon épouse, toi qui es croyante, souviens-toi que tu t'es engagée devant Dieu à me chérir, pour le meilleur et pour le pire, des mots dont je comprends enfin le sens profond. Si je reviens de cette guerre, je consacrerai le reste de mes jours à obtenir ton pardon.

Je n'aime que toi, Albane, ne tiens pas compte d'une erreur de ma prime jeunesse.

Ton mari, Louis

— Quel ignoble égoïste ! murmura-t-elle en résistant à l'envie de froisser la lettre et de la jeter le plus loin possible. Et sa mère qui est contente d'avoir une petite-fille ! Louisette en plus…

Albane se leva et courut jusqu'à la fenêtre. Elle l'ouvrit en grand et respira à pleins poumons l'air frais du matin. Une sensation d'irrémédiable l'oppressait.

— Dire que je n'aurais jamais su s'il avait emporté ce maudit télégramme !

Elle s'accouda au rebord qui précédait une petite avancée en pierre. Soudain son père apparut, un panier sur le bras. De son allure désinvolte, il se rendait de toute évidence au poulailler. Comme s'il avait perçu sa présence, il regarda en l'air.

— Bonjour, Albane ! s'écria-t-il en la voyant. Que tu es jolie, toute décoiffée et vêtue de blanc.

— Vous êtes très élégant, répliqua-t-elle. Maria m'a dit que vous étiez à l'écurie. Comment va Ulysse ?

— Ma foi, il se porte à merveille ! Tu devrais descendre, le secrétaire de mairie vient d'arriver. Il doit visiter le château et les communs pour calculer le nombre de familles que nous pouvons accueillir. Les réfugiés du Bas-Rhin seront là demain au plus tard. Bonne nouvelle, nous serons dédommagés, un franc par lit, j'ai cru comprendre.

— Je m'habille et je vous rejoins, père.

Maurice Labrousse, le secrétaire de mairie, patientait dans le salon, assis près d'un guéridon. Il tenait un dossier cartonné sous le bras. Quand Albane et son père entrèrent, il les salua d'un bref signe de tête sans songer à se lever.

— Vous n'êtes pas de Brantôme, fit remarquer Amédée en lui tendant la main.

— En effet, je viens de Limoges, monsieur. Je suis très pressé et j'allais repartir, lassé d'attendre. Votre domestique a proposé de me conduire à l'étage, mais j'ai des documents officiels dont vous devez prendre connaissance.

— Je suis désolé, jeune homme, ironisa le châtelain. Moi aussi j'étais pressé de ramasser les œufs du jour. Je vous présente ma fille Albane. Son mari est le directeur de l'école, mais il a été mobilisé.

— Bonjour, madame. Faisons vite. Monsieur le maire m'a dit que vous étiez trois personnes à habiter ici. Vous avez donc beaucoup de place, ce qui est une chance pour les réfugiés. Selon les renseignements reçus tôt ce matin, ils sont très nombreux pour la seule commune de Brantôme.

— Nous ferons de notre mieux, cependant je ne pourrai pas loger toute la population du Bas-Rhin, le taquina Amédée.

— Ces gens sont évacués provisoirement, nous comptons sur la solidarité de chacun, poursuivit le secrétaire d'un air excédé. D'après les directives en notre possession, les réfugiés auront droit à une allocation, versée par le gouvernement, allocation qui sera moindre si certains trouvent du travail.

Silencieuse, Albane observait l'inconnu, qui lui avait déplu d'emblée. De taille moyenne, sec et osseux, il arborait une fine moustache noire et ses yeux étroits détaillaient les ultimes trésors du château, tous rassemblés dans le salon.

— D'après le rapport de monsieur le maire, il y a six chambres au premier étage et huit au second. Je suppose que vous avez également un grenier…

— C'est exact. Cependant, trois des chambres au premier ne pourront pas être mises à disposition : celle de mon père, celle de ma mère, et la mienne, que j'occupe jusqu'à la rentrée des classes. Et seules les chambres du premier étage sont équipées de lavabo.

— Mme de Séguilières est décédée depuis dix ans, pourquoi aurait-elle besoin de ses appartements ? rétorqua-t-il.

Albane vit son père serrer les poings. Au même instant, des pleurs aigus de bébé retentirent dans le boudoir.

— C'est vrai, j'ai su que vous hébergiez une certaine Mme Dresner et son petit-fils. Le maire vous a même autorisé à enterrer la mère de l'enfant sur votre propriété.

— En quoi cela a-t-il un rapport avec l'accueil des réfugiés ? interrogea Albane d'un ton sec.

— Je ne faisais que dresser un constat, madame.

Dans l'espoir d'apaiser son père, qu'elle devinait prêt à un esclandre, la jeune femme lui prit le bras. Maria eut la bonne idée de les rejoindre, un biberon à la main.

— Je porte ça au chérubin, annonça-t-elle avant d'entrer dans le boudoir.

— Un chérubin juif, c'est assez comique, décréta le secrétaire de mairie avec une mimique dédaigneuse.

— Monsieur, un mot de plus et je vous jette dehors, tout fonctionnaire municipal que vous êtes ! menaça Amédée en haussant la voix. Maintenant faites votre travail au plus vite et disparaissez de ma vue.

Furieux, le châtelain quitta le salon. Albane demeura seule avec le jeune homme qui affichait un air ulcéré.

— Suivez-moi, monsieur, proposa-t-elle d'un ton neutre.

Après le départ du visiteur, une heure plus tard, Albane se mit en quête de son père. Elle le découvrit près de la porte d'une salle basse, où l'on accédait par l'arrière du château, exposé au nord. Là, le délabrement de l'édifice était manifeste. La façade était grisâtre, attaquée par le lierre. Certaines fenêtres à meneaux avaient des petits carreaux cassés, et une gouttière, en partie endommagée, laissait l'eau ruisseler sur la pierre lors des grosses pluies.

— Que faites-vous ici, père ?

— Je réfléchissais.

La jeune femme venait là très rarement. Elle fut attristée par l'aspect des lieux. Le sol moussu était jonché de débris divers, des ardoises brisées, des morceaux de zinc et de verre. Une charrette gisait sur le côté, dépourvue de roues, et dont le bois était délavé par les intempéries.

— Vous pourriez réfléchir sur la terrasse, au sud, en plein soleil.

— Est-ce que ce cancrelat de fonctionnaire est parti ?

— Oui, à l'instant. Père, pourquoi êtes-vous là, dites-le-moi ?

— Je tenais à vérifier l'état des caves et celui du souterrain. Je suis d'avis de dissimuler leur accès, mais je voudrais d'abord m'assurer qu'il n'y aura pas de danger à y aller si cela s'avère nécessaire. Tu ne peux pas m'accompagner, tu prendrais froid.

— Nous irons cet après-midi, je mettrai un gilet. Il nous faudra une lanterne aussi.

Amédée s'aperçut que la perspective d'une telle expédition plaisait à sa fille. La fierté emplit son cœur et il eut envie de la serrer contre lui.

— Tu es une jolie femme de caractère, déclara-t-il. J'en suis très heureux. Intelligente de surcroît. Ton vieux père n'avait pas prévu de quoi s'éclairer.

— Vous n'êtes pas vieux et je vous aime, répliqua Albane. Je ne vous le dis jamais et je le regrette. Sans vous, je me sentirais perdue.

— Parce que tu es privée de ton mari, ma précieuse enfant ! Louis et toi, vous n'avez pas eu de chance.

— Vous avez raison, père, répondit-elle en reculant avec un fragile sourire.

Après le déjeuner, Albane consacra du temps à Mireille et au bébé. Malgré le poignant souvenir désormais lié au boudoir, la petite pièce avait tout d'un paisible refuge. Certes, Esther y avait rendu l'âme, cependant une atmosphère sereine régnait là, entre les murs recouverts de lambris peints en vert pâle. À mi-hauteur, un artiste oublié du siècle précédent avait dessiné une frise de fleurs fantasques, entremêlées de grappes de raisin.

Les couleurs s'étaient ternies, mais ces motifs délicats s'accordaient aux nombreux tableaux, de taille moyenne, qui représentaient des paysages de Dordogne.

— C'est un peu étrange, j'ai l'impression d'être en sécurité ici, murmura Mireille.

— Moi aussi, et il y a toujours des senteurs agréables grâce à notre nourrisson, celles du talc, de l'eau savonneuse et du lait tiède.

— Vous oubliez l'odeur pénible des langes souillés, plaisanta Mireille en posant ses aiguilles.

Elle tricotait du matin au soir, Maria lui ayant fourni des pelotes de laine en abondance.

— Que faites-vous cette fois-ci ? s'intéressa Albane.

— Une écharpe pour votre époux. Dès que vous aurez l'adresse de son cantonnement, il faudra lui envoyer des colis. L'hiver sera vite là, surtout s'il part dans le nord de la France.

— Sans doute, concéda la jeune femme.

— J'apprécie de m'occuper les mains, renchérit Mireille. Mais je me demande d'où provient toute cette belle laine. Elle est de qualité et les teintes sont variées. Je vais faire une brassière bleue pour Pierre.

— Maman aussi tricotait, c'était son passe-temps favori en hiver. Elle s'asseyait dans ce fauteuil où vous êtes, et je lui faisais la lecture pour la distraire. Notre majordome veillait à entretenir le feu dans la cheminée. Nous étions si bien toutes les deux, surtout s'il neigeait.

Mireille poussa un petit cri de consternation et par réflexe, elle se leva du siège.

— Mais Albane, il fallait me dire ! Je n'aurais pas investi ce lieu où vous avez passé des jours heureux avec votre mère. Je suis désolée.

— Je vous en prie, Mireille, asseyez-vous et rassurez-vous. Si vous aviez connu maman, vous penseriez comme moi que du Ciel, elle se réjouit de nous voir toutes les deux penchées sur votre petit-fils. C'était une fervente chrétienne qui ne songeait qu'à faire le bien autour d'elle. Pour ma part, je suis ravie de vous savoir installée dans son boudoir.

— Vous en êtes certaine, Albane ?

— Oui, vraiment. Cependant j'ai une faveur à vous demander si cela ne vous contrarie pas trop.

— Je ferais n'importe quoi pour vous !

— La couleur de l'écharpe que vous tricotez et le point que vous avez choisi me plaisent beaucoup. Je voudrais la garder, je suis sûre que Louis peut patienter, il ne fait pas du tout froid. Nous sommes encore en été.

— Bien sûr. Si vous la voulez, je l'aurai terminée demain soir. J'admets que ce vert foncé ira à merveille avec votre teint de pêche.

Albane eut son premier véritable sourire depuis le départ de son mari. Comme le bébé se réveillait, elle s'empressa de le prendre dans ses bras, en souriant encore.

Le rituel du thé achevé, Albane suivit son père derrière le château. Son gilet en laine sur les épaules, elle portait une lanterne à pétrole et avait chaussé des bottes.

— Depuis quand n'es-tu pas descendue dans les caves ? lui demanda Amédée à mi-voix.

— Je devais avoir treize ans, père, et ce jour-là vous aviez refusé de m'emmener dans le souterrain.

— Sage précaution ! Il faudrait étayer la voûte qui date de l'époque médiévale, quand un simple donjon se dressait ici, entouré de communs et de quelques masures de paysans soumis à l'autorité du seigneur.

— Mais ce n'était pas notre famille ? Cela remonterait trop loin.

— Effectivement, je ne sais qui a édifié ce bel ouvrage d'un style plutôt gothique, quand le donjon s'est effondré. Néanmoins je peux te dire que tes ancêtres vivaient dans le château sous Louis XV. Certains ont été guillotinés mais d'autres ont survécu à la Révolution.

— C'est curieux, père, vous ne m'avez pas parlé de ce lointain passé depuis longtemps. Je devrais prendre des notes.

— Ne te donne pas cette peine, j'ai déjà tout consigné dans un cahier et j'ai même établi un arbre généalogique, à mes heures perdues.

Ils pénétrèrent dans la salle où il faisait sombre et froid. De vieux tonneaux inutilisables y étaient remisés, ainsi qu'un pressoir rouillé et des roues de charrette hors d'usage.

— Regarde, Albane, voici la porte qui ouvre sur l'escalier menant aux caves. Elle est étroite et il faut se pencher quand on la franchit. Remarque combien ce serait facile de la cacher avec ce stock de barriques et toutes ces planches.

— Dans quel but ?

— Pour préserver nos provisions et aussi, le cas échéant, pour sauver des innocents. Nous sommes en guerre, ma fille.

Bientôt ils respirèrent tous deux l'haleine glacée des caves creusées dans le roc. La clarté jaune de la lanterne dansait sur les parois grises. Les murs étaient humides, composés de pierres irrégulières.

— J'avais oublié, c'est immense !

— Oui, trois caves à la suite. Notre souterrain part de la dernière.

Une bienfaisante exaltation s'emparait de la jeune femme. Elle marcha sur une épée rongée par la rouille, tandis que le châtelain ramassait un couteau de chasse dont le manche était en corne ouvragé.

— Un archéologue serait comblé, ici, affirma-t-il.

Ils avancèrent encore, en silence. Amédée désigna enfin une porte cloutée qui paraissait en assez bon état.

— Je l'entretiens régulièrement, c'est du chêne, précisa-t-il. Il faut huiler les gonds et les ferrures.

Lorsque son père tira à lui le lourd battant, Albane devina un passage voûté, où l'obscurité était totale.

— Nous irons une autre fois, décida-t-il. Je suis un peu fatigué et j'ai besoin d'air pur. C'est peut-être dangereux s'il y a eu des effondrements.

— Combien le souterrain fait-il de long, père ?

— Deux kilomètres environ.

Amédée de Séguilières semblait réellement épuisé. Il referma la porte et prit le bras de sa fille. Ils parcoururent ainsi le chemin inverse jusqu'à l'escalier lui aussi taillé dans le rocher.

— Vous n'êtes pas souffrant, au moins ? s'inquiéta-t-elle.

— Mais non, sois tranquille.

— Dites-moi au moins où débouche ce souterrain ?

— C'est là le problème majeur, Albane. La sortie se trouve à flanc de colline, enfouie sous les broussailles, mais juste en face du corps de logis racheté par Maubert Guérin. Jadis, cette très ancienne ferme dépendait de notre famille, donc ce n'était pas gênant.

— Quel dommage, père…

— En effet, je te l'accorde, c'est regrettable. J'en profite pour te donner un conseil, ne t'approche plus de cet homme. S'il a épargné notre cheval, c'était sûrement pour t'amadouer. Alors promets-moi d'être prudente, Albane.

— Je vous le promets. Écoutez, Maria nous appelle !

— Monsieur, mademoiselle, les réfugiés sont là ! s'égosillait la domestique. Venez vite !

8

Les réfugiés

Château de Séguilières, même jour,
mardi 5 septembre 1939

Maria les précéda jusqu'à la cour d'honneur du château, où Albane et son père découvrirent une douzaine de réfugiés dont des enfants, encadrés par deux gendarmes et le brigadier.

— Bonsoir, ce sont les trois familles que vous devez loger, déclara celui-ci en les saluant.

Tout de suite, le spectacle désolant de ces gens à l'expression égarée toucha le châtelain et sa fille en plein cœur. Ils avaient posé leurs bagages sur les pavés et ils jetaient des coups d'œil anxieux autour d'eux.

— Vous avez de la chance, certaines de ces personnes vivaient en ville, car ceux venus de la campagne, on a du mal à les comprendre s'ils parlent leur patois, précisa le brigadier.

— De même, ils ne comprendraient pas le patois périgourdin si nous l'utilisions, lui fit remarquer Albane. Présentez-nous, je vous prie !

— Oui, agissons en personnes civilisées, renchérit Amédée avec un bon sourire destiné aux nouveaux venus.

— Nous n'avons pas le temps, monsieur de Séguilières, protesta le gendarme. Nous devons conduire deux autres familles dans des fermes proches de Brantôme.

Les poings sur les hanches, Maria s'organisait déjà en silence. Aussi, dès que les trois gendarmes remontèrent dans leur fourgonnette, elle se rapprocha d'Albane.

— Mademoiselle, il faudrait quand même savoir qui est qui ! Vous êtes institutrice, vous saurez faire ça bien.

— Père, dites d'abord quelques mots d'accueil, ensuite je leur parlerai, conseilla-t-elle.

Amédée avança de trois pas et, les bras croisés sur sa poitrine, il observa chaque réfugié, de la plus âgée au chignon blanc à un bambin qui suçait son pouce, blotti contre sa mère.

— Bienvenue sur la terre de Dordogne, déclara-t-il. Nous veillerons à votre confort, néanmoins ne vous fiez pas aux apparences, notre château n'a rien de luxueux. Cependant il saura vous abriter le temps de votre exil. À toi, Albane.

— Bonsoir, dit-elle de sa voix douce. Nous devons apprendre à nous connaître, aussi si vous vouliez bien vous regrouper par familles et nous donner vos noms.

Les réfugiés obéirent sans hâte. Un homme taillé en géant, à la barbe rousse, s'inclina un peu.

— Otto Meyer, mademoiselle, et voici mon épouse Petra, ma fille Marguerite, douze ans, et mes deux fils, Ronald et Franz, qui ont dix ans et huit ans.

— Merci beaucoup, dit Albane, surprise par les intonations particulières du Bas-Rhinois.

Elle constata alors que la vieille dame au chignon blanc se tenait en appui sur sa canne, en tremblant de tout son corps.

— Père, s'il vous plaît, allez vite chercher une des chaises en rotin de la terrasse pour cette dame.

Amédée fut vite de retour et il aida lui-même l'inconnue à s'asseoir.

— Merci beaucoup, monsieur, dit-elle dans un français dénué du moindre accent.

— Est-ce que vous êtes seule, madame ? s'enquit le châtelain.

— Non, je suis avec mes petits-enfants. Je souhaitais rester chez moi à Obernai mais ils ont insisté pour que je parte. Lidy, ma chérie, viens à mes côtés.

Une adolescente très blonde accourut et se plaça derrière le siège. Elle avait de longues nattes, le teint laiteux. Albane lui adressa un sourire qui se voulait rassurant.

— Je suis madame Clara Fischer, commença la vieille dame d'une voix nette. Voici ma petite-fille Lidy qui aura quinze ans la veille de Noël et je voudrais…

Au même instant, un des hommes lui fit signe de se taire d'un geste impatient et il alla serrer la main d'Amédée. Robuste, pas très grand, il souleva à peine son chapeau de feutre.

— Bonsoir, Étienne Goetz, j'étais contremaître dans une brasserie. Je vous présente ma femme, Odile, et nos deux enfants, Lucas, cinq ans, et Félicia, neuf ans.

— Je vous remercie, répondit Albane. Mais vous avez coupé la parole à Mme Fischer.

— Ce n'est pas grave, mademoiselle, affirma celle-ci. Nous sommes parvenus à destination, il n'y a pas d'urgence.

— Merci d'être aussi conciliante, madame. J'en termine avec mes explications et je vous écouterai ensuite. Bien, soyez tous attentifs, je vous prie. Chaque famille va disposer d'une grande chambre avec un cabinet de toilette, au premier étage. Pour les enfants, nous allons descendre des lits simples du second étage avec votre aide, messieurs. Nous avons des couvertures en nombre suffisant et de la literie aussi, mais il n'y a pas l'électricité dans le château, ni l'eau chaude.

Une des femmes poussa un petit cri de surprise, tandis qu'Otto Meyer levait les bras au ciel.

— Ne vous faites pas de souci, décréta Maria. Vous pourrez faire chauffer de l'eau sur un gros fourneau dans les cuisines. Pour la lumière, il y a des lampes à pétrole.

— Le maire nous a précisé que du ravitaillement serait livré, sans donner de date exacte, annonça alors Amédée. D'ici là, vous aurez de quoi vous restaurer, si toutefois nous mesurons avec parcimonie les portions. Eh bien, Albane, je crois qu'il est temps de conduire nos invités dans leurs appartements.

Petra Meyer éclata d'un rire nerveux à ces mots. Comme le châtelain la dévisageait, elle proféra des excuses.

— On n'est pas vos invités, mon pauvre monsieur, on doit vous déranger ! En plus, on a droit à une chambre par famille, rien à voir avec des appartements, lança-t-elle avec un accent alsacien prononcé.

— C'était une façon de parler, madame Meyer, et vous faites erreur, vous êtes mes invités, insista Amédée. Vous voyez, j'ai déjà retenu votre nom.

— Bon, autant s'installer à présent, bougonna Étienne Goetz. Allons-y, Otto.

Les deux hommes reprirent les valises et commencèrent à marcher vers le château.

— Attendez un peu, je vous prie ! s'écria Clara Fischer. Il manque Raphaël, mon petit-fils.

— Où est-il, madame, et quel âge a-t-il ? interrogea Albane.

— Il ne devrait pas tarder ! Quand les gendarmes nous ont dit que notre lieu d'hébergement était à deux kilomètres de la gare, mon frère a voulu les faire à pied, répliqua Lidy.

— Misère, il pourrait se perdre, car il n'est jamais venu dans la région ! s'exclama Maria.

— Oh non, il trouvera son chemin ! Maman disait toujours que Raphaël était né avec une boussole dans la tête, répondit l'adolescente.

— Tant mieux pour lui ! s'esclaffa la domestique. Eh bien, suivez-nous, mesdames. Ces petiots doivent être affamés, j'ai fait une soupe de citrouille, de quoi nourrir un régiment.

Albane offrit son aide à Clara Fischer, à qui elle donnait au moins quatre-vingts ans. La vieille dame lui inspirait du respect par sa bonne éducation évidente et son élégance. Toute vêtue de noir, elle arborait sur son chignon une toque à voilette, et une magnifique broche en or sertie de saphirs brillait sur sa veste en velours.

— Grand-mère, Raphaël arrive ! s'écria Lidy.

Albane se tourna vers l'allée qui accédait à la route. Son père l'imita ainsi que leur domestique. Tous trois virent avancer un grand jeune homme chargé d'un sac volumineux, calé sur son épaule.

— Mademoiselle, puisque le retardataire est là, je conduis tout ce monde au premier étage, indiqua Maria.

— Je t'accompagne, nous irons plus vite à deux, déclara le châtelain.

— Moi je reste avec Mme Fischer, dit Albane. Ses petits-enfants l'aideront à s'installer.

Lidy s'élança en courant vers son frère qui ne se pressait pas. Il l'embrassa sur le front, puis ils discutèrent un moment, comme s'ils étaient seuls au monde.

Cette attitude désinvolte agaça Albane qui sentait la fatigue de leur grand-mère, dont ils semblaient ne pas se soucier.

— Dépêchez-vous un peu, vous discuterez plus tard ! leur cria-t-elle d'un ton véhément.

— Excusez-nous, mademoiselle, répondit Lidy.

Elle prit son frère par la main et ils atteignirent vite la cour. La mine grave, Raphaël s'inclina devant la jeune femme. Couronné de boucles noires, il avait un regard incisif d'un bleu intense.

— Ma sœur me parlait des chambres que vous avez la bonté de mettre à notre disposition, déclara-t-il. Mais je préférerais être à l'écart du château. Vous auriez peut-être un bâtiment où me loger ? Un coin d'écurie ou de grange ? Je suis fumeur et ma grand-mère souffre d'asthme. Je ne peux pas dormir dans la même pièce qu'elle et Lidy.

— Si vous êtes fumeur, ce serait imprudent de vous laisser un coin d'écurie, comme vous dites ! s'insurgea Albane. Nous avons encore un cheval, et bien sûr de la paille et du foin. Mais si vous ne craignez pas les courants d'air, la poussière et les araignées, il y a des chambres au second étage, qu'occupaient les domestiques jadis.

— Je ne crains rien de tout ceci, madame, cependant il me faudrait un endroit d'où je puisse sortir facilement sans déranger personne.

Un détail intriguait Albane, car c'était le premier réfugié qui ne l'appelait pas mademoiselle. Il pouvait s'agir d'un hasard, mais elle voulut en être sûre.

— Tous vos compatriotes, ainsi que votre grand-mère, m'ont dit « mademoiselle », mais pas vous ! Pourquoi ?

— Le brigadier qui nous attendait à la gare m'a pris à part afin de me confier votre identité. Il vous a présentée à moi sous le nom de Mme Molinier, institutrice.

— Ah, je comprends mieux. Cela dit, ce n'est pas un secret d'État ! Pourquoi vous a-t-il pris à part ?

Raphaël se décida à sourire, et ses yeux s'égayèrent aussitôt. D'un geste de la main, il rejeta une mèche noire barrant son front.

— Sans doute parce qu'il avait pris connaissance de mon dossier et de mon identité, rétorqua-t-il. Je suis enseignant.

— Je comprends mieux. Maintenant il faudrait emmener votre grand-mère jusqu'à sa chambre. Lidy, pourrais-tu porter la chaise, je te prie ?

— Oui, madame ! s'écria l'adolescente. Je dois vous dire madame, puisque vous êtes mariée. Est-ce que j'irai dans votre classe à la rentrée ?

— Je pense… Tu seras avec les plus grandes qui vont préparer le certificat d'études.

— J'ai de la chance, n'est-ce pas, grand-mère ? s'enthousiasma Lidy.

— Nous avons tous trois de la chance d'être si bien accueillis, admit Clara Fischer. Mais j'ai grand besoin de me reposer après des heures de train dans un wagon à bestiaux.

Effarée par cet aveu, Albane n'eut plus qu'une hâte, voir la doyenne des réfugiés allongée sur un bon lit, un bol de soupe entre ses mains diaphanes.

Maria avait installé les familles Meyer et Goetz dans leur chambre respective en faisant la sourde oreille à des plaintes énoncées tout bas.

— Ces dames ne sont pas contentes ! Qu'est-ce que ce serait si on les avait logés dans la grange d'une ferme ? maugréa-t-elle une fois dans le couloir.

Selon son habitude, elle entra chez Albane afin de vérifier si tout était en ordre.

— Ah, mademoiselle a oublié de descendre son plateau et ça a attiré des mouches. En plus, son lit est défait. Misère, je n'ai pas le temps de l'arranger et puis elle se fâcherait, sous prétexte que c'est son travail, pas le mien. Tant pis, je ne peux pas laisser la pièce dans cet état. Je vais au moins arranger le lit.

La domestique tira rapidement les draps puis ferma la fenêtre, tout en sachant qu'Albane l'ouvrirait de nouveau avant de se coucher.

— En avant pour réchauffer la soupe, les enfants doivent avoir une faim de loup !

Elle recula vers la porte, mais son pied droit écrasa quelque chose de souple. Curieuse, elle se pencha et ramassa une boule de papier froissé.

— Tiens, c'est bizarre... Ce n'est quand même pas la lettre de son mari ? Mais non, je me fais des idées !

Il faisait assez sombre et la vue de Maria baissait depuis un an. Elle lissa machinalement la feuille qu'Albane avait fini par froisser et jeter sur le sol avant de rejoindre son père.

— Pourquoi donc mademoiselle aurait fait ça ?

Partagée entre le doute et sa loyauté de domestique, elle regrettait d'être entrée dans la chambre.

— Je ne dois pas la lire, non, pas un mot !

Des bruits s'élevèrent en provenance de l'escalier. Maria reconnut la voix de Clara Fischer et celle, flûtée, de Lidy. Elle cherchait quoi faire de la lettre quand Albane entra.

— J'ai besoin d'un oreiller, dit-elle d'un ton vif. J'en prends un des miens.

Dans la clarté bleutée du crépuscule, la jeune femme vit soudain la feuille de papier entre les mains de la domestique.

— Est-ce que tu l'as lue, Maria ? s'affola-t-elle, sans avoir bien conscience qu'elle se trahissait.

— Mais non, mademoiselle, vous me connaissez quand même, je ne ferais jamais une chose pareille. C'était en boule sur votre tapis, j'ai marché dessus, alors je l'ai ramassée.

Confuse, Albane prit un oreiller dans son armoire et s'empara d'une taie soigneusement repassée.

— Ne te fais pas de fausses idées, Maria, dit-elle d'un ton qui se voulait détendu. Oui, j'ai froissé la lettre de mon mari, mais ce n'était pas contre lui. J'en voulais au monde entier, surtout à cette guerre qui couvait depuis des mois et dont je ne m'étais pas assez inquiétée. J'étais malheureuse, parce que Louis s'en va bientôt sur le front et que nous sommes séparés.

— Ah c'est donc ça, se rassura la domestique. Vous pourrez lui donner un coup de fer pas trop chaud, à cette feuille, après vous pourrez la ranger.

— Nous avons d'autres préoccupations en ce moment, trancha Albane en reprenant la lettre qu'elle glissa dans le tiroir de sa table de chevet. Viens, Mme Fischer attend son oreiller.

— C'est sûr qu'on a du travail en vue.

Maria regrettait à présent de ne pas avoir lu quelques lignes du mystérieux courrier. Son bon sens et la réaction paniquée de la jeune femme la poussaient à douter de l'explication reçue.

Quant à Albane, elle se maudissait d'avoir été aussi étourdie. Son tourment intime reprenait ses droits alors qu'elle n'avait pas pensé un instant à Louis durant l'après-midi, entre la visite des caves et l'arrivée des réfugiés.

— Est-ce que vous êtes bien installée, madame Fischer ? demanda-t-elle à la vieille dame en calant deux oreillers sous sa tête.

— Comme une reine, répondit celle-ci avec un doux sourire.

— Grand-mère, il y a tout ce qu'il faut dans le cabinet de toilette, annonça Lidy qui venait de se laver les mains. Merci, madame, notre chambre est très jolie.

Albane approuva en silence, gênée par ce terme de « madame » dont elle souffrait désormais.

— J'aimerais mieux que tu m'appelles par mon prénom, Lidy, mais ce n'est guère possible, puisque je t'aurai pour élève à la rentrée. D'ici là, tu peux me dire mademoiselle !

— Comme votre domestique ?

— Voilà, ce sera très bien. La soupe doit être prête, si tu allais en chercher un bol pour ta grand-mère ? Je suis certaine que tu trouveras où sont les cuisines et la vaisselle.

— D'accord, je rêvais de visiter le rez-de-chaussée, répliqua l'adolescente en sortant d'une démarche aérienne.

— Votre petite-fille est adorable, madame, murmura Albane.

— Oui, souvent elle me fait penser à une fée. Mais où est passé son frère ? Il a déposé nos bagages et il est reparti.

— J'entends des voix masculines dans le couloir, dont celle de mon père. Je vais lui poser la question.

Le châtelain était en pleine discussion avec le dénommé Raphaël.

— Albane, approche, dit Amédée d'un ton exalté. Ce jeune homme, instituteur comme ton mari et toi, cherchait un lieu situé un peu à l'écart. Je lui ai proposé une des chambrettes au-dessus des écuries, où logeaient les palefreniers du temps de notre splendeur !

— Vous êtes chez vous, père, je ne m'opposerai pas à votre décision, rétorqua-t-elle. Mais…

— Mais quoi ?

— Nous avons stocké beaucoup de paille et de foin sur le plancher situé en face de vos fameuses chambrettes, or ce monsieur se dit fumeur au point de ne pas pouvoir habiter la même pièce que sa grand-mère. S'il provoquait un incendie, ce serait une catastrophe.

Sidéré, Amédée secoua la tête, tout en scrutant le joli visage de sa fille.

— Je fume ma pipe chaque soir et je n'ai jamais mis le feu au château ! Ton mari fume cigarette sur cigarette, cependant le bâtiment des écoles n'a pas brûlé, décréta-t-il. Pour ma part, je fais confiance à M. Wendling. Et puis réfléchis un peu, ma chère enfant, Mme Fischer et Lidy auront davantage d'intimité ainsi, elles seront plus à leur aise. Je vais donc de ce pas lui montrer où s'installer.

— Je vous remercie beaucoup, monsieur de Séguilières, dit le jeune homme en s'inclinant un peu. Et je vous promets d'être très prudent.

— Vous ne vous appelez pas Fischer comme votre grand-mère ? interrogea Albane.

— Fischer était le nom de jeune fille de ma mère, et comme beaucoup de gens, je porte le patronyme de mon père, précisa-t-il. Mes parents sont morts le même jour dans un accident, et grand-mère Clara a pris soin de ma sœur et de moi. Il n'y a plus que nous trois. Je n'ai pas été mobilisé car je suis soutien de famille. Je crois avoir répondu aux questions que vous deviez vous poser.

— Je ne vous en demandais pas tant, monsieur. Père, je dois me changer. Je vais dans ma chambre quelques instants, ensuite Maria et moi servirons le dîner.

La gorge nouée par une violente envie de pleurer, Albane fut soulagée de s'enfermer. Elle mit la targette afin de ne pas être dérangée.

— Père aurait dû me soutenir, se dit-elle tout bas. Bien sûr, il est ravi de prendre la défense d'un autre homme. Peut-être qu'il serait du côté de Louis s'il savait… Mais il ne doit pas savoir, je vais détruire la lettre.

De plus en plus nerveuse, elle ôta ses chaussures, sa jupe et son corsage. En combinaison de satin, elle alla se rafraîchir au lavabo dissimulé par un paravent. L'eau froide la revigora.

— Autant choisir une de mes anciennes robes pour jouer les cantinières.

Elle haussa les épaules, puis brossa ses cheveux, bientôt troublée par une évidence. Son cher vieux château vibrait d'une nouvelle vie. Il y avait des rires d'enfants, des galopades sur les parquets, des exclamations féminines assorties du timbre plus grave des hommes s'ils grondaient leur progéniture.

— Je devais être ridicule, devant Raphaël Wend… je ne sais plus quoi, s'agaça-t-elle. Les noms du Bas-Rhin sont très différents des nôtres. Et Mireille ? Elle n'a pas dû oser quitter le boudoir.

Soudain calmée, Albane ouvrit le poêle à charbon que son père lui avait acheté cinq ans auparavant. Le foyer était tapissé de cendres. Munie d'une boîte d'allumettes, elle s'apprêta à enflammer la détestable correspondance de son mari, pour la faire disparaître à jamais.

— Si j'avais tort ? hésita-t-elle. Louis peut revenir et je n'aurai aucune preuve en cas de divorce. Et cette lettre contient les prénoms de cette femme et de leur fillette. Je pourrais leur rendre visite à Périgueux ! Comme ça, je saurai s'il a vraiment tout avoué à sa mère et à sa maîtresse. Régina et Louisette ! C'est pathétique…

Au même moment, on toqua à sa porte de chambre. Albane referma le poêle et elle alla cacher la feuille repliée en quatre au fond de son armoire.

— Mademoiselle, c'est Lidy ! Maria m'a dit que vous avez un plateau, pourriez-vous me le prêter, je vous prie ?

— J'arrive !

Albane débarrassa le plateau et ouvrit. L'adolescente tenait un bol fumant entre ses doigts.

— C'est très chaud, se plaignit-elle.

— Pose-le, je me charge de l'apporter à ta grand-mère.

— Au rez-de-chaussée, j'ai croisé une dame qui tenait un bébé, je lui ai dit bonsoir, elle m'a juste répondu d'un signe de tête.

— Il s'agit d'une amie qui réside chez nous, je te la présenterai demain matin. Elle se nomme Mireille et le bébé, Pierre. C'est son petit-fils.

— Et où est la maman de Pierre ?

— Elle est morte des suites de l'accouchement, Lidy. Alors sois discrète et serviable avec Mireille.

— C'est promis, mademoiselle.

Malgré les efforts d'Albane pour la convaincre, Mireille refusait de dîner à l'office, où seraient réunis tous les réfugiés, exception faite de Clara Fischer, qui désirait rester allongée et se disait rassasiée par son bol de soupe.

— Je vous en prie, Mireille, venez manger quelque chose avec nous tous, insista la jeune femme. Ce sera l'occasion de faire les présentations. Je ne sais pas combien de temps ces personnes vont habiter ici, vous serez obligée de les croiser, de leur parler. Je vous demande dix minutes, pas plus. Pierre dort bien, il vient de boire son biberon.

— Plus tard, demain ou après-demain ! Je ne supporterai pas le poids de tous ces regards ni autant d'agitation. J'irai dîner quand ces gens seront remontés et j'aiderai Maria pour la vaisselle.

Les mains jointes sur ses genoux, tête basse, Mireille retenait ses larmes. Apitoyée, Albane lui tapota gentiment l'épaule.

— Très bien, je vous apporterai votre portion de soupe.

— Pardonnez-moi si je vous déçois, mais je redoute d'être confrontée à des inconnus. Tout à l'heure, j'ai entendu deux hommes qui discutaient dehors, dans leur patois du Bas-Rhin, dont certains mots font penser à de l'allemand. Mes plus horribles souvenirs ont ressurgi, je pouvais à peine respirer.

Après un temps de réflexion, Albane eut une idée qui la fit sourire.

— Mireille, il y a une adorable jeune fille dont vous ne pourrez pas avoir peur. Elle s'appelle Lidy. Et elle n'a aucun accent. Vous l'avez vue tout à l'heure dans le salon, elle est très blonde.

— Oui, en effet.

— Elle est là avec sa grand-mère, une charmante dame du nom de Clara Fischer avec qui je suis certaine que vous vous entendrez très bien. La petite Lidy a très envie de voir le bébé de plus près. Puis-je lui demander de vous servir votre bol de cette fameuse soupe à la citrouille ?

— C'est entendu, dites à cette petite de frapper, et ne m'en veuillez pas, Albane, je ne peux pas faire autrement, murmura Mireille.

Une demi-heure plus tard, les réfugiés envahissaient la grande cuisine du château et découvraient le maître des lieux assis au bout de l'immense table rectangulaire, au bois sombre et luisant. Les joues rouges, le front moite, Maria s'activait autour du fourneau.

— Tu as trop chaud, déplora Albane. Père n'aurait pas dû allumer un si gros feu.

— Pensez donc, Monsieur n'en fait qu'à sa tête. Il prétend que les flammes font de la lumière, mais il y a les lampes à pétrole.

— Va un peu prendre l'air, je te remplace. Combien faut-il de bols et d'assiettes ? Je vois que tu as battu des œufs...

— Pardi, un des messieurs m'a donné du lard fumé pour faire une grosse omelette. Ils avaient le droit d'emporter des vivres pour quatre jours, alors il m'a offert ce morceau de lard.

— Je vais le couper en dés quand j'aurai mis le couvert. Sors par le cellier, Maria.

Une voix masculine réclamant le silence s'éleva soudain dans le dos d'Albane qui en sursauta. En se retournant elle vit Raphaël Wendling debout à ses côtés.

— Accordez-moi tous quelques minutes d'attention, dit-il en haussant le ton. Nous sommes ici à cause de la guerre, vous le savez. Mais il faut établir des règles de civilité et de partage des tâches. Aussi je propose que Lidy, Marguerite, Félicia et Ronald, les plus âgés des enfants, veillent à mettre le couvert ce soir. Franz, tu te chargeras de remplir des carafes d'eau. Nous ne pouvons pas décemment donner autant de travail à ces dames qui nous ont accueillis.

— Nos petits ne sont pas des domestiques ! récrimina Petra Meyer, la mère de Marguerite, Ronald et Franz.

— Mais maman, ça nous amuse, affirma son fils.

— Oui, on veut bien aider, renchérit Félicia, une brunette aux cheveux très bouclés.

Amédée approuva d'un air malicieux, tandis qu'Albane indiquait aux enfants le placard à vaisselle.

— On voit que vous êtes instituteur, dit-elle à Raphaël. Je n'y aurais pas pensé.

— Maintenant, confiez-moi un couteau bien aiguisé et je m'occupe du lard, ajouta-t-il. J'ai vu un piano à queue dans votre salon. Si vous le désirez, annoncez à tout ce monde que je leur jouerai du piano après le dîner s'ils ont été sages.

— Je ne vais quand même pas dire ça, les adultes vont se vexer, répondit-elle tout bas.

— Je plaisantais, lâcha-t-il avec un léger sourire. J'ai déjà promis à M. de Séguilières d'interpréter une sonate de Liszt qu'il aime beaucoup, et tous ceux qui veulent venir seront les bienvenus.

— Je vous remercie pour lui, répondit-elle. Hélas cet instrument n'a pas été accordé depuis longtemps.

Armée de la louche en métal émaillé, Albane méditait sur les hasards de la vie, tout en servant la soupe de manière équitable. La guerre avait conduit ces étrangers au château et elle devinait combien son père, si souvent solitaire, jubilait d'avoir de la compagnie et un musicien à disposition.

Lorsque Maria fut de retour, le teint moins cramoisi, elle s'étonna du calme et de l'ordre qui régnaient.

— Je n'ai plus qu'à faire griller ce lard ! s'exclama-t-elle, les mains sur les hanches. Albane, où est la poêle ?

— Sur le trépied et sur des braises, madame, répondit Raphaël. Je vous laisse œuvrer à présent !

— Quel flatteur ! se moqua-t-elle en riant de plaisir. Dites, vous causez bien. Bon, c'est pas tout ça, je vais cuire l'omelette.

Dix minutes plus tard, Lidy s'esquivait, un petit plateau rond à bout de bras. Albane l'avait préparé pour Mireille, en ayant soin d'y placer une moitié de bougie calée dans un verre. L'adolescente traversa la salle à manger puis le salon, où il faisait pratiquement noir. Loin d'être effrayée, elle était fascinée par l'atmosphère du vieux château.

— Madame ? appela-t-elle devant la porte du boudoir.

— Oui, je t'ouvre, petite.

Mireille tenait le bébé contre elle. Lidy se pencha un peu afin de l'admirer. Le nourrisson, bien réveillé, l'observa avant de sourire.

— Qu'il est mignon, madame ! s'extasia-t-elle. Est-ce que je peux le tenir pendant votre repas ? Mademoiselle Albane vous a mis un bol de soupe, du pain et du chocolat. Elle m'a dit que vous ne prendriez pas d'omelette au lard, pourtant je l'ai trouvée exquise.

— D'où sort ce chocolat ? Je n'en ai pas mangé depuis des semaines.

— C'est moi qui vous l'offre, il était dans ma valise. Il a un peu fondu, mais il est très bon, précisa l'adolescente.

— Merci ! Tiens, prends mon petit Pierre. Je crois que tu lui plais beaucoup.

Rassérénée, Mireille dégusta son dîner, sous le regard bienveillant de Lidy Wendling.

— Demain, tu pourras montrer le bébé à ta grand-mère, dit-elle entre deux bouchées de pain, agrémentées de chocolat.

Brantôme, jeudi 7 septembre 1939

Le soleil de midi dorait les toits ocre de la petite ville et sa vive lumière faisait scintiller les eaux de la Dronne. Albane descendit de son vélo qu'elle cala contre le mur, près de la porte du cabinet du docteur Géraud.

La jeune femme entra dans la salle d'attente, vêtue de la robe fleurie qu'elle affectionnait, sa chevelure sombre aux souples ondulations maintenue par deux peignes en écaille.

— Bonjour, madame, monsieur, dit-elle à mi-voix. Mais…

Elle avait reconnu la mercière, qui était visiblement enceinte, et la salua d'un faible sourire. Quant à l'homme, c'était Maubert Guérin, la main gauche entourée d'un pansement sanguinolent.

— Tiens, madame Molinier, persifla-t-il en lui jetant un regard de côté. Seriez-vous souffrante ?

— Je vous retourne la question, répliqua-t-elle. Vous vous êtes blessé ?

— C'est une vilaine coupure qu'il faut recoudre à mon avis.

Le médecin raccompagnait sa précédente patiente. Il fit signe à la mercière de le suivre, tout en lançant une œillade soucieuse sur le bandage rougi de Guérin.

— Madame Marciquet, je devrais peut-être faire passer ce monsieur en urgence, hasarda-t-il.

— Si vous voulez, accepta celle-ci.

— Non, docteur, je prône la discipline, or cette dame était avant moi, protesta Maubert Guérin. De plus, j'en profiterai pour bavarder avec notre charmante institutrice.

Albane aurait pu s'indigner, cependant elle s'en abstint, sûre de décevoir ainsi cet individu au verbe haut. D'humeur morose, dès qu'ils furent seuls, elle le provoqua à son tour.

— Vous vous êtes vraiment coupé ou vous avez remplacé Titan et votre nouveau chien ne vous apprécie pas davantage ?

— Au fond, quand vous voulez, vous n'êtes pas du tout charmante, nota-t-il d'un ton amer. Mais toujours aussi jolie ! Puisque vous vous intéressez à ma vie, non, je n'ai pas acheté d'autre chien. Si je le fais, cette fois je prendrai un chiot que je dresserai à ma façon. Vous verrez que celui-là sera moins sujet à défendre les jeunes femmes.

— Je vous taquinais, avoua Albane. Vous êtes notre plus proche voisin, notre patrie entre en guerre, alors nous serons amenés à nous entraider. Nous devrions rester en bons termes, comme c'était le cas le jour où vous avez épargné mon cheval. Je tiens d'ailleurs à vous remercier encore une fois. En fait, le comportement de Titan était si surprenant que je me pose des questions. Pourquoi m'a-t-il défendue, au point de vous attaquer ?

— Vous tenez à le savoir ? Je vous préviens, il y a de quoi faire pleurer dans les chaumières.

— Est-ce la peine d'être aussi sarcastique ?

Maubert Guérin secoua la tête. Il fixait son pansement maculé de sang lorsqu'il se décida à parler.

— Ce chien, sans race avérée, à mon sens issu d'un croisement de dogues, appartenait à ma cousine Marthe, la seule femme que j'admirais. Elle l'avait eu à l'âge de deux mois, soi-disant agonisant. Elle l'a sauvé et l'animal l'adorait. Marthe l'emmenait partout, notamment dans sa voiture dès qu'elle a eu son permis de conduire. Un soir de verglas, elle a raté un virage à la sortie d'un faubourg. Les pompiers et les gendarmes, alertés par un témoin, sont arrivés sur les lieux assez vite. Titan est devenu comme fou au moment où ils ont voulu sortir ma cousine de sa voiture. Le pare-brise avait éclaté, elle saignait de partout. Je manque de détails précis mais on m'a raconté qu'ils ont failli devoir abattre le chien pour la secourir. Je répugne à évoquer cette histoire.

Guérin se tut en soupirant. Touchée par son récit, Albane l'encouragea du regard et d'une brève question.

— Que s'est-il passé ?

— Un pompier a pu assommer Titan et le museler avec une corde. Hélas, Marthe avait succombé à ses blessures. Comme je lui avais promis de m'occuper de son chien en cas de malheur, je l'ai fait. Cet animal croyait sans doute qu'on voulait nuire à sa maîtresse et il la défendait. Ce drame date de trois ans, c'était du côté de Vitry, près de Paris.

— Merci de m'avoir confié ce triste souvenir, cependant cela n'explique pas tout à fait l'attitude de Titan.

— Ma cousine Marthe avait une trentaine d'années ! Elle était très belle et avait de splendides cheveux bruns, souvent coiffés comme les vôtres. Le chien a dû faire un amalgame !

— C'est possible, admit-elle.

Peu après, le docteur Géraud réapparut et invita Guérin à le suivre. Albane demeura seule, l'esprit agité de diverses pensées, dont celle du dogue noir qui l'avait peut-être confondue avec sa défunte maîtresse.

— Cet homme est-il si mauvais ? se demanda-t-elle tout bas. Il a pu souffrir et cela l'aura rendu hargneux, froid et méprisant envers ses semblables.

Elle songeait aussi à son mari, qui l'avait trahie sans éveiller ses soupçons pendant leurs fiançailles et les quelques jours de leur union.

— Louis Molinier, directeur d'école, instituteur de la classe de garçons, bien éduqué, galant, chuchota-t-elle encore. Tout le monde l'estime ici. Mais père se méfiait, au début. Je dois aller à Périgueux absolument. Il paraît qu'un autocar fait le trajet…

Albane avait décidé de rendre visite à sa belle-mère Adèle, afin d'éclaircir certains points délicats.

— Cette chère dame si heureuse d'avoir une petite-fille, dit-elle entre ses dents, les poings serrés sur un retour de colère. Et moi, qu'est-ce que je ferai si je suis enceinte ?

Maubert Guérin la salua avant de quitter le cabinet médical, un pansement propre autour de sa main blessée. Le docteur Géraud accueillit la jeune femme avec un sourire de lassitude.

— Bonjour, Albane ! C'est une joie de vous revoir en sachant que vous êtes en excellente santé. Franchement, nous sommes deux médecins à Brantôme, un troisième ne serait pas du luxe avec l'arrivée des réfugiés. Vous hébergez trois familles au château, n'est-ce pas ?

— Oui et croyez-moi, l'ambiance est différente désormais. Les enfants s'amusent dans la cour d'honneur, ou bien ils font la course le long des couloirs.

Heureusement, les femmes nous aident pour les tâches ménagères. Je suis venue à propos de Mme Fischer, docteur. Elle a soixante-dix-neuf ans et elle est sujette à des crises d'asthme. Existe-t-il un remède ?

— Pas à ma connaissance, Albane.

— Maria se prétend capable de la soulager, mais j'ai quelques doutes.

— Votre domestique m'a déjà prouvé ses talents en matière d'herboristerie et de remèdes ancestraux, répondit le médecin. Voyons un peu ce que préconise cette brave personne ?

— Des tisanes de thym, des inhalations de fumeterre et de plantain.

— J'en étais sûr ! Ayez confiance en Maria, ma chère Albane. Je vous conseille, quant à moi, de bien aérer la chambre de cette Mme Fischer, même quand il fera froid. Mais pourquoi ne pas me l'avoir amenée ?

— Nous n'avons pas de voiture et notre cheval boite de nouveau. Il n'était guère possible de lui proposer de faire le trajet à vélo encore moins à pied. Elle se dit très fatiguée depuis le voyage en train.

— Je passerai la voir rapidement, peut-être ce soir. Par chance, les véhicules utiles au corps médical ne sont pas réquisitionnés, j'ai pu garder ma voiture. Et vous, Albane, vous n'avez aucun souci particulier ? Je sais que votre mari a été mobilisé, ce doit être pénible de vous retrouver seule !

La jeune femme, qui était restée debout, se dirigea vers la porte. Elle se sentait mal à l'aise chaque fois qu'on lui parlait de Louis.

— Je suis tellement accaparée du matin au soir que je n'ai pas le temps de m'apitoyer sur mon sort, docteur.

Le médecin se leva de son fauteuil, son regard clair soudain mélancolique.

— J'aurais tant voulu devenir votre époux, Albane, osa-t-il lui avouer. Je suis myope et cela m'évite d'être mobilisé, je resterai ici, à Brantôme. Si vous étiez devenue ma femme, j'aurais pu vous protéger et vous offrir une existence confortable. Le destin en a décidé autrement. Je vous raccompagne…

— Mais non, reposez-vous un peu, docteur. Et pour ce que vous venez de dire, je suis sincèrement désolée. Il est trop tard, cependant j'ai la conviction que vous auriez été un mari dévoué et très aimant.

— Mon âge vous a effrayée car j'ai un quart de siècle de plus que vous, ma chère Albane. Louis Molinier avait l'avantage de la jeunesse.

— Ne croyez pas ça, protesta-t-elle en lui adressant un léger sourire. J'ai compris récemment qu'au fond, je n'étais pas pressée de vivre en couple et de fonder une famille.

Intuitif, Joseph Géraud perçut la détresse intérieure de la jeune femme. Il la dévisagea attentivement.

— Je sens que vous êtes tourmentée et j'en suis désolé, avoua-t-il à mi-voix.

— La guerre et ses conséquences me font peur, je ne dirai pas le contraire. Je n'ai qu'une hâte, retrouver l'ambiance de l'école et enseigner. Au revoir, docteur.

Il chercha comment la retenir encore un instant, car elle était déjà dans le vestibule.

— En toute amitié, si vous aviez besoin de quoi que ce soit, Albane, faites appel à moi. J'ai fait des provisions d'essence par précaution, je peux circuler. Mardi prochain, je vais à Périgueux acheter des médicaments. Je trouverai peut-être un remède pour soulager votre Mme Fischer.

— Mardi ? Docteur, est-ce que je pourrais y aller avec vous ? Je souhaitais rendre visite à ma belle-mère et aussi me procurer des livres de classe chez un bouquiniste.

Elle insista d'un ton ferme sur ce dernier point, de peur d'essuyer un refus. Cependant l'expression ravie du médecin la rassura.

— Volontiers, Albane ! Je partirai à 10 heures du matin. Me feriez-vous la joie d'accepter une invitation à déjeuner ce jour-là ? J'ai mes habitudes dans une brasserie où l'on mange très bien.

— C'est d'accord, docteur. Alors à mardi, ou bien à ce soir si vous trouvez le temps de venir ausculter Mme Fischer…

9
Le voyage à Périgueux

Sur la route de Brantôme à Périgueux,
mardi 12 septembre 1939

Le docteur Joseph Géraud roulait très lentement. Depuis la sortie de Brantôme, il avait parcouru à peine un kilomètre. Sa voiture noire, aux chromes poussiéreux, longeait la rivière. La vive lumière du soleil matinal se reflétait sur les eaux sombres de la Dronne, en éclats mouvants au gré du courant.

— Je ne voudrais pas vous effrayer, Albane, puisque c'est un de vos premiers voyages à bord de ces engins.

— Je n'ai pas peur, je suis ravie, affirma-t-elle en observant d'un œil curieux le tableau de bord. Mon amie Coralie conduit et j'envie son assurance au volant. Même si me ramener de la place de l'église au château n'exige pas une grande maîtrise.

— Les automobiles ont changé bien des choses, je pense qu'elles détrôneront bientôt nos braves chevaux, commenta le médecin.

— C'est le progrès, répliqua la jeune femme. Cependant on peut utiliser ce genre de véhicule sans pour autant renoncer à l'équitation.

— Vous dites vrai ! J'avais oublié que vous êtes une cavalière émérite.

Albane approuva d'un sourire radieux. Elle avait mis sa robe préférée, en cotonnade fleurie, ainsi qu'une veste en tergal bleu marine et des escarpins en cuir.

— Ce chignon sur la nuque vous donne une allure fort sérieuse, nota Géraud.

— Mais je suis une personne très sérieuse, docteur, doublée d'une institutrice qui se doit d'être irréprochable, dit-elle sans cesser d'admirer le paysage.

— Et si jeune ! Comment ai-je eu l'audace irréfléchie d'avoir voulu vous épouser ? Je pourrais être votre père, Albane. La raison déjà m'était revenue, mais quand j'ai vu ces pauvres réfugiés il y a quelques jours au château, j'ai vraiment pris conscience de la futilité de mes préoccupations. On les a chassés de leur pays, de leurs maisons. Si vous me parliez d'eux ? Je serai sûrement amené à les soigner un jour ou l'autre.

— Vous connaissez désormais Mme Fischer et vous avez croisé ses petits-enfants, Lidy Wendling, qui aura quinze ans en décembre, et son frère Raphaël, un enseignant de vingt-six ans.

— Il a été déclaré soutien de famille ?

— Exactement. Tout comme M. Meyer. Mais la situation de Mme Fischer et sa famille est un peu particulière car ce devait être des gens aisés.

— Ils vous l'ont dit ?

— Non, mais Clara Fischer avait l'argent nécessaire pour régler cette visite et ils ne sont pas comme les autres réfugiés. Les Meyer et les Goetz sont charmants, enfin sauf M. Goetz qui a mauvais caractère. Cependant, ils ont un accent prononcé et manquent parfois d'éducation.

— Combien d'enfants hébergez-vous ?

— Ils sont six ! La plus âgée est Lidy et le plus jeune est le petit Lucas Goetz, qui a cinq ans. Ils me semblent tous en bonne santé et dotés d'un solide appétit. Maria m'a chargée de rapporter du riz et des pâtes alimentaires puisque je profite de votre voiture.

Le médecin lui jeta un coup d'œil attendri, à l'occasion d'une ligne droite.

— Nourrir trois familles coûte cher, mais d'après ce que m'a dit monsieur le maire, des allocations sont prévues pour ces gens, dit-il d'un ton soucieux.

— Et nous toucherons un franc par lit, précisa Albane. Ne vous tracassez pas pour nos finances, docteur. Je vais essayer de vendre des bijoux de ma mère. Je voudrais d'ailleurs les faire estimer aujourd'hui. J'en ai choisi trois parmi ceux qu'elle affectionnait le moins, conseillée en cela par mon père.

— Vous vous imposez un douloureux sacrifice. Je pourrais prêter de l'argent à M. de Séguilières, hasarda-t-il.

— C'est très généreux de votre part de le proposer, mais je connais mon père, il n'accepterait jamais et moi non plus. De plus, Maria fait des merveilles avec notre potager, nous n'en sommes pas à demander la charité.

Craignant de l'avoir blessée, Géraud se confondit en excuses. Il préféra se garer sur le bas-côté, sans couper le moteur.

— Pardonnez-moi, Albane, je suis maladroit. Je vous assure, il n'était pas question de faire la charité, mais de vous aider. Votre sort m'attriste, car vous voici seule, privée de la protection de votre mari, et contrainte de vous séparer de bijoux qui doivent vous tenir à cœur.

— Je ne suis pas du tout vexée, vous êtes si gentil, docteur. Le plus simple est de changer de sujet. Je suppose que dans chaque coin de France, des femmes ont vu partir un époux, un frère, ou un père. Je me suis promis d'être forte.

— Vous le serez, j'en ai la conviction ! Alors, reparlons plutôt de vos réfugiés ?

— Volontiers ! Où en étais-je ? Les Meyer pour commencer. Otto est éleveur de vaches et il produisait un fromage qui se vendait très bien. Il a l'air dur, mais je pense que c'est simplement une façon de cacher son chagrin d'avoir dû lâcher son troupeau en pleine nature en laissant sa fabrique à l'abandon. Petra, sa femme, pleure davantage leur jolie maison. Ils disposaient de l'électricité et de beaux meubles sculptés et elle se plaint de l'inconfort du château. Ce sont les parents de Marguerite, Ronald et Franz, qui seront tous mes élèves à la rentrée si mon mari n'est pas remplacé à l'école de garçons.

— J'imagine leur détresse ! Ils perdent tout en quelques heures.

— Étienne Goetz, lui, était contremaître dans une brasserie. Il a quarante-neuf ans et il n'était donc plus en âge d'être mobilisé. Je serai franche, cet homme me déplaît, vous avez dû le comprendre. Il se montre autoritaire et grincheux. En revanche, Odile, son épouse, est vraiment aimable et serviable. Dès le premier jour, elle a tout de suite aidé Maria à faire la vaisselle et elle est toujours prête à aider. Leur fils Lucas est trop petit pour venir à l'école, mais sa sœur aînée, Félicia, a l'air très pressée de retourner en classe, précisa Albane.

— Et il reste donc Mme Fischer, cette plaisante vieille dame, conclut le médecin. Lidy, sa petite-fille, est charmante, vive, bien éduquée, une vraie beauté avec ses cheveux très blonds et ses yeux verts.

— Oui, sa grand-mère m'a confié qu'elle lui faisait songer à une fée ! Son frère Raphaël ne lui ressemble pas du tout, mais mon père l'apprécie déjà beaucoup, car il joue du piano et…

Un coup de klaxon tonitruant fit taire Albane. Une voiture les doubla à une vitesse déraisonnable, à l'amorce d'un virage.

— Quel crétin, ce type ! s'indigna le médecin. Si quelqu'un était arrivé en face, c'était l'accident assuré !

— Encore Maubert Guérin, il est le seul à posséder une automobile aussi luxueuse, indiqua la jeune femme. J'espère que je ne le croiserai pas s'il va lui aussi à Périgueux.

— Ne vous inquiétez pas, la ville est grande. Où réside votre belle-mère ?

— Rue Taillefer, près de la cathédrale Saint-Front. Je n'ai pas eu l'occasion d'y aller avec Louis mais je trouverai facilement.

— Mme Molinier voudra sans doute vous garder à déjeuner. C'est dommage, Albane, je me faisais un plaisir de vous inviter dans un bon restaurant tant que le rationnement ne sévit pas.

— Donnez-moi l'adresse, j'y serai à 12 h 30 sans faute, répliqua-t-elle avec conviction.

— Vraiment ? Alors je suis content, répondit-il sobrement.

Périgueux, rue Taillefer, chez Adèle Molinier,
un peu plus tard

Albane frappa de nouveau à l'aide du heurtoir en bronze qui représentait une tête de lion. Auparavant elle avait observé la façade de la maison à deux étages, de style bourgeois, où habitaient les Molinier depuis un demi-siècle.

— Il n'y a peut-être personne, j'aurais dû téléphoner de l'école.

Elle venait en effet à l'improviste, une vague arrière-pensée à l'esprit.

— Tant pis, je n'ai qu'à aller tout de suite chez le bouquiniste et je repasserai après le déjeuner, murmura-t-elle.

Au même instant, il y eut le déclic d'une serrure et la porte s'entrebâilla sur le visage poupin et couperosé de sa belle-mère.

— Oh, ma pauvre enfant, si je m'attendais, lui dit-elle.

— Bonjour, madame, j'espère que je ne vous dérange pas ?

— Non, bien sûr ! Pourquoi vous ne m'avez pas appelée ? Je suis encore en robe de chambre.

— J'avais besoin d'acheter des livres pour ma classe, et le docteur Géraud faisait le voyage pour se réapprovisionner en médicaments, alors j'ai profité de sa voiture. Je me suis dit que c'était aussi l'occasion de vous rendre visite.

— Entrez, Albane, je vous en prie. Il reste du café dans la cuisine, je vais le réchauffer. Patientez dans le salon, je monte m'habiller.

Adèle Molinier paraissait extrêmement gênée. Elle guida sa visiteuse jusqu'à une pièce assez sombre à la décoration un peu austère, où régnaient l'ordre et la propreté.

— Je ne serai pas longue, ma chère enfant, vous pouvez feuilleter une revue pendant ce temps. Au fait, j'ai reçu une lettre de Louis. Il a rejoint la division commandée par le général Prételat. Ils sont dans la Sarre, afin de mener une offensive qui sera peut-être salutaire pour l'armée française[1].

— Je vous remercie de me le dire, je n'avais aucunes nouvelles.

— Mon fils risque sa vie à chaque instant, je n'en dors plus…

— C'est terrible, en effet, concéda Albane dans un souffle.

Une fois seule, elle prit place sur un confortable divan garni de coussins en satin brodé. Elle dédaigna les magazines disposés sur un guéridon en marqueterie. Un malaise lui nouait la gorge en songeant à Louis, qui avait grandi ici.

— Si je n'avais rien su pour Régina et l'enfant, je serais émue de me retrouver sous le toit où vivait mon mari, se dit-elle tout bas.

Malgré les bruits en provenance de la rue Taillefer, très passante à cette heure de la journée, Albane eut la certitude d'entendre des éclats de voix à l'étage. Ce fut assez bref et peu après sa belle-mère réapparut, en tailleur de lainage gris, un collier de perles au cou.

1. Fait authentique. L'offensive de la Sarre a lieu du 9 au 14 septembre 1939.

— Seigneur, où en étions-nous ? balbutia-t-elle. Ah oui, le café. Ne bougez pas, je vous l'apporte.

— Ne prenez pas cette peine, madame, ce serait plus simple et plus cordial de le boire dans la cuisine.

— Oui, vous avez raison, et je le répète, appelez-moi belle-maman, en dépit des douloureuses circonstances que vous savez. Eh bien, suivez-moi.

Elles s'installèrent autour d'une table couverte d'une toile cirée rouge. Albane fut sensible au fumet d'un ragoût en train de mijoter sur un fourneau en fonte. Adèle Molinier désigna d'un mouvement du menton la porte-fenêtre donnant sur un jardin de taille modeste où trônait un tilleul.

— Je revois Denise et Louis jouer autour de cet arbre quand ils étaient enfants. Mon Dieu, comme j'étais heureuse à cette époque. Maintenant je suis veuve, ma fille va se marier et mon fils chéri est parti sur le front.

— Mais Denise habite toujours avec vous ?

— Pour le moment, en effet, mais parfois elle est de garde la nuit à l'hôpital. Ses horaires sont irréguliers, je ne sais jamais si elle prendra ses repas ici. Par chance, son fiancé n'a pas été mobilisé à cause de sa myopie.

— Le docteur Géraud également, commenta Albane.

— Dites-moi, ma chère petite, ce n'est guère convenable de vous montrer en compagnie d'un homme célibataire alors que votre mari est à la guerre, la sermonna Adèle Molinier.

— Je ne vois aucun mal à ça, se rebiffa la jeune femme.

— Et M. de Séguilières, si traditionaliste, n'a pas fait d'objections à votre sortie ? Votre père se soucie-t-il si peu de votre réputation ?

C'en était trop pour Albane, qui aborda enfin le sujet qui pesait sur son cœur.

— Je vous en prie, madame, soyons honnêtes l'une et l'autre, déclara-t-elle. Vous évoquiez il y a quelques minutes à peine de douloureuses circonstances, alors ne me faites pas la morale. Votre fils m'a honteusement trahie en me cachant l'existence d'une maîtresse et d'une enfant.

— C'était une erreur de jeunesse dont il s'est repenti en pleurant, à genoux devant sa sœur et moi. Soyez gentille, n'en parlons pas. J'ai pardonné sa faute à Louis puisqu'il partait se battre. Si vous saviez combien j'ai eu honte en l'apprenant.

Adèle porta une main à sa gorge, les yeux noyés de larmes.

— Je suis navrée, Albane, vous avez dû beaucoup souffrir, mais les hommes sont ainsi, ils ne résistent pas à la tentation ! Je vous promets qu'il regrettait sincèrement de vous avoir caché l'existence de Régina et de Louisette. Croyez-moi, mon fils vous adore, sinon il ne vous aurait pas épousée. Il a même fait l'effort de se marier à l'église.

— Si seulement il avait pu s'en abstenir, madame. Je suis très croyante, aussi désormais j'ai la cruelle impression d'être prisonnière de cette union religieuse. Cela dit, je suis bien décidée à divorcer. Louis pourra ainsi légitimer son enfant s'il ne l'a pas déjà fait.

Accablée, Adèle Molinier étouffa un sanglot. Elle se leva pour se servir un verre d'eau.

— Excusez-moi, j'ai la bouche sèche, c'est l'émotion. Albane, je vous en conjure, ne divorcez pas ! Pensez au terrible chagrin qu'aurait Louis, l'homme que vous aimez et qui affronte avec bravoure nos ennemis.

— Madame, je suis désolée, mais j'ai été dupée et humiliée. Je n'ai plus de sentiments pour votre fils, juste du mépris.

— Voilà bien une réponse d'aristocrate, l'orgueil vous étouffe ! attaqua soudain sa belle-mère d'un ton dur. Vous réagissez en égoïste, uniquement préoccupée par votre honneur, permettez-moi de vous le dire.

— Vous avez donc une piètre opinion de moi, madame ! Un mariage est un engagement sacré, du moins dans notre famille. Je n'ose même pas imaginer la réaction de mon père si je lui révélais ma situation. J'ai eu tort de céder à la volonté de Louis, car j'avais prévu d'attendre l'année prochaine pour nos noces. Comment pourrais-je envisager une vie commune avec un homme capable de se conduire ainsi ? Dites-moi, est-ce que votre époux était fidèle ?

— Je l'ignore, mais je l'aimais tant que je lui aurais pardonné s'il m'avait trompée. Le plus important c'était de préserver notre foyer.

— Quel sens du sacrifice et du dévouement ! ironisa Albane en tremblant d'indignation. Une dernière question me pose problème. Avec qui votre fils est-il allé au bord de la mer, à la fin du mois de juillet, pendant que je m'efforçais de rendre notre vieux château présentable ? Je voulais l'accompagner, il a trouvé tous les prétextes pour me décourager. Selon lui, je n'aurais pas apprécié de camper et son ami aurait été déçu si j'avais pris sa place. Je suis certaine qu'il a emmené Régina et Louisette. Vous pouvez me le dire, madame.

Sa belle-mère demeura silencieuse, bouche bée, en fixant quelque chose derrière Albane qui se retourna vivement.

— Bravo, vous avez deviné, Louis nous a offert un agréable séjour dans un hôtel de Royan, décréta une femme à la voix rauque et grave. Notre petite chérie a joué sur la plage avec son papa qui l'adore.

— Oh non ! Régina, je vous avais demandé de ne pas faire d'esclandre, gémit Adèle. Pourquoi êtes-vous descendue ? En plus, vous écoutez aux portes !

— Pas du tout, c'était entrouvert, je vous entendais déjà du palier. Et puis si cette jeune personne préfère savoir la vérité, autant la lui servir sur un plateau.

Abasourdie, mais pas vraiment surprise, Albane étudia la dénommée Régina des pieds à la tête. De taille moyenne, celle-ci arborait de courtes boucles d'un blond foncé. Très mince, vêtue d'un pantalon en toile et d'un pull à col roulé, elle dardait sur sa rivale un regard gris-bleu. Sans être une beauté, il émanait d'elle une séduction étrange.

— Vous m'avez assez étudiée ? lança-t-elle sèchement. Moi aussi, j'ai pu me faire une idée. Louis a bon goût, vous êtes jolie.

— Régina, remontez dans votre chambre ! ordonna Adèle. Vous êtes insolente et cela me déplaît. Souvenez-vous que je vous héberge par bonté d'âme. Il faut me comprendre, Albane, nous ne savons pas ce que la guerre nous réserve, je devais mettre ma petite-fille en sécurité. Louis n'aura plus à payer le loyer de l'appartement où il les logeait.

— J'ai déjà tout compris, madame, rétorqua Albane en se levant de sa chaise précipitamment. Je n'ai plus rien à faire chez vous. Je vous souhaite du courage avec vos pensionnaires, « belle-maman », ajouta-t-elle en scandant ce dernier mot. Surtout soyez rassurée, je ne reviendrai pas.

Au prix d'un effort méritoire, elle parvenait à garder son calme, soucieuse de se montrer digne. Mais quand elle voulut quitter la cuisine, Régina lui barra le passage en écartant les bras.

— Ne montez pas sur vos grands chevaux, princesse, vous ne voulez pas voir notre Louisette ?

— Non, laissez votre enfant innocente en dehors de tout ceci ! Je prierai pour elle, victime de l'inconséquence de son père.

— Vous appelez comme ça notre histoire d'amour ? Nous étions très heureux, Louis et moi, avant qu'il ait ce poste à Brantôme. Il s'est entiché de vous, et tel que je le connais, il n'a pas hésité à vous sortir le grand jeu juste pour coucher avec vous !

— Régina, ça suffit, vous êtes odieuse ! s'emporta Adèle, rouge de confusion. Seigneur, comment osez-vous dire de telles horreurs ?

— Qu'avez-vous à gagner en me défiant, mademoiselle ? s'écria alors Albane. Seriez-vous jalouse du peu de temps où j'ai cru être heureuse moi aussi avec Louis ? Inutile de m'envier, il est à vous s'il revient vivant du front.

Malade de révolte impuissante, elle repoussa Régina d'un coup d'épaule pour courir vers le vestibule. Enfin, ce fut la rue ensoleillée, des badauds sur le trottoir, des attelages hétéroclites et quelques automobiles.

— Quel drame stupide, j'en ai le vertige ! murmura Albane.

Ses pas la menèrent jusqu'au bord de l'Isle, dont les quais pavés étaient ombragés par des rangées d'arbres. La vue de la paisible rivière qui traversait Périgueux la réconforta.

« Je dois me reprendre avant de rejoindre le docteur », se dit-elle, le cœur cognant encore à grands coups.

Assise sur le parapet en pierre, elle se demanda comment cacher sa triste infortune à son père ainsi qu'à Maria.

— Tôt ou tard, je serai obligée de leur avouer...

Albane redoutait d'inspirer aux siens de la compassion ou bien pire encore, de la pitié. Elle s'était jetée dans un piège redoutable et ne voyait pas d'issue possible.

— Pourtant Louis m'a prêté serment devant Dieu, murmura-t-elle d'une petite voix tremblante. C'est un parjure, un mécréant, comme il se définissait lui-même.

Des images de leur union à l'église défilèrent dans son esprit. Elle se revit dans la sublime robe de mariée de sa mère, au moment de marcher vers l'autel, son bouquet de roses blanches à la main. Le prêtre lui souriait et Maria versait sa larme.

— C'est terminé, tout n'était qu'illusion, hormis ma nuit de noces à l'hôtel que je voudrais rayer de ma mémoire, même si par la suite, j'ai éprouvé du bonheur. Non... juste du plaisir.

Petit à petit, Albane retrouva son sang-froid et la maîtrise de ses nerfs. Les cloches de la majestueuse cathédrale Saint-Front, dont elle apercevait le clocher, se mirent à sonner. Il était midi.

— Je ne peux pas me confier au docteur Géraud, il serait outré et désolé pour moi, soupira-t-elle. Si j'allais tout de suite chez Coralie ? Elle n'habite pas loin de la brasserie où j'ai rendez-vous et je devais de toute façon y passer pour voir son père.

Les deux vitrines de la luxueuse bijouterie des Laville, les parents de son amie, étaient obturées par des rideaux de fer, comme l'entrée du magasin. Leur domicile occupait tout le bel immeuble à l'élégante façade où Albane était venue si souvent déjeuner et dîner.

— Ils ont dû fermer plus tôt…

Elle sonna à une porte double, sur sa gauche, donnant accès au vestibule. Janine, la femme de ménage que les époux Laville employaient depuis des années, lui ouvrit aussitôt.

— Ah, mademoiselle de Séguilières, vous tombez bien, je devais aller poster une lettre pour vous de mademoiselle Coralie. Attendez une minute, je vous la passe.

— La famille s'est absentée ?

— Ils sont partis hier ! Monsieur devrait être de retour dans une petite semaine.

Albane, qui comptait sur Ernest Laville pour estimer la valeur des bijoux de sa mère, avec l'espoir de les lui vendre s'il était intéressé, songea qu'elle serait obligée de revenir à Périgueux.

— Tenez, voilà votre lettre, dit la femme de ménage en rapportant une enveloppe bleu clair. Je n'ai plus qu'à ôter mon tablier et fermer à clef. Tout est impeccable, même la boutique.

— Merci, Janine.

— Ne faites pas cette petite mine triste, mademoiselle, il y a un beau soleil et vous êtes bien jolie dans cette robe à fleurs.

— C'est gentil, à une prochaine fois, murmura Albane en s'éloignant.

Elle fit une cinquantaine de mètres avant de lire le courrier de Coralie, debout près d'une fontaine publique. Chaque phrase poignait son cœur déjà meurtri. Alors qu'elle repliait l'unique feuille noircie d'une écriture énergique, le docteur Géraud la rejoignit.

— Albane, je m'apprêtais à traverser la place pour vous attendre à la terrasse de la brasserie et je vous ai aperçue. Des soucis ? s'enquit-il avec un coup d'œil sur l'enveloppe.

— Je vous expliquerai, allons nous asseoir, s'il vous plaît. Je n'ai pas faim, mais je suis assoiffée.

— Nous commanderons en premier lieu une bouteille d'eau gazeuse et du citron tranché, suggéra le médecin.

Un vent tiède agitait une mèche brune, un peu ondulée, sur le front d'Albane. Le regard songeur, elle observait le va-et-vient constant des voitures, des bicyclettes et des attelages.

— Périgueux est beaucoup plus animé que notre tranquille petite ville de Brantôme, fit remarquer Joseph Géraud.

— C'est distrayant, concéda-t-elle avant de boire une gorgée d'eau citronnée. Quand je suivais les cours de l'École normale, j'aimais me promener en fin de journée sur cette place. Bien sûr, j'allais souvent prier dans la cathédrale, qui est tellement belle. Coralie m'accompagnait, pourtant elle affirmait ne pas croire en Dieu. Docteur, je ne reverrai pas mon amie de sitôt. J'ai voulu lui rendre une courte visite, mais il n'y avait plus personne, excepté la femme de ménage.

— Ses parents tiennent la bijouterie Laville, n'est-ce pas ?

— Oui, c'est exact. J'espérais d'ailleurs voir son père pour lui montrer les bijoux de ma mère. Je ne pensais pas que vous les connaissiez.

— Ce n'est pas le cas, mais j'ai discuté avec Coralie à votre repas de mariage. C'était ma voisine de table.

— Je m'en souviens, c'étaient des moments de bonheur. Mon vieux château résonnait de rires, de musique et il y avait des fleurs en abondance, répondit Albane d'un ton mélancolique.

— Et la guerre vous a pris votre mari après quelques jours seulement, soupira le médecin. Louis reviendra, n'ayez pas peur.

Il alluma une cigarette, si bien qu'il ne vit pas son expression pleine d'amertume.

— Docteur, dans sa lettre, Coralie me confie que son père souhaitait les mettre à l'abri, sa mère et elle, en raison de leurs origines juives, précisa-t-elle. Il les emmène à La Rochelle, d'où elles prendront le bateau pour l'Angleterre, où Mme Laville sera accueillie chez des cousins. Il serait même question d'un départ pour New York dans un mois ou deux. Je ne comprends pas, nous ne sommes pas en Allemagne, où ont lieu des persécutions injustes.

— Hélas, nous ne pouvons prévoir l'issue du conflit ! Prions pour la victoire rapide de notre armée sur le front de l'Est. Si nos ennemis envahissent le territoire, les mêmes lois iniques s'appliqueront ici, Albane. M. Laville se montre d'une extrême prudence, mais on ne peut pas le lui reprocher. À présent, plus d'idées noires, vous devez profiter de votre repas.

Le médecin demanda au serveur deux plats du jour et une carafe de vin.

— C'est très copieux, et il y a toujours de la salade verte en sus, indiqua-t-il. Si vous désirez des hors-d'œuvre, dites-le-moi.

— Vous êtes très aimable, docteur, je vous remercie de m'avoir invitée. Mais je n'ai pas très faim.

— Lorsque nous sommes en tête à tête, à plusieurs kilomètres de Brantôme, vous pourriez m'appeler Joseph.

— Je n'oserais pas ! Et comme me l'a dit ma belle-mère, il faut penser à ma réputation… Si je vous donne du « docteur », on me prendra pour une de vos patientes.

— En quoi est-ce que c'est plus respectable ? s'esclaffa-t-il. Un médecin célibataire n'est pas obligatoirement irréprochable.

— Je plaisantais, mais je me serais passée du sermon reçu par Mme Molinier. Changeons de sujet, vous dites vrai, il vaut mieux savourer l'instant présent.

— Si nous parlions des livres que vous souhaitez acheter ?

— Volontiers…

Joseph Géraud souriait, cependant il s'inquiétait du chagrin qu'il lisait dans le beau regard d'Albane, si particulier. Dès leur première rencontre, il avait été séduit par ces prunelles noisette, ourlées de cils noirs et drus. En dépit de tous ses efforts, il était toujours amoureux de la jeune femme.

Ils en étaient au café quand Maubert Guérin entra d'une démarche rapide sur la terrasse de la brasserie. Sans jeter un coup d'œil aux gens attablés, il disparut à l'intérieur.

— Nous devrions partir, conseilla Albane. Vous avez vu qui est arrivé…

— Que craignez-vous ? Il n'osera pas vous importuner en ma présence. Ne soyez pas aussi nerveuse.

— Cet homme me fait peur, docteur. Certes, il nous a laissé notre cheval le jour de la réquisition, mais il avoue librement son antisémitisme et cela me hérisse.

— Sans doute un fasciste avéré. Je me demande pourquoi il s'est installé dans la région. Nous avons eu une conversation édifiante à ce propos, le maire et moi. Il semblerait que ce M. Guérin a quitté la Picardie pour des raisons de santé. Je l'ai ausculté le jour où vous êtes venue me demander conseil pour Mme Fischer, et je n'ai décelé aucun signe inquiétant.

— Ce doit être un prétexte, hasarda-t-elle.

— Je vous sens sur les charbons ardents, aussi je vais régler la note et nous irons chez votre bouquiniste.

— Merci, je préfère ne pas m'attarder.

Géraud se leva et pénétra à son tour dans l'établissement, où il faisait assez sombre. Comme s'il s'agissait d'un tour de passe-passe, Maubert Guérin surgit à côté de leur table. Il se pencha sur Albane qui sursauta.

— Alors, jolie dame, on se console vite d'avoir perdu son petit mari, expédié sur le front ! Franchement, il y a mieux comme amant qu'un vieux garçon imbibé d'antiseptique, chuchota-t-il.

— Je ne vous permets pas ! rétorqua-t-elle, indignée.

— Si ça vous tente, je vous propose mes services. Ce sera un dédommagement pour avoir sauvé votre hongre des cantines de l'armée. Ulysse, je crois, une bête boiteuse qui n'en peut plus. Soyez conciliante et je vous offre un pur-sang de mes écuries.

Furieuse, Albane ne se contrôla plus. Elle recula sa chaise en s'emparant de son verre d'eau, plein à ras bord, qu'elle jeta à la figure de Maubert Guérin. La rondelle de citron se plaqua sur le satin bleu foncé de sa cravate.

— Voici ma réponse, sale goujat !

— Vous me le paierez très cher, petite peste ! décréta-t-il entre ses dents avant de quitter la terrasse pour traverser la place.

L'incident suscita une rumeur amusée parmi les clients qui en avaient été témoins. Alerté par une exclamation du serveur, le docteur Géraud accourut. Il découvrit Albane debout, d'une pâleur anormale.

— Quelqu'un vous a causé du tort ? interrogea-t-il.

— Toujours le même sinistre personnage !

— Pourtant je ne l'ai pas vu dans la salle…

— Il a dû se précipiter vers moi dès que vous avez eu le dos tourné. Je vous en prie, allons-nous-en.

— Bien sûr, venez. Je suis garé le long de la cathédrale, vous vous sentirez plus en sécurité dans ma voiture. Est-ce que cet homme vous a manqué de respect, Albane ? Je tiens à le savoir et lui signifier au plus vite qu'il doit cesser ses manigances.

— Je crois qu'il avait bu, à son haleine. Docteur, Guérin m'a débité des sottises. Exaspérée, je l'ai aspergé avec le contenu de mon verre. Ne vous inquiétez pas, cela lui servira de leçon. S'il était effectivement ivre, il me présentera des excuses très bientôt.

— J'aurais voulu entendre quel genre de sottises cet individu vous a dit, marmonna le médecin. Vous n'avez pas de chance aujourd'hui. Votre belle-mère vous fait la morale, votre amie a plié bagage et Guérin s'en prend à vous. Soyez prudente, c'est votre voisin et il n'aura peut-être aucun scrupule à vous aborder de nouveau. Ne sortez plus seule à cheval !

— Je ne vais pas m'empêcher de vivre à cause de lui ! protesta Albane vivement.

Dès qu'elle fut installée à bord de l'automobile, sur une confortable banquette en cuir, elle se détendit.

— Avez-vous acheté les médicaments dont vous aviez besoin, docteur ? demanda-t-elle avec un soupir.

— Oui, ce matin, après vous avoir déposée.

— Dans ce cas, je préférerais rentrer à Brantôme. Pour les livres, il n'y a pas vraiment d'urgence. Je reviendrai quand M. Laville sera de retour et je lui ferai estimer les bijoux de maman en même temps.

— D'accord, je vous ramène au château. Vous êtes encore livide, reposez-vous.

Château de Séguilières, même jour,
une heure plus tard

Désireux de donner son remède contre l'asthme à Clara Fischer, le docteur Géraud avait remonté l'allée menant au large perron orné de balustres. Il s'arrêta non loin des marches en pierres grisâtres. Le soleil dorait la haute façade de l'édifice, exposée au sud, en se reflétant sur les vitraux des fenêtres.

— Quel soulagement d'être là, murmura Albane.

— Ce n'est guère flatteur pour moi, nota le médecin.

— Oh non, ne le prenez pas mal, vous avez été un agréable compagnon, mais c'est mon foyer, le lieu enchanteur où j'ai grandi. Même décrépit, menaçant ruine, je voudrais habiter notre château des années encore.

— J'admets que le modeste appartement que le maire alloue aux enseignants doit vous paraître bien triste, surtout sans votre mari.

Albane se crispa, excédée par ce terme de « mari » qui ne voulait plus rien dire pour elle.

— Son absence est moins pénible ici, entre Maria et mon père, répliqua-t-elle d'une voix posée.

Mentir, il lui fallait mentir à tous, afin de se préserver et de maintenir un semblant d'harmonie, déjà mis en péril par les réfugiés. Elle descendit de la voiture, à l'instant où l'adorable Lidy Wendling apparaissait sur sa droite, un gros bouquet de marguerites dans les bras.

— Mademoiselle, regardez, j'ai cueilli plein de fleurs dans le champ d'à côté ! s'écria l'adolescente. C'est pour la chambre de grand-mère.

— Tu as eu raison, Lidy, elle sera contente. Voudrais-tu escorter le docteur Géraud, qui a trouvé un médicament pour la soulager ?

— Avec plaisir, mademoiselle.

Au même moment, Mireille contourna l'angle du château en poussant le landau du petit Pierre. Petra Meyer marchait à côté d'elle, une panière à linge calée sur la hanche. Maria les suivait, chargée d'un sac bosselé par sa récolte quotidienne de pommes de terre. L'étau qui broyait le cœur d'Albane se relâcha devant le charme de ce tableau simple et coloré.

— Vous êtes déjà là ? s'étonna la domestique. Je m'disais que votre belle-maman allait vous garder à coucher.

— Il n'y a aucun risque, Maria. Et puis j'aurais refusé.

Un hennissement s'éleva des écuries. Ulysse avait entendu la voix de la jeune femme et se manifestait.

— Je vais voir mon cheval, annonça-t-elle.

— Avec votre jolie toilette ? s'alarma Mireille. Il faut vous changer d'abord.

— Mais non, je le caresse et je viens boire un thé. Il nous en reste, Maria ?

— Une pleine boîte, vous faites pas de souci.

Rassérénée, Albane s'élança vers les communs du château. Elle approchait du box d'Ulysse quand un air joyeux retentit, tout proche. Quelqu'un jouait de l'harmonica.

— J'avais oublié, le petit-fils de Mme Fischer loge dans une chambre juste au-dessus. Tant qu'il fait attention à ne pas mettre le feu, il peut faire de la musique autant qu'il veut.

Après avoir flatté l'encolure du hongre qui s'ébrouait de satisfaction, elle s'apprêta à sortir. Une silhouette masculine, en contre-jour, la salua en s'inclinant.

— Mademoiselle de Séguilières, je souhaitais vous parler.

Elle avait reconnu la voix bien timbrée de Raphaël Wendling.

— Je vous écoute, dit-elle, une fois à sa hauteur.

— En fait, avec l'accord de votre père, cet après-midi, j'ai visité tout le château. La rentrée est début octobre, si tout va bien, aussi j'ai pensé préparer vos petits pensionnaires à la reprise des classes, car parmi les cinq enfants en âge d'aller à l'école, tous ne prisent pas les études. La salle à manger est rarement utilisée d'après Maria, et la table peut accueillir nos élèves. J'ai même déniché un tableau noir sous les combles, remisé sous un drap, ainsi qu'un carton rempli de craies.

— Oui, maman m'apprenait l'alphabet à l'aide de ce tableau. Est-ce que vous comptez sur ma participation, puisque vous avez dit « nos élèves » ?

— J'ignore si je remplacerai votre mari, comme me l'a suggéré le brigadier de gendarmerie, mais vous aurez les fillettes d'ici à l'école. Des révisions, assorties d'exercices en rapport avec l'âge de chacun et de chacune, ce serait judicieux et cela éviterait l'ennui, souvent source de bêtises.

— Pourquoi, il y a eu un problème ?

— Vous avez dû vous rendre compte que Ronald Meyer est un garçon turbulent. À l'heure du déjeuner, il a lancé des cailloux sur vos poules. Il a été puni, cependant je crains une riposte.

Pensive, Albane se représenta la petite troupe réunie dans la pièce indiquée, tandis qu'elle écrirait des leçons sur le tableau noir.

— Nous pouvons faire un essai, monsieur Wendling, dit-elle en lui souriant. Moi aussi j'ai besoin de m'occuper l'esprit. Et au goûter, vous nous jouerez de l'harmonica.

— Ah, vous m'avez entendu ? C'est celui de ma fiancée, qui me l'a offert l'année dernière pour mon anniversaire. Je ne m'en sépare pas.

— Je comprends, c'est un lien entre vous deux. Très bien, nous commencerons demain et nous le dirons aux parents ce soir, pendant le dîner.

Sur ces mots, Albane prit la direction du perron. Elle avait eu le tact de ne pas poser de questions sur la fiancée du jeune homme, qui avait dû quitter également le Bas-Rhin.

« J'espère qu'ils se retrouveront vite, se dit-elle. Dieu soit loué, il existe quand même des gens qui s'aiment sincèrement… »

10
La fin de l'été

Château de Séguilières, samedi 16 septembre 1939

Un vent tiède apportait jusque dans la chambre d'Albane la senteur âpre des pommes soumises au pressoir. Maria devait broyer les fruits, comme la veille, en promettant à tous du bon cidre pour l'an prochain.

— Ce matin, je reste un peu au lit. Nos petits protégés sont en congé !

Alanguie par une bonne nuit de sommeil, la jeune femme s'étira, à peine couverte d'un lourd drap en lin écru. Elle aimait le contact de ce tissu épais, un peu rêche.

— Je dois être la dernière réveillée.

De joyeuses cavalcades avaient retenti dans le couloir de l'étage, les garçons ayant des godillots ferrés. Soudain la voix flûtée de Lidy Wendling s'éleva.

— Faites moins de bruit ! Mademoiselle dort encore… Félicia, tu vas m'aider à lui préparer un bon petit déjeuner.

— Mais tu monteras le plateau, sinon j'vais tout renverser.

Attendrie, Albane se leva précipitamment et sortit de sa chambre. Elle n'était pas coiffée, en longue chemise de nuit blanche, mais n'y pensait même pas.

— Je vous ai entendues ! Lidy, Félicia, ne vous occupez pas de moi. Je préfère descendre et boire mon thé avec vous.

L'adolescente s'était arrêtée net. Elle trottina de sa démarche aérienne, ses nattes très blondes encadrant son visage d'une rare finesse.

— Je voulais vous faire une surprise, mademoiselle, plaida-t-elle. Vous travaillez tellement pour nous tous.

— C'est normal de travailler dur, Lidy ! Et puis j'ai besoin de dépenser mon énergie.

— Mais grand-mère a dit hier soir que vous en faites beaucoup trop et que vous devriez prendre une journée de repos.

— Demain, ce serait plus approprié. J'ai prévu d'aller à la messe, voudrais-tu m'accompagner ? Et toi, Félicia ?

— Si mon père veut bien, mademoiselle.

— Je lui demanderai. Je me lave, je m'habille et je vous rejoins.

Il avait fallu à Albane ces trois jours où elle avait renoué avec son métier d'enseignante pour se sentir mieux. Les images de sa visite chez sa belle-mère commençaient à perdre de leur force vénéneuse, mais les paroles échangées ce matin-là lui revenaient souvent à l'esprit.

— Si seulement je pouvais me confier à quelqu'un, murmura-t-elle en s'aspergeant d'eau fraîche.

Entièrement nue, elle capta le reflet de son jeune corps dans le miroir ovale. Ses seins pointaient et la courbe de ses hanches soulignait sa taille fine.

— Je ne suis pas aussi mince que Régina, mais Louis prétendait adorer mes formes, se souvint-elle. Quel gâchis !

Albane ignorait à quoi elle faisait allusion précisément. Il pouvait s'agir de l'échec pathétique de son mariage ou de ses frustrations de jeune femme saine et sensuelle.

— Il vaut mieux éviter d'y penser, il y a beaucoup plus grave, nous sommes en guerre.

Bizarrement, l'évocation du conflit qui enflammait l'Europe lui fit songer à Maubert Guérin, dont elle ressassait encore les insinuations insultantes. Il l'avait menacée et il pouvait très bien chercher à se venger.

— Pour un verre d'eau et une rondelle de citron, dit-elle avec un léger sourire. Il était sûrement éméché, je n'ai pas à avoir peur de lui, juste à me méfier si je le croise…

Une impressionnante tablée accueillit Albane lorsqu'elle entra dans la grande cuisine où flambait un bon feu, sous le manteau armorié de la colossale cheminée. Presque tous les réfugiés étaient là, à l'exception de Clara Fischer. La vieille dame gardait le lit, encore secouée par ce brutal exil qu'on lui avait imposé et par le trajet dans un wagon à bestiaux.

— Bonjour, dit-elle gentiment.

Maria apparut au même instant, ayant emprunté la porte-fenêtre communiquant avec l'arrière-cour.

— Bien le bonjour, mademoiselle ! claironna la domestique. M. Goetz m'aide à presser nos pommes, il a le coup de main, cet homme-là !

— Mon mari déteste l'oisiveté, indiqua Odile, l'épouse du brasseur, qui arborait un joli corsage brodé.

— Il ne manquera pas d'occupations ici, fit remarquer Albane. Maria, mon père a-t-il pris son petit déjeuner ?

— Oui, aux aurores, mademoiselle ! Il est remonté se préparer.

— Se préparer ?

Raphaël, debout près de l'âtre, terminait sa tasse de café. Il adressa un regard perplexe à la jeune femme.

— M. de Séguilières m'emmène à la pêche sur vos terres, madame, annonça-t-il d'un ton désinvolte.

— Attrapez-nous de belles truites, on se régalera ! s'esclaffa Maria, en rajustant le foulard qui protégeait ses cheveux.

Albane approuva d'un signe de tête, puis elle mit de l'eau à chauffer. Elle se reprochait d'être vexée par l'initiative de son père et agacée de s'entendre appeler « madame ». Il lui semblait aussi avoir décelé un certain dédain dans la voix de Raphaël.

— Est-ce que vous vous moquez de votre hôte ou bien du peu de terres qui nous restent ? riposta-t-elle, à la surprise générale.

Un profond silence suivit, tandis qu'Albane, regrettant déjà son coup d'éclat, fixait obstinément les flammes bleuâtres du réchaud à alcool.

— Je ne voulais pas du tout vous blesser, protesta Raphaël. J'ai un profond respect pour monsieur votre père, qui fait son possible pour notre confort et nos repas. Je sais que les allocations du gouvernement tardent à être versées et que nous pillons vos réserves. Quant à vos terres, j'ignore leur étendue, mais il y aurait beaucoup de travail en perspective dans les prés autour du château. Je vous présente mes excuses…

— Je les accepte, j'ai dû me tromper, répliqua Albane.

— Mademoiselle a raison, Raphaël, tu as dit ça d'une façon bizarre ! s'écria sa sœur. Moi non plus je n'aurais pas apprécié.

— Tais-toi, Lidy, et surtout ne t'en mêle pas, trancha celui-ci. Tu as fini ton lait, monte plutôt un café et des tartines à notre grand-mère.

De plus en plus mal à l'aise, Albane s'inquiéta soudain de Mireille et du bébé.

— Maria, est-ce que le petit Pierre a eu son biberon ? demanda-t-elle. Et Mireille ? Je suis sûre qu'elle n'ose pas venir déjeuner.

— J'étais dehors, mademoiselle, je ne peux pas surveiller tout le monde, geignit la domestique.

— Bien sûr, concéda Albane.

Elle quitta la cuisine au pas de course pour se rendre dans le boudoir. Mais Raphaël la rattrapa alors qu'elle traversait la salle à manger.

— Ne vous enfuyez pas, je suis vraiment navré, murmura-t-il.

— Mais pourquoi m'avoir appelée « madame » ? Nous avons fait la classe ensemble aux enfants, ces trois derniers jours, et vous me disiez « mademoiselle » ! Hier, nous avons décidé d'user de nos prénoms.

— Cela vous a perturbée à ce point ? Dans ce cas, je peux vous expliquer. Otto Meyer, sans doute à cheval sur les principes d'un autre âge, m'a reproché de ne pas garder mes distances avec vous. Il m'a répété que vous étiez mariée à un soldat, parti sur le front, tout ça parce que sa fille Marguerite lui avait dit en riant que je vous avais appelée Albane pendant le goûter. Aussi, ce matin, j'ai surveillé mon langage. Mal m'en a pris !

— De quoi se mêle cet homme ? Comme si je pouvais oublier que j'ai épousé Louis au mois d'août, et qu'il a été mobilisé à peine trois semaines plus tard !

— Ce doit être très difficile à vivre, soupira-t-il. Vous devriez porter votre alliance, ça rassurerait les défenseurs de la morale.

— Je crains de la perdre, mentit Albane. À mon tour de vous présenter des excuses. Je suis trop nerveuse ces temps-ci, et je l'avoue, je préfère de beaucoup être « mademoiselle » que ce triste « madame ». C'est ridicule et puéril, j'en suis consciente.

Raphaël considéra d'un air amical la salle de classe qu'ils avaient improvisée.

— Nous continuerons lundi, n'est-ce pas ? s'enquit-il. Les enfants se sont montrés sages et intéressés.

— Il vaut mieux poursuivre nos efforts, admit-elle. Au moins je n'aurai pas le temps de piquer une colère.

Rêveuse, Albane observa le tableau noir sur son assemblage métallique, le dessin à la craie exécuté par Félicia la veille. Il représentait un bouquet de fleurs et un vase un peu tordu.

— Je vous laisse rendre visite à Mme Dresner, lui dit tout bas Raphaël.

Comme de coutume, Mireille Dresner tricotait, assise près du berceau de son petit-fils. Elle adressa un timide sourire à la jeune femme, en suspendant le mouvement régulier de ses aiguilles, après avoir échangé le bonjour rituel.

— Vous êtes bien pâlotte ce matin, Albane…

— Ce doit être l'émotion, je m'en veux d'avoir mal réagi pour une sottise. Avez-vous eu votre petit déjeuner ?

— Mais oui, je me suis fait une tisane en préparant le biberon de Pierre. Regardez ce petit ange, il s'est déjà rendormi. Il est très calme pour un bébé de cet âge. Ma fille pleurait beaucoup, pourtant je l'allaitais.

— Je n'y connais rien en nourrissons, cependant ils doivent tous avoir leur caractère. Pierre aura deux mois demain, je ferai un gâteau pour l'occasion.

— Ce n'est vraiment pas la peine, protesta Mireille.

— Pardonnez-moi, je manque de tact.

Très gênée, Albane prit place sur le divan où s'était éteinte Sophie Blum, le soir même de la naissance de Pierre. Elle dédia une douce pensée à la malheureuse qui reposait dans le mausolée des Séguilières.

— Je suis désolée, je n'oublierai jamais le décès brutal de votre fille, hélas aujourd'hui j'accumule les maladresses.

— Albane, je ne vous en veux pas du tout et je ne vous en voudrai jamais, car je vous suis redevable pour l'éternité. Et si vous aviez raison ? Pourquoi ne pas fêter notre petit Pierre qui m'est une grande consolation… Sans vous, serait-il vivant ? Mais vous pleurez, il ne faut pas !

— Ce n'est rien, toujours mes nerfs devenus très sensibles.

— Comment iriez-vous bien, ma chère enfant ? Votre mari est mobilisé, le château est envahi par des réfugiés, ce qui vous donne un surplus de travail. Avez-vous des nouvelles de Louis ?

— Ma belle-mère m'en a donné mardi, lorsque je lui ai rendu visite. Son fils serait dans la Sarre, en première ligne.

— Seigneur, combien vous devez être inquiète !

— Mireille, je ne le suis pas assez, marmonna Albane. J'ai dans le cœur un secret qui m'étouffe. Si je pouvais m'en ouvrir à quelqu'un, cela me soulagerait, mais mon amie Coralie est en voyage. Et Maria et mon père en souffriraient trop.

— Je suis prête à vous écouter, dans l'espoir de vous aider. Vous pouvez me faire confiance, je ne vous trahirai pas. C'est une offre sincère. Votre maman n'est plus là, je suis certaine que vous lui auriez parlé sans crainte.

L'évocation de Mathilde de Séguilières fit verser d'autres larmes amères à Albane. Elle les essuya du dos de la main.

— Vous ne me jugerez pas, Mireille ? s'enquit-elle à mi-voix.

— Dieu est le seul juge de nos actes.

— Alors voilà ce que j'ai découvert et qui me ronge...

Tout fut expliqué en une dizaine de minutes, de manière précise et avec des mots simples, où transparaissait l'immense détresse de la jeune femme. Mireille apprit la duplicité de Louis, l'existence de Régina et de Louisette, ainsi que les propos assez durs d'Adèle Molinier sur l'attitude d'Albane.

— Seigneur tout-puissant, quelle abomination ! déclara-t-elle enfin d'un ton outré. Je m'étonnais aussi, car vous ne portiez plus votre bague de fiançailles ni votre alliance.

— Vous me comprenez quand je dis me sentir prisonnière de ce mariage, au point de m'en prendre à Raphaël Wendling qui m'a appelée « madame » ce matin. Mireille, je voudrais revenir en arrière et avoir refusé d'épouser Louis. Mon instinct me disait d'attendre l'an prochain, mais la guerre menaçait, alors j'ai cédé. Maintenant je n'éprouve plus une once d'affection pour lui. C'est la preuve que je ne l'aimais pas de tout mon être, sinon j'aurais pu lui pardonner ! J'ai beaucoup réfléchi et je comprends pourquoi il m'a dissimulé la vérité, mais au fond, ça ne change rien à ma révolte, à ma colère. Ce n'est même pas de la jalousie, non... Je lui en veux de m'avoir prise au piège d'une union religieuse, moi qui suis très croyante. Je l'ai dit à Mme Molinier, ce qui l'a choquée.

Mireille acquiesça en soupirant. Pleine de compassion, elle posa son ouvrage de tricot et alla caresser la joue d'Albane.

— C'est une situation compliquée, je vous l'accorde, cependant vous devriez mettre votre père au courant.

— Plus tard sans doute. Je souhaite divorcer afin de me libérer de cet homme. Et il y a autre chose...

— Quoi donc ?

— Je prie chaque soir pour que Louis revienne vivant, mais s'il lui arrivait malheur, j'aurais l'impression d'en être responsable. Je tiens à le savoir heureux avec Régina et leur fillette.

— C'est tout à votre honneur, Albane, car d'après votre récit, Régina me semble une personne fort désagréable. Elle ne vous a pas ménagée.

— J'étais la femme qui lui avait volé Louis !

— Pourquoi ne l'a-t-il pas épousée quand il a su qu'elle était enceinte de ses œuvres ?

— Je l'ignore, Mireille. De même je me demande pourquoi je me suis sentie blessée tout à l'heure, en apprenant que mon père emmenait Raphaël Wendling à la pêche. Il s'est entiché de ce jeune homme immédiatement et il se comporte envers lui comme s'il était son fils, ce fils dont il rêvait. Mais le véritable héritier des Séguilières a été enterré aux côtés de maman, sans avoir respiré une seule seconde.

On frappa à la porte du boudoir. Albane se leva et ouvrit, pour se retrouver en face de Lidy. L'adolescente jeta un regard intrigué dans la pièce.

— Maria m'envoie, mademoiselle ! Elle s'inquiète, parce que vous n'avez rien pris ce matin. Est-ce que je peux voir le bébé ?

— Pas maintenant, Lidy, Pierre dort profondément, il ne faut pas le réveiller. Retourne aux cuisines, j'arrive.

— Il n'y a plus personne à table, si Mme Dresner veut vous accompagner, je surveillerai le petit. En plus, il reste du pain frais et un pot de confiture à peine entamé.

— Allons-y, Albane, puisqu'une aussi charmante nounou me propose ses services, déclara Mireille. Je mangerais bien quelque chose.

— Tant mieux, Maria sera contente, se réjouit Lidy. Je vous promets de ne pas faire de bruit et si Pierre se met à pleurer, je courrai vous avertir.

— Tu es adorable, lui dit Albane. On dirait un ange du Ciel, avec tes joues roses et tes beaux cheveux blonds.

— Oh merci du compliment, mademoiselle. Mais... vous avez pleuré ! C'est la faute de mon frère, j'en suis sûre.

— Mais non, sois tranquille. Il n'y a rien de grave. Dépêchons-nous, Mireille. J'ai un peu faim maintenant.

Encore suspicieuse, Lidy referma la porte du boudoir derrière les deux femmes. Ravie d'être seule avec le bébé, elle étudia attentivement le décor qui l'entourait, fascinée par les boiseries peintes, ornées de motifs floraux. Avisant le tricot abandonné au fond d'une panière, elle s'en empara d'un geste vif et fit semblant de continuer l'ouvrage. En le rangeant sans aucune précaution, plusieurs mailles se défirent, mais elle se contenta de hausser les épaules. Sous son allure angélique, l'adolescente aux nattes blondes cachait un tempérament de feu et une tendance à l'indiscipline.

Brantôme, cabinet du docteur Géraud,
même jour, à midi

Célibataire endurci et médecin consciencieux, Joseph Géraud recevait des patients chaque samedi, du matin au soir. Ce jour-là, il raccompagnait jusqu'au vestibule un respectable vieillard atteint d'un panaris, quand la porte d'entrée s'ouvrit à la volée. D'ordinaire on sonnait pour s'annoncer, avant de s'installer dans la salle d'attente, mais Maubert Guérin se moquait de ce genre de conventions.

— Vite, je vous amène un blessé, clama-t-il.

Dans son élan, il bouscula le vieil homme qui lâcha sa canne.

— Faites attention ! s'insurgea Géraud. M. Beynat aurait pu tomber sur le carrelage.

— Y a pas de mal, j'tiens encore debout, marmonna celui-ci.

Guérin était déjà ressorti. Alarmé, le docteur le suivit et il le vit soulever le corps inerte d'un garçon d'une dizaine d'années au crâne ensanglanté.

— Qu'est-ce qui s'est passé ? interrogea-t-il d'un ton dur.

— Le gamin faisait du vélo, je l'ai renversé, avoua Guérin.

— Venez, il faut l'allonger sur ma table d'examen. Je suppose que vous rouliez à toute allure, selon votre habitude.

— Ce gosse a déboulé d'un chemin, je n'ai pas pu l'éviter. Vous me ferez la morale quand il sera tiré d'affaire.

Le médecin ne répondit pas, jetant des regards soucieux sur l'enfant inanimé, blessé aussi aux genoux et au coude droit. Il l'ausculta méticuleusement, avant de secouer la tête.

— Il faut le conduire à l'hôpital de Périgueux pour faire une radiographie, je crains une fracture du crâne. Je leur téléphone de m'envoyer une ambulance. Savez-vous qui sont les parents ?

Blême de contrariété, Maubert Guérin observa le visage du garçon, dont la respiration était à peine perceptible.

— À mon avis, il doit s'agir d'un des réfugiés logés au château. Il n'était pas loin du portail et surtout j'ai reconnu le vélo de Mlle de Séguilières, qui garde toujours un panier attaché au porte-bagages.

La mine grave, le médecin s'était assis à son bureau pour téléphoner à l'hôpital. Il discuta à voix basse et raccrocha.

— Ils viennent le chercher, je vais nettoyer ce pauvre petit. Si c'est bien un des enfants venus du Bas-Rhin, ses parents doivent s'inquiéter, c'est l'heure du déjeuner. Vous devriez aller les prévenir.

— Moi, j'irais là-bas pour annoncer que j'ai peut-être tué ce gamin ! Ils vont me lyncher, le vieil aristo le premier, aidé par sa peste de fille !

Furieux, Géraud le toisa d'un air méprisant. Une cuvette d'eau tiède à la main, un linge de l'autre, il commença à laver le sang qui maculait les cheveux et le front du blessé.

— Monsieur Guérin, je vous prie de ne pas insulter mes amis et de faire profil bas. La vie de ce garçon tient à un fil, alors assumez vos actes. Quant à Mlle de Séguilières, j'ignore ce que vous avez osé lui dire mardi dernier, sur la terrasse de la brasserie, mais si vous lui avez manqué de respect, comme je le pense, méfiez-vous. Je suis l'adjoint du maire, j'ai des relations et je serais capable de vous chasser du pays en toute légalité si vous ne changez pas de comportement.

Les poings serrés, Maubert recula, un éclat de haine au fond de ses yeux d'un bleu très clair.

— J'ai compris, docteur, lança-t-il d'un ton dur. J'irai même lui présenter des excuses. De votre côté, ne laissez pas crever ce gosse... Et puisque vous m'obligez à voir ses parents, je leur préciserai que je paierai tous les frais médicaux.

Château de Séguilières, même jour,
un quart d'heure plus tard

Depuis une heure, Petra et Otto Meyer cherchaient leur fils Ronald dans le parc du château, aidés par leur fille Marguerite. Franz, leur benjamin, suivait d'un air boudeur les déambulations de ses parents et de sa sœur aînée.

— Mais où est-il passé ? ronchonna Étienne Goetz, venu à la rescousse, car les appels furibonds ne cessaient pas.

— Enfin, il ne peut pas être loin, affirma Albane, qui s'était décidée à chercher également.

Lidy l'avait accompagnée, pour courir tout de suite sous le couvert des arbres centenaires. Vive et rapide, l'adolescente fouillait les buissons, écartait les fougères qui lui arrivaient à la taille.

— Et le pavillon de chasse ? Est-ce que quelqu'un a regardé à l'intérieur ? demanda Marguerite, rousse comme son père et assez potelée.

— Ronald, il va y jouer l'soir, balbutia Franz.

— Je suis sûre qu'il s'est caché là-dedans alors qu'on le lui a défendu ! vociféra Otto Meyer. Si je le trouve, ce garnement, il aura droit à une bonne correction. C'est l'heure du repas, il nous met tous en retard !

Dès qu'il haussait le ton, son accent était encore plus marqué. Son épouse trottina vers le pavillon, mais il n'y avait aucune trace de son fils.

— C'est vide et ça sent la sauvagine, leur cria Petra.

Épris de liberté et d'espace, Ronald désobéissait souvent, si bien qu'Albane ne s'affolait pas. Comme Lidy la rejoignait, elle eut une idée.

— Personne n'est monté au-dessus des écuries, notre fugueur a pu grimper sur le plancher à foin.

— J'y vais, mademoiselle, je cours plus vite que tout le monde, déclara l'adolescente. Je passe par l'allée, c'est plus pratique.

Albane l'observa un instant, en la comparant de nouveau à une fée des bois, légère et gracieuse. Lidy avait les mollets égratignés par les ronces, une robe en calicot jaune pâle un peu trop courte et, sûrement par fantaisie, elle avait défait ses nattes. Sa longue chevelure blonde scintillait au soleil de midi.

Ce fut aussi la vision qu'en eut Maubert Guérin quand il s'engagea dans l'allée menant au château, les vitres ouvertes et pour une fois, roulant au ralenti. Il dépassa la jeune fille avant de s'arrêter.

— Bonjour, mademoiselle, je voudrais parler à M. de Séguilières, dit-il avec un sourire admiratif.

Lidy, flattée par le coup d'œil insistant de l'inconnu, devint rose de fierté. Elle se pencha un peu avant de répondre, une moue élaborée sur ses jolies lèvres. Mais malgré le bruit du moteur, Guérin perçut les appels qui s'élevaient dans le parc.

— Nous cherchons un garçon, Ronald, expliqua Lidy. Un sacré garnement ! Quand son père le trouvera, il sera puni et sans pitié.

Consterné, Maubert dut se rendre à l'évidence. L'enfant qu'il avait renversé vivait au château et il ne pourrait pas échapper aux ennuis qui en découleraient. Ils commencèrent par l'apparition d'Albane. Elle avait vu la voiture à la carrosserie vert foncé entre les troncs des sapins et accourait.

— De quel droit entrez-vous sur notre propriété ? s'enquit-elle sèchement. Je vous prie de sortir immédiatement.

Il coupa le moteur, car le couple Meyer arrivait à son tour, avec Marguerite et Franz.

— Vous n'auriez pas vu un garçon de dix ans sur la route, monsieur ? le héla Otto Meyer en soulevant sa casquette. On le cherche depuis un bon moment.

Un frisson d'angoisse vrilla le dos de Maubert. Il descendit de sa luxueuse automobile et redressa sa haute taille. Charmée par son allure athlétique et ses traits virils, Lidy tenta de se rapprocher de lui, mais Albane l'obligea à reculer d'un seul regard impérieux.

— Que voulez-vous, monsieur Guérin ? demanda-t-elle d'un ton hostile.

— Je ne sais pas comment annoncer la mauvaise nouvelle, mais il y a eu un accident, répondit-il. Je roulais et soudain un garçon à vélo a surgi d'un chemin, je n'ai pas pu l'éviter, je vous assure. Il avait votre vélo, mademoiselle de Séguilières, aussi c'est sûrement l'enfant qui a disparu.

— Quoi ? Vous avez renversé mon fils ! hurla Otto Meyer. Mais où est-il ? Si mon gamin est mort, dites-le !

— Non, il est vivant, je l'ai transporté chez le docteur Géraud qui l'a examiné. Il a appelé une ambulance pour l'emmener à l'hôpital de Périgueux. Une radiographie s'avère nécessaire. Je m'engage à payer tous les frais médicaux, ne vous tracassez pas à ce sujet.

— Mon Dieu, quel malheur, mon pauvre Ronald, se lamenta Petra Meyer.

— Si notre fils doit aller à l'hôpital, ça veut dire que c'est très grave, ajouta Otto Meyer, d'une pâleur de cire.

— C'est une précaution jugée indispensable par le médecin, dit tout bas Maubert Guérin, sans oser donner de précisions sur l'état réel de l'enfant.

Effarée, Albane s'abstint du moindre commentaire, mais ses yeux fixaient de façon explicite ceux de son redoutable voisin. Certaine qu'il conduisait trop vite, elle l'accusait en silence.

— Otto, je veux voir Ronald, je dois être près de lui, gémit Petra. Comment peut-on faire ? Mademoiselle Albane, est-ce qu'il y a des autocars ?

— Pas à cette heure-ci, mais M. Guérin, qui est notre voisin le plus proche, vous servira volontiers de chauffeur. C'est la moindre des choses, puisqu'il est en partie responsable de l'accident.

— Oui, bien sûr, je vous conduis à Périgueux, cela coule de source, déclara celui-ci.

— Merci, monsieur, marmonna Otto. Ma femme et moi, on doit s'habiller un peu mieux et prendre nos papiers d'identité.

Le couple s'élança en courant vers le château, suivi par Marguerite et Franz.

— Tu devrais rentrer également, Lidy, recommanda Albane.

— Pourquoi, mademoiselle ?

— Je souhaite discuter avec M. Guérin. Tu aideras Maria à faire déjeuner les plus jeunes.

La mine boudeuse, l'adolescente se résigna à obéir. Elle adressa cependant un sourire enjôleur à ce bel homme qui lui semblait tellement soucieux.

— Mademoiselle de Séguilières, m'autorisez-vous à me garer en bas du perron, afin d'épargner la peine à ces gens de revenir jusqu'ici ? dit Maubert d'un ton contrit. Je suis sincèrement navré par ce qui s'est passé.

— Et qui aurait pu être évité, sans doute !

— Je sais ce que vous pensez, je roulais en effet trop vite, mais une chose est vraie, le garçon a déboulé devant ma voiture et j'ai écrasé la pédale de frein, ce qui a dû atténuer le choc. Hélas, autant vous l'avouer, je suis très inquiet... L'état de l'enfant m'a paru grave, peut-être fatal. Je n'ai pas eu le courage de le dire à ses parents.

Le cœur serré, Albane recula un peu. Elle revoyait Ronald debout près du tableau noir, tout fier d'avoir réussi une multiplication.

— Mais il est encore vivant, murmura-t-elle.

— Quand j'ai quitté le cabinet du docteur Géraud, le garçon était inconscient. Il aurait une fracture du crâne.

— Quelle injustice ! Ronald a dû fuir son pays natal, sa maison, ses camarades de classe, pour vivre chez des étrangers et maintenant il pourrait ne jamais se réveiller.

— Est-ce que vous lui aviez prêté votre vélo ?

— Non, il aurait fallu régler la selle à sa taille. Hier il voulait me l'emprunter mais j'ai refusé, se désola Albane. Je ne pouvais pas imaginer qu'il le prendrait sans ma permission.

Maubert Guérin s'aperçut qu'elle retenait ses larmes. L'armure de froideur et de dédain dont il faisait usage depuis des années relâcha son étreinte.

— Les enfants sont souvent ainsi, ils n'en font qu'à leur idée, sans songer au danger, lâcha-t-il. Je vous le répète, je suis navré et je m'en veux. Mais je suis surpris aussi, car vous ne m'avez pas accablé de tous les maux devant les parents de Ronald.

— C'était inutile de provoquer la fureur de M. Meyer. Et puis vous aviez l'air déjà très coupable, avec une expression apeurée qui vous rendait différent.

Maubert haussa les épaules avant de se remettre au volant. Il fit démarrer sa voiture en scrutant les traits ravissants de la jeune femme.

— Montez, j'irai au ralenti, suggéra-t-il.

— Je préfère marcher.

— Je m'en doutais, mais j'en profite pour vous présenter toutes mes excuses. Mardi, à Périgueux, je vous ai manqué de respect parce que j'étais ivre. L'alcool me rend mauvais, moi qui le suis déjà de naissance.

— Tout le monde peut changer, rétorqua Albane. À présent je vais prier pour Ronald, en espérant qu'il a survécu. Cet après-midi, je me rendrai à l'école d'où je pourrai téléphoner à l'hôpital afin d'avoir des nouvelles.

— Mais votre vélo est hors d'usage, nota-t-il. Quant à moi, j'avais un rendez-vous important à Bergerac, d'où mon départ précipité tout à l'heure. Je dois quand même rencontrer la personne qui m'attend sûrement encore. Sinon je me serais mis à votre disposition, mademoiselle.

Albane ne prit pas la peine de lui répondre. Elle s'éloigna d'un pas rapide et lorsque l'automobile la dépassa, elle n'accorda pas un regard à son conducteur.

Ce samedi-là, le repas de midi, retardé de plus d'une heure, se déroula dans la morosité et l'anxiété. Maria alignait des jurons en patois périgourdin à la moindre occasion. De nature colérique, Étienne Goetz se répandait en malédictions sur leur exil forcé. Il finit par traiter Maubert Guérin d'assassin en puissance.

— Et s'il avait fait exprès de renverser le petit Meyer, hein ? Ce pauvre Ronald est peut-être déjà mort ! Si ce n'est pas le cas, il peut rester handicapé.

— Je vous en prie, monsieur Goetz, ne dites pas ce genre de choses devant Marguerite et Franz, qui sont déjà si inquiets, s'indigna Albane. Il est question de leur frère.

Exceptionnellement, Mireille s'était jointe à eux, comme pour suppléer à l'absence du maître des lieux parti pêcher avec Raphaël, son petit-fils s'étant endormi après son deuxième biberon de la journée.

— J'suis bien contente de vous voir à table, décréta Maria qui servait à chaque convive une part de compote de pommes, au creux de jolis ramequins en porcelaine.

— Nous devons nous soutenir quand une épreuve survient, répliqua-t-elle. Et cela me permet de faire mieux connaissance avec les nouveaux venus.

Le terme irrita Odile Goetz, qui, à l'instar de son mari, se complaisait dans l'amertume à cause de leur condition de réfugiés.

— On se serait passés de débarquer ici, alors qu'on était dans nos meubles, avec du confort et de bons voisins, madame, dit-elle à Mireille. Je ne sais pas d'où vous venez, mais il paraît que vous êtes au château depuis pas très longtemps non plus.

— En effet, M. de Séguilières a eu la grande bonté de m'accueillir il y a deux mois. J'ai dû fuir l'Allemagne en raison des persécutions que subissaient les Juifs. Mon mari a été tué et ma fille unique s'est éteinte sous ce toit, madame Goetz. Sachez que je me considère comme fort chanceuse, malgré tous mes malheurs, ce qui m'incite à ne pas me plaindre de mon sort.

— Mireille, vous n'aviez pas à vous justifier, soupira Albane. Vous êtes notre invitée et mon amie.

Un silence gêné s'instaura, brusquement rompu par Lidy qui se levait de table pour débarrasser les couverts. D'un air de défi, elle s'en prit au brasseur, toujours en train de maugréer.

— En tous les cas, monsieur Goetz, vous avez tort de traiter Maubert Guérin d'assassin. Ce n'est pas sa faute si Ronald fait des bêtises ! Il faisait du vélo de mademoiselle en cachette. Si encore il n'était pas allé sur la route…

— Lidy, tu ferais mieux de te taire ! s'emporta Albane. Tu te montres aussi désobéissante qu'un garçon de dix ans à ton âge ! Je te rappelle que ce matin même, tu as touché à l'ouvrage de Mireille avant de casser une statuette qui appartenait à ma mère. Le bruit a réveillé le petit Pierre.

— Je suis maladroite, voilà ! se révolta l'adolescente.

— Heureusement, tu as demandé pardon, mais dorénavant tu n'iras plus dans le boudoir et nous ne te confierons plus la garde du bébé, insista la jeune femme. Quand la vaisselle sera faite et rangée, j'ai prévu d'atteler Ulysse pour aller en calèche à Brantôme. Je téléphonerai à l'hôpital depuis l'école, pour savoir comment va Ronald. Je peux emmener trois enfants. Ce sera l'occasion de visiter votre salle de classe.

— Ne comptez pas sur les miens, Félicia et Lucas restent là, avec moi et leur père, répondit Odile Goetz.

— Alors Marguerite et Franz peuvent venir, ils sont les plus concernés par l'état de leur frère, insinua Albane. Lidy, si tu as envie de nous accompagner, monte demander la permission à ta grand-mère.

— D'accord, mademoiselle, comme ça, je changerai de robe et je referai mes nattes. Et je redescendrai le plateau de son déjeuner, s'enthousiasma Lidy. Moi qui avais peur d'être punie !

— Ne te réjouis pas trop. Ton frère est à la pêche, alors je préfère te surveiller de près, sinon je t'aurais laissée avec Maria, précisa Albane.

Un sourire indulgent ponctua ces derniers mots, cependant l'attitude qu'avait eue la ravissante adolescente envers Maubert Guérin la préoccupait. Elle sentait Lidy prête à jouer avec le feu et se promit de la raisonner.

11

Un ciel d'orage

Brantôme, école primaire, même jour,
samedi 16 septembre 1939, deux heures plus tard

Albane avait ouvert en grand le portail de la cour d'école pour faire entrer la calèche. Elle observa les nuages d'un gris métallique qui envahissaient le ciel. Un vent chaud soufflait et faisait voleter les premières feuilles mortes jonchant le sol.

— Voilà où vous étudierez à la rentrée, annonça-t-elle d'un ton qui se voulait enthousiaste.

Mais une sourde tristesse la submergeait en revoyant les pavés de la cour, le marronnier et le tilleul, le préau, ainsi que les fenêtres de leur logement. Elle n'était pas revenue là depuis le lendemain du départ de Louis pour Périgueux.

— Vous pouvez descendre de la calèche, dit-elle aux trois enfants. Ulysse va nous attendre bien sagement, il est habitué à ne pas bouger quand il est attelé. Le téléphone se trouve dans le couloir du rez-de-chaussée, je vais vite appeler l'hôpital, ensuite je vous ferai visiter la salle de classe.

— Oui, mademoiselle, répliqua Lidy. J'aide Franz, il pourrait tomber du marchepied.

Avec un charmant sourire, l'adolescente prit le garçon par la main.

— Lâche mon petit frère, c'est à moi de m'occuper de lui ! s'écria Marguerite en attirant Franz contre elle.

— C'était pour te faciliter les choses, tu as déjà eu du mal à grimper sur la banquette arrière, tout à l'heure au château, répondit perfidement Lidy.

Au bord des larmes, Marguerite attrapa une des nattes blondes de son adversaire et tira de toutes ses forces.

— Arrêtez tout de suite, ce n'est pas le moment de vous quereller pour des sottises ! les sermonna Albane. Et pendant ce temps, Franz est descendu tout seul sans tomber ! Allons, dépêchons-nous.

Son trousseau de clefs à bout de bras, Albane traversa la cour, suivie par sa petite troupe boudeuse. Avant d'entrer dans le couloir central, où s'alignaient des patères noires, elle regarda Marguerite, dont les boucles rousses dansaient au vent.

— Nous pouvons apprendre une bonne nouvelle au sujet de Ronald ou une très mauvaise. Il faut nous préparer au pire, tout en priant sincèrement pour ton frère.

— Moi j'ai prié pendant le trajet en calèche, balbutia Franz en hochant la tête.

— J'ai demandé à Dieu de veiller sur Ronald, dit Marguerite. J'espère de tout mon cœur qu'il a été bien soigné et qu'il va guérir, car Dieu est très bon, hein, mademoiselle ?

Albane approuva en souriant. Elle se tourna vers Lidy, qui était restée silencieuse, une expression indéfinissable sur son joli visage.

— As-tu fait une prière, toi aussi, Lidy ? lui demanda-t-elle.

— Non, mademoiselle, parce que Dieu ne peut pas réparer une fracture du crâne, ce sont les médecins qui le font. Comme dit Raphaël, Dieu n'a rien empêché pour tous ces gens jetés hors de chez eux, entassés dans des wagons puants ! Ma grand-mère, je suis sûre qu'elle ne reverra jamais sa belle maison. Voilà pourquoi je ne prie pas. Je serai bien contente et soulagée si Ronald va bien, mais Dieu n'aura rien à voir là-dedans !

— Pense ce que tu veux, Lidy, mais à l'avenir apprends à modérer tes propos. Tu viens d'être désagréable et tu fais pleurer Franz, qui a peur pour son frère, trancha Albane.

— Je suis désolée, mais j'ai dit ce que je pensais ! rétorqua l'adolescente.

— Eh bien maintenant, garde tes opinions pour toi, Lidy.

Sur ces mots, Albane s'empressa d'ouvrir la porte vitrée donnant accès au couloir et se dirigea vers l'appareil téléphonique. Elle composait le numéro de l'hôpital quand un premier coup de tonnerre retentit, puis un deuxième, encore plus assourdissant. La ligne, qui grésillait beaucoup, ne fit plus aucun bruit.

— Ce doit être l'orage qui perturbe la communication, soupira Albane en raccrochant le combiné.

— Regardez, mademoiselle, il grêle ! s'écria Marguerite.

— Et flûte ! Je dois mettre Ulysse à l'abri sous le préau, ne bougez pas d'ici tous les trois.

Les enfants la virent s'élancer sous une pluie de grêlons, en se protégeant le visage de son avant-bras replié. Un éclair d'un rose argenté zébra le ciel au même instant, tout de suite assorti d'une déflagration assourdissante.

— Il ne faut pas courir sous l'orage, s'inquiéta Marguerite en serrant Franz contre elle.

— N'ayez pas peur, on est à l'abri, ici, jeta durement Lidy.

— Pas mademoiselle, gémit le garçon. En plus, son cheval il lui fait des misères, il veut pas obéir !

— Les animaux savent que la mort peut tomber du ciel ! Peut-être que ce vieux canasson a senti où la foudre allait frapper, insista l'adolescente, avec un sourire mystérieux.

Pendant ce temps, Albane tentait de calmer Ulysse, en proie à une panique inexplicable. Cramponnée aux rênes, elle essayait de le conduire sous le préau, mais il refusait d'avancer.

— Ulysse, viens, tu en as vu d'autres, quand même ! Qu'est-ce que tu as aujourd'hui ?

Elle l'encouragea encore de la voix et du geste, mais l'animal, les yeux exorbités, martelait le sol de ses antérieurs en lançant des hennissements stridents.

— Très bien, reste où tu es !

Albane renonça à déplacer le cheval et grimpa dans la calèche pour déployer la capote au maximum.

Soudain, à la grêle succéda une pluie drue. Les nuages étaient si sombres qu'on se serait cru à la tombée de la nuit. Le tonnerre grondait, le vent sifflait, les arbres de la cour étaient secoués comme par un géant invisible pris d'une rage folle.

— La fin du monde pourrait ressembler à ça, murmura la jeune femme.

À cet instant précis, elle eut un terrible pressentiment lié à ce sinistre tableau. Un orage bien plus effrayant se préparait, qui balayerait les joies du quotidien, briserait l'innocence et la pureté des cœurs pleins d'amour.

— La guerre, toujours la guerre, avec son lot de morts violentes et d'injustices, chuchota-t-elle. Seigneur, et moi qui abandonne les enfants dans l'école.

Elle traversa de nouveau la cour, les cheveux humides, son corsage détrempé. Marguerite et son frère pleuraient en silence, mais Lidy avait gardé son sang-froid.

— Mademoiselle, le téléphone a sonné, j'ai voulu répondre, mais ça ne marchait toujours pas, expliqua-t-elle. Dites-moi où je peux trouver une serviette pour vous sécher ?

— Au premier étage, la porte de droite, c'est mon logement. Prends mon trousseau de clefs, il y a des étiquettes. Nous allons patienter un peu. L'orage ne va pas durer jusqu'à ce soir.

Albane s'approcha des carreaux ruisselants d'eau de la double porte vitrée afin d'observer le comportement de son cheval. Ulysse demeurait immobile au milieu de la cour, sa lourde tête baissée, sa robe rousse assombrie par la pluie.

« De quoi avait-il si peur ? » se demanda-t-elle.

Lidy était de retour, une serviette-éponge et un gilet de laine sur le bras, les yeux pétillant d'une étrange exaltation.

— Tenez, mademoiselle, séchez-vous vite, conseilla-t-elle en lui remettant ses trouvailles. Dites, vous en avez laissé des jolies choses là-haut, dans l'armoire.

— De quoi parles-tu ?

— Du petit linge en satin rose, d'un jupon brodé.

— Ce sont des affaires qui ne me vont plus, si quelque chose te plaît, tu peux le prendre. Toi aussi, Marguerite, vous êtes presque de la même taille toutes les deux.

— Oh merci, mademoiselle, vous êtes un ange ! s'écria Lidy. Je remonte alors, tu viens, Marguerite ?

Assis sur le tabouret près du meuble où trônait le téléphone, Franz haussa les épaules, une moue dépitée sur les lèvres. Il frottait le carrelage de son pied droit d'un mouvement régulier.

— Si tu t'ennuies, tu peux aller dans mon appartement, Franz, il y a des soldats de plomb sur une étagère, lui proposa-t-elle. Je vous appellerai si j'obtiens la communication avec l'hôpital.

— Merci bien, m'selle, bredouilla-t-il en se levant prestement.

À peine quelques secondes plus tard, alors qu'elle était seule, Albane assista à une scène cauchemardesque. Plusieurs éclairs éblouissants illuminèrent le ciel d'un gris d'encre, tandis qu'un fracas d'une violence inconcevable ébranlait tout le bâtiment. Tremblante, elle songea même à une explosion d'une cause indéterminée.

— Mon Dieu, les enfants doivent être terrifiés, gémit-elle, prête à les rejoindre.

Mais un hennissement et des éclats de voix l'obligèrent à regarder dans la cour. Le toit du préau, frappé par la foudre, s'était en partie effondré, et debout au sein de la tourmente, le docteur Géraud essayait de dételer le cheval qui, effrayé, pouvait briser les brancards de la calèche dans son affolement.

— Je viens vous aider, faites attention ! hurla-t-elle en courant à son secours.

— Albane, rentrez à l'abri, je peux y arriver seul, protesta le médecin. C'est fait, ça y est, laissons partir Ulysse, il trouvera le chemin de son écurie. Je vous ramènerai au château avec les enfants.

Enfin libéré de son harnachement, le vieil alezan trotta vers le portail grand ouvert. Ils le virent s'éloigner sous la pluie, et dans la bonne direction.

— Rangeons votre calèche sous ce qui reste du préau, sur la gauche, recommanda Géraud.

— Ce ne sera jamais réparé à temps pour la rentrée, se désola-t-elle. Mais ce n'est pas le plus grave ! Avez-vous des nouvelles de Ronald, docteur ? J'étais venue à l'école pour appeler l'hôpital.

— Maria me l'a expliqué, car je suis passé d'abord au château. Encore une fois, Albane, vous avez pris une initiative qui n'était guère raisonnable, au lieu d'attendre mon retour.

— Je ne pensais pas que vous viendriez au château, se défendit-elle. Mais peu importe, comment va Ronald ?

— Rentrons dans l'école, c'est inutile de se tremper davantage.

Elle acquiesça, de plus en plus inquiète pour l'enfant. Le médecin ne put s'empêcher de contempler la poitrine de la jeune femme. Ses seins pointaient sous le tissu de son corsage. La soie, rendue transparente par l'humidité, mettait en valeur des courbes adorables qui le firent rêver quelques secondes.

Terrorisés par le vacarme affreux qu'avait causé la foudre, Lidy, Marguerite et Franz avaient regagné le couloir principal. Le petit garçon serrait un soldat de plomb au creux de sa main, tandis que les deux filles avaient chacune sous le coude une taie d'oreiller, sûrement garnie de pièces de lingerie.

— Ronald est vivant, mais il souffre d'une fracture du crâne, et il a le bras gauche cassé, annonça Géraud. Ne craignez rien, il devrait se rétablir, cependant le traitement sera long. Son état exige une surveillance constante.

— Est-ce que maman et papa vont rester avec lui à l'hôpital ? questionna Marguerite.

— Juste ta maman, indiqua le médecin. Votre père rentrera demain matin. Soyez courageux, le pire a été évité, vous devez remercier Dieu.

Très impressionnés par le ton solennel du docteur, les enfants Meyer promirent tout bas. Albane les fit sortir dans la cour, car il ne pleuvait plus, et à l'ouest un pan de ciel bleu se dessinait, comme après une simple averse.

— Rien ne s'est passé comme je le pensais, fit-elle remarquer. J'avais prévu de faire visiter leur classe à mes futurs élèves et de leur offrir une balade au retour, en traversant la ville, après avoir eu de bonnes nouvelles de Ronald. Mais il y a eu ce terrible orage, comme un mauvais présage.

— Il faisait anormalement chaud ces derniers jours, ce n'est qu'un phénomène climatique comme il s'en produit souvent, Albane. Soyez tranquille, j'informerai monsieur le maire des dégâts, ce sera sans doute possible de réparer assez vite, avec les moyens du bord si nécessaire.

Ils étaient tous parvenus devant la voiture du médecin, qui installa les trois enfants à l'arrière, pendant que la jeune femme refermait le portail à clef.

— Docteur, et Maubert Guérin ? s'enquit Albane à mi-voix lorsqu'ils commencèrent à rouler. L'avez-vous vu à l'hôpital ? Il s'est engagé devant les parents de Ronald à payer tous les frais.

— Il le fera, Albane. Je sais qu'il a demandé à rencontrer le directeur de l'établissement… De mon côté, comme il fallait un hébergement de nuit à Périgueux pour Petra Meyer, j'ai songé à votre belle-mère, Mme Molinier. En fait, j'en ai déjà discuté avec votre belle-sœur Denise, elle fait partie des infirmières qui ont pris Ronald en charge. Cette charmante jeune femme va en parler à sa mère ce soir même et j'aurai une réponse demain matin.

— Très bien, affirma Albane, en évoquant en son for intérieur la présence de Régina, la maîtresse de Louis, et leur fillette de cinq ans. Elle supposa que sa belle-mère saurait élaborer un mensonge de circonstance.

— Et peut-être que ce sera le fiancé de Denise, Gérard Jacquet, qui raccompagnera Otto Meyer demain matin pour prendre quelques effets personnels dont aura besoin son épouse, ajouta le médecin d'un débit rapide, où pointait un peu de satisfaction, comme s'il avait résolu un problème capital.

— Tout s'arrange au mieux, alors, répondit Albane à mi-voix. Docteur, puis-je vous inviter à dîner au château ce soir ? Mon père a dû rapporter des truites.

— Volontiers ! M. de Séguilières était donc à la pêche aujourd'hui ?

— Oui, avec mon frère Raphaël, renchérit Lidy. Si j'ai le temps, je ferai un gâteau en votre honneur, docteur.

— Vous êtes bien aimable, ma chère enfant !

— Je suis une demoiselle, rectifia l'adolescente en lissant ses longs cheveux de lune. Marguerite est encore une gamine, mais pas moi.

Un silence gêné suivit ces propos énoncés d'un ton enjôleur. Albane se retourna pour scruter les prunelles vertes de Lidy, où elle déchiffra une sorte de mystérieux défi.

— Ne sois pas trop pressée d'être une adulte, lui dit-elle avec douceur. Je me demande si ton frère apprécierait de t'entendre dire ce genre de choses.

— Lui ? Il s'en moque bien, et il a des soucis beaucoup plus importants que moi, vous verrez.

— M'selle, regardez, y a votre cheval au bord de la route, claironna soudain Franz.

Ulysse se gorgeait de feuilles de châtaigner. Comme il était tout proche de l'entrée du domaine, Albane baissa sa vitre pour l'appeler.

— Dépêche-toi de rentrer à l'écurie, vieux filou, cria-t-elle.

Marguerite et son frère éclatèrent de rire. Ils avaient besoin de se dégourdir un peu et ils eurent la permission de remonter l'allée à pied, suivis par l'animal.

— Quelle journée, soupira de nouveau la jeune femme.

Elle ne pouvait pas soupçonner qu'un autre orage grondait au loin, qui s'approchait inexorablement du vieux château.

Malgré les inquiétudes que suscitait toujours l'état de Ronald, une chaleureuse ambiance présida au dîner, peut-être due à la présence du docteur Géraud. Tout content d'être là, le médecin fit de son mieux pour divertir les enfants et égayer Albane. Quant à Amédée de Séguilières, rassuré sur le sort du petit réfugié, il laissa libre cours à sa joie d'avoir rapporté de quoi nourrir la maisonnée.

— Maria nous a concocté une matelote qui fleure bon, avec le produit de notre pêche, à savoir deux truites, une belle carpe et trois grosses perches.

— De votre pêche, monsieur, rectifia Raphaël. Pour ma part, je n'ai pris que du menu fretin, comme on dit.

— Mais votre compagnie était très plaisante, mon ami, affirma le châtelain. Albane, ma précieuse enfant, tu aurais apprécié nos conversations, car ce jeune homme est vraiment très cultivé, notamment en histoire et en littérature. Bien sûr nous avons été navrés, à notre retour, d'apprendre l'accident dont avait été victime Ronald. Heureusement il est hors de danger à présent et ce sombre individu, Maubert Guérin, s'est engagé à prendre les frais en charge, n'est-ce pas, docteur ?

— Ne nous réjouissons pas trop vite, les jours prochains seront décisifs. Une fracture du crâne peut entraîner de graves complications a posteriori. Quant aux frais médicaux, oui, Guérin fera le nécessaire, je m'en assurerai en personne. Ce pauvre gamin pourrait être mort à l'heure qu'il est.

Marguerite et Franz échangèrent un regard inquiet. Privés de la présence rassurante de leurs parents, ils se sentaient un peu perdus dans la grande cuisine à l'immense cheminée voûtée.

— Ne vous tracassez pas, mes pauvres petits, leur dit Odile Goetz avec son accent un peu traînant. Ce soir, je dormirai avec vous, Félicia et Lucas auront leur papa pour leur raconter une jolie histoire ! Hein, Étienne, faut bien se serrer les coudes.

Le brasseur marmonna une approbation, sans guère montrer d'enthousiasme.

— C'est gentil à vous, Odile, intervint Albane, mais j'avais eu la même idée. Ne vous dérangez pas.

— Nous en reparlerons à l'heure du coucher, trancha Goetz. La matelote de Maria va refroidir et ce sera du gâchis. Un bon plat de ce genre se déguste brûlant.

Flattée, la domestique servit chacun avec parcimonie, en agrémentant son ragoût de poissons d'une portion de pommes de terre bouillies. Le silence se fit aussitôt, ponctué par de discrets bruits de bouche et les craquements du feu.

Albane sentit à peine le goût de la sauce, pourtant relevée de thym et de laurier. Elle ne pouvait s'empêcher d'observer Lidy qui mangeait du bout des lèvres, une expression d'ennui sur son ravissant visage.

Le tintement de la sonnette au timbre métallique tira brusquement l'adolescente de sa rêverie.

— Je vais voir qui c'est ! s'écria-t-elle en bondissant du banc, où elle était assise à côté de Raphaël.

— Lidy, tu n'es pas chez toi ici, lui reprocha son frère. Soit tu reviens à table soit tu mets ta part de côté pour grand-mère ou Mme Dresner qui ne s'est pas jointe à nous ce soir. Il est impensable de gaspiller le repas que l'on t'offre.

— Mais c'était pour rendre service, répliqua-t-elle.

— Accompagne-moi, si cela te divertit, lui proposa Albane. Je crois savoir de qui il s'agit.

— Moi aussi, je le sais, une sorte d'intuition, chuchota Lidy pendant qu'elles traversaient la salle à manger plongée dans la pénombre du crépuscule.

Maubert Guérin patientait sur le perron. Sa haute stature se découpait sur le ciel d'or pourpre, qu'enflammait le soleil couchant.

— Voilà j'avais raison, triompha Lidy, c'est Maubert !

Tout de suite Albane l'arrêta, en la prenant par le bras. Elle estimait devoir sermonner sa future élève dont les manières lui paraissaient inconvenantes.

— Mais à quoi joues-tu, petite folle ? Déjà tu n'as pas à appeler par son prénom un homme que tu connais à peine et qui pourrait être ton père.

— Il n'est pas vieux du tout, mademoiselle !

— Peu importe, toi tu es encore une enfant et ta beauté pourrait se révéler dangereuse, alors sois pudique et réservée. Tu as le temps d'être une femme, ce qui implique souvent d'être une mère de famille, de tenir un intérieur et beaucoup d'autres contraintes. As-tu compris ?

— Oui, mademoiselle, répondit Lidy sur un ton dont elle forçait le côté puéril.

La porte-fenêtre était déjà fermée à clef. Albane ouvrit et sortit, escortée par l'adolescente.

— Nous étions à table, monsieur Guérin, dit-elle froidement. Si vous n'avez rien d'important à nous annoncer, vous auriez pu venir demain matin.

— Je reviens juste de Périgueux et je tenais à vous donner des nouvelles fraîches de l'enfant. Je l'ai vu, il est conscient et bien entouré par ses parents, dans une chambre particulière, à mes frais bien sûr, précisa Maubert.

— C'était la moindre des choses, il me semble.

— Est-ce que j'ai dit le contraire ? Pourriez-vous admettre que je déplore ce triste accident, mademoiselle de Séguilières ? Et je tenais à réparer mes torts jusqu'au bout. Penchez-vous à la balustrade, vous comprendrez...

Albane fit ce qu'il demandait et découvrit une bicyclette pour dame flambant neuve et équipée de deux sacoches.

— Il y a une lampe à l'avant, qui fonctionne au moyen d'une dynamo, indiqua-t-il. C'est plus pratique pour les expéditions nocturnes. Mais j'ai déposé votre vieux vélo dans un garage de Périgueux, ils le remettront en état, cela pourra dépanner quelqu'un.

— Je vous remercie, monsieur Guérin, déclara sobrement la jeune femme. Lidy, voudrais-tu avoir la gentillesse de ranger cette bicyclette dans l'écurie ?

— Bien sûr, mademoiselle ! Alors je peux aller l'essayer ? Juste un petit tour dans la cour. Cela ne vous ennuie pas, monsieur Guérin ?

— Non, pas du tout ! Rien ne me dérange de la part d'une jolie femme, répliqua-t-il d'une voix caressante.

— Merci beaucoup ! s'écria l'adolescente en dévalant les marches en pierre, aussi aérienne qu'un elfe des bois.

Sa jupe en corolle voleta, dévoilant la finesse de ses jambes. Maubert la suivit des yeux, et témoin de l'éclat étrange de son regard, Albane fit une remarque qui se voulait désinvolte, mais constituait cependant un avertissement déguisé.

— Lidy est encore très puérile ! On ne croirait jamais qu'elle aura quinze ans à Noël. Reprendre l'école lui fera du bien.

— J'ai compris le message, ne vous inquiétez pas. De façon détournée, vous me reprochez l'admiration qu'éveille en moi cette adorable enfant, ironisa-t-il.

— Elle n'est effectivement qu'une enfant ! s'exaspéra Albane. Vous voyez bien qu'elle tente d'attirer votre attention, se croyant déjà une femme. Je suis sincère avec vous et j'espère pouvoir vous faire confiance.

— Comme si j'étais votre ami ? s'enquit-il.

— Peut-être…

— Très bien, je ferai en sorte de ne pas vous décevoir. Je m'en vais, un de mes palefreniers m'attend en bas de l'allée, au volant de la camionnette que j'ai achetée aujourd'hui afin de vous apporter votre nouveau vélo. Bonne soirée, mademoiselle. Mes hommages à monsieur votre père et au docteur Géraud, qui semble être votre invité, puisque sa voiture est garée près des communs.

— En effet, nous sommes toujours enchantés de le recevoir. Au revoir, murmura Albane.

L'énigmatique personnage descendit les marches du perron et s'éloigna, les mains dans les poches de son pantalon.

Amédée de Séguilières accueillit le retour de sa fille d'une œillade courroucée.

— Que faisais-tu si longtemps, Albane ? J'ai envoyé Maria te chercher, mais elle est revenue en prétendant qu'elle n'a pas osé te déranger car tu parlais avec Maubert Guérin. Pourquoi ce malfrat vient-il à l'heure du repas ?

— Je n'en sais rien, père, il doit dîner plus tard que nous. Et j'ai fait un effort d'amabilité car il m'a acheté une bicyclette neuve, la mienne étant hors d'usage pour le moment.

— Un geste qui prouve la bonne volonté de votre voisin, lança Étienne Goetz.

— Sans doute, répondit Albane tout bas.

Elle était oppressée, le front pris dans un étau de douleur. Joseph Géraud s'aperçut de son malaise lorsqu'elle massa ses tempes où le sang cognait.

— Vous devriez prendre un cachet d'aspirine, Albane, du moins si vous souffrez d'une migraine.

— Oui, vous avez raison, docteur. Je ferai mieux d'aller m'allonger au calme et dans la pénombre. C'était une journée éprouvante.

— Mais vous n'avez rien mangé, mademoiselle ! s'affola Maria. Si je vous faisais réchauffer votre assiette de matelote ?

— C'est inutile, je n'en ai pas envie. Je monterai dans ma chambre après avoir rendu visite à Mireille…

— Excusez-moi, mais où est ma sœur ? lui demanda alors Raphaël. Lidy est partie avec vous.

— Elle devait ranger le nouveau vélo dans l'écurie après en avoir fait un petit tour. Elle ne doit pas être loin.

— Je vais la chercher, au cas où il lui viendrait encore des idées stupides, décréta le jeune homme en se levant de table. J'attendais pour vous présenter mes excuses, et je ferai de même auprès d'Otto Meyer demain. Dès que vous vous êtes absentée avec ma sœur, Marguerite nous a avoué quelque chose qui pesait lourd sur son cœur.

— De quoi s'agit-il ? s'inquiéta Albane en s'asseyant au coin de la cheminée pour tendre ses mains soudain glacées vers les flammes.

— Lidy est en grande partie responsable de l'accident de ce matin, avoua Raphaël. Elle a emprunté votre vélo la première et a établi un itinéraire qu'ils devaient effectuer chacun leur tour le plus vite possible. Marguerite a refusé et elle a interdit à Ronald de le faire. Mais ravi de pouvoir se dépenser, il a relevé le défi, qui impliquait de passer sur la route pour suivre ensuite un chemin d'en face. Pour résumer, ce garçon aurait pu mourir par la faute de Lidy. Même si M. Guérin roulait à vive allure, il ne pouvait pas prévoir qu'un cycliste traverserait devant lui sans avoir pris la précaution de regarder si la voie était libre. Je suis désolé.

Sur ces mots, il sortit par la porte-fenêtre donnant dans l'arrière-cour.

— Cette gosse a le cerveau dérangé, marmonna Odile Goetz. Pendant le voyage en train jusqu'ici, elle restait dans son coin sans penser à aider qui que ce soit.

— On a attendu longtemps Ronald, mais on n'osait pas dire qu'il était parti, précisa Marguerite en s'adressant à Albane.

— Tu aurais dû m'en parler cet après-midi, à l'école, ou durant le trajet en calèche.

— Mais mademoiselle, Lidy, elle nous fait peur ! Elle a menacé de raser les beaux cheveux de Franz si je vous racontais la vérité.

— Alors ça, c'est vrai, renchérit Félicia Goetz, je l'ai entendue qui le disait à Marguerite.

— Bon, assez causé, maintenant les petiots vont manger leur dessert et après ça, ils iront au lit ! s'exclama Maria. Il y a deux belles tartes aux pommes à déguster.

Morose, Amédée bourra sa pipe en hochant la tête. Soucieux de le réconforter, le médecin lui proposa une partie d'échecs.

— Pourquoi pas, mon ami, mais nous jouerons là, bien au chaud près de la cheminée. Mes vieux os tremblent d'une froide colère ! Je déteste les bouleversements en tout genre.

— Pourtant c'est la guerre, père, alors soyez raisonnable, et préparez-vous à des situations difficiles, le sermonna sa fille, qui cachait mal sa propre contrariété.

Il faisait nuit à présent. Maubert Guérin avait marché sans hâte vers l'extrémité de l'allée bordée par les grands arbres du parc. Il était obsédé par les traits ravissants d'Albane, son nez mutin, ses yeux d'un brun clair, pailleté de doré, et surtout par le dessin fascinant de ses lèvres d'un rose vif.

« Je ne vais quand même pas tomber amoureux. Je ne peux pas me le permettre », se dit-il.

Il eut l'impression de resserrer autour de lui les pièces de l'armure que la jeune femme avait ébranlée. À cet instant précis, il perçut un sifflement derrière lui, facilement identifiable. C'était le bruit d'un vélo lancé à grande vitesse. Il se retourna pour voir Lidy foncer dans sa direction.

— Au secours, les freins ne marchent pas ! lui cria-t-elle.

D'instinct, Guérin bondit sur le côté, tout en parvenant à attraper le porte-bagages. Surprise par ce brusque arrêt, Lidy se laissa tomber sur le sol empierré, les mains en avant. Tout de suite, elle se mit à sangloter.

— Je ne sais pas ce qui s'est passé, je vous assure, les freins ne fonctionnaient plus, gémit-elle. J'ai très mal au coude, regardez mon bras, il est peut-être cassé...

Furieux, Maubert la saisit par la taille pour la mettre debout. Il releva la bicyclette et l'inspecta en s'éclairant de son briquet.

— Bon sang, vous êtes vraiment une sale gamine ! hurla-t-il. Si vous saviez combien j'ai payé cet engin, vous auriez fait un peu plus attention ! Et les freins marchent parfaitement.

— Pardon, je suis navrée, affirma Lidy d'un ton plaintif.

Elle se jeta soudain au cou de l'homme pour éclater en gros sanglots de circonstance. Obligé de maintenir le vélo d'une main, il essaya de la repousser, mais l'adolescente s'appuyait contre lui. Il ignorait combien elle savourait son contact et l'odeur de tabac de sa veste en tweed.

— Mais laissez-moi, enfin, murmura-t-il.

Il venait de voir une silhouette masculine qui se ruait sur eux. C'était Raphaël qui, trompé par l'obscurité naissante, croyait que Maubert embrassait Lidy.

— Lâchez immédiatement ma sœur, espèce de jean-foutre ! hurla-t-il. Vous n'avez pas honte, une enfant de son âge !

— Elle m'a suivi à vélo et à mon humble avis, cette jeune idiote a fait exprès de tomber, rétorqua-t-il. Vous devriez mieux surveiller votre sœur, monsieur.

Lidy s'était prudemment écartée. Elle ne pleurait plus du tout, le visage durci par la déception.

— Pouvez-vous dire la vérité à votre frère ? ordonna Maubert. Vous vous êtes jetée sur moi et je ne pouvais pas me débarrasser de vous sans faire usage de la force.

— Je m'amusais, rien d'autre, répondit-elle. Tu as compris, Raphaël, monsieur est blanc comme neige.

Se composant une attitude de princesse outragée, Lidy virevolta et s'en alla vers le château. Guérin cala la bicyclette contre un tronc d'arbre et s'apprêta à quitter les lieux.

— Je suis désolé pour cet incident, monsieur Guérin. Ma sœur se comporte parfois de manière extravagante depuis que nous avons quitté le Bas-Rhin. Notre grand-mère doit garder le lit, elle est très affaiblie, et vous dites vrai, je ne peux pas veiller sur Lidy comme il le faudrait.

— Donc vous me croyez ? s'étonna Maubert.

— J'ai eu peur en la voyant dans vos bras, c'est assez naturel, hélas ce n'est pas la première fois que Lidy s'entiche d'un homme et joue les séductrices de pacotille, expliqua Raphaël. On lui a trop dit qu'elle était belle, qu'on lui donnait dix-huit ans. Dans tous les cas, si elle recommence, n'hésitez pas à me le faire savoir.

Après ce petit discours, ils échangèrent une poignée de main, comme pour sceller leur bonne foi mutuelle.

— Je ramène le vélo, il sera très utile à Mlle de Séguilières.

— D'accord ! Quel est votre nom déjà ?

— Ma sœur et moi portons le nom de notre père, Artus Wendling. Nous n'avons plus que notre grand-mère, Clara Fischer, comme famille.

— Eh bien bonsoir, monsieur Wendling.

Cinq minutes plus tard, Raphaël découvrit Lidy en larmes, recroquevillée sur une des marches du perron. Elle ne faisait pas semblant, cette fois-ci.

— Quand cesseras-tu de nous attirer des ennuis ? demanda-t-il en l'enlaçant. Je réitère ma menace, si tu continues sur cette voie dangereuse, je te placerai pensionnaire à Périgueux.

— Promis, je serai sage, mais Maubert est tellement beau. Il ressemble à papa.

Attristé, il serra plus fort sa sœur contre son épaule. Albane, qui s'inquiétait, les trouva ainsi.

— Que s'est-il passé ? Je n'osais pas monter me coucher, leur dit-elle.

— Rien, soupira Raphaël. Excusez-nous de vous avoir inquiétée. Demain sera un autre jour, peut-être plus paisible, je le souhaite de toute mon âme.

12

Un sombre dimanche

Château de Séguilières, dimanche 17 septembre 1939

De sa chambre, Albane écoutait les bruits familiers du matin. Elle avait dormi en laissant entrouverte une de ses fenêtres. La vie quotidienne continuait, rythmée par les jurons en patois de Maria qui répondaient aux bêlements de la chèvre, juste avant la traite. Odile Goetz, dans le couloir, grondait Félicia et Lucas, car ils n'avaient pas fait leur toilette.

— On se lavera après le petit déjeuner, m'man, protestait le benjamin des réfugiés.

Elle entendit aussi hennir son cheval, qui réclamait sa ration d'avoine. Désormais Raphaël Wendling nourrissait Ulysse et cela évitait à la jeune femme de se lever aux aurores.

— Je deviens paresseuse, se reprocha-t-elle.

Finalement Albane abandonna son lit tiède pour enfiler un peignoir en satin sur sa longue chemise de nuit, et mettre à exécution son projet de la veille. Elle sortit pour toquer deux légers coups à la porte de Clara Fischer.

— Oui, entrez, répondit celle-ci.

— Bonjour, madame ! Je ne vous dérange pas ?

— Pas du tout !

Adossée à trois oreillers, la charmante vieille dame était déjà soigneusement coiffée d'un chignon souple, où brillaient des épingles à tête perlée. Une liseuse bleu pâle couvrait ses épaules menues.

— Aujourd'hui, c'est Mireille Dresner, cette aimable personne, qui a monté mon plateau, précisa-t-elle. J'ai même droit à un œuf à la coque avec du bon pain frais beurré.

— J'ai dû perdre la notion du temps, tout le monde était déjà à pied d'œuvre alors que je me prélassais entre mes draps, nota Albane. J'aurais préféré dormir avec Marguerite et Franz, mais Mme Goetz a insisté pour s'occuper d'eux.

— Vous en faites bien assez pour nous, chère mademoiselle, assura Clara Fischer. Mais que me vaut l'honneur d'une visite aussi matinale ? Vous ne semblez guère à l'aise ! Il ne serait pas question de Lidy ?

— Vous avez deviné, je m'inquiète pour elle. Hier, je l'ai vue en larmes dans les bras de son frère. D'ailleurs, où est-elle de si bonne heure ?

— Sans doute en train de gambader dans le parc. Lidy ne tient pas en place, je vous l'accorde, et je n'ignore rien de ce qui s'est passé à propos de l'accident de Ronald. Raphaël veut l'emmener à la messe afin qu'elle se confesse. Ne la jugez pas trop sévèrement, cette enfant a des circonstances atténuantes.

— Je ne juge personne, madame Fischer. Étant enseignante, je me préoccupe avant toute chose de ma future élève, répliqua Albane. Mais je vous empêche de manger, votre œuf à la coque sera froid.

— Quelle importance, soupira la vieille dame avec un air de profonde affliction. Comme nous sommes amenés à vivre ici, autant être honnête et vous informer des graves soucis que nous a causés Lidy. Les parents de mes petits-enfants se sont tués en voiture il y a cinq ans. Ma fille, Amélie, avait épousé Artus Wendling et ils formaient un couple heureux, très uni. Mon gendre était un avocat renommé à Obernai, mon Amélie dirigeait une école religieuse. Leur décès brutal m'a terrassée, mais je me suis consacrée à ces deux orphelins que j'adorais.

— Je suis désolée, cela a dû être très dur pour vous trois. Raphaël m'a confié récemment que vous étiez leur seule famille, ils n'ont ni tante ni oncle ?

— Ce serait long à expliquer, je vous en parlerai une autre fois. En fait, Lidy, qui avait neuf ans à l'époque, a souffert de problèmes nerveux. Elle est devenue insomniaque, victime de terribles colères violentes, et peu à peu, elle a commencé à ne plus tolérer la moindre autorité. Raphaël étudiait alors pour devenir enseignant, je me suis souvent retrouvée seule avec ma petite-fille et je n'en venais pas à bout. J'ai commis alors une erreur lourde de conséquences.

Malgré l'attention qu'accordait Albane au récit de Clara Fischer, elle perçut des pas dans le couloir. La porte s'ouvrit brusquement sur l'adolescente.

— Qu'est-ce que tu lui racontes, grand-mère ? demanda-t-elle d'un ton hostile.

Ses longs cheveux blonds noués d'un ruban, Lidy était en pyjama, la bouche barbouillée de confiture. Ses yeux gris-vert étincelaient de rage.

— Mon frère m'a ordonné de me faire ma toilette et de m'habiller en petite fille modèle pour aller à l'église, lança-t-elle sèchement. Quand comprendrez-vous, tous les deux, que je ne crois plus en votre Dieu de bonté et d'amour ? S'il existait, maman et papa seraient ici, avec nous, ou bien nous serions partis en Suisse, dans notre villa au bord du lac Léman.

— Calme-toi, ma chérie, répondit sa grand-mère. Et ne gâche pas ta jeune vie à ressasser ton chagrin et ta révolte.

— Je ferai mieux de vous laisser, suggéra Albane. Lidy, j'avais prévu d'aller à la messe aujourd'hui. Nous pourrions prendre la calèche.

— Faites ce que vous voulez, mademoiselle, je préfère marcher et être seule avec mon frère.

— Très bien, je m'en vais.

Albane s'apprêtait à quitter la pièce, lorsqu'elle capta le regard plein de détresse de Clara Fischer. De toute évidence, elle souhaitait reprendre leur conversation un peu plus tard.

— Je reviendrai chercher votre plateau tout à l'heure, lui dit-elle avec un sourire rassurant.

Selon une douce habitude, dès qu'elle fut habillée, Albane descendit saluer Mireille Dresner pour admirer le petit Pierre, qui faisait déjà à tous des sourires exquis.

— Vous êtes équipée pour étrenner votre vélo neuf, lui dit celle-ci gentiment. Eh oui, je suis au courant de tout, même en restant cloîtrée la majeure partie du temps.

Vêtue d'une jupe-culotte et d'un gilet en lainage, un béret en velours sur sa chevelure brune, Albane se pencha sur la bercelonnette du bébé.

— Il a pris un bon biberon et je crois qu'il va vite s'endormir, indiqua Mireille.

— Mais il gazouille encore, ce trésor. Si vous saviez combien cela me réconforte de le voir. Cet après-midi, nous irons le promener, il faut profiter des derniers beaux jours.

— Je vous le promets, Albane. Vous aurez sûrement eu des nouvelles de Ronald.

— Je pense que oui, Otto Meyer rentre en train vers midi. Hélas, je dois téléphoner à Périgueux, chez ma belle-mère. Le docteur Géraud a eu l'idée de lui demander d'héberger Petra Meyer, qui ne peut pas dormir chaque nuit à l'hôpital. C'est une bonne idée et qui part d'un très bon sentiment, mais Mireille, vous êtes la seule à connaître ma situation, alors vous imaginez à quel point cela me gêne. S'il découvre l'existence de Régina et de la petite Louisette, ce sera difficile de cacher toute cette terrible histoire à mon père. Il faut à tout prix que je parle à Mme Molinier : je crains qu'elle ne refuse d'accueillir Mme Meyer de peur que le scandale s'ébruite, mais il est hors de question que cette pauvre femme pâtisse de cette affaire.

— Vous avez raison. En revanche, exigez la plus grande discrétion de votre belle-mère. Ou de votre médecin. Confiez-vous à lui, c'est un homme d'honneur qui de plus vous apprécie beaucoup, recommanda Mireille.

— Je vais y réfléchir, merci de me soutenir et d'essayer de m'aider.

Albane étreignit quelques secondes cette femme qui peu à peu se montrait une seconde mère pour elle.

— J'achèterai des confiseries à la pâtisserie, lui dit-elle tout bas. Maria nous fera des gâteaux, mais les enfants seront heureux d'avoir des bonbons.

— Alors c'est moi qui les offre, ma chère petite !

Mireille prit son sac à main d'où elle tira deux billets de banque.

— Ne refusez pas, ça me fait tellement plaisir. Et je suis logée et nourrie gratuitement grâce à la générosité de votre père et la vôtre.

— J'accepte, merci, Mireille. Avant de partir, je remonte chez Mme Fischer, elle m'attend.

En regagnant le premier étage, Albane éprouva une pénible sensation de tristesse. Elle entendait son père jouer du cor de chasse, une musique qui la rendait toujours mélancolique.

Dans l'escalier, elle croisa Lidy, vêtue d'une robe noire qui flottait sur son corps mince, coiffée d'une natte dans le dos et d'un petit chapeau en paille d'Italie, également noir.

— Est-ce que je suis assez correcte, mademoiselle ? lui jeta l'adolescente, les paupières meurtries d'avoir pleuré.

— Bien sûr, mais tu n'étais pas obligée de porter une robe de deuil ! Rejoins vite ton frère, je vous verrai à l'église.

Lidy approuva d'un signe de tête et dévala les marches. Quand Albane frappa chez Clara Fischer, celle-ci lui ouvrit, en appui sur sa canne à pommeau d'ivoire.

— J'ai fait l'effort de me lever pour ne pas me complaire au lit. J'aimerais retrouver un peu de vigueur et prendre mes repas avec vous tous, mais je suis épuisée et mes articulations me font souffrir !

— Je dirai à Maria de vous préparer un baume et des tisanes qui vous soulageront. C'est une guérisseuse comme il y en a toujours eu dans les campagnes.

— Rien ne peut guérir la vieillesse, ma chère demoiselle ! Asseyez-vous, je serai brève, afin de ne pas vous retarder. J'aurais fini par vous faire cette confession, cependant j'espérais naïvement qu'il n'y aurait aucun incident à déplorer, car ma petite-fille semblait vous apprécier et habiter un château l'amusait. Mais son comportement avec votre voisin, Maubert Guérin, me pousse à tout vous raconter sans plus attendre.

— J'avais justement l'intention de vous en parler, admit Albane. Je me suis permis de sermonner Lidy à ce propos, en lui rappelant qu'elle était trop jeune pour jouer les coquettes devant un homme de cet âge.

Clara Fischer acquiesça, en détournant le regard. Elle respira un peu plus vite, après s'être réfugiée au creux d'un fauteuil en cuir.

— Seigneur, je suis vraiment embarrassée d'aborder ce sujet, soupira-t-elle. J'avais consulté un excellent docteur, à Obernai, qui lui avait prescrit un traitement pour les nerfs, mais bien en vain.

— Est-ce l'erreur que vous évoquiez ?

— Non, car pendant quelque temps, Lidy est allée mieux. L'année passée, je l'ai placée pensionnaire dans un collège privé, sous l'égide de professeurs compétents. Eux-mêmes n'en venaient pas à bout. Elle avait alors treize ans, mais par malheur on lui en donnait trois de plus. La nature avait précipité les choses : ma petite-fille était déjà formée, ayant été indisposée six mois après la perte de ses parents.

— Si jeune ? s'étonna Albane.

— Tout à fait, et elle s'en réjouissait, comme enchantée par son allure de femme. Dans cette institution au règlement très strict, elle a dû se sentir prisonnière et pour se distraire, elle a jeté son dévolu sur un jardinier d'une trentaine d'années qui travaillait le jeudi à l'institution religieuse. Cet homme l'a aidée à s'enfuir tout juste deux semaines après la rentrée. Ils ont disparu pendant plusieurs jours.

— Mais c'est un détournement de mineur ! Vous deviez être très inquiète…

— J'ai cru devenir folle. Heureusement les gendarmes les ont retrouvés. D'un commun accord avec Raphaël, j'ai choisi de garder Lidy à la maison, en lui faisant donner des cours particuliers, mais deux mois plus tard, ma petite-fille faisait une fausse couche, la veille de l'anniversaire de ses quatorze ans. Depuis, son frère et moi, nous vivons dans la terreur d'un autre drame. Par chance, M. Guérin a repoussé ses avances hier soir, mais elle pourrait tomber sur un individu beaucoup moins scrupuleux. Sa précocité est une sorte de maladie, selon un psychologue.

Un sanglot sec fit trembler Clara Fischer, tandis qu'Albane demeurait muette de stupéfaction.

— Je m'estime coupable de la dérive de Lidy, Raphaël aussi. Nous n'avons pas compris à temps combien elle était perturbée. J'ai confiance en vous, mademoiselle, pour ne pas ébruiter notre pénible secret. Dieu soit loué, à Obernai, notre entourage n'a rien su de tout cela.

Pleine de compassion, Albane prit les mains de la vieille dame entre les siennes.

— Personne n'en saura rien, et je vous promets de protéger Lidy et de l'aider. Chacun dissimule ses blessures par pudeur ou par crainte. J'ai perdu ma mère à onze ans, et mon père était si malheureux qu'il m'a négligée pendant de longs mois, en s'enfermant dans sa chambre. Sans l'affection de Maria, j'aurais pu sombrer ou faire les pires sottises.

— Il me semble que vous portez encore aujourd'hui un lourd fardeau, séparée de votre mari à cause de la guerre, fit remarquer Clara Fischer.

Albane cherchait une réponse de circonstance, quand la voix rocailleuse de Maria retentit dans le couloir.

— Venez vite, mademoiselle ! criait la domestique.

La jeune femme sortit de la chambre et aperçut Maria au milieu de l'escalier.

— Mireille m'a dit que vous étiez chez madame Clara, expliqua-t-elle. Vous avez de la visite, le fiancé de votre belle-sœur, Gérard Jacquet ! Il a ramené M. Meyer.

— J'arrive tout de suite !

Pas une seconde, Albane ne soupçonna la chape d'horreur qui allait s'abattre sur son cœur et son âme sensible.

Gérard Jacquet attendait dans le grand salon, une enveloppe en kraft posée à côté de lui, sur la méridienne tapissée de chintz. Albane l'aperçut dès la dernière marche, par la porte entrebâillée qui communiquait avec le hall.

Elle avança vers lui d'un pas rapide. Il se leva aussitôt, avec un sourire forcé.

— Bonjour, Gérard, je me souviens de tes consignes, celles que tu m'avais données lors de notre première rencontre. On doit se tutoyer et s'appeler par nos prénoms. Est-ce toujours valable ?

— Oui, mais c'est le moindre de mes soucis ce matin.

Tout de suite, Albane songea à Ronald, dont l'état avait pu s'aggraver durant la nuit. Comme elle ne voyait pas Otto Meyer, elle imagina le pire.

— Maria m'a dit que tu avais ramené un de nos réfugiés, où est-il ?

— Ce monsieur est allé directement voir ses enfants qui jouaient près des écuries. Il voulait leur annoncer que leur frère avait pu aligner quelques mots en se réveillant. Il pourra revenir ici pour sa convalescence. Ma fiancée me l'a confirmé au téléphone, la malheureuse, même sous le choc, elle se soucie des autres. Denise est un ange…

Derrière ses lunettes rondes, les yeux gris de Gérard Jacquet exprimaient une vive angoisse.

— Que s'est-il passé ? demanda-t-elle gentiment. Tu me sembles très mal à l'aise. Si je te préparais du café frais à la cuisine ?

— Sans façon, je suis déjà assez nerveux et je tiens à être seul avec toi, car je dois te transmettre un cruel message. Mon père, qui est commissaire de police, a pu obtenir des nouvelles de Louis afin de rassurer Mme Molinier. Tu devrais t'asseoir.

Docile, Albane prit place sur la méridienne, la gorge serrée par un affreux pressentiment.

— J'ai su par ma belle-mère que la division de Louis participait à une offensive dans la Sarre, en territoire allemand, dit-elle d'une petite voix.

— En effet. Nos troupes avançaient sans rencontrer de résistance, puisque les villages avaient été évacués. Mais l'armée ennemie avait mis en place des dizaines de milliers de mines antipersonnel et antichars sur les routes, les chemins et les ponts. Même dans les maisons. Beaucoup de soldats français ont été tués, victimes de l'explosion d'une mine[1], dont notre cher Louis, mort en héros. Je te présente mes plus sincères condoléances, Albane. Il y a tous les renseignements dans cette enveloppe.

La poitrine broyée par un étau d'horreur incrédule, elle lui lança un regard hébété, incapable de pleurer ou de crier, figée, les mains jointes sur ses genoux. Un

1. Faits authentiques.

rayon de soleil éclairait le tapis d'Orient usé jusqu'à la trame et cette vision anodine lui reviendrait souvent à l'avenir, la ramenant à ce dimanche où elle était devenue veuve d'un homme qu'elle n'aimait plus.

— Quand l'avez-vous su, je veux dire, ta sœur, ma belle-mère ?

— Hier soir, à minuit.

Tremblante, les yeux fermés, Albane se représenta le corps de Louis déchiqueté, gisant sur le sol allemand. Elle s'interrogeait sur l'instant précis où la mort avait frappé, par surprise.

— J'ai sans doute manqué de délicatesse dans ma manière de te l'annoncer, mais j'ignorais comment atténuer une aussi mauvaise nouvelle. Tu es blanche à faire peur, voudrais-tu un verre d'alcool ? lui proposa Gérard Jacquet.

— Non, pas maintenant. Je te remercie de t'être déplacé.

Glacée, Albane ne parvenait pas à admettre l'évidence. Louis avait été rayé de la surface de la terre.

— Sais-tu où il est inhumé ? Ce sera important pour sa mère. Elle l'aimait tant et elle était fière de lui, murmura-t-elle.

— Les dépouilles ont été enterrées à Sarreguemines, il y aura sûrement un mémorial édifié là-bas, avec le nom des soldats.

Gérard Jacquet déambulait dans le salon pour dominer son émotion. Il ne voyait rien du décor, lissant d'un geste machinal sa fine moustache blonde.

— Je dois avertir mon père, déclara Albane sans faire mine de se lever.

Une pensée l'obsédait. Louis Molinier était mort, un jeune homme de trente-quatre ans, père d'une fillette condamnée à grandir sans lui. Comme elle le craignait, des remords l'assaillaient déjà, en une ronde infernale qui la rendait coupable de ce décès. Et soudain les redoutables souvenirs déferlèrent dans son esprit, ceux des jours idylliques de leurs fiançailles. Ils avaient vécu des heures exquises, de balades à vélo en pique-niques au bord de la Dronne, des veillées autour du poêle de l'école aux discussions sur leurs œuvres littéraires favorites. Il y avait eu tant de baisers et de caresses, de rires et de confidences.

— Nous aurions pu vivre heureux, chuchota-t-elle.

— Qu'est-ce que tu as dit, Albane ? s'enquit Gérard.

— Je songeais à notre mariage, à ces quelques jours ensemble, dans notre petit logement et...

Une digue se rompait, brisée par ce rappel d'un timide bonheur conjugal. La jeune femme put enfin pleurer, avec des sanglots pathétiques.

— Ma précieuse enfant, quelle épouvantable épreuve, fit une voix depuis le seuil du salon.

C'était Amédée de Séguilières, les bras tendus vers sa fille. Maria, qui avait entendu la mauvaise nouvelle depuis le hall, était montée l'alerter.

— Sois courageuse, Albane, ton mari a rejoint le Ciel des héros, ajouta le châtelain.

— Père, c'est tellement injuste, gémit-elle en se jetant contre lui. J'avais peur pour Louis, mais je ne le montrais pas.

Il l'étreignit plus fort, avant de l'embrasser sur le front. Elle suffoquait presque, en proie à un désespoir indicible.

— Je voulais le revoir, père, juste une fois. Il est parti si vite, nous avions tant de choses à nous dire, balbutia-t-elle.

Amédée, à l'instar de Gérard Jacquet, jugèrent ces paroles de circonstance. Pourtant il n'en était pas de même pour Albane. Elle devait se résigner à laisser un impitoyable silence s'établir entre elle et Louis. Il n'y aurait jamais de divorce, ni d'ultimes explications au sujet de Régina et de Louisette. Pire encore, son veuvage lui apparaissait comme une autre prison. Chacun la plaindrait et compatirait, et elle était consciente du rôle qu'il lui faudrait jouer.

— Je l'ai aimé, lâcha-t-elle dans un sanglot. Malgré tout, je l'ai aimé.

— Vous devriez donner un cordial à votre fille, monsieur, elle est très choquée, recommanda Gérard.

Sans doute du même avis, Maria entra précipitamment, un plateau à bout de bras.

— J'ai fait du café, et il y a aussi une petite bouteille de gnole, de l'eau-de-vie de prunes, précisa-t-elle. Mademoiselle, prenez-en une goutte tout de suite sur un morceau de sucre.

— Merci, Maria, souffla Albane, en pleine confusion.

Elle avait failli avouer à son père la vérité sur son couple pour justifier ces dernières paroles. Cependant, ignorant si Gérard Jacquet connaissait l'existence de Régina et de l'enfant, elle s'était dominée.

— J'aurais besoin d'être seule, dit-elle une fois revigorée par l'alcool. Père, si vous pouviez annoncer la mort de Louis à Mireille, et lui demander de venir dans ma chambre, ce serait très aimable. Au revoir, Gérard, j'irai téléphoner à ma belle-mère cet après-midi du poste de l'école.

— Mais les lignes sont coupées, je n'ai pas pu contacter votre docteur pour qu'il me précède ici.

— Nous avons eu un orage hier, particulièrement violent. Je suppose que ce sera vite réparé, hasarda Amédée. Monte pleurer à ton aise, ma chère enfant, je m'occupe de tout. Quel malheur, Seigneur, quelle tragédie.

Le châtelain leva les yeux au ciel, avec une expression de pure désolation un peu théâtrale.

— Souhaitez-vous déjeuner avec nous, jeune homme ? proposa-t-il ensuite à Gérard Jacquet. Vous ferez la connaissance de nos réfugiés du Bas-Rhin.

— Je suis obligé de décliner votre invitation, monsieur. Mme Molinier et ma fiancée Denise m'attendent à

Périgueux. Elles sont très éprouvées et je leur ai promis de rentrer au plus vite, donc je me mets en route sans tarder.

Albane s'apprêtait à quitter le salon au bras de Maria, mais elle prit le temps de fixer leur visiteur. Gérard finit par se troubler sous ce regard insistant, si bien que son teint pâle se teinta d'une légère rougeur sur les joues. Elle eut alors la certitude qu'il était au courant de la présence de Régina et de Louisette sous le toit de sa belle-mère.

— Transmettez mes condoléances à ces dames, à toutes celles que vous verrez, dit-elle d'une voix douce avant de lui tourner le dos.

Lorsque Mireille entra dans la chambre d'Albane, la jeune femme était en peignoir de satin et le visage meurtri par les larmes.

— Je suis montée chez vous aussi vite que possible, ma pauvre petite amie, dit-elle d'un ton vibrant de compassion. Quelle triste nouvelle ! La guerre n'a pas encore atteint la France mais il y a déjà des morts, toujours des morts. Votre père m'a tout expliqué et nous avons consulté les documents que M. Jacquet vous avait apportés. Seigneur, tous ces braves soldats tués par des mines…

— Je les consulterai plus tard. Mireille, je voulais que vous veniez me voir, car vous êtes la seule à savoir la vérité sur l'échec de notre couple. J'avais besoin d'en discuter avec vous. Je me sens complètement perdue, en pleine confusion. Bien sûr, je suis désespérée et horrifiée par la mort de Louis, mais il y a toujours cette rancœur en moi, cette amertume. Rien ne pourra effacer l'impression que j'ai d'avoir été trahie avant même d'être vraiment son épouse. Et maintenant que faire ? Tout à l'heure, face à Gérard Jacquet, alors qu'il allait partir, j'ai compris qu'il savait tout lui aussi, pour Régina et Louisette. J'avais promis d'aller téléphoner à ma belle-mère, mais j'ai peur de la blesser davantage. Et ce terme de belle-mère me hérisse.

— Je vous comprends, Albane.

— J'ai vu cette femme seulement le jour de notre mariage, puis mardi dernier, quand je suis allée à Périgueux avec le docteur Géraud. Nous n'avons noué, elle et moi, aucun lien d'affection. De surcroît, elle m'a fait la morale sans paraître vraiment offusquée d'héberger la maîtresse de son fils et Louisette. Je pense même qu'elle était ravie de veiller sur sa petite-fille !

— C'est assez naturel, murmura Mireille.

— Je le sais bien, mais elle m'a accusée de ne pas aimer suffisamment Louis, puisque je ne pouvais pas lui pardonner ses incartades. S'agit-il vraiment d'une incartade ? Régina a été sa maîtresse pendant des années et ils ont eu un enfant. Si Louis avait eu l'honnêteté de tout m'avouer pendant nos fiançailles, j'aurais accepté son passé et je me serais montrée indulgente. Mais non, il a menti, toujours menti !

Le souffle court, Albane serrait les poings, avec l'envie de briser quelque chose, un vase ou un bibelot.

— Je vous en prie, calmez-vous, ma chère petite, conseilla Mireille. Je suis là et je vous aiderai. Vous pouvez tout me dire, si cela soulage votre cœur. Mais ce serait peut-être aussi le moment idéal pour parler à votre père, ainsi qu'à Maria.

— Ils seront effondrés de savoir à quel point j'ai été piégée et trompée, combien j'ai souffert de cette situation. Nous aurions pu être heureux, Louis et moi, connaître une paisible vie de couple, un couple d'instituteurs passionnés par leur métier. Hélas, par égoïsme et lâcheté, il a tout détruit. Pourquoi, une fois mobilisé, s'est-il retrouvé dans cette division, en première ligne ? Je n'aurai jamais la réponse. Et s'il avait été volontaire, comme guidé par une volonté de mourir ?

— Albane, vous tremblez de tout votre corps, ne vous faites pas ce genre d'idées. Vous aurez forcément des explications tôt ou tard. Et j'étais à votre mariage, Louis semblait vraiment très amoureux de vous. Souvenez-vous, vous m'avez confié avoir connu un bonheur tout simple, dans votre logement de l'école.

— C'est vrai, j'étais contente de lui préparer ses repas, de me promener à son bras. Souvent le soir il me prenait sur ses genoux. Il était câlin et tendre, en me chuchotant des mots doux à l'oreille. Dieu m'en est témoin, je ne voulais pas qu'il meure, j'espérais une séparation officielle, un divorce. Il aurait pu épouser Régina et voir grandir sa fille.

Des pleurs de bébé, étouffés par la distance, leur parvinrent. Albane se reprocha de ne pas avoir songé une seconde au nourrisson.

— Mireille, qui s'occupe de Pierre ? Vous auriez dû le prendre avec vous. Je suis désolée, je n'ai pensé qu'à mon chagrin.

— Ne vous inquiétez pas, Maria doit lui préparer son biberon et il s'impatiente. Tenez, il n'y a plus un bruit. Je suis certaine que votre père l'a pris dans ses bras. Il aime tant le cajoler.

Albane approuva d'un signe de tête. Soudain silencieuse, elle passa dans son cabinet de toilette après avoir pris des vêtements posés sur le dossier d'un fauteuil. Elle réapparut peu après, en robe noire à col montant et coiffée d'un austère chignon sur la nuque.

— Je suis obligée de respecter les convenances, dit-elle tout bas. Si je ne portais pas le deuil, les gens seraient outrés… Et regardez combien je suis sage, j'ai remis ma bague de fiançailles et mon alliance. Me voilà déguisée en une jeune veuve convenable, mais la véritable veuve, c'est Régina. Elle doit souffrir le martyre.

Apitoyée, Mireille la prit tendrement dans ses bras.

— Ma chère enfant, essayez de ne plus penser à cette femme. Vous avez toute la vie devant vous, alors ne désespérez pas. Suivez mon conseil, afin d'échapper à vos remords injustifiés, vous devriez rendre visite à votre belle-mère. Je vous accompagnerais volontiers, mais il y a le bébé et ma peur de la foule.

— Ce serait plus raisonnable, vous avez raison, Mireille. Je vais demander au docteur Géraud de m'emmener et je profiterai du trajet pour lui dire la vérité. Un médecin c'est un peu comme un prêtre parfois, ils peuvent aussi soigner les plaies de l'âme. Merci, ma chère Mireille, de m'avoir aidée à y voir plus clair. Sans vous je serais devenue presque folle de chagrin et de colère impuissante. Maintenant, je sais qu'il vaut mieux agir que rester prisonnière d'une situation douloureuse.

— Alors suis soulagée, Albane, car je retrouve ma fière et courageuse demoiselle de Séguilières, mon ange gardien…

Une heure plus tard, avant le déjeuner de midi, les habitants du château apprenaient le décès du mari d'Albane. Maria avait rassemblé tout le monde dans la grande cuisine autour de la table et c'était le châtelain qui avait annoncé la triste nouvelle.

Impressionnés, les enfants n'avaient rien osé dire, mais la sensible Marguerite avait essuyé une larme. Otto Meyer s'était dit désolé, en hochant la tête d'un air triste. Néanmoins, ce qui comptait le plus pour lui demeurait la santé de son fils et s'il se montrait compatissant, c'était plus par politesse.

Odile et Étienne Goetz, eux, avaient poussé de petits cris navrés. Quant à Lidy et Raphaël, juste de retour de Brantôme, ils furent bouleversés d'un si cruel coup du sort.

— Est-ce que je pourrais aller voir mademoiselle Albane ? supplia l'adolescente.

— Pas dans l'immédiat, répondit Amédée. Ma fille a besoin d'être seule. À ce propos, je vous demande à tous de respecter sa peine et par conséquent de ne pas trop lui parler de son deuil. De simples condoléances de la part des adultes suffiront. Je connais bien Albane, elle est orgueilleuse et n'aimerait pas s'effondrer devant vous ou se mettre à pleurer.

— Quand même, nous pourrions organiser une veillée funéraire, proposa Odile Goetz. Nous allumerions des bougies, devant une photographie du défunt pour prier tous ensemble pour le repos de son âme. Mademoiselle évoquerait son mari… Je suis sûre que c'était quelqu'un de très bien.

— C'est une attention fort délicate de votre part, madame Goetz, déclara Amédée. J'en parlerai à Albane.

Le châtelain rendit visite à sa fille à l'heure du thé. Albane le vit entrer un petit plateau à la main.

— Maria m'a dit que tu n'avais rien mangé de la journée, mais tu ne résisteras pas à un bon café au lait et à de la brioche tiède, nappée de confiture.

— C'est gentil, père, je commençais à avoir un peu faim. En fait, j'ai dormi profondément après avoir pris un comprimé d'aspirine. J'avais mal à la tête, sans doute pour avoir beaucoup pleuré.

— Pourquoi es-tu toute vêtue de noir ? s'étonna Amédée. Tu n'avais pas l'intention de descendre à table.

— J'en avais envie, pour me persuader que j'étais bel et bien devenue veuve, répliqua Albane.

— C'est une façon comme une autre de l'attester, cependant le véritable deuil se porte dans nos cœurs. Passons, je ne veux pas te contrarier ! Je tenais à te soumettre une idée de Mme Goetz. Elle souhaiterait organiser une veillée funéraire en hommage à ton mari.

— Oh non, père, surtout pas ça, je ne suis pas prête à affronter la compassion générale, les bonnes paroles de réconfort. Pour le moment j'en suis incapable. En plus j'ai des vertiges et je suis nauséeuse.

— Dans ce cas, je peux envoyer Raphaël chercher le docteur Géraud ?

— C'est inutile de le déranger un dimanche, père, d'autant plus que le chagrin ne se soigne pas.

— Hélas, j'en ai fait l'expérience. Lorsque ta mère est morte, j'étais comme fou. Je rêvais de la suivre, mais je lui avais promis de veiller sur toi.

— Je m'en souviens, père. Cependant, il y a une différence, vous étiez mariés depuis une douzaine d'années. De mon côté, pour être franche, je n'ai guère eu le temps de m'habituer à Louis.

Amédée acquiesça d'une grimace soucieuse. Puis il déposa un baiser sur le front de sa fille, tout en arrangeant quelques mèches soyeuses de ses cheveux.

— Je m'étais coiffée d'un chignon, j'ai dû le dénouer à cause de la migraine.

— Tu es adorable ainsi, ma précieuse enfant. Sois courageuse, surmonte cette terrible épreuve. Tu dois vénérer le souvenir de ton mari, tombé au combat. Mais un jour tu rencontreras un homme digne de toi comme l'était Louis. Car il l'était, n'est-ce pas ?

La question affola Albane autant que le regard pénétrant et inquiet de son père. Qu'avait-il perçu ou deviné ?

— Pourquoi cette interrogation, père ? Je n'ai rien à reprocher à Louis. C'était un brillant instituteur très aimé par ses élèves et il a montré sa bravoure. Pitié, n'en parlons plus, sinon je vais encore pleurer.

— Très bien, je te laisse tranquille. En fait, je te demandais cela par acquit de conscience. Tu m'as paru un peu bizarre, dans le salon, en face de Gérard Jacquet.

— Comment ne pas être bizarre quand on vient d'apprendre la mort de son mari ? Ne vous tracassez pas, je tiendrai bon.

— Je n'en doute pas, prends ton goûter et repose-toi encore, recommanda son père.

Une fois seule, Albane soupira, en cachant son visage entre ses mains. Elle avait envie de crier sa révolte ou de sangloter jusqu'à l'épuisement. Ce fut à cet instant précis qu'on toqua deux coups timides à sa porte.

— Qui est-ce ? demanda-t-elle.

— C'est moi, Lidy ! Je vous en prie, mademoiselle, laissez-moi entrer. J'ai promis à votre père et à mon frère de ne pas rester trop longtemps.

— D'accord, viens...

L'adolescente se glissa dans la chambre. Elle tendit à Albane un magnifique bouquet de roses rouges.

— Je les ai cueillies pour vous derrière le château, les fleurs sont si belles et elles sentent merveilleusement bon.

Très touchée par cette délicate attention, Albane prit le bouquet pour se griser du parfum suave des roses.

— Je voulais vous consoler un peu, et aussi implorer votre pardon, car j'ai causé de graves ennuis. Ronald aurait pu mourir par ma faute et je me suis mal comportée avec votre voisin. Ce matin, à l'église, j'ai pu me confesser comme l'exigeait mon frère et j'ai reçu l'absolution de mes péchés. Je me sens meilleure à présent. Vous savez, mademoiselle, je ne suis pas méchante, mais parfois j'ai du chagrin, comme si personne sur terre ne pouvait me comprendre. Ma grand-mère et mon frère finiront par me détester, parce que j'ai cette envie d'aimer, d'être caressée et embrassée. Je vais changer, je vous le promets.

— Ce n'est pas ta faute, Lidy. Je te protégerai et je t'aiderai. Nous nous consolerons mutuellement, lorsque nous serons très tristes.

De nouveau au bord des larmes, Albane attira l'adolescente dans ses bras et la berça sur son cœur à vif, comme une toute petite enfant malade. La senteur ineffable des roses s'accordait à l'immense tendresse qu'elles éprouvaient toutes les deux.

— C'était un bien sombre dimanche pour moi, Lidy, mais tu as su lui apporter une douce touche de lumière. Je t'en remercie, petite fée aux cheveux de lune.

— Si j'étais une vraie fée au lieu d'être un petit diable en jupon, comme le dit souvent mon frère, je ferais en sorte que la guerre s'arrête tout de suite ou qu'elle n'ait jamais commencé. Vous auriez votre mari près de vous…

Albane n'eut pas le courage de répondre, mais elle étreignit Lidy un peu plus fort.

13

Un coup du sort

Entre Brantôme et Périgueux,
dimanche 24 septembre 1939

Le docteur Géraud conduisait très doucement, en jetant de fréquents regards de côté sur sa passagère, dont la pâleur et les traits amaigris le préoccupaient.

— Albane, êtes-vous assez remise pour endurer ce pénible entretien avec votre belle-mère ? hasarda-t-il. Et pourquoi avoir refusé que je vous rende visite il y a une semaine, quand vous étiez aussi mal ? Maria m'a confié tout à l'heure que vous n'avez pratiquement rien mangé ces derniers jours.

— Je ne voulais voir personne, docteur, et la nourriture ne passait pas, répliqua-t-elle à mi-voix.

— C'était dû au violent choc émotionnel que vous avez subi, cependant il existe des cachets qui vous auraient aidée à dormir, tandis que certaines tisanes pouvaient stimuler votre appétit.

— Ne vous inquiétez pas, je vais mieux. À midi, j'ai avalé un bouillon de pot-au-feu et une tranche de pain. Mon père était soulagé. Tout le monde au château a été d'une rare gentillesse. Les enfants me faisaient des dessins, Lidy m'a écrit un poème, et cueillait des roses pour ma chambre. Maria me proposait mes plats préférés, même si je n'y touchais pas. Peu à peu, j'ai repris le dessus et j'ai envoyé Lidy vous demander ce service, de me conduire à Périgueux. J'ai déjà trop tardé pour présenter mes condoléances à ma belle-famille, affirma Albane.

Elle appuya son front contre la vitre de sa portière. Le paysage défilant sous ses yeux l'apaisait. Les haies, les arbres des sous-bois avaient encore leur couleur de fin d'été, sous un franc soleil.

Le médecin la regarda de nouveau, secrètement navré de la voir toute vêtue de noir, de ses chaussures à ses bras, de ce tailleur démodé au petit chapeau à voilette qu'elle arborait sur ses cheveux coiffés en chignon.

— Ma chère Albane, je comprends votre souffrance, mais elle me torture, moi qui rêvais de vous offrir une vie agréable et sans heurts. La mort de votre mari m'est apparue comme une grave injustice, qui allait vous briser… J'étais si soucieux à votre sujet que je suis venu deux fois au château. Votre père m'a reçu avec sa courtoisie habituelle et nous avons beaucoup discuté de la situation actuelle en Europe et dans le monde. J'ignore ce qui se trame, mais il faut s'attendre au pire.

— J'évite de penser à la guerre, docteur. Donnez-moi plutôt des nouvelles du toit du préau ! En tant qu'adjoint au maire, vous devez savoir où en sont les réparations. Le mauvais temps finira par arriver et mes élèves doivent pouvoir sortir se dégourdir les jambes, en s'abritant en cas de pluie.

— C'est en bonne voie, affirma-t-il, un peu désorienté. Mais en toute honnêteté, le problème concernant l'école est tout autre. Le gouvernement avait fixé la rentrée au 2 octobre, mais cette date va être repoussée d'une dizaine de jours au minimum. En fait, les classes dans notre région seront surchargées, à cause des évacuations. La consigne était de mettre les enfants à l'abri, et à présent ils doivent fréquenter les écoles de la zone où on les a déplacés. Mais c'est surtout le manque d'enseignants qui s'avère alarmant.

— À ce point-là ? s'étonna Albane.

— De nombreux instituteurs ont été mobilisés. L'État prévoit de rappeler des retraités de l'Éducation nationale et de recruter des jeunes femmes qui n'ont pas encore leur diplôme. Dans certains départements, la rentrée pourrait même être reportée au mois de décembre pour les classes primaires[1].

— Lorsqu'il m'a présenté Raphaël Wendling, le brigadier Roslin semblait certain qu'en tant qu'enseignant, il pourrait succéder à mon mari… Maintenant, c'est encore plus évident. J'en parlerai avec lui, et si nous avions une liste de nos futurs écoliers, cela nous aiderait. Je sais déjà que parmi les grandes, j'aurai Marguerite Meyer et Lidy, qui sont en âge de passer le certificat d'études. Quant à Félicia, à neuf ans elle sera en cours moyen et il paraît que c'est une excellente élève. Et il nous reste le petit Franz qui a huit ans.

— Vous évoquez une goutte d'eau, Albane. Il y a beaucoup d'autres familles du Bas-Rhin installées autour de Brantôme. Vous risquez d'être surprise par le nombre d'élèves dont vous aurez la charge.

— Nous verrons bien. Raphaël me paraît très qualifié et il nous a prouvé son sens de la discipline et ses capacités.

— Soyez prudente, Albane, ce jeune homme ne m'inspire pas entièrement confiance. Comme il se dit musicien, votre père l'admire de façon inconsidérée. Mais Wendling devra prouver qu'il est bel et bien diplômé avant d'obtenir le poste. Et à mon avis, pour ne pas déplaire aux parents, il devrait couper ses cheveux, qui frôlent sa nuque. Son allure bohème ne choquerait pas à Paris, chez les artistes, ici ce ne sera pas bien vu…

Après de longues heures à réfléchir, Albane avait renoncé à dire la vérité au médecin sur Louis Molinier. Elle était même décidée à préserver la réputation de son défunt mari, du moins à Brantôme, où on le voyait déjà

1. Faits authentiques.

comme un des premiers martyres de la guerre. Pourtant, en entendant Joseph Géraud porter un jugement hâtif sur Raphaël, elle céda à une brusque colère.

— Ne vous fiez pas aux apparences, docteur. Ni la longueur des cheveux ni les vêtements ne peuvent définir la valeur d'un homme. Il y en a qui sont toujours bien habillés, propres sur eux comme on dit, mais ils dissimulent leur vraie nature.

— Vous faites allusion à Maubert Guérin ?

— Non, pas du tout, il est plutôt franc et ne craint pas d'être désagréable ou impoli. J'ai reçu une courte lettre de lui, où il m'adresse ses condoléances, en regrettant de s'être montré inutilement hargneux envers Louis.

Troublé, le médecin fit une embardée, avant de se garer à l'entrée d'un chemin de terre. Ils étaient à dix kilomètres de Périgueux, mais il voulait en avoir le cœur net.

— Albane, j'espère qu'il ne s'agit pas de moi ?

Elle fit non d'un signe de tête, la gorge nouée par l'envie de pleurer. Géraud s'en aperçut et coupa le moteur.

— Qu'avez-vous, Albane ? Vous êtes au bord des larmes et vous tremblez. Je ferais mieux de vous reconduire au château. Vous n'êtes pas en état de rencontrer votre belle-mère.

— Si, je dois la voir et lui dire ce que j'ai sur le cœur. Docteur, j'avais prévu de vous parler le jour où vous m'emmèneriez à Périgueux. Ensuite, par lassitude, j'avais abandonné l'idée… Mais je n'ai plus le choix, je n'en peux plus de me taire. Et aussi, j'aurais besoin de vos conseils.

— Je vous écoute et je suis prêt à vous aider.

Albane lui révéla ce qui s'était passé au début du mois de septembre. Avec des mots pudiques, elle évoqua l'odieuse trahison de Louis, l'existence de Régina et de la fillette. À la fin de sa confession, elle put respirer à son aise, comme délivrée d'un poids oppressant.

Abasourdi, Géraud la dévisagea d'un air infiniment triste. Il s'enhardit même à lui prendre la main.

— Mon Dieu, quel gâchis, Albane ! Si j'avais imaginé, si je me doutais… Et vous avez eu le courage de cacher votre humiliation et votre chagrin à votre père. Pourquoi n'avoir rien dit auparavant ? s'indigna le médecin. Vous avez souffert seule, sans personne pour vous réconforter.

— C'était un calvaire, un cauchemar éveillé, alors j'ai fini par tout raconter à Mireille. En quelques semaines, elle est devenue une seconde mère pour moi, si douce, si tendre. Je vous en prie, docteur, remettons-nous en route. J'ai peur de ne plus avoir aucun courage.

— D'accord, allons-y, néanmoins je me garerai à proximité du domicile de ces gens. Surtout ne vous laissez pas malmener par la maîtresse de Louis, qui me paraît mal éduquée. Ce serait incorrect de vous accompagner, et je le regrette, mais vous aurez la possibilité de sortir pour me rejoindre.

— Merci, Joseph, murmura Albane. Je vous appelle par votre prénom, car aujourd'hui vous n'êtes pas mon docteur, mais mon ami.

Périgueux, rue Taillefer, chez Adèle Molinier, un peu plus tard

Denise Molinier demeura bouche bée quelques secondes en découvrant Albane sur le trottoir.

— Quelle surprise, lui dit-elle avec un sourire crispé. Vous auriez dû téléphoner. Enfin, ce n'est pas grave, entrez.

— J'ai écrit à votre mère en lui précisant que je viendrais sûrement ce dimanche en début d'après-midi. Je n'ai pas pu venir plus tôt, j'étais souffrante.

— Ce n'est pas surprenant, après avoir appris l'épouvantable nouvelle. Venez, nous sommes réunis dans le salon.

— Je vous dérange peut-être.

— Nous prenions le café. Mon fiancé passe la journée ici pour nous soutenir.

Sa belle-sœur remarqua alors le bouquet de dahlias rouges que tenait Albane. La couleur vive des fleurs contrastait avec sa tenue de deuil.

— Je les ai cueillies au château pour ne pas arriver les mains vides. Si vous avez mis un portrait de Louis dans un cadre, je poserai le bouquet à côté.

— Bien sûr, c'est une démarche touchante qui vous honore.

Elles étaient dans le vestibule, d'où leur parvenait l'écho d'une discussion animée. Soudain Denise étreignit Albane, en l'embrassant sur la joue.

— Je suis vraiment désolée, souffla-t-elle à son oreille. J'étais au courant depuis des années, pour Régina et Louisette. Mon frère m'avait tout expliqué, en prétendant que c'était une erreur de jeunesse, mais quand il a décidé de vous épouser, je lui en ai beaucoup voulu de vous mentir à ce point. Vous comprendrez pourquoi j'étais si mal à l'aise le jour de vos noces.

— Pourtant vous n'avez rien dit vous non plus !

— J'avais promis à Louis de me taire, il vous aimait tant. Il s'était engagé à ne plus les voir.

— Votre mère le savait également ?

— Non, maman l'a appris le lendemain de la mobilisation générale. Elle était horrifiée, mais elle adorait Louis et lui a pardonné aussitôt.

La porte du salon s'ouvrit à la volée sur Adèle Molinier. Elle poussa un petit cri effaré en reconnaissant sa belle-fille.

— Denise, tu aurais pu m'avertir, je me demandais qui était là ! Bonjour, ma chère Albane, je ne pensais pas que vous viendriez. Ce n'est guère le moment.

— Pourquoi ?

— Eh bien, suivez-nous au salon, vous le constaterez par vous-même. Gérard tente de calmer Régina. Le décès de Louis l'a rendue presque folle de douleur et elle boit beaucoup. Comme cette malheureuse se donne en spectacle devant sa pauvre enfant, Denise et son fiancé lui ont suggéré un séjour en maison de repos, mais elle prétend que nous voulons la faire interner.

— Est-ce que vous êtes venue en train ? s'enquit Adèle. Il vaudrait peut-être mieux repartir, Albane.

— Non, le docteur Géraud m'a amenée. Il est garé dans votre rue. Je ne m'attarderai pas, mais je voudrais au moins voir la petite Louisette. Par la suite, je ne vous importunerai plus jamais. Autant être franche, je ne me considère pas comme la veuve de Louis. Je devais vous le dire en face, madame.

Des talons hauts martelèrent alors le parquet du salon, et Régina fit irruption dans le vestibule. Le teint brouillé, les yeux cernés, elle avait une cigarette entre les doigts. Amaigrie, ses courtes boucles blondes étaient retenues en arrière par un bandeau noir. Tout de suite, elle pointa un index menaçant en direction de la visiteuse.

— Eh non, sale peste, tu n'es pas la veuve de Louis ! C'était mon homme, toi tu ne l'as jamais aimé, il le sentait. Ne t'avise pas d'approcher ma gosse, pour elle tu n'existes pas…

— Je m'en doute, répliqua Albane d'un ton neutre. Mais je vous conseille de penser en priorité à votre fille, que vous devez effrayer avec vos cris.

— Voyons, Régina, ne faites pas de scandale, plaida Denise. Ma belle-sœur reste digne, au moins, alors qu'elle a été trahie.

Gérard Jacquet apparut à son tour, la mine offusquée. Il voulut entraîner Régina vers l'escalier mais elle le repoussa d'une gifle sonore. La scène avait quelque chose d'indécent et de ridicule, ponctuée par les exclamations désespérées d'Adèle.

— Du Grand-Guignol, je dois sortir, chuchota Albane.

Ses oreilles bourdonnaient et le sang cognait à ses tempes. Puis sa vue se brouilla, tandis qu'elle sombrait dans un univers cotonneux. Des bras la ceinturèrent, afin de ralentir sa chute.

— Voilà, vous êtes contente ? hurla Denise à Régina. Elle fait un malaise. Gérard, cours chercher le docteur Géraud, il est garé près de la maison.

Albane reprit connaissance allongée sur un confortable sofa. Elle reconnut le salon des Molinier, où régnaient un profond silence et une pénombre reposante. Les doubles-rideaux avaient été tirés, pour tamiser la lumière du soleil.

— Tu es qui, toi ? lui demanda-t-on.

La voix, fluette, appartenait à une petite fille aux cheveux blonds, penchée sur la jeune femme.

— Pourquoi t'es malade ? On m'a défendu d'entrer, je l'ai fait quand même. Je voulais te voir.

— Tu dois être Louisette…

— Oui, mais comment tu le sais ? souffla la fillette. Mamie pleurait parce que tu étais par terre, toute blanche. Après, un docteur t'a soignée, mais tu dormais toujours.

L'esprit encore confus, Albane rassembla ses idées et ses plus récents souvenirs. Le visage grimaçant de Régina s'imposa, avec son regard plein de haine. Elle revit aussi les gesticulations d'Adèle, les soupirs excédés de Denise.

— Tu n'as pas eu trop peur, Louisette ? Où est ta maman ? Personne ne te surveille !

— Maman est montée se reposer dans notre chambre. Tata lui a donné un médicament.

— Tu es très jolie, Louisette, je suis contente que tu sois là.

L'enfant sautilla d'un pied sur l'autre en souriant. Elle avait des joues toutes rondes et les prunelles gris-bleu de Régina. Elle semblait en excellente santé.

— Louisette, tu voudrais bien aller dire au docteur que je suis réveillée ? Je me sens mieux, j'aimerais rentrer chez moi.

— C'est où chez toi ?

— Un vieux château, tout proche de Brantôme. Il y a des tours, un grand parc, des écuries. J'ai même un cheval.

— J'irai un jour ? Tu m'inviteras ?

— Peut-être, Louisette.

Joseph Géraud était entré sans faire de bruit et les observait. Il s'émut de la gentillesse d'Albane envers la fille de Louis.

— Comment vous sentez-vous ? demanda-t-il en approchant du sofa. Je vous apporte de l'eau fraîche parfumée à l'anisette, cela vous requinquera.

— Merci, docteur.

Elle se redressa en appui sur un coude, sous l'œil soucieux du médecin qui lui prit le pouls.

— Tout est rentré dans l'ordre, marmonna-t-il. C'était un malaise sans gravité. Nous achèterons des pâtisseries avant de quitter la ville. Il faudra mieux vous alimenter, Albane.

— Où sont les autres ? s'étonna-t-elle.

— Cloîtrés dans la cuisine, hormis la maman de cette petite qui avait besoin d'un sédatif. Louisette, nous devons partir, dis au revoir à cette jeune dame et rejoins ta grand-mère.

— Oui, m'sieur.

La fillette s'éloigna en agitant ses menottes en guise d'adieu. Géraud referma la porte derrière elle, puis il revint près d'Albane.

— Je peux me tromper, ma chère amie, mais il semblerait que vous êtes enceinte, chuchota-t-il. Nous passerons à mon cabinet une fois de retour à Brantôme, et si vous le permettez, je vous examinerai pour en avoir la confirmation.

— Enceinte, moi ? Non, docteur, c'est impossible.

— Hélas, certains signes tendraient à le prouver. Albane, ne pleurez pas, vous serez une merveilleuse maman. Rassurez-vous, je n'ai rien dit à votre belle-famille.

— Merci, cela me concerne, moi seule.

Elle ferma les yeux, terrassée par ce coup du sort. Louis la harcelait encore. Même mort, il lui volait sa liberté.

Brantôme, cabinet médical du docteur Géraud,
une heure plus tard

Le médecin fit de son mieux pour ménager la pudeur de sa patiente, et Albane s'évada loin de la table d'examen, en se concentrant sur des instants lumineux de son enfance. Une époque bénie s'était écoulée au château lorsque Mathilde de Séguilières veillait sur le domaine avec intelligence et bonté. Grandir sous l'aile de cette jolie maman au cœur d'or avait été source de bonheur et de joie.

« Mes parents donnaient des bals sous la clarté des lustres, dans notre grand salon, se remémorait-elle. Et moi je dansais parmi les invités, comblée par la musique du piano, par les rires et les chants. »

— Albane, j'ai terminé. Je suis navré de vous avoir imposé ce genre d'auscultation intime. À l'avenir, vous pourrez consulter un de mes confrères gynécologues à Périgueux, ou bien la sage-femme d'ici.

— Donc selon vous, je suis vraiment enceinte ? hasarda-t-elle en rajustant ses vêtements avant de s'asseoir. J'avais lu dans une revue qu'il existait des tests pour en être sûr.

— En effet, on injecte l'urine de la femme dans l'ovaire d'une lapine, et la réaction de l'animal atteste ou non d'une grossesse[1]. Albane, c'est le docteur qui vous pose la question : à quand remontent vos dernières règles ?

— Au début du mois d'août, je crois...

— La conception a eu lieu une quinzaine de jours plus tard, vous devriez donc accoucher vers la fin du mois d'avril ou en mai. Vous avez sollicité mes conseils, je vous en donnerai un aujourd'hui. Ne dites rien à votre père quant à l'inqualifiable conduite de Louis Molinier. J'ai pu discuter avec sa mère et sa sœur, pendant votre perte de connaissance. Ces dames souhaitent étouffer l'affaire. Elles ont suffisamment de soucis avec Régina.

— Mais l'enfant est de leur famille, docteur. Je ne peux pas leur cacher son existence.

— Il n'en est pas question, bien sûr. Mais ce serait préférable d'attendre quelques mois pour leur annoncer, comme il serait judicieux de ne pas ternir l'image de votre défunt mari aux yeux de votre père. Ainsi il se réjouira sans arrière-pensée d'avoir un petit-enfant à chérir.

Exaspérée, Albane descendit de la table d'examen et prit son sac à main, posé sur un fauteuil. Elle remit sa veste, les traits tendus par la torture morale qu'elle endurait.

— Et moi, docteur ? Mes sentiments ne comptent pas ? Mon père sera heureux, vous dites vrai, ma belle-mère aussi, à condition que je lui confie cet enfant de temps en temps. Mais j'ai peur de ne pas pouvoir aimer ce petit être, car parfois j'ai de la haine pour Louis.

Joseph Géraud hocha la tête d'un air accablé. Il était de son devoir de guider la jeune femme sur la bonne voie.

1. Procédé établi dans les années 1930.

— Ma chère Albane, quand vous tiendrez votre bébé dans vos bras, le temps et la nature auront fait leur œuvre. Je vous ai observée avec le petit Pierre. Vous rayonnez en le contemplant et vous l'embrassez avec une sorte de vénération. Et je vous ai vue qui souriiez à Louisette, prête à lui offrir de la tendresse en dépit de tout.

— Cette fillette est innocente, pourquoi l'aurais-je méprisée ? À présent, je m'en veux d'avoir eu ce malaise. À cause de moi, nous ne sommes pas allés à l'hôpital rendre visite à Ronald.

— Je me renseigne chaque jour sur son état. Le garçon se remet plus vite que prévu. Il pourra revenir au château pour sa convalescence. Je le surveillerai de près. Et je réalise tout à coup que vous n'étiez pas au courant que Petra Meyer dort finalement dans la chambre de son fils. Vous aviez d'autres soucis en tête ces derniers jours, je ne vous en avais donc pas parlé. Après l'annonce tragique de la mort de Louis, il n'était naturellement plus question de la faire héberger chez Mme Molinier. Heureusement Maubert Guérin, a payé le nécessaire pour lui obtenir un lit d'appoint. Cette dame ne saura donc rien de vos déboires conjugaux.

— Les mots sont faibles, mais je suis quand même soulagée, soupira Albane. Maintenant, docteur, je vais rentrer à pied chez moi. Marcher m'a toujours aidée à réfléchir. Je vous demanderai de garder le secret sur mon état jusqu'à ce que je décide de l'annoncer à mon père et à Maria. Au revoir, je vous remercie de m'avoir soutenue et d'essayer de me réconforter.

Le médecin se leva. Il lui tendit la prescription qu'il venait de rédiger.

— J'espérais vous entendre m'appeler Joseph à nouveau… Ce sera pour une autre fois. Surtout, je le répète, alimentez-vous correctement, Albane. Et pas de sottises, n'est-ce pas ? Vous parliez d'innocence, à propos de

Louisette, mais l'enfant que vous portez est innocent lui aussi des actes de son père.

— À quoi faites-vous allusion ? Je suis très croyante, docteur, et si Dieu a voulu que je devienne mère, je m'incline devant sa volonté. Cela ne signifie pas que j'en suis heureuse.

Géraud la raccompagna jusqu'au vestibule. Il avait envie de la serrer contre lui, non pas guidé par le désir et son amour, mais cédant à un instinct paternel.

— Ayez foi en la vie, murmura-t-il en lui tapotant l'épaule du bout des doigts.

— Par quel prodige ? La mort a frappé sans pitié Esther, la fille de Mireille, qui venait d'accoucher, et Louis a été tué par l'explosion d'une mine. La guerre et ses horreurs seront bientôt dans ce pays, mon pays natal.

Sur ces mots, Albane sortit en saluant le médecin d'un petit signe de tête. Il la vit longer le trottoir, mince silhouette vêtue de noir. Lorsqu'elle disparut au coin de la rue, il demeura sur le seuil de sa maison, pour écouter les cloches de l'église Saint-Pierre, qui sonnaient sept coups argentins.

Maubert Guérin freina dès qu'il aperçut Albane au bord de la route, une centaine de mètres après le panneau « Brantôme ». Il roula lentement pour arriver à sa hauteur. Il n'avait pas revu la jeune femme depuis le soir où il lui avait apporté le vélo neuf, tout de suite endommagé par Lidy et ses folles initiatives. Il nota sa toilette de deuil et le chapeau à voilette qui dissimulait en partie son visage.

— Bonsoir, je peux vous déposer en bas de l'allée du château ? proposa-t-il après avoir baissé la vitre du côté passager. Vous avez l'air épuisée.

Dévastée par un flot constant de sombres pensées, Albane se sentait effectivement très mal. Ses jambes lui paraissaient sans force et un début de migraine la rendait nauséeuse.

— Volontiers, je suis très fatiguée. C'est ma première sortie après être restée alitée plusieurs jours.

Il se pencha pour ouvrir la portière. Elle s'installa sur le siège avec un soupir de bien-être.

— Je vous remercie pour votre lettre de condoléances. J'ai été un peu surprise, mais touchée.

— Il faut croire que j'ai un minimum d'éducation, malgré mes déplorables travers. Mais d'où venez-vous, seule, à pied ? Il fait presque nuit.

— Je reviens de Brantôme, où j'ai allumé un cierge à l'église. J'avais besoin de prier.

— Malgré vos malheurs, vous avez encore la foi, insinua-t-il.

— Dieu nous a laissé le libre arbitre, répondit Albane. Si les hommes font la guerre depuis des siècles, est-il responsable ? Dans ce monde, l'argent et la volonté de puissance comptent plus que le dévouement ou le sens de la justice. Mon mari était en première ligne, en terrain allemand, truffé de mines. Je me dis qu'il n'a pas dû souffrir ni même se rendre compte de ce qui se passait. Il voulait se battre, Dieu ne l'y a pas obligé…

— C'est une façon de considérer les choses, admit-il.

— Monsieur Guérin, j'en profite pour vous remercier en ce qui concerne Lidy Wendling. J'ai appris par sa grand-mère et son frère comment vous vous étiez comporté, vis-à-vis de cette adolescente, dans une situation très gênante. C'est tout à votre honneur…

— Oublions ça, et quitte à vous décevoir, je ne suis pas quelqu'un d'honorable. Je tenais avant tout à ne pas m'attirer d'ennuis supplémentaires ni à subir vos reproches.

Indignée, Albane scruta le profil hautain de Maubert Guérin. Elle hésitait à comprendre le sens de ses paroles.

— Qu'est-ce que ça signifie ? Dans d'autres circonstances, vous auriez profité de l'occasion ?

— J'apprécie les belles filles, je n'y peux rien. Certes, Lidy est quand même un peu trop jeune.

— Arrêtez-vous ! ordonna Albane. Je pensais m'être trompée sur votre compte, mais non, vous n'avez pas changé. Déposez-moi là, je ne resterai pas une minute de plus dans votre voiture.

Il éclata d'un rire sarcastique en freinant brusquement. Elle ouvrit la portière et se précipita à l'extérieur.

— Je vous ferai remarquer qu'il se met à pleuvoir et qu'il fait nuit maintenant, lui lança-t-il. Je me suis contenté d'être franc, mademoiselle de Séguilières, vous devriez m'accorder au moins cette qualité, vous à qui on a tellement menti.

Debout au bord de la route sous l'averse, Albane assimila ces derniers mots. Maubert Guérin faisait forcément allusion à la liaison de Régina et de Louis.

— Fichez-moi la paix ! s'écria-t-elle. Disparaissez, vous êtes un odieux personnage, un mufle ! Et personne ne m'a menti, vous dites n'importe quoi.

— Dans ce cas, excusez-moi, j'ai dû halluciner quand j'ai vu votre défunt mari en train d'embrasser une jolie blonde, au début du mois d'août, un jour de foire à Périgueux.

Guérin redémarra en trombe, en projetant une gerbe d'eau boueuse sur les chaussures d'Albane. Blessée dans son amour-propre, partagée entre le désespoir et la rage, elle se remit en chemin. Jamais elle ne s'était sentie aussi misérable.

Une demi-heure plus tard, Maria la vit entrer dans la cuisine, où tout le monde était attablé.

— Doux Jésus, d'où venez-vous, mademoiselle ? s'effara-t-elle. Vous êtes trempée et pâle à faire peur ! Si le docteur Géraud n'a pas daigné remonter l'allée en automobile, je lui chanterai pouilles la prochaine fois que je le verrai.

— Je m'inquiétais, Albane, lui reprocha son père. Mets-toi près du feu pour te réchauffer.

— Laissez-moi m'occuper de votre fille, monsieur Amédée ! s'écria Odile Goetz. Maria, il me faudrait du linge sec.

Elle fit asseoir la jeune femme et lui enleva ses escarpins et ses bas. Le châtelain s'en mêla, en débarrassant sa fille de sa veste imbibée d'eau. D'un geste théâtral, il ôta sa redingote en cuir pour en couvrir les épaules d'Albane.

— Merci, père, murmura-t-elle. Odile, je vous remercie aussi, mais je vais monter dans ma chambre et me coucher.

— Je vous prépare une bouillotte, déclara Maria.

— Et moi, je vous apporterai un bol de potage, renchérit Lidy.

— Le médecin aurait dû vous raccompagner ! s'offusqua alors Raphaël. Vous étiez à peine rétablie et il y a de fortes chances que vous tombiez malade !

— Le docteur Géraud n'est pas responsable. J'ai refusé qu'il me reconduise au château. J'avais envie de marcher et d'aller prier à l'église. Je ne pouvais pas prévoir qu'il pleuvrait autant.

— Mais tu savais qu'il ferait vite nuit, ma pauvre enfant, nota son père. C'était d'une imprudence !

— Tout va bien, je suis désolée de vous avoir causé du souci. Ne craignez rien, les enfants, demain matin j'irai mieux et nous vous ferons la classe, M. Wendling et moi. La rentrée se rapproche, il faut réviser vos leçons.

— Le plus urgent est de vous mettre au lit, trancha Maria.

Pleine de compassion, Odile Goetz continuait à frictionner les chevilles et les pieds de la jeune femme.

Personne n'avait prêté attention à Lidy, qui s'était éclipsée discrètement pour courir jusqu'au hall et gravir l'escalier à vive allure. Elle redescendit aussi rapidement, chargée d'un châle en laine et d'une paire de chaussons.

— J'ai tout ce qu'il faut, annonça-t-elle de retour dans la cuisine. Mademoiselle pourrait rester un peu au coin de la cheminée. Elle sera mieux avec nous pour manger de la soupe.

— Comme tu es gentille, Lidy, merci, soupira Albane. Je suis si heureuse d'être là et vous prenez tous soin de moi. Je n'ai plus froid et tu as raison, je veux bien passer un peu de temps avec vous tous.

— Tu sembles avoir eu une dure journée, hasarda son père. Repose-toi, il y a du vin chaud parfumé à la cannelle, cela te redonnera des couleurs.

Marguerite Meyer se leva de table pour déposer un timide baiser sur la joue d'Albane. Son petit frère Franz fit de même, imité ensuite par Félicia et Lucas Goetz.

— On vous aime fort, mademoiselle, articula en s'appliquant le benjamin des réfugiés.

Ils l'entouraient, tout contents d'avoir pu l'embrasser. Ils souriaient avec une sincère tendresse, sans la quitter des yeux. Ce déferlement d'affection la bouleversa. Elle tendit les mains pour leur caresser le visage tour à tour.

— Moi aussi je vous aime, affirma Albane. Serais-je devenue institutrice si je n'adorais pas les enfants ?

— Sûrement pas, répliqua Lidy, la plus audacieuse.

Il y eut de discrets éclats de rire chez les adultes qui avaient assisté à la scène. Amédée, un peu ému, se pencha sur sa fille et la câlina, ce qu'il faisait rarement.

— Regarde qui vient, lui souffla-t-il à l'oreille. Notre chère amie Mireille avec Pierre. Rien de tel qu'un beau poupon pour réconforter une âme en détresse.

— Bébé réclame plus tôt que prévu, c'est bon signe, il a de plus en plus d'appétit. Je dois préparer son biberon. Mais, Albane, que vous est-il arrivé ? On dirait que l'on vous a tirée d'une rivière !

— Non, je suis juste rentrée à pied de Brantôme et j'ai pris une grosse averse. On s'est si bien occupé de moi qu'à présent je mangerais volontiers deux bols de potage.

— D'ici là, puis-je vous confier Pierre ? demanda Mireille. Il gazouille et sourit dès qu'il vous reconnaît.

Albane n'osa pas refuser. Elle se retrouva le nourrisson bien calé au creux de son bras gauche, protégé des courants d'air par la redingote en cuir du châtelain.

— Comme tu es beau, chuchota-t-elle. Tout rond, tout rose, et déjà des mèches brunes.

Plus elle l'admirait, plus l'étau broyant son cœur se relâchait. Soudain Pierre aligna une série de sons joyeux, avant de rire en agitant ses menottes.

— De toute évidence, ce bout de chou est sous votre charme, déclara Raphaël à mi-voix.

— C'est réciproque, avoua Albane.

La jeune femme se remit à contempler le bébé, en songeant que ce serait peut-être un grand bonheur d'avoir un enfant bien à elle. Même conçu par Louis Molinier, dans les veines de son fils ou de sa fille coulerait le sang des Séguilières, celui aussi de Mathilde, sa chère maman disparue trop tôt.

— Le biberon est prêt, voulez-vous le lui donner, Albane ? lui demanda Mireille.

— Je me porte volontaire, j'aime tant ce chérubin, fanfaronna Amédée. De surcroît, il serait temps que ma précieuse enfant puisse se restaurer. Maria, qu'attends-tu pour servir de la soupe à ma fille ?

La vision de son père avec le petit Pierre acheva de rassurer Albane. Elle mettrait son enfant au monde entre les murs séculaires du château, puisque Dieu en avait décidé ainsi. Il n'était plus question de garder le secret et sans plus réfléchir, elle opta pour la joie et l'espoir.

— Père, Maria, et vous tous, j'ai une bonne nouvelle, dit-elle d'une voix raffermie. À la suite d'un léger malaise, chez ma belle-mère, le docteur Géraud, qui m'a examinée, m'a annoncé que j'étais enceinte. Après le deuil cruel que j'ai appris dimanche dernier, j'ai eu cette belle surprise. Une petite fille grandira sous notre toit, ou un petit garçon, qui illuminera nos vies.

Sidéré, Amédée retira le biberon de la bouche avide de Pierre. Le bébé protesta à pleins poumons, tandis que s'élevait un concert de félicitations.

— Oh, mademoiselle, le Seigneur a eu pitié de vous ! clama Maria avant de fondre en larmes. Comme je suis contente !

Très émue également, Odile serra les mains d'Albane, puis elle l'embrassa sur les deux joues.

— J'avais tant de peine pour vous, à cause de la mort de votre mari, dit-elle. Dieu soit loué, M. Molinier survivra dans ce petit ou cette petite.

— Il n'y a aucun doute ? s'inquiéta le châtelain.

— Mais non, le docteur a été formel.

— Alors ce soir est à marquer d'une pierre blanche, car tu me rends le plus comblé des hommes, Albane, mon ange. Il faut fêter l'événement ! Maria, débouche du cidre et sors ta provision de biscuits.

— Quand même, s'il vous savait dans cet état, votre médecin aurait dû insister pour vous ramener en voiture, déclara alors Raphaël.

— J'avais besoin d'être un peu seule et la marche est souvent salutaire pour ordonner ses idées, répliqua Albane.

— Et votre poste d'institutrice, allez-vous y renoncer et vous faire remplacer ? ajouta-t-il.

— J'assumerai mes fonctions aussi longtemps que je le pourrai, monsieur Wendling, soyez tranquille.

Comme il la fixait d'un air soucieux, elle lui adressa un beau sourire qu'elle pensait déterminé et rassurant, mais Raphaël y décela une immense détresse et il en fut bouleversé…

14

La rentrée des classes

Brantôme, école primaire, lundi 9 octobre 1939

Raphaël Wendling, en longue blouse grise, arpentait le couloir qui séparait la classe des garçons de celle des filles. Albane et lui étaient arrivés très tôt, à 7 heures du matin, alors qu'il faisait encore nuit. Le jeune homme avait remis en état un vieux vélo qu'utilisait Maria quelques années auparavant, et à contrecœur, Albane se servait de la bicyclette neuve offerte par Maubert Guérin.

— Je croyais que la rentrée serait sans cesse repoussée, dit-elle en regardant dans la cour.

— J'étais inquiet moi aussi, mais nous sommes prêts à recevoir nos élèves. Tant que nous sommes seuls, Albane, vous êtes sûre de vouloir faire tous ces allers et retours chaque jour, même cet hiver ? Vous pourriez vous installer dans le logement de l'étage, ce serait moins fatigant pour vous.

— Je ne suis pas en porcelaine ni malade. Une femme enceinte peut mener une vie normale, il suffit de parcourir la campagne, de visiter les fermes, pour le comprendre. Je n'ai pas l'intention de me ménager et encore moins l'envie d'habiter cet appartement ! J'y ai vécu trois semaines avec mon mari et ce serait une épreuve quotidienne d'évoluer dans ce décor.

— Excusez-moi, je ne voyais pas les choses sous cet angle.

— Mais je vous encourage à vous installer là-haut. En plus vous serez en ville, avec la possibilité de rencontrer des gens de votre âge.

Il approuva en silence d'un air perplexe. Albane lui avait tourné le dos et il étudia sa silhouette gracieuse, sanglée dans une blouse noire cintrée.

— Néanmoins je verrais rarement ma grand-mère et je ne pourrais pas surveiller ma sœur, argumenta-t-il.

— Lidy semble assagie. Je lui ai promis de l'aider à étudier. Je suis déterminée à la protéger d'elle-même, surtout depuis que j'ai appris les graves problèmes liés à sa précocité.

— Je vous en remercie. D'abord j'ai reproché à ma grand-mère de vous avoir tout raconté, ensuite je me suis rangé à son avis, nous ne pouvions pas vous les dissimuler. Mais Lidy ne doit pas savoir que vous êtes au courant. Elle aurait honte et cela n'arrangerait rien... Pour en revenir au logement de l'étage, votre proposition est très gentille, cependant, je me plais beaucoup au château, dans cette chambrette au-dessus des écuries. Je peux jouer de l'harmonica et la nuit, cela m'amuse d'entendre votre cheval s'ébrouer et mastiquer son foin.

La précision fit sourire Albane. Elle entra dans sa classe pour vérifier si rien n'y manquait. Raphaël la suivit d'une démarche désinvolte.

— Faites à votre idée, mais vous auriez ici la radio que Louis avait achetée d'occasion. C'est assez distrayant, ils diffusent de la musique, des chansons.

— Je vais encore réfléchir. Peut-être couper la poire en deux, comme on dit, trois jours à Brantôme, quatre jours au château.

— Je déteste cette expression, avec la poire, pour moi elle ne signifie rien, trancha-t-elle.

— Désolé d'user de telles banalités, marmonna-t-il.

Albane consulta sa montre et jeta un coup d'œil dans la cour.

— Monsieur le maire devrait bientôt arriver pour inspecter l'école, indiqua-t-elle. Vendredi, quand je faisais le ménage, il m'a donné la liste de mes élèves, quarante-deux fillettes, de huit ans à quinze ans.

— Un rude labeur en perspective. Pour le maire, rassurez-vous, il ne trouvera rien à redire, le tableau noir est propre, vous avez une provision de craies et les encriers sont remplis. Quant à moi, j'ai accroché aux murs les cartes de géographie que vous avez dénichées dans la réserve de matériel. Elles sont un peu défraîchies, mais elles me plaisent.

— Raphaël, avez-vous le trac ? lui demanda soudain Albane.

— Le trac ? Non, je ne suis pas un comédien qui va entrer sur scène. Quelle question bizarre ! J'ai enseigné durant quatre ans à Obernai, je ne suis plus un novice.

— C'est ma deuxième année en tant qu'institutrice, pourtant je suis très anxieuse, avoua-t-elle.

— Vous avez subi un choc terrible récemment, sans oublier le bébé à venir. J'espère que vous tiendrez le cap, hasarda-t-il. En tous les cas, je serai là si vous avez besoin d'aide. Encore un point important à régler... Je vous appellerai « madame » et vous me direz « monsieur ».

— Bien sûr, mais j'aurais préféré rester « mademoiselle », comme avant, répliqua Albane.

— C'est impossible, vous êtes la veuve d'un soldat, enceinte de surcroît. Pourquoi cela vous gêne-t-il autant ?

— Au début du siècle, les maîtresses d'école ne pouvaient plus enseigner lorsqu'elles se mariaient. C'était donc toujours des demoiselles, qui devaient témoigner d'une conduite irréprochable.

— Cette époque est terminée, et maintenant nous sommes en guerre. Actuellement tout est calme en France, mais la situation peut changer d'un moment à l'autre si l'armée allemande décide de nous envahir, soupira Raphaël.

— Je souhaite qu'il n'en soit rien, mais je me prépare au pire, admit Albane.

Un brouhaha caractéristique en provenance du portail mit fin à leur discussion. Les enfants se répandaient dans la cour, devancés par Eugène Lafaye en costume trois pièces et chapeau de feutre. Les parents suivaient le mouvement, dont les Goetz qui accompagnaient Lidy et leurs enfants, Félicia et Lucas. Otto Meyer tenait Marguerite et Franz par la main. Les réfugiés étaient venus à pied du château, sous un ciel lourd de nuages.

— Eh bien, allons accueillir tout ce monde, déclara Raphaël.

Ils ouvrirent en grand la double porte vitrée et se postèrent sur le seuil.

— Madame Molinier, monsieur Wendling, l'heure de la rentrée des classes a enfin sonné ! décréta le maire en leur serrant la main tour à tour. Notre gouvernement prônait de retarder jusqu'en décembre le début des cours pour le cycle primaire en région parisienne et en Bretagne, mais les départements du sud-ouest ont reçu des directives spéciales, en raison de l'accueil de nombreuses familles de réfugiés. Je vous laisse faire l'appel, en me tenant à l'écart. Cependant si vous aviez besoin de moi, n'hésitez pas.

— Merci, monsieur le maire, répondit Albane avec respect. Nous ferons de notre mieux.

Elle déplia la feuille où figurait la liste de ses élèves, en s'accordant le temps d'embrasser d'un large regard toutes ces frimousses sérieuses ou souriantes. Elle reconnut les écolières de l'année scolaire précédente et découvrit de nouveaux visages dont l'expression trahissait une certaine inquiétude.

— Je vous dis bonjour et j'espère que nous ferons du bon travail. Pour celles qui ne me connaissent pas, je me présente, madame Molinier. Je vais lire vos noms et vous lèverez le doigt quand ce sera le vôtre.

L'appel terminé, Albane conduisit les quarante-deux fillettes dans leur classe. Les plus grandes en taille occupèrent les pupitres du fond, les plus jeunes s'assirent aux premiers rangs. De son côté, Raphaël procéda de la même manière.

À l'heure du déjeuner, les enfants habitant Brantôme rentrèrent chez leurs parents, mais ceux qui étaient logés dans des fermes voisines mangèrent le contenu de leur gamelle sous le préau, dont le toit était réparé. L'accent du Périgord se heurtait à celui du Bas-Rhin, au gré des exclamations et des bavardages.

Les deux enseignants en profitèrent pour échanger leurs impressions, assis sur un banc de la cour.

— Mes garçons paraissent disposés à bien étudier, nota Raphaël. J'ai repéré une forte tête, du genre frondeur, que j'ai menacé d'une punition s'il continuait à être grossier. Autre chose, le temps demeure clément, cependant il faudrait allumer les poêles. Je demanderai au maire de faire livrer du bois et du charbon. Nos écoliers doivent avoir un repas chaud à midi. Et vous aussi.

Elle lui adressa un regard de reproche, si bien qu'il se défendit à voix basse.

— Je sais, vous n'êtes pas en porcelaine et la grossesse n'est pas une maladie. Je suis désolé de vous contrarier, mais ma mère a fait trois fausses couches entre moi et Lidy. Je garde un souvenir épouvantable de ses souffrances, de son chagrin à chaque fois. En attendant ma sœur, elle était terrorisée à l'idée de perdre ce bébé. J'avais douze ans, et j'ignorais comment la réconforter. Dieu merci, ma chère maman a mis au monde un fragile nouveau-né, au crâne couvert d'un duvet presque blanc. Lidy faisait notre adoration…

— Je comprends mieux le souci que vous avez de ma santé, concéda-t-elle. Au fond, c'est touchant, car il y a un mois, vous ignoriez tout de mon existence.

— Les hasards de la guerre, dit-il d'un ton amer.

Lidy venait vers eux en esquissant des pas de danse. Elle portait une blouse en satinette bleu pâle qui avait appartenu à Albane. Sa gamelle à bout de bras, l'adolescente s'arrêta devant le banc.

— J'ai beaucoup aimé la leçon d'histoire, mademoiselle. Je vais travailler dur, vous verrez, et j'aurai mon certificat d'études. En plus, Marguerite Meyer et moi, on est devenues amies. Pour me faire pardonner l'accident de Ronald, je lui ai offert mon foulard en soie rose.

— Tu as eu la permission de grand-mère ? Il n'était pas à toi, elle te l'avait prêté, la sermonna son frère.

— Mamie était d'accord, se rebiffa-t-elle. Tu crois toujours que je suis en faute ! On dirait que tu me détestes, Raphaël.

— Calme-toi, Lidy, et ne pense pas des sottises pareilles, conseilla Albane. Viens, je vais te montrer comment sonner la cloche. C'est l'heure de retourner en classe.

— Je ne te détesterai jamais, tu es ma petite sœur et je t'aime, murmura le jeune homme.

Sur ces mots, il se leva du banc pour aller fumer une cigarette dans un angle désert de la cour. Lidy haussa les épaules en lui décochant un regard furibond.

— Ton frère se montre sévère, parce qu'il se sent responsable de toi, lui expliqua Albane. Allez, tire sur cette chaînette plusieurs fois, le tintement de la cloche en cuivre est très joyeux, presque mélodieux.

Ravie, l'adolescente s'exécuta en riant de fierté. Elle arrêta sur un signe de son institutrice.

— Je pourrai le faire tous les jours, mademoiselle ?

— Déjà tout le mois d'octobre, en novembre, j'attribuerai la fonction à une de tes camarades.

— D'accord, ça me convient…

Ce fut au cours de la récréation, à 15 heures, que Lidy remarqua un grand garçon aux cheveux noirs d'encre qui jouait au ballon dans la cour voisine, séparée de celle des filles par un grillage. Le teint doré, il était en pantalon et en chemise. Fascinée par sa beauté et l'énergie de ses mouvements, elle fut incapable de le quitter des yeux.

— Je voudrais savoir son prénom, confia-t-elle à Marguerite qui ne la quittait plus.

— Tu n'auras qu'à demander à ton frère ce soir.

— Raphaël ne voudra pas me le dire. Je t'en prie, fais signe à Franz de s'approcher de nous et pose-lui la question.

— Non, je n'ose pas, on sera punies, Lidy.

— Mademoiselle Albane est gentille, on n'a rien à craindre. Je t'en supplie, Marguerite, aide-moi. J'ai encore du chocolat dans ma chambre, je te donnerai une tablette entière.

Au bout de cinq minutes, Lidy put se répéter le nom du nouvel élu de son cœur, si prompt à s'enflammer. Le garçon s'appelait David Cohen et il avait seize ans.

Château de Séguilières, jeudi 12 octobre 1939

Mireille Dresner et Albane buvaient le thé dans le boudoir, assises autour d'un guéridon. Une imposante lampe à pétrole était allumée, trônant sur la cheminée et les éclairant de sa lumière dorée. Un feu ronronnait dans le poêle en fonte, conférant à la pièce une atmosphère intime et chaleureuse.

Pierre dormait à poings fermés dans sa bercelonnette, sous la surveillance attendrie des deux femmes. À leurs pieds, une panière en osier débordait d'écheveaux de laine blanche.

— Vraiment, Mireille, vous tenez à confectionner toute la layette de mon enfant ? s'étonna Albane. C'est très gentil, mais cela me gêne un peu.

— Vous n'aurez jamais le temps, ma chère petite, et vous ne prisez guère la couture et le tricot. C'est un service que vous me rendez, car j'aime m'occuper les mains. Sans compter qu'à la naissance de votre bébé, vous pourrez utiliser les vêtements de Pierre, qui aura bien grandi. Regardez toute cette belle laine que Maria a récupérée chez sa vieille tante !

— Vous êtes la seule à qui je peux le dire, Mireille, mais je suis encore toute surprise d'être enceinte. Les jours passent, et je doute constamment de mon état.

— Le docteur Géraud, lui, en est sûr et certain désormais, après vous avoir fait faire cette prise de sang à Périgueux. Ma chère Albane, souvent, une fois couchée, avant de m'endormir, je vous revois dans la cuisine il y a une quinzaine de jours, toute pâle, les cheveux humides, les épaules couvertes par la redingote en cuir de votre père. Je vous avais confié mon petit Pierre, et soudainement vous nous avez annoncé que vous étiez enceinte.

Albane se remémora ces moments fatidiques où elle avait en quelque sorte accepté la volonté divine, qui la destinait à être maman.

— Comme j'étais au courant pour Régina et la fille de votre mari, je me suis interrogée sur ce que vous ressentiez au fond de vous, avoua Mireille.

— Je n'aurais pas osé vous le dire. Et depuis ce soir-là, j'ai évité de vous en parler. Vous sembliez tellement contente, et mon père rayonnait de joie. Mais je serai franche, quand je suis allée prier à l'église en sortant de chez le docteur, j'étais désespérée. Je ne voulais pas de cet enfant qui me priverait de ma liberté et de mon indépendance. Bien sûr, si je n'avais pas été aussi meurtrie par la trahison de Louis, si je n'éprouvais pas du mépris pour cet homme, j'aurais sans doute réagi moins violemment. Il faut me comprendre, j'avais peur de ne pas pouvoir aimer ce petit être innocent.

La gorge nouée et les larmes aux yeux, Albane reprit son souffle sous le regard compatissant de Mireille.

— Désormais je suis heureuse à l'idée d'avoir un bébé, et même impatiente de le tenir contre moi, de le contempler.

— Quand préviendrez-vous votre belle-famille ?

— Au printemps ! De toute façon, je n'ai aucune envie de revoir ma belle-mère. Denise et son fiancé sont différents, moins conventionnels. Ils m'ont écrit la semaine dernière pour me présenter des excuses, à cause de l'attitude de Régina.

— Bon, je suis rassurée ! Je vous promets qu'il n'y a pas de plus grand bonheur pour une femme que la maternité. Esther l'a savouré quelques heures seulement, mais j'ai vu à quel point câliner son nouveau-né l'a comblée.

Comme chaque fois que Mireille évoquait sa fille morte de ses couches, sa voix tremblait et ses yeux s'embuaient. Désolée, Albane lui étreignit les mains.

— Et à l'école, tout se passe bien, Albane ? s'enquit-elle en esquissant un léger sourire.

— Parfois, c'est un peu difficile. Une de mes élèves s'exprime dans son patois du Bas-Rhin et les fillettes du pays se moquent d'elle. Je commence la classe par une leçon de morale, et si cela ne suffit pas, je convoque la plus turbulente à la récréation. Quant à Marguerite et Félicia, elles sont d'une sagesse exemplaire.

— Et Lidy ?

— Je n'ai pas à m'en plaindre, malgré ses fréquentes entorses au règlement. Elle travaille bien, mais la discipline lui coûte.

Albane ne donna pas de détails pour préserver la réputation de l'adolescente. À l'instar de Raphaël, elle s'était aperçue de l'attrait irrésistible qu'exerçait un des garçons les plus âgés, David Cohen, qui venait de Strasbourg. Pour le voir et attirer son attention, Lidy n'était jamais à court d'idées. Il en découlait des querelles avec son frère lorsqu'ils rentraient tous ensemble au château.

— En tous les cas, à présent Clara Fischer prend ses repas avec nous, nota Mireille. L'après-midi, elle me rend visite et nous bavardons. Elle m'a priée de l'appeler par son prénom. C'est une personne charmante, d'une rare éducation, et toujours élégante.

Au même instant, on frappa à la porte du boudoir. Albane reconnut la façon de toquer de Maria et lui dit d'entrer.

— Mademoiselle, venez vite, gémit la domestique. Votre père a pris son fusil et il met en joue un rôdeur qui a saigné notre chèvre. Ce malfrat brandit un couteau de chasse et il baragouine dans sa langue, on n'y comprend rien ! Si seulement M. Wendling était là, mais il est resté en ville aujourd'hui. Dépêchez-vous, il faut empêcher Monsieur de faire une bêtise.

— Où sont-ils ?

— Près de la grange ! Dépêchez-vous, sinon votre père va faire un malheur, misère !

Talonnée par Maria, Albane quitta la pièce en courant. La colère et l'appréhension la submergeaient. Sans la chèvre, Pierre n'aurait plus de lait et Amédée de Séguilières, s'il cédait à la fureur, pouvait se rendre coupable d'un meurtre.

Les lueurs orangées du soleil couchant conféraient au tableau que découvrit Albane une note sinistre. Les deux protagonistes du drame paraissaient figés, en proie à une tension extrême. Le châtelain, un doigt sur la gâchette de son fusil, braquait un homme aux cheveux hirsutes, à la barbe en broussaille, aux vêtements crasseux. Il pointait un grand couteau vers Amédée, tout en gardant un pied posé sur l'animal égorgé dont le sang imprégnait lentement la terre.

— Père, ne tirez pas, je vous en prie, baissez votre arme ! cria la jeune femme.

— Non, ce bandit ne s'en sortira pas ainsi, ma fille ! Je l'ai sommé de jeter son couteau, il n'obéit pas.

L'inconnu se lança dans un discours au débit haché. Albane fut incapable d'identifier la langue qu'il parlait, mais pour s'être accoutumée aux intonations des réfugiés, elle l'associa à un dialecte de l'est.

— Maria, on dirait de l'allemand, va demander à Mireille de nous rejoindre, peut-être qu'elle pourra traduire. Tu surveilleras le bébé.

— Oui, mademoiselle, tout de suite.

— Et vous, père, donnez-moi votre fusil !

— Pas question, si cet épouvantail bouge d'un pouce, je lui tire dans un genou ! rugit Amédée. Cela ne le tuera pas, et nous pourrons l'enfermer quelque part en attendant que les gendarmes viennent l'arrêter.

— Mais qu'est-ce qui s'est passé ?

— En sortant des écuries, j'ai croisé Maria qui partait traire la chèvre. Peu après, je l'ai entendue qui m'appelait au secours et il y avait cet individu, ici même. Il avait égorgé cette pauvre bête et dès que je me suis approché, il m'a menacé de son couteau. Dieu merci, j'avais mon fusil chargé.

L'homme s'était tu et semblait les écouter. Malgré la peur que ce colosse dépenaillé lui inspirait, Albane fit un geste apaisant de la main, auquel il répondit d'une grimace perplexe.

— Père, pourquoi aviez-vous votre fusil ? chuchota-t-elle.

— Depuis deux jours, je faisais une ronde au crépuscule, car deux de nos meilleures pondeuses avaient disparu. Maria et moi ne t'avions rien dit pour te ménager. Aussi je cachais mon arme dans la sellerie, mais comme ce soir je voulais la nettoyer, je l'emportais au château.

Mireille venait dans leur direction, enveloppée d'un châle. Elle marqua un bref temps d'arrêt devant l'aspect inquiétant de l'étranger.

— N'ayez pas peur, l'encouragea Albane. Si cet homme parle allemand, vous pourrez peut-être comprendre ce qu'il dit. Et vous, père, par pitié, baissez donc votre fusil, vous pourriez causer un accident.

— Non, je le tiendrai en joue jusqu'à ce qu'il cède à mes injonctions ! s'obstina-t-il. Nous avons là un voleur, doublé d'un dangereux personnage.

Soudain l'inconnu jeta son couteau en répétant « *Habere, habere !* » d'un ton désespéré.

— C'est un dialecte zurichois, issu de l'alémanique, décréta Mireille. Mon époux le parlait et il m'en avait appris les bases.

— Et que nous raconte cet ours féroce ? demanda le châtelain.

— Il dit qu'il veut à manger ! C'est pour se nourrir qu'il a tué la chèvre. Il a répété « *äxgüsi* », qui signifie « excusez-moi » !

Fébrile, l'étranger approuva d'un énergique mouvement de tête, puis il se lança dans un long discours, d'une voix forte et rauque. Albane crut entendre deux fois le nom de Maubert Guérin. Elle se tourna pour interroger Mireille du regard.

— Je vais traduire, souffla celle-ci. J'essaie de comprendre, ce n'est pas facile, mon mari aurait eu moins de difficulté. Mais il y a beaucoup de mots proches de l'allemand.

Amédée commençait à souffrir de crampes dans les bras. Il se résigna à passer la bandoulière de son fusil à l'épaule, au grand soulagement d'Albane.

— Cet homme, Ulrich Mann, est né dans le sud de l'Allemagne, les renseigna Mireille. Il travaillait pour Maubert Guérin avec deux autres de ses compatriotes. Ils ont été renvoyés, à cause d'un cheval qui est mort par sa faute à lui. Tous trois se cachent depuis dix jours dans une grotte, située presque en face de la propriété de Guérin.

— Une grotte ? Plutôt la sortie de notre souterrain ! s'exclama le châtelain. Ces canailles n'avaient pas trop de chemin à faire pour s'approvisionner, d'abord les poules, puis la chèvre !

— Ils étaient affamés, s'ils n'avaient rien à manger depuis leur renvoi, père, plaida Albane.

— Et alors ? Ils n'avaient qu'à décamper de mes terres pour quémander du travail dans la région ! s'exaspéra le châtelain. S'il vous plaît, Mireille, demandez-lui s'ils font du feu pour cuire le produit de leurs rapines, car si c'est le cas, ce maudit Guérin doit voir la lumière des flammes ou de la fumée. J'en déduis que ce diable de voisin savait bien où se cachaient ces sauvages.

Un dialogue hésitant s'engagea. Ulrich indiqua qu'ils faisaient un petit feu pour cuire la viande à l'étouffée, sous la cendre, et qu'ils s'étaient nourris pendant plusieurs jours de châtaignes et de racines.

— Dites-lui qu'il peut prendre cette pauvre bête, qu'elle ne soit pas morte pour rien, murmura Albane à Mireille. Vous êtes de mon avis, père ? Nous n'avons jamais eu faim de notre vie, comment pourrions-nous juger ces hommes ? Ils sont loin de chez eux, incapables de communiquer avec les gens du pays.

— Au nom de la charité chrétienne, bien sûr, bougonna Amédée. Ta mère aurait réagi exactement de la même manière.

— Puisque vous évoquez maman, je n'ai encore vendu aucun de ses bijoux. J'irai à Périgueux samedi après-midi, en train ou en bus, et avec l'argent, nous rachèterons une biquette, ou une vache !

— Et par quel prodige Mireille nourrira-t-elle le petit Pierre d'ici là ? questionna son père.

— Il y a du lait en poudre chez le pharmacien, je vais aller en acheter.

— Après tout, fais à ton idée, Albane ! Je ne suis plus le maître chez moi, tu gouvernes tout. Je te laisse régler cette affaire.

Il tourna résolument le dos à sa fille sans jeter un regard en arrière. Cela lui évita de voir Ulrich Mann charger la chèvre sur son dos, en la tenant par les cornes et par les pattes. Mireille lui avait dit d'emporter l'animal et après avoir titubé sous son poids, il s'éloigna au pas de course.

— Mon Dieu, quelle misère, soupira la jeune femme. Et nous devons encore l'intrusion de cet individu à Maubert Guérin. Mais pourquoi a-t-il recruté des Allemands ? Comment les a-t-il fait venir ici ?

— Je doute que ce soit des citoyens allemands, répondit Mireille d'un air songeur. En ce qui concerne Ulrich Mann, il s'exprime péniblement dans cette langue. Il est beaucoup plus à l'aise avec le dialecte alémanique, très répandu en Alsace, dans l'ouest de l'Allemagne, en Suisse et même au nord de l'Italie[1].

— Au fond, peu importe, Maubert Guérin dépasse les bornes une fois de plus. Peut-être qu'il espérait nous causer de nouveaux ennuis. Il a commis une erreur en engageant ces étrangers alors que nous sommes en guerre. Certains pourraient même considérer qu'il s'agit de trahison.

— En tout cas, cela ne me dit rien qui vaille, vous avez raison, Albane.

— Je vous remercie, ma chère Mireille, sans vous la situation aurait pu virer au désastre.

— Si vous voulez mon avis, Otto Meyer aurait pu lui aussi jouer les traducteurs. À leur arrivée au château, son épouse et lui discutaient souvent dans un patois proche du dialecte dont usait Ulrich Mann.

— La barrière du langage nous empêche de fraterniser. S'il avait su le français, cet homme aurait pu nous demander de la nourriture au lieu d'égorger notre chèvre. Enfin, ce qui est fait est fait, hélas ! Je m'inquiète surtout pour Pierre, il n'aura pas de lait ce soir.

---

1. Véridique.

Il faisait presque nuit à présent. Mireille prit le bras d'Albane pour l'entraîner loin de la grange, vers la cour d'honneur du château.

— Maria en avait fait bouillir un litre après le déjeuner qu'elle a mis au frais dans le cellier. J'aurai assez pour deux biberons.

— Je ferais mieux de partir au plus vite à Brantôme. Si la pharmacie est fermée, j'irai chez le docteur Géraud.

— Vous êtes sûre, Albane ? Il fait sombre, la lampe de votre vélo n'éclaire pas beaucoup. Si vous faisiez une mauvaise chute par ma faute…

— Je serai prudente, Mireille.

— Rentrons, je vous donne l'argent pour le lait en poudre, qui est coûteux.

Brantôme, cabinet du docteur Géraud, même soir, une demi-heure plus tard

Enchanté par la visite inattendue d'Albane, le docteur Géraud essayait de la retenir un peu. Il venait de lui proposer un verre d'eau agrémentée de sirop d'orgeat et la jeune femme s'était assise en face de lui, dans son cabinet où une suspension électrique dispensait une douce lumière jaune.

— Je suis content d'avoir pu vous dépanner avec deux boîtes de lait en poudre, ma chère amie, dit-il en souriant. Mais l'incident que vous m'avez raconté me désole et me tracasse. Si vous le souhaitez, j'en parlerai au brigadier Roslin demain matin. Il est impensable que de tels individus rôdent sur votre propriété.

— J'espère qu'ils s'en iront bientôt.

— Cela me rassurerait, Albane, et je vous le répète, les gendarmes sont les plus à même de les faire déguerpir.

— Faites au mieux, docteur. Le vrai responsable, c'est encore Maubert Guérin, or je ne veux plus être confrontée à cet homme. Il a engagé ces étrangers et c'est peut-être lui qui les a aidés à faire le voyage, dans l'illégalité à mon avis. Relatez ce que je vous ai dit à monsieur le maire et au brigadier.

— Je vous le promets.

— Merci, Joseph. Ce soir je peux vous appeler ainsi, car je ne suis pas là pour une consultation. Au fait, Otto Meyer a reçu une lettre de son épouse, hier matin. Elle lui annonçait que Ronald devrait rentrer au château prochainement. Avez-vous de ses nouvelles ?

— Oui, je téléphone régulièrement à l'hôpital. Ce garçon s'est rétabli et il n'aura aucunes séquelles. Il faudra le ménager les premières semaines, mais je vous donnerai des consignes précises pour que sa convalescence se passe au mieux.

— Quand pourra-t-il aller en classe ?

— Sans doute après les congés de Noël.

Albane tardait à finir sa boisson. Elle se sentait bien en compagnie du médecin, dans cette pièce où régnait une chaleur égale grâce à un gros radiateur en fonte.

— C'est étrange, je n'ai aucune information sur la guerre, avoua-t-elle. Louis achetait des journaux et il écoutait beaucoup la radio, mais au château, nous sommes coupés du monde. J'ai la même impression à l'école.

— Je suis à votre disposition pour vous tenir au courant de l'actualité. J'accepterais toujours avec joie une invitation à dîner, ou bien je serais ravi de vous servir de chauffeur.

— Vraiment, alors si vous pouviez me conduire à Périgueux samedi après-midi, je vous en serais très reconnaissante.

— Dites-moi à quelle heure nous partons !

— Après le déjeuner.

— Entendu, ma chère amie !

Il la couvait des yeux, partagé entre un désir sagement réfréné et un sentiment de tendresse. Il contemplait son visage, de son nez fin et mutin aux pommettes hautes. Vêtue d'un imperméable gris, un béret noir sur sa chevelure soyeuse, Albane lui inspirait un amour presque douloureux. Elle le regarda quelques secondes et baissa vite la tête.

— Je suis désolée, Joseph, dit-elle à mi-voix. J'aurais dû vous épouser quand vous me l'avez demandé, il y a déjà un an. Je rêvais d'autre chose, et sottement, comme mon père me poussait vers vous, je refusais d'apprécier vos qualités. J'ai tellement souffert, à cause de Louis ! J'ai été stupide de ne pas suivre mon instinct et d'accepter ce mariage qui s'est avéré une triste mascarade. Maintenant je suis veuve et je porte son enfant. Ce constat me terrasse dès que je me réveille. Oh, rassurez-vous, je suis heureuse d'attendre un bébé.

— Pourquoi me dire tout cela, Albane ? Dois-je comprendre qu'il reste un espoir pour nous deux ? Ne répondez pas tout de suite, que je passe une bonne soirée... Sachez aussi que j'ai longtemps rêvé d'être père et que j'aimerais votre enfant autant que je vous aime.

Très touchée par ces aveux, Albane se leva, un léger sourire sur les lèvres. Elle prit le lait en poudre en sortant de sa poche l'argent de Mireille.

— Non, rangez vos pièces, je serais vexé, protesta-t-il.

— Si la pharmacie avait eu ce qu'il fallait, j'aurais payé. Joseph, merci d'être toujours là pour moi. Vous m'avez demandé de ne pas répondre à votre question, je respecte votre volonté. Mais je dirais seulement une chose, on ne peut jamais savoir ce que l'avenir nous réserve.

Il se leva à son tour pour la raccompagner. Elle le précéda dans le vestibule où il faisait plus sombre. Comme le médecin lui effleura l'épaule d'un geste irréfléchi, Albane s'imagina dans ses bras, blottie contre lui, recevant ses baisers et ses caresses.

— Encore une fois, vous allez faire la route seule dans l'obscurité, déplora-t-il. Si je vous ramenais ?

— Je suis à vélo, et la lampe éclaire bien.

Il la suivit sur le trottoir, pour l'aider à ranger les boîtes de lait dans ses sacoches.

— Soyez prudente, murmura-t-il. Albane, dites à votre père que je suis prêt à financer l'installation d'une ligne téléphonique au château. Ainsi, vous pourriez me joindre plus vite en cas de problème. Vous êtes nombreux désormais.

— Père est trop orgueilleux, il ne voudra jamais. Au revoir, Joseph, à samedi…

Il la regarda partir, le cœur serré, malgré l'étincelle d'espoir qu'elle avait fait naître en lui. Tout à coup, un autre cycliste surgit à l'angle d'une rue voisine. Albane freina et engagea la conversation. Le médecin reconnut Raphaël Wendling quand celui-ci lui adressa un signe de la main.

— Je ne rentrerai pas seule, docteur ! lui cria la jeune femme.

— Parfait, me voici rassuré, rétorqua-t-il en haussant le ton.

Mais il frémissait de jalousie, car le nouvel instituteur était séduisant et beaucoup moins âgé que lui.

Après avoir quitté Brantôme, Albane et Raphaël roulèrent l'un à côté de l'autre. Ils pédalaient au même rythme tranquille, ce qui leur permit de discuter.

— Vous avez bien occupé votre jeudi ? lui demanda-t-elle.

— J'ai passé tout l'après-midi à l'école, à corriger les exercices de calcul de mes élèves. Plus tard je suis allé au bistrot pour m'offrir un café, mais il était infect, en comparaison de celui de Maria. Alors, j'ai bu de la bière.

— Je vous avais conseillé une promenade dans les alentours de l'abbaye, pour admirer la grotte du Jugement Dernier !

— Je n'avais pas envie, trancha-t-il.

— C'est dommage. Je voudrais y emmener ma classe, avec l'autorisation du maire. L'endroit est grandiose. Les parois sont sculptées et…

— Albane, mon moral était au plus bas, l'interrompit Raphaël. J'ai passé deux appels depuis le poste de l'école. J'étais inquiet, parce que je ne recevais pas de lettres de ma fiancée.

— Elle avait votre adresse ici, en Dordogne ?

— Oui, je lui avais écrit pour la lui donner. Comme ses parents prévoyaient de déménager en Suisse, j'ai pensé à un retard dans les courriers. Au fil des jours, l'angoisse m'a pris à la gorge. Je me suis décidé à leur téléphoner.

— Si j'ai bien compris, ces gens n'ont pas encore été évacués !

— Ils sont très fortunés, ils vont déménager près de Genève où ils possèdent une villa au bord du lac Léman.

Ils avaient atteint le bas de l'allée du château, où se dressait le porche monumental, et ils firent une pause.

— Votre voix tremble un peu, Raphaël, dit gentiment Albane. Qu'avez-vous appris de si pénible ?

— Ma fiancée ne veut plus de moi, ses parents encore moins, et elle n'a pas osé me le dire lorsque nous nous sommes vus pour la dernière fois, au mois d'août. Je suis d'une rare naïveté, je croyais à notre histoire. En vérité, elle fréquentait déjà quelqu'un d'autre et ils vont se marier avant Noël.

— Je suis sincèrement navrée pour vous, Raphaël. Cette fille ne vous méritait pas… Il n'y a rien de plus cruel que d'être trahi, dupé par ceux qui prétendent vous aimer.

— Je vous remercie de compatir à mon triste sort, mais vous êtes tellement plus à plaindre que moi. Je m'en remettrai. Après tout, retrouver sa liberté a quand même du charme.

— Sans doute, cela dépend des circonstances, répondit-elle d'un ton évasif. Rentrons vite, mon père doit guetter votre arrivée avec impatience pour vous raconter les événements du jour. Mais je préfère marcher, alors ne m'attendez pas.

— Pas question que je vous laisse derrière moi, Albane.

Ils remontèrent l'allée en poussant leurs vélos, sans échanger un mot, bercés par la musique du vent dans les arbres, chacun perdu dans ses pensées.

15

Le marasme de l'automne

Château de Séguilières, jeudi 19 octobre 1939

Les joues cramoisies, un foulard sur les cheveux, Maria essuya ses mains au tablier en toile qui protégeait sa robe. D'humeur morose depuis la perte de sa chèvre une semaine plus tôt, elle avait décidé ce jeudi-là de faire des beignets aux pommes pour le goûter.

— Il y en aura pour tout le monde, promit-elle en jetant un coup d'œil sur les enfants déjà attablés, entourés de leurs parents.

Une rumeur impatiente lui répondit, assourdie par les grésillements du saindoux au creux de la poêle. Avec des gestes précis, la domestique plongea dans la graisse brûlante les rondelles de pomme nappées de pâte.

— Est-ce qu'on pourra en manger tout de suite ? s'inquiéta Lucas Goetz, alléché par l'odeur de la friture.

— Eh non, petit gourmand, il faut attendre mademoiselle Albane et son père, lui rappela sa mère.

— Et mon frère, puisqu'il est allé avec eux, insinua Lidy.

— Ils ne vont pas tarder, affirma Maria. Ils en avaient pour une heure, pas plus. Odile, si vous pouviez attraper l'écumoire, elle est suspendue au mur, derrière vous. Ces temps-ci, j'ai la tête à l'envers.

— C'est bien normal, déclara Otto Meyer. On a eu droit à deux visites des gendarmes, et il a fallu trouver en urgence une vache laitière et une autre chèvre. Après les réquisitions du bétail, ce n'était pas facile.

— Il faudra enfermer ces bêtes dès le crépuscule, ce serait plus prudent, conseilla Clara Fischer, assise à côté de Mireille.

Les deux femmes s'appréciaient mutuellement, rapprochées par leur éducation et leur ancien rang social. Peu à peu, une certaine familiarité naissait entre les réfugiés. Il en était ainsi pour Odile Goetz et Maria, toutes deux excellentes cuisinières, qui se réunissaient autour du fourneau pour concocter des recettes économiques mais savoureuses. Et Lidy et Marguerite devenaient aussi très complices, ce qui rassurait bien à tort sa grand-mère et son frère.

Quand Albane entra dans la grande cuisine, elle éprouva une joie presque puérile, de celles qu'elle ressentait fillette, en retrouvant Maria au retour d'une promenade.

Le feu ronflait, l'air chaud embaumait le parfum sucré des beignets aux pommes qui s'entassaient sur un plat. Il ne manquait personne autour de la longue table rectangulaire, exceptés Petra Meyer et Ronald, dont le retour au château était prévu pour le lendemain.

— Ils sont enfin partis, annonça-t-elle. Raphaël et mon père rangent les lanternes dans la grange et ils nous rejoignent.

— Le thé est prêt, mademoiselle, et nous avons un cruchon de lait frais, se rengorgea Maria.

En pantalon et bottes d'équitation, Albane avait enfoui ses cheveux sous une casquette en velours. Son pull en laine à col roulé s'ornait de quelques petites feuilles mortes et de filaments grisâtres de toiles d'araignée.

— Bonne nouvelle, maintenant le souterrain est praticable tout du long, précisa-t-elle. Mireille, vous avez vraiment su expliquer à ces hommes le travail à effectuer en dédommagement de leurs méfaits.

— C'était la moindre des choses, bougonna Étienne Goetz.

— Mademoiselle, vous avez dû voir les restes de notre pauvre bique. Elle était si brave, cette bestiole ! Pas comme la nouvelle, qui cherche à m'encorner, se plaignit la domestique.

— Tu finiras par l'amadouer telle que je te connais, répliqua Albane. Ne te tracasse pas, il n'y en avait plus aucune trace... Quelle chance, tu as fait des beignets !

— Eh oui, je sais que vous les adorez !

— Tant qu'on a de quoi, il vaut mieux se régaler, prêcha Odile Goetz. Et on va les sucrer avec la cassonade que j'ai rapportée de la maison. Chez nous, on en utilise pour la pâtisserie.

— N'en abusons pas, car nous manquerons bientôt de tout, prêcha Otto Meyer. Dans sa dernière lettre Petra me dit qu'à Périgueux, les rations de viande sont de sept cents grammes, pas davantage, et ça baissera encore.

— Je suis au courant, monsieur Meyer, lui répondit Albane. Justement, mon père compte évoquer les provisions qu'il faudrait faire pour cet hiver, et certaines restrictions quant au chauffage.

— Il y a de quoi se faire du souci, déjà qu'on commence à grelotter dans notre chambre, maugréa Étienne Goetz.

L'apparition du châtelain et de Raphaël imposa le silence. Amédée de Séguilières, lui aussi en tenue d'équitation, coiffé d'un chapeau noir, salua tout le monde en s'inclinant.

— Ma fille a déjà dû vous le dire, mais je tiens à le confirmer, les trois barbares qui s'étaient introduits sur mes terres ont décampé. Grâce à notre amie Mireille, ils se sont acquittés de leur dette en déblayant une partie de notre souterrain.

— Monsieur, je n'ai fait que vous accompagner et parler avec eux dans leur dialecte.

— Ce qui était déjà une bénédiction. Et je vous ai imposé une longue marche à flanc de coteau, dans une végétation hostile, insista Amédée.

— En fait, cela m'a plu, j'ai eu tort de renoncer à de grandes balades, répliqua Mireille.

Son délicat visage, au teint ivoirin, s'éclaira d'un beau sourire qui lui redonna un air de jeunesse. Cet éclat de gaieté surprit un peu Albane, en comblant le châtelain de fierté.

— Où en étais-je ? dit-il, campé devant la cheminée. Oui, nos trois barbares, qui, comme nous le savons désormais, étaient des Suisses allemands. Seul le dénommé Ulrich avait grandi en territoire ennemi. Ce point précis me fait aborder le sujet de la guerre. L'Europe est en ébullition, des heures tragiques nous menacent et nous devons tous ensemble veiller à la sécurité des femmes et des enfants. Messieurs Meyer et Goetz, samedi après-midi, Raphaël vous fera visiter les caves du domaine, un véritable dédale. Il vous guidera dans le souterrain. Par le passé, ces galeries creusées de main d'homme servaient à fuir ou à s'abriter des assaillants. Nous pourrons nous y réfugier en cas de bombardements.

— Pour être ensevelis vivants si la voûte s'écroule ? décréta Otto Meyer. En tant qu'Alsacien, j'ai été enrôlé de force dans l'armée allemande en 1917, à vingt et un ans. J'ai été témoin de ce terrible chaos ! Je n'ai jamais oublié le fracas des obus, la boue dans les tranchées.

— J'étais sur le front également, monsieur Meyer, dans les troupes françaises et oui, je m'en souviens, les combats étaient effroyables et meurtriers. Nous participions à une affreuse boucherie, certains chaque soir de mourir le lendemain, trancha Amédée.

Le petit Lucas se mit à pleurer, terrorisé par les propos du châtelain. Déjà la mort de la chèvre l'avait beaucoup marqué et le mot de boucherie lui renvoyait des images de sang et de bêtes découpées.

— Alors les méchants vont revenir ? sanglota-t-il. Maman, j'veux rentrer à la maison.

Odile Goetz le prit sur ses genoux et le cajola, en jetant un coup d'œil furieux aux deux hommes qui venaient de gâcher la douce ambiance du goûter.

— Père, les enfants n'ont pas à entendre ces horreurs ! s'indigna Albane. Ils sont loin de leur foyer, de leur pays et je voudrais les préserver du moindre chagrin. Lucas, ne crains rien, tout va bien. Tout à l'heure, je vous emmènerai donner du pain dur à mon cheval et nous regarderons Maria traire la vache.

— Et la chèvre noire ! renchérit Félicia, attristée de voir son petit frère en larmes. Je voudrais apprendre à tirer le lait pour vous aider.

— Pourquoi pas, ma pitchoune ! s'écria la domestique. Allez, mangez vite vos beignets, ils ont refroidi. Si on croque dedans quand ils sortent de la friture, les pommes sont brûlantes.

Douché par les reproches de sa fille, Amédée se servit un verre de cidre. Il s'installa dans le fauteuil placé au coin du feu en arborant une expression hautaine.

— Nous ferons tous de notre mieux, déclara alors Raphaël. En premier lieu, nous dissimulerons avec des branchages l'issue du souterrain située en face des prés de Maubert Guérin. Ensuite il y a la question du bois de chauffage. J'ai arpenté la forêt de M. de Séguilières : il y a des arbres à débiter, tombés au sol. Si nous nous attelons à cette tâche, on peut garnir la remise et tenir cet hiver. Le charbon sera rationné prochainement, je recommande d'allumer les poêles le plus tard possible.

— Ma parole, êtes-vous devenu le régisseur du château ? lui assena Étienne Goetz. J'accepte de recevoir des consignes de M. de Séguilières, mais vous avez le même statut que nous, Wendling, celui d'un réfugié, alors épargnez-nous vos grands airs.

Excédée, Albane renonça à s'asseoir. Après avoir ôté sa casquette, elle secoua ses cheveux bruns et marcha autour de la table, en toisant le brasseur d'un regard impérieux.

— Comment voulez-vous qu'il n'y ait plus de guerre sur terre si un groupe d'une dizaine de personnes ne parvient pas à cohabiter sans se quereller ? Non, monsieur Goetz, Raphaël Wendling ne se prend pas pour notre régisseur ! Je vous ferai remarquer qu'il se dévoue pour aider mon père et moi-même à vous offrir des conditions correctes d'hébergement. Rien ne l'y oblige. Ayant un poste d'instituteur, il pourrait loger à l'école, cependant il préfère demeurer parmi nous, et je l'en remercie. À présent, j'aimerais boire mon thé en paix !

— Bien causé, mademoiselle, approuva Maria, qui surveillait la cuisson des derniers beignets.

— Et ce Maubert Guérin, sait-on où il est ? demanda soudain Clara Fischer.

— Selon le brigadier, cette sombre crapule serait partie pour Paris, où il a des connaissances, chère madame, répondit le châtelain. Lorsque nous sommes allés chez lui, les gendarmes et moi, il n'y était plus. Nous avons eu affaire à ses deux palefreniers, bien français ceux-ci, et à une femme d'un mauvais genre, âgée d'une quarantaine d'années. Je la qualifierai de « créature », en raison de son apparence. Un maquillage outrancier, une tenue fort équivoque, comme si elle passait ses journées en peignoir de satin rouge et en bas noirs.

— Je vous en prie, père, nous n'avons pas besoin de détails, protesta Albane en lui désignant les enfants d'un mouvement de tête explicite.

— Très bien, ma fille, je n'irai pas plus loin, soupira Amédée. Mais à mon grand regret, Guérin avait déclaré nos trois Suisses allemands à monsieur le maire, il n'agissait donc pas dans l'illégalité. Son unique tort serait de les avoir congédiés sans s'inquiéter de savoir comment ils se nourriraient. Cela dit, le brigadier suppose qu'il a donné de l'argent à ces individus pour les convaincre de partir.

— Avant de s'éclipser lui-même discrètement, enragea Albane. Enfin, je dirai « bon débarras », même si de toute évidence Maubert Guérin reviendra.

— Sûrement puisque son écurie, aménagée avec soin, abrite six chevaux lourds et deux juments de race espagnole, marmonna son père. Maria, as-tu fait l'inventaire de nos provisions ?

— Oui, monsieur. Je vous l'ai même marqué sur une page de cahier. Mais c'est trop tôt pour les légumes. Les citrouilles peuvent mûrir encore deux semaines, et si j'en crois, mon cousin qui est métayer, il faudrait récolter les pommes de terre à la toute fin du mois.

Le châtelain inspecta la liste et fit une moue. Les réserves de farine, de sucre et de saindoux lui semblaient insuffisantes.

— Albane, est-ce qu'il te reste de l'argent sur la vente des bijoux ? s'enquit-il à haute voix.

— Père, je viendrai vous informer de l'état de nos finances avant le dîner. Que voudriez-vous acheter ?

— Un cochon, pour avoir de la viande cet hiver, précisa-t-il en se levant. Mesdames, messieurs, je vous dis à ce soir, je monte me reposer.

— Mais vous n'avez pas pris de beignet, il y en a encore quatre dans le plat, Monsieur ! s'écria la domestique.

— Que les enfants en profitent, Maria.

Très digne, le châtelain quitta la chaleur et les lumières de la vaste cuisine pour disparaître dans la pénombre froide de la salle à manger.

Albane devina que son père était contrarié pour une mystérieuse raison, cependant elle n'eut pas le courage de le suivre. Odile Goetz et Lidy commencèrent à débarrasser les verres et les tasses, tandis que Marguerite Meyer empilait les assiettes à dessert.

Franz et Lucas, les benjamins, réussirent à s'emparer des beignets, deux chacun, qu'ils avalèrent à toute vitesse.

— Je n'ai plus qu'à préparer la soupe, marmonna Maria. D'abord je bois un café...

Raphaël s'esquiva également après avoir embrassé sa grand-mère. Il alla s'enfermer dans sa chambrette au-dessus des écuries, où il joua longtemps de l'harmonica, le seul souvenir tangible qui lui restait de ses fiançailles. Enfin, il alluma une cigarette et regarda la photographie d'Elvire Léger, aux courtes boucles d'un châtain doré, le regard clair et incisif. Plus il observait son portrait, moins il comprenait pourquoi il avait envisagé de l'épouser.

Avec un sourire désabusé, Raphaël mit le feu au cliché. Le carré de papier glacé se racornit au creux de la soucoupe en métal qu'il utilisait comme cendrier.

— Adieu, Elvire, je te souhaite d'être heureuse, dit-il tout bas. Quant à moi, j'ai rencontré ici une jeune femme qui force mon admiration et éveille ma compassion. Albane de Séguilières, institutrice, veuve de guerre, et enceinte de son défunt mari.

Loin de soupçonner qu'elle occupait les pensées de Raphaël Wendling, Albane était assise au secrétaire en marqueterie où elle corrigeait les devoirs de ses élèves et rédigeait ses courriers. Le samedi précédant, lorsque Joseph Géraud l'avait emmenée à Périgueux, elle avait cette fois trouvé la bijouterie Laville ouverte. Le père de son amie Coralie l'avait accueillie en lui étreignant les mains, manifestement très content de la revoir.

— Et cet homme d'une grande bonté m'a acheté les bijoux de maman au prix fort, se remémora-t-elle, penchée sur un carnet où elle notait son salaire et ses dépenses.

Le bijoutier lui avait aussi donné l'adresse de son épouse et de sa fille à Londres, si bien qu'Albane se promettait d'écrire à Coralie après le dîner.

— J'aurai l'impression d'être un peu avec elle, comme à l'époque où nous étions pensionnaires à l'École normale.

Auparavant, la jeune femme devait s'acquitter d'une mission qui serait peut-être épineuse. Ensuite elle pourrait emmener les enfants jusqu'aux écuries, pour nourrir le cheval et assister à la traite de la vache et de la nouvelle chèvre.

Dix minutes plus tard, son carnet à la main, Albane frappait à la porte d'Amédée de Séguilières, qui jouait du cor de chasse, sa manie dès qu'il ruminait des idées noires.

— Ah, voici la maîtresse du château, ironisa-t-il en posant l'instrument en cuivre sur ses genoux, qu'il avait couverts d'un plaid écossais.

— Pardonnez-moi pour avoir coupé court à vos questions quand nous étions réunis dans la cuisine, père, mais j'estimais gênant de parler d'argent en public.

— Ce n'était pas un public, Albane. Et j'avais un but bien précis. J'ai su par Raphaël qu'ils avaient enfin reçu les allocations versées par l'État aux personnes déplacées. J'espérais susciter un élan de solidarité pour l'achat de denrées destinées à nous tous. Ni Otto Meyer ni Étienne Goetz n'ont obtenu d'emplois en ville ou dans les fermes voisines car ces messieurs ne prennent pas la peine d'en chercher !

— Mais ils sont là depuis un mois et demi, père. Il faut leur laisser du temps, et l'accident de Ronald Meyer n'a rien arrangé.

— Oh toi, tu trouverais des excuses au diable en personne ! As-tu remarqué leurs mines inquiètes quand Raphaël proposait de débiter des arbres en prévision de l'hiver ? Nous ne sommes pas un palace, nous hébergeons ces gens, mais ils doivent faire des efforts.

— En considérant la situation sous cet angle, vous avez raison, admit-elle. Je vous soutiendrai sur ce point.

— Attention, ma fille, Clara Fischer et ses petits-enfants ne sont pas visés par mes reproches. Cette charmante dame m'a déjà remis une somme conséquente et Raphaël tient à nous verser une partie de son salaire.

Très surprise de l'apprendre, Albane feuilleta son calepin. Elle aurait volontiers économisé le solde de l'argent des bijoux.

— Alors achetons un cochon, mais pourquoi ne pas toucher à la somme que vous a remise Mme Fischer ?

— Il n'en est pas question ! Sur le moment, je l'ai acceptée, mais j'ai prévu de la lui rendre si jamais elle en avait besoin. La guerre finira par se déchaîner, et nous serons très vite privés du nécessaire. Sans oublier l'orgueil de mon nom, de ma lignée. Sincèrement, il vaut mieux dépenser l'argent qui nous vient de Mathilde, mon épouse adorée et ta douce maman.

— Très bien, père, faisons ainsi, soupira Albane.

— Je te remercie, ma précieuse enfant, dit-il en souriant.

— Vous m'appelez ainsi lorsque je vous obéis ou que je cède à vos décisions, rétorqua-t-elle. Sinon je suis juste votre fille et non le fils que vous rêviez d'avoir.

— Ne dis pas de sottises ! Et je ne perds pas espoir, tu mettras au monde l'héritier des Séguilières qui me consolera de tout.

— Ce ne sera pas forcément un garçon !

— Dieu m'exaucera, tu mettras au monde un beau poupon et nous le baptiserons Quentin, le prénom de ton arrière-grand-père.

Le cœur lourd, Albane sortit de la pièce sans daigner répondre, pour longer le large couloir desservant les autres chambres. Elle aperçut Mireille qui marchait dans sa direction, les traits tendus, son châle en laine sur les épaules.

— Ah, ma chère petite, je voulais m'entretenir avec vous, j'ai toqué à votre porte, vous n'avez pas répondu.

— J'étais chez mon père. Mais vous avez froid, venez, nous serons mieux près de mon poêle, je l'ai allumé tout à l'heure.

— Oh, ce n'est pas la peine, Pierre va bientôt se réveiller. Albane, je n'ai pas eu l'occasion de vous avertir plus tôt et disons aussi que j'hésitais à le faire, de crainte de vous perturber. Quand je suis allée avec votre père parler à Ulrich Mann, il a mentionné Maubert Guérin. Pour lui, c'est un « très mauvais homme », il l'a répété trois fois.

— Je le savais déjà, hélas.

— Il y a autre chose, Guérin parle l'allemand couramment, ce qui s'avère inquiétant. Et d'après M. Mann, quand il avait beaucoup bu, il hurlait qu'il aurait un jour votre château, vos terres… et vous, Albane. Il veut vous épouser.

— S'il clame ces inepties en français, comment Ulrich Mann a pu comprendre ?

— Je lui ai posé la même question. Guérin les criait dans les deux langues, tour à tour, en tapant du poing sur la table. Dans ces moments-là, il avait l'air d'un fou, paraît-il. Et quand il a chassé ces trois hommes, il braquait un revolver sur eux.

Oppressée, Albane prit Mireille par le bras et lui lança un regard anxieux. Elles frissonnèrent toutes les deux.

— Dès qu'il s'est installé dans la région, Maubert Guérin a voulu acheter notre domaine. Il aurait proposé une fortune à mon père. J'étais donc déjà au courant de ses projets, mais s'il croit m'avoir, moi, il se fait des illusions.

— Je suis navrée, mais je ne pouvais plus me taire, je devais vous le dire avant que ce bandit de Guérin revienne. Albane, je me suis attachée à vous, à qui je dois tant. Souvent, avant de m'endormir, je revois la nuit épouvantable que nous avons passée dans votre pavillon de chasse, Esther et moi. Au petit matin, ma fille souffrait et se désespérait d'accoucher dans ces conditions ! Et puis cet affreux dogue a surgi en nous menaçant. Vous êtes venue à notre secours, telle une envoyée du Ciel !

— Je vous en prie, Mireille, le hasard a joué son rôle, car j'allais rarement dans cette partie du parc.

— Le hasard, non, le Seigneur tout-puissant qui a eu pitié de nous. Je vous dois mon existence présente, à l'abri, entourée d'amitié et d'affection. Pierre a un toit et du bon lait. Venez dans le boudoir avant le dîner, je tiens absolument à vous rembourser le prix de la vache et de la chèvre. Albane, je sais combien vous vous êtes démenée afin de trouver ces deux bêtes, en supportant la mauvaise humeur de M. Meyer, de surcroît. Je n'ai pas touché à l'argent destiné à notre voyage pour les États-Unis, alors je suis vraiment heureuse de vous dédommager. Il vous faudrait un manteau et de meilleures bottines, pour l'hiver...

Touchée aux larmes par ce geste si généreux, Albane étreignit Mireille un instant.

— Vous êtes sûre ? demanda-t-elle tout bas.

— Oui, faites-moi cette joie, ma chère petite.

— Alors j'accepte, en vous remerciant de tout mon cœur...

Quelques heures plus tard, Albane relisait la lettre qu'elle avait écrite à Coralie, sur une feuille papier bleu ciel, afin de s'assurer de n'avoir rien oublié d'important.

Chère Coralie,

Je suis dans ma chambre, le poêle ronronne et dehors le vent souffle fort. Malgré toutes les appréhensions que j'ai quant à l'avenir, je profite pleinement de ces instants de solitude et de calme où je peux me confier à toi, comme avant.

J'espère que ce courrier te parviendra dans la lointaine Angleterre où je te sais en sécurité, en compagnie de ta maman. Sans ton père, je n'aurais pas eu ton adresse, mais peut-être m'aurais-tu écrit la première.

Je dois t'annoncer la mort de mon mari. Louis a été tué par l'explosion d'une mine, au cours de l'offensive de la Sarre. Cette triste nouvelle m'a profondément blessée, car le décès brutal d'un jeune homme est toujours une tragédie. D'autant plus que j'ai appris récemment qu'il s'était porté volontaire.

Même si je ne me considérais plus comme son épouse, je l'ai beaucoup pleuré, au point d'en être malade plus d'une semaine. Je t'avouerai que c'était un calvaire pour moi de n'avoir pas pu le revoir, discuter franchement. Je voulais nous libérer tous deux de notre engagement pris à la hâte, le savoir promis à une belle carrière d'enseignant, et heureux avec Régina et leur petite fille.

J'ai rencontré cette femme, qui semble me vouer de la haine. C'est un vrai « paquet de nerfs », elle fume et boit beaucoup. Imagine combien un tel personnage complique la vie de Mme Molinier qui l'héberge. Mais il y a l'enfant, Louisette, de qui j'ai fait la connaissance. Une adorable fillette aux joues rondes, le portrait de Louis... Je laisse du temps s'écouler avant de rendre une autre visite à ma belle-mère, néanmoins je serai obligée de lui dire la situation où je suis.

Coralie, tu seras sans doute surprise d'apprendre que je suis enceinte. Le bébé naîtra au mois de mai. Cela daterait des derniers jours passés avec mon mari, où j'étais affolée par l'imminence de son départ et où je lui accordais tout ce qu'il désirait.

D'abord affolée, révoltée à l'idée d'élever seule cet enfant, j'ai prié de toute mon âme et Dieu m'a exaucée. Cette grossesse que je redoutais est devenue une bénédiction et un bonheur. Je voudrais une fille, que je chérirai avec passion et que je pourrai éduquer selon mes préceptes. Ce serait merveilleux si tu étais sa marraine, hélas la guerre nous a séparées.

Cependant, je reprends les sages propos de ton aimable papa : vous êtes à l'abri, ta mère et toi, de l'odieuse politique antisémite de ce chancelier Hitler.

Que te dire encore ? Nous avons des réfugiés du Bas-Rhin au château et notre quotidien est très animé. Je t'en parlerai plus longtemps dans une prochaine lettre...

Tu te souviens sûrement du docteur Géraud, qui était à mon mariage. Il n'a pas renoncé à moi, et se dit prêt à devenir le père de mon enfant. Il est si tendre, si prévenant, que parfois j'envisage de me remarier, d'ici un an ou deux.

J'oubliais, j'ai une classe de quarante-deux élèves, dont la moitié se compose d'enfants évacués. J'ai tellement de travail que je suis rarement en mesure de rêver ou de lire.

Raphaël Wendling, un de nos évacués de l'est, a succédé à Louis. Il était fiancé mais depuis peu, il est célibataire. Je pense souvent que vous feriez un beau couple et que vous auriez beaucoup d'affinités.

Sur cette touche à l'eau de rose, je t'embrasse, mon amie exilée, et j'attends impatiemment ta réponse.

Satisfaite, Albane replia la feuille en quatre et la glissa dans une enveloppe de même couleur. Elle irait à la poste demain, afin d'affranchir la missive au tarif voulu.

— C'est un peu de ma Dordogne qui s'en va de l'autre côté de la Manche, murmura-t-elle.

Brantôme, gendarmerie, samedi 11 novembre 1939

Maubert Guérin avait refusé de s'asseoir. Blême de colère, il allait et venait dans la petite pièce où le brigadier le recevait.

— Je suis rentré hier soir de Paris et mes employés m'ont tout de suite montré la convocation que vous m'aviez laissée. Je suis là ! De quoi m'accuse-t-on encore ?

— Baissez d'un ton, Guérin, ordonna le gendarme. Un des hommes que vous aviez engagés à la mi-septembre a volé des poules et tué une chèvre appartenant à M. de Séguilières, le jeudi 12 octobre. L'individu et ses deux complices faisaient leurs mauvais coups le soir.

— S'il s'agit des Suisses allemands que j'avais recrutés par une filière légale, ils ne travaillaient plus pour moi à cette date. En conséquence, je ne suis pas responsable de leurs méfaits.

— Pourtant, selon le témoignage d'un de vos palefreniers, vous les avez congédiés sans les payer. Ces pauvres types crevaient de faim dans les bois.

— Ils ont causé la mort de mon étalon, un animal que j'avais acheté une petite fortune. C'étaient eux qui me devaient de l'argent, pas le contraire. Brigadier, vous direz à M. de Séguilières et à sa clique qu'ils auraient dû mieux enfermer poules et chèvre. Au revoir !

Le gendarme s'apprêtait à l'invectiver encore, mais Guérin sortit en trombe en claquant la porte. Une fois sur le trottoir, il enfourcha sa moto, la démarra et fonça dans la rue principale de Brantôme. Il s'arrêta à un croisement, pour mettre des lunettes de protection et son casque.

Albane le vit passer de l'intérieur de l'épicerie-tabac où elle comptait acheter des crayons d'ardoise et du gros sel. Raphaël l'avait accompagnée et il nota sa pâleur soudaine.

— Vous vous sentez mal ? s'enquit-il.

— Notre voisin est de retour et je crains qu'il nous cause encore des ennuis, chuchota-t-elle. Maubert Guérin, un acolyte du diable, comme le surnomme mon père.

— C'était le motard qui vient de repartir, là-bas au carrefour ? Je ne l'aurais pas reconnu. Le soir où je lui ai serré la main, en bas de l'allée du château, il m'a paru assez civilisé.

— Croyez-moi, il est habile à donner le change. De toute évidence, il roule toujours aussi vite, l'accident de Ronald ne lui a pas servi de leçon, soupira-t-elle.

— Au moins, quand vous rentrerez à vélo, vous n'avez aucun risque de le croiser, il sera rapidement chez lui. Albane, vous êtes sûre que je peux rester en ville ce soir ? Je prends goût à traîner au café le samedi, pour écouter la radio ensuite dans votre ancien logement.

— Vous méritez un peu de distraction avec tout le dur labeur de la semaine. Nos réserves de bois augmentent à vue d'œil.

— Et finalement, Meyer et Goetz ne s'en plaignent pas. Ils se font les muscles à manier la hache et le merlin[1]. Je vous laisse, j'ai mes cigarettes. À demain, nous nous verrons à la messe.

— Tout à fait, Lidy m'a promis de venir aussi.

— Ma sœur est métamorphosée, grâce à vous, dit-il. Merci.

Elle lui répondit d'un sourire distrait, en réglant ses achats sous l'œil inquisiteur de la commerçante, déjà prête à répandre la rumeur que la jeune veuve Molinier et le nouvel instituteur paraissaient s'entendre à merveille.

Furieux, Maubert Guérin avait emprunté une piste forestière pour regagner sa propriété. C'était un large chemin empierré par endroits et qui délimitait ses terres de celles des Séguilières.

Une fois sous le couvert des arbres, il fit une halte et extirpa de la poche de son blouson en cuir une flasque d'eau-de-vie. Il la vida en quatre rasades avides, la tête renversée en arrière.

— Fichu pays, saletés d'aristos, maugréa-t-il. Je ferais peut-être mieux de déclarer forfait et de retourner en Picardie, pour de bon.

1. Outil servant à fendre les bûches.

Campé sur son engin, il alluma une cigarette. Songeur, il observa le ciel gris, les chênes à la ramure roussie, le fouillis des fougères mordorées. Ce paysage d'automne, privé de la lumière du soleil, lui sembla sinistre.

— Autant rejoindre vite mes invités ! Une flambée, du vin, de la bière et des femmes dociles, de quoi me remonter le moral.

Moins nerveux, il se remit en route, à une allure modérée afin d'éviter les flaques d'eau boueuse du chemin. S'il avait roulé plus vite, il n'aurait peut-être pas vu, sur sa droite, deux filles et un grand garçon aux boucles noires. Il reconnut tout de suite Lidy à ses longs cheveux blond platine. Elle enlaçait l'adolescent en lui caressant la joue. Quant à Marguerite Meyer, il ne put l'identifier, ne l'ayant jamais rencontrée.

Ses démons s'emparèrent de lui, exaltés par l'alcool. Il freina et s'arrêta à leur hauteur, sans éteindre le moteur.

— Hé, Lidy, ma beauté, ton frère sait où tu es et ce que tu fais ?

— On cherche des champignons, monsieur, répondit-elle en s'écartant prestement de David Cohen.

C'était leur deuxième rendez-vous dans les bois, un secret que gardait Marguerite, leur complice.

— Regardez, on a trouvé des cèpes, monsieur, déclara celle-ci en désignant deux paniers d'osier, gisant sur les feuilles mortes.

Maubert approuva d'un sourire moqueur, et il tendit la main vers Lidy.

— Approche un peu, toi, dit-il d'un ton amical. N'aie pas peur, la dernière fois qu'on était ensemble, tu m'as sauté au cou pour quémander un baiser ! Tu t'en souviens ?

— Qu'est-ce que ce type raconte, Lidy ! s'exclama David Cohen. Il pourrait être ton père…

— Je t'expliquerai, c'est promis ! Monsieur Guérin, je vous en supplie, ne dites rien à personne, s'affola l'adolescente.

— Pourquoi je ferais une chose pareille, tu as le droit de t'amuser, Lidy, mais pas avec n'importe qui ! Viens avec moi, je t'emmène faire un petit tour. Allez, le siège est assez grand, monte, sinon...

Malade d'angoisse à l'idée d'être dénoncée, elle grimpa derrière lui, en relevant un peu sa jupe plissée, ce qui dévoila ses genoux et ses mollets quelques secondes.

Maubert démarra si vite qu'elle faillit basculer sur le côté et qu'elle dut se cramponner à ses épaules pour tenir l'équilibre.

— Lidy, ne fais pas ça ! appela David Cohen en voyant la moto s'éloigner. Marguerite, c'est qui cet homme ?

— Un voisin des gens du château. Mademoiselle Albane le déteste et moi aussi. C'est lui qui a renversé mon frère avec sa voiture de luxe, une décapotable. Ronald aurait pu mourir.

— C'est vrai que Lidy voulait l'embrasser ?

— Je n'en sais rien, mais ça m'étonnerait, Lidy est amoureuse de toi depuis la rentrée.

Du haut de ses douze ans et demi, Marguerite réconforta de son mieux le séduisant garçon qui faisait battre son cœur. Si elle cédait aux exigences de Lidy, en jouant les chaperons, c'était notamment pour profiter le plus possible de la présence de David Cohen.

Maubert Guérin avait suivi un itinéraire bien précis, une boucle à travers la forêt qui le ramenait chez lui. Lidy devina bientôt des bâtiments à travers les arbres, ainsi que des barrières blanches délimitant des prés.

— Où vous m'emmenez ? hurla-t-elle, prise de panique.

— Te faire visiter mon humble demeure, ce corps de logis qui appartenait aux Séguilières il y a une cinquantaine d'années.

Il avait ralenti pour lui répondre et il s'arrêta, juste avant de s'engager sur une pente broussailleuse où le chemin se changeait en sentier.

— Une jolie fille comme toi, tu n'as pas honte de cajoler ce youpin ? Si j'imagine ses sales pattes sur toi, j'en ai la nausée, dit-il en se retournant un peu.

— Je fais ce que je veux ! se défendit-elle, le cœur cognant à se rompre.

— Avec un Juif ! J'ai dressé la liste de tous ceux qui ont envahi la région. Il y en a beaucoup trop à Brantôme. Ton petit ami, Cohen, ses parents étaient tailleurs à Strasbourg, leur boutique donnait sur la place de la cathédrale. Et peut-être qu'au château, Mireille Dresner n'est pas la seule.

Le regard clair de Guérin scrutait celui de Lidy. Elle perçut la haine dont il vibrait à ses traits crispés, au rictus de sa bouche.

— Et alors, qu'est-ce qu'ils vous ont fait, les Juifs ? demanda-t-elle en s'armant de tout son courage. David est gentil, il me respecte. On ne s'est pas embrassés encore... Et Mme Dresner a eu beaucoup de malheurs, pourtant elle ne se plaint jamais.

— Tais-toi, petite sotte ! gronda-t-il d'une voix rauque. Je te mets en garde, ne traîne plus avec ce youpin, c'est dans ton intérêt et celui de ta famille.

— Je n'y comprends rien, je veux rentrer, gémit-elle.

Terrifiée, Lidy voulut descendre du siège, mais il lui ordonna de ne pas bouger.

— Tiens-toi bien, je te ramène, après un petit détour.

Il accéléra brusquement et dévala le coteau, un rire silencieux sur le visage.

16

Un Noël au château

Dans les bois des Séguilières, samedi 11 novembre 1939, même jour, deux heures plus tard

Une bruine fraîche tombait sur la forêt, qui ornait de perles fines les feuilles mortes et la dentelle fanée des fougères. Assise au pied d'un gros châtaignier, Marguerite Meyer guettait avec angoisse le retour de Lidy, en s'abritant sous son imperméable qu'elle avait enlevé pour s'en protéger la tête et les épaules.

— Pitié, reviens vite, Lidy, gémit-elle. Mes parents vont s'inquiéter et ils me puniront si on rentre trop tard.

La lumière déclinait, sous un ciel bas, où défilaient de lourds nuages couleur de plomb fondu. Des corbeaux tournoyaient au-dessus des arbres avec des croassements rauques.

— Je m'en fiche, je vais m'en aller ! marmonna-t-elle. David m'a laissée là, toute seule.

Des bruits tout proches, en contrebas de son refuge, la firent espérer et elle appela Lidy. Son cri provoqua la fuite de deux sangliers qui longeaient la piste. Déçue, Marguerite se souvint de leur ferme en Alsace. Là-bas aussi, bien sûr, il y avait des sangliers dans les bois et des chevreuils.

« Mais c'était chez nous », se dit-elle, au bord des larmes.

D'un geste tremblant, elle repoussa les boucles rousses qui se plaquaient sur son front.

— Il va bientôt faire nuit, où il a bien pu emmener Lidy, ce malfrat ?

Elle prononçait ce mot pour la première fois, après l'avoir souvent entendu de la bouche d'Amédée de Séguilières à propos de Maubert Guérin.

— Ce sale malfrat ! insista-t-elle, en luttant contre la sensation de panique qui l'envahissait.

Comme pour édifier une barrière entre elle et le sous-bois que les ombres du crépuscule rendaient inquiétant, Marguerite posa leurs paniers à ses pieds. La vue des champignons qu'ils avaient ramassés au début de l'après-midi lui donna envie de pleurer. Ils s'étaient bien amusés en les cherchant et David sifflait un air joyeux dès qu'il en trouvait un.

— Lidy ! hurla-t-elle à nouveau.

Il lui sembla entendre une voix sur sa gauche. Vite, elle se leva et scruta les alentours. Tout de suite la silhouette de son amie lui apparut, entre deux troncs d'arbres. Soulagée, elle donna libre cours à sa colère.

— Où tu étais passée ? Dépêche-toi, il est tard ! J'avais peur, moi ! s'égosilla-t-elle en trépignant sur place.

Sans lui répondre, Lidy continua à monter dans sa direction, pareille à un automate, indifférente aux ronces qui griffaient ses mollets. Marguerite courut vers elle.

— Tu as de la boue sur ta jupe, et tes cheveux sont tout emmêlés ! Si ta grand-mère te voit dans cet état… Lidy, tes genoux sont blessés, tu es tombée ?

— J'ai sauté de la moto, et après je me suis égarée. Je suis tombée souvent, il y avait des cailloux, des fossés.

— Maubert Guérin n'a pas essayé de te rattraper ? Et pourquoi tu as sauté ? C'était dangereux, balbutia Marguerite.

— Il m'agaçait à me parler des Juifs. Au fait, où est David ?

— David ! Il y a longtemps qu'il est parti. Il était fâché… Il pensait que tu fréquentais cet homme.

— Comment il a pu croire ça ? souffla l'adolescente. Tant pis, je ne le reverrai plus, ça m'est égal…

— Mais si, à l'école.

Très pâle, Lidy sentit ses jambes trembler sous elle. L'énergie qu'il lui avait fallu pour rejoindre Marguerite la quittait et elle dut s'asseoir au bord du talus.

— Tu es fatiguée ? Pourtant on ferait mieux d'y aller. Je suis sûre que mes parents sont furieux.

— On dira qu'on s'est perdues, ce sera une demi-vérité, murmura Lidy.

— Viens, alors.

— Je dois me reposer un peu, j'ai mal partout.

Un appel retentit alors dans la forêt, suivi du hennissement d'un cheval. Marguerite poussa un cri de joie.

— C'est mademoiselle Albane, je reconnais sa voix !

— Eh bien, réponds-lui pour la guider, répliqua Lidy. Et ne me trahis pas, je t'en supplie. Ni pour David ni pour Maubert Guérin, d'accord ? On vient d'arriver ici, après avoir tourné en rond dans les bois. Jure-le !

Affolée, Marguerite promit de garder le secret. Elle n'eut pas le temps de signaler leur présence, car montée sur Ulysse, Albane déboula au grand trot sur la piste.

— Je vous cherche depuis une heure, les filles, leur reprocha-t-elle d'un ton sec.

— On s'est égarées, mademoiselle, et elle est tombée au fond d'un fossé. Il y avait de la boue, des cailloux, des ronces, hein, Lidy ? Je t'ai aidée à en sortir. Mais on a trouvé des cèpes !

En tenue de cavalière, les cheveux noués sur la nuque, Albane les observait d'un air intrigué. Ravie par son escapade à cheval, elle n'en montrait rien, en arborant un air sévère.

— Vous allez me dire aussi que vous ne saviez plus rentrer au château, ajouta-t-elle. Lidy, regarde-moi, je te prie !

L'adolescente releva la tête et lui adressa un vague sourire, ses yeux verts comme voilés par la lassitude.

— Je suis épuisée, mademoiselle, plaida-t-elle. Et je n'ai pas trop l'habitude de la forêt.

— On ne doit pas s'attarder, il fera bientôt nuit.

Sur ces mots, Albane glissa à terre avec souplesse en tenant toujours les rênes d'une main.

— Montez toutes les deux sur Ulysse. Je connais un raccourci à travers les bois.

— Chez moi, à la ferme, je montais à cru sur le cheval de trait de papa, se vanta Marguerite en se hissant assez habilement sur la selle.

Mais Albane dut aider Lidy, qui commençait à claquer des dents et murmurait n'avoir plus aucunes forces.

— Un peu de courage, lui dit-elle gentiment. Une fois au château, je soignerai tes genoux et tes égratignures.

— Merci ! Est-ce que mon frère est là ?

— Non, il reste à Brantôme ce soir, comme tous les samedis. Tu le verras à la messe, Lidy.

— Je n'irai pas à l'église demain matin, je crois que j'ai pris froid, mademoiselle.

— Une bonne nuit de sommeil et tu te sentiras mieux, affirma Albane. Marguerite, porte un des paniers, s'il te plaît, je ne peux en prendre qu'un, je dois tenir les rênes d'Ulysse. Mais ne craignez rien, mon cheval saurait rentrer à l'écurie tout seul si je le lâchais.

Durant le trajet, Lidy, assise derrière Marguerite, appuya son front sur le dos de son amie.

— Tu dors ? demandait celle-ci de temps en temps.

— Mais non…

Les paupières closes sur une suite d'images abominables qui l'obsédaient, le corps endolori, Lidy aurait voulu disparaître par magie avant de se retrouver au château. Elle ne serait plus jamais la même et mourir lui semblait l'unique solution, afin de ne plus endurer la honte qui la dévorait.

Albane s'inquiéta de l'attitude prostrée de Lidy en arrivant dans les écuries. Maria avait allumé les trois grosses lanternes à pétrole que l'on suspendait en hauteur à des crochets.

— Alors, vous avez retrouvé les filles, mademoiselle ?

La domestique s'apprêtait à traire la nouvelle chèvre, qui était attachée dans un des box. La vache occupait celui d'à côté et meuglait plaintivement.

— Oui et nous avons une douzaine de jolis cèpes, de quoi faire une omelette, annonça la jeune femme. Lidy, il faut que tu descendes en premier, et toi, Marguerite, dès que tu mets pied à terre, cours au château rassurer tes parents.

— Elle va se faire tirer les oreilles, indiqua Maria.

Otto Meyer apparut à l'instant où Albane saisissait Lidy par la taille pour l'aider. Elle perçut son tressaillement nerveux, ce qui l'alarma pour de bon.

— Papa, on a des champignons, dit Marguerite. Je rentre vite jouer avec Ronald, je lui avais promis.

— La prochaine fois, tu auras droit à une raclée, marmonna l'Alsacien.

— Pardon, papa, je ne recommencerai pas. Je vais voir mon frère tout de suite.

— Elles se sont égarées, il est parfois difficile de se repérer dans nos bois de châtaigniers, déclara Albane en suivant des yeux la silhouette potelée de Marguerite.

— Mademoiselle, à l'avenir, n'autorisez pas un de mes enfants à vagabonder, décréta Meyer. Si j'avais été là en début d'après-midi, j'aurais défendu à ma gamine d'aller en forêt.

— J'avais la permission de votre épouse, j'ignorais qu'il fallait aussi la vôtre. Je suis désolée, monsieur.

— Une maîtresse d'école devrait être un peu plus sérieuse que vous, rétorqua-t-il.

— Qu'insinuez-vous ? s'indigna-t-elle.

— Rien, rien, bougonna-t-il en s'éloignant.

— Quel grognon, ce rouquin, se moqua la domestique. Il pouvait traire la vache, ça m'aurait fait gagner du temps, mais non il vient jusque-là pour ronchonner !

— Mais de quoi m'accuse-t-il, à ton avis, Maria ?

— Pardi, mademoiselle, de rien du tout.

Albane conduisit Ulysse dans son box, le dessella et le frictionna avec une poignée de paille. Appuyée contre la porte, Lidy l'observait d'un air absent.

— Je lui donne son foin et je te raccompagne, Lidy. Tu as mauvaise mine, en effet tu as dû prendre froid.

— Dites, mademoiselle, est-ce que je pourrais utiliser votre cabinet de toilette ? Je n'ai pas osé le dire devant Marguerite, mais je suis indisposée après ma chute. Dans notre chambre, il n'y a qu'un paravent pour cacher le lavabo. Si ma grand-mère se repose, ça me gêne.

— Bien sûr, Lidy. Il y a des serviettes-éponges propres en haut de mon armoire. Je comprends mieux que tu te sentes mal, répondit Albane, déjà tranquillisée.

— Hé, petiote, monte-toi un broc d'eau chaude. Tu en prends dans la cuisine, la grande marmite est pleine et je la laisse toute la journée près du feu, renchérit Maria.

— Je vous remercie… Vous êtes si gentilles, toutes les deux. Je suis désolée, c'est ma faute si on s'est perdues, Marguerite et moi. J'aurais voulu rapporter plein de champignons.

— Ne t'inquiète pas, Lidy, va te changer et repose-toi un peu, je te prête mon lit, si tu veux, lui dit Albane en souriant.

Quelques minutes plus tard, Clara Fischer voyait sa petite-fille traverser leur chambre. Adossée à ses oreillers, l'édredon remonté le plus haut possible, la vieille dame avait dû somnoler un peu.

— Reste couchée, mamie, j'ai besoin de ma brosse à cheveux et de vêtements secs, je me lave chez mademoiselle Albane, elle me l'a permis.

Sa grand-mère ne portait pas ses lunettes. Elle ne distingua pas les larmes qui coulaient sur les joues de Lidy, ni les frissons qui la secouaient.

— Très bien, j'admets qu'ici ce n'est guère intime pour une jeune fille. As-tu pris de l'eau chaude ?

— Oui.

— Et cette balade dans les bois ? Vous vous êtes amusées, Marguerite et toi ?

— Un peu, avant de nous égarer. Mamie, je suis indisposée, alors je me dépêche. En plus, j'ai très mal au ventre cette fois-ci.

— Sans doute parce qu'il fait froid. Maria te préparera une tisane, avant le dîner.

Lidy écourta la conversation pour regagner le couloir plongé dans la pénombre. Dès qu'elle s'enferma à clef dans la chambre d'Albane, de gros sanglots la suffoquèrent. Adossée à la porte du cabinet de toilette, elle hoquetait, une main sur sa bouche pour ne pas faire trop de bruit.

— Ce qu'il m'a fait ! Oh, ce qu'il m'a fait, geignait-elle.

Fermer les yeux ne chassait pas la vision de Maubert Guérin couché sur elle, et même en se bouchant les oreilles, les mots orduriers qu'il disait résonnaient encore dans son esprit.

— Je voudrais le tuer, ce monstre, chuchota-t-elle. Soit je me supprime, soit je le tue…

Guérin, qui lui bloquait les bras en arrière en broyant ses poignets, l'avait exhibée devant deux couples à moitié dénudés, qui échangeaient des baisers et des caresses dans le salon surchauffé.

— Cette jeune déesse s'acoquine avec un youpin, je dois lui montrer qu'un Aryen sait mieux y faire ! avait-il clamé.

Ils avaient tous ri aux éclats en l'applaudissant. Terrifiée, Lidy s'était débattue, sans espoir pourtant de s'échapper. Sa révolte de bête affolée avait précipité sa plongée en enfer.

— Le salaud, il m'a soulevée et mise sur son épaule, comme un sac de farine, balbutia-t-elle. J'aurais dû le frapper, je n'ai rien fait. Il m'a emmenée dans cette petite pièce, où il faisait si froid. Et là, là…

L'adolescente crut ressentir à nouveau le choc de son jeune corps sur le matelas. Aussitôt les ressorts du sommier avaient grincé sous le poids de Maubert Guérin. Il avait abusé d'elle, tout de suite furieux en constatant qu'il n'était pas le premier.

— Tu as couché avec ton Juif, hein ! avait-il vociféré.

Terrassée par la peur et la douleur, Lidy s'était tue, résignée à subir la violence de cet homme. Maintenant, elle ne savait plus très bien quand et comment il l'avait libérée.

— Si, je me souviens, une porte donnant derrière la maison. Le sol était boueux, ensuite j'ai marché, beaucoup marché dans les champs, vers les bois, vers Marguerite et David, mais David ne m'a pas attendue. Il doit me détester, moi qui l'aimais tant.

Quand Albane entra dans sa chambre pour se changer, elle découvrit Lidy endormie sur le lit, enveloppée dans la courtepointe. Elle devina le col galonné d'un pyjama en pilou et ce détail eut le don de l'attendrir.

— On dirait que j'ai recueilli une fée tombée de la lune, se dit-elle tout bas.

Soucieuse de ne pas la réveiller, elle remit une bûche dans le poêle après avoir ôté ses bottes. Malgré ses efforts, Lidy se redressa et la fixa en silence.

— Je suis navrée, tu n'as pas pu te reposer bien longtemps, déplora Albane.

— Si, je vous assure, je me sens beaucoup mieux. Il fait bon chez vous, je n'ai plus froid, ni mal au ventre.

La jeune femme enfila un pull à col roulé et une jupe en jersey, ainsi que des chaussettes tricotées par Mireille.

— Vous êtes belle, mademoiselle, déclara Lidy. On ne voit pas du tout que vous attendez un bébé.

— C'est normal, je suis au début de ma grossesse. Je pense que cela se verra au début du printemps. Dis-moi, pourquoi es-tu déjà en pyjama ?

— Je n'ai pas envie de dîner en bas, il y a tellement de monde dans la cuisine pour les repas. Et puis je n'ai pas faim.

— Pas encore, plaisanta Albane. Si tu veux, reste ici ce soir, je te monterai un plateau. Il y a des livres sur l'étagère, et je te conseille *Le Comte de Monte-Cristo*, d'Alexandre Dumas. Je l'ai lu à ton âge.

Lidy acquiesça sagement. En se lavant, confrontée à son adorable reflet dans le miroir, elle avait renoncé à mourir pour choisir l'anéantissement de Maubert Guérin. Cette décision lui permettait de respirer, de discuter et de sourire. Certaine que David Cohen l'aiderait, elle avait prévu de lui faire passer une lettre lundi, à l'école, avec la complicité de Franz Meyer.

— Tu me sembles rêveuse, Lidy, nota Albane en s'asseyant au bord du lit.

— Je me demandais si on fêterait Noël... En Alsace, chez nous, les villes et les villages sont décorés avec du houx, des bougies au bord des fenêtres. Il y a des marchés où l'on vend des pains d'épice, des confiseries, avec des jolies lumières. Papa achetait un sapin et on le décorait en famille. Maman chantait, elle était très belle, vous savez ! Elle avait les mêmes cheveux que moi, d'un blond aussi clair, mais moins longs. Et votre mère, comment était-elle ?

— Je te montrerai des photographies tout à l'heure, je dois aider Maria à préparer le dîner.

— Mme Goetz le fera, restez encore, vous ne m'avez pas répondu pour Noël.

— Je n'en sais rien, en fait. À la fin décembre, le château peut se changer en glacière. Quand j'étais enfant, nous étions plus à l'aise, financièrement. Ma mère tenait à dresser un arbre dans le salon. Elle allumait de minuscules chandelles et pour moi, c'était un enchantement de voir le sapin illuminé, même si mon père craignait que tout prenne feu. Ces dernières années, Maria et moi nous allons à la messe toutes les deux, la veille de Noël. Au retour, nous mangeons des crêpes dans la cuisine, l'endroit où l'on a le plus chaud. Souvent je cueille un énorme bouquet de houx pour décorer le hall.

Songeuse, Lidy se balança un peu d'avant en arrière. Ses cheveux avaient séché et ils étaient redevenus lisses et souples.

— Mademoiselle, est-ce que les Juifs célèbrent Noël ?

— Nous poserons la question à Mireille.

— Quand même, ce serait merveilleux de faire un sapin pour les plus petits, Lucas et Franz, dans le salon du château. Il y a beaucoup de bois, mon frère ferait un énorme feu dans la cheminée, qui est gigantesque.

— Il faudrait d'abord la ramoner.

— Je vous aiderai à dresser une magnifique table avec votre plus belle vaisselle.

— Nous avons tout vendu, nos verres en cristal également ! Tu me fais rêver, hélas je dois garder les pieds sur terre. Essaie de dormir, je passe chez ta grand-mère. Puisque je te monterai un plateau, je vais lui proposer de lui en apporter un par la même occasion.

Albane quitta Lidy à contrecœur, touchée par sa volonté de vivre des moments de joie, malgré la menace de la guerre. En descendant l'escalier, elle osa imaginer un bel arbre orné de guirlandes scintillantes, de hautes flammes dans l'âtre, qui éclaireraient les armoiries de ses ancêtres, en relief sur la grande plaque en fonte vieille de deux cents ans.

— L'an dernier, Maria a élevé des oies, nous avons une bonne provision de confits et des bocaux de pâté, murmura-t-elle. Les pommes de terre seront récoltées. Pour les gâteaux, les œufs ne manquent pas ni le lait. Alors pourquoi pas, si le maître des lieux y consentait…

Brantôme, école primaire, vendredi 24 novembre 1939

Un sourire extatique sur les lèvres, Lidy se tenait au fond du préau des filles, adossée au mur. Elle avait demandé si elle pouvait sortir avant la récréation, pour se rendre « aux commodités », selon le terme. Maintenant la cloche avait sonné et ses camarades se répandaient dans la cour, avec des rires et des bousculades.

— Je suis sauvée, merci mon Dieu, chuchota-t-elle.

Depuis des jours, une peur atroce l'empêchait de respirer à son aise. Désormais, elle revivait, grâce aux taches de sang sur sa petite culotte et à cette douleur familière en bas du ventre. Il lui faudrait ruser pour cacher son indisposition mensuelle, car elle avait prétendu avoir ses règles un peu moins de quinze jours plus tôt, après le viol dont elle avait été victime.

— C'est un tout petit souci, je me débrouillerai, se disait-elle tout bas.

Au prix de gros efforts, Lidy avait pu dissimuler sa terreur atroce d'être enceinte. Libérée de cette hantise, une joie farouche lui donnait envie de chanter et de danser. Elle allait se consacrer à sa vengeance, avec ou sans l'aide de David Cohen.

Très amoureux, le garçon avait cru à sa version des choses, que l'adolescente lui avait exposée dans une lettre passionnée. Elle y décrivait Maubert Guérin comme une brute doublée d'un ivrogne qui haïssait les Juifs et l'avait emmenée sur sa moto afin de lui faire la morale. Pour la punir, il l'avait déposée dans une autre zone de la forêt et elle s'était égarée. À la fin de ces explications sommaires, Lidy suppliait David de la croire, en lui promettant qu'elle l'aimait de toute son âme.

— Ah tu étais là ! On te cherchait ! s'écria Marguerite en la rejoignant, suivie par Félicia Goetz. Mademoiselle s'inquiétait, parce que tu avais l'air malade.

— Mais non, c'était juste une envie pressante, mentit Lidy. Je me sens très bien, et je voudrais déjà être au soir de Noël. Vous avez entendu M. de Séguilières ce matin ? Il accepte qu'on réveillonne dans le salon. Mon frère ira couper un sapin dans les bois. C'est grâce à moi : si je n'avais pas parlé de mon idée à mademoiselle Albane, il n'y aurait pas eu de fête. En plus, Mme Dresner a promis de me tricoter une robe, ma grand-mère doit acheter des pelotes de laine verte, toute douce.

— Tu seras très jolie, déclara Félicia, qui l'admirait en toute circonstance.

— Maman n'a pas emporté ma toilette du dimanche, se désola Marguerite. Un corsage en soie brodée et une belle jupe rouge.

Elles continuèrent à bavarder, exaltées à la perspective de ce Noël au château, qui représentait une merveilleuse consolation dans leur exil forcé. Le rire de Lidy s'élevait souvent, presque strident, au point de dominer le brouhaha ambiant des deux cours d'école.

Selon une récente habitude, Albane s'était assise sur le muret de séparation, appuyée contre les barreaux de la grille. Elle surveillait ses élèves, mais elle en profitait aussi pour parler avec Raphaël Wendling, debout de l'autre côté.

— Votre sœur a retrouvé toute sa bonne humeur, lui dit-elle. Lidy me semblait tourmentée et son travail laissait à désirer.

— Je doute qu'elle soit promise à de longues études, mais je peux me tromper, répliqua-t-il. Comme me l'a confié notre grand-mère, elle est à un âge difficile, et le drame qu'elle a vécu l'hiver dernier l'a beaucoup perturbée, sans lui servir de leçon. J'ai constaté combien ma sœur s'intéressait à David Cohen. Ce matin, en entrant dans ma classe, j'ai vu Franz Meyer lui donner une enveloppe qu'il a vite enfouie au fond de sa poche.

— Ce serait une lettre de Lidy ? hasarda Albane.

— Je ne peux pas en être certain, mais j'ai des doutes, soupira Raphaël. Cela m'incite à redoubler de vigilance, sans toutefois importuner ce garçon dans l'immédiat. Nous avons discuté tous les deux hier, pendant le déjeuner. Sa famille est juive, si bien que ses parents vivent dans la crainte, même ici en Dordogne.

— Mais ils sont en sécurité, pourtant.

— J'ignore combien de temps la France sera épargnée par la guerre. Je suis l'actualité de très près, enfin ce que nous en disent les journaux et la radio. Staline prépare l'invasion de la Finlande, qui vient de proclamer la mobilisation générale[1]. En Allemagne, les mesures antisémites se durcissent encore et les crimes des nazis sont impunis. Depuis octobre, les Juifs ont un *J* majuscule imprimé sur leurs papiers d'identité.

Effarée par ces mauvaises nouvelles, Albane se leva et croisa nerveusement les bras sur sa poitrine. Elle reçut peu après des gouttes de pluie.

— Je sonne la cloche, il pleut, je préfère écourter la récréation. Raphaël, tenez-moi au courant de la situation en Europe, j'ai tendance à espérer que la guerre s'arrêtera bientôt, comme l'idéaliste que je suis, avoua-t-elle.

— Vous avez déjà perdu votre mari, ne vous reprochez rien et pensez au soir de Noël, Albane, murmura-t-il. Les enfants seront tellement heureux, si nous menons à bien nos projets.

Elle approuva d'un sourire complice avant de s'éloigner du muret. Le petit Franz Meyer saisit l'occasion pour faire signe à Lidy. Prestement, il lui tendit quelque chose à travers la grille. C'était une page de cahier pliée

1. Authentique.

en huit, dont l'adolescente s'empara comme s'il s'agissait d'un fabuleux cadeau.

Elle put lire le message pendant le cours de grammaire, car Albane écrivait un exercice sur le tableau noir, tournant le dos à ses élèves.

> *Ma chérie, je t'attendrai ce soir à 18 heures là où tu sais. Je ne pourrai pas rester longtemps.*
> *David*

Fébrile, Lidy ne songea plus qu'à ce troisième rendez-vous inespéré dans le pavillon de chasse du château, où ils étaient à l'abri du vent et de la pluie, où personne ne s'aventurait jamais. Ils s'enlaceraient et ils s'embrasseraient à en perdre le souffle, pour oublier le chaos du monde. David la respectait, il était tendre et prévenant. Ils s'aimaient, avides de bonheur et de liberté…

Château de Séguilières, dimanche 24 décembre 1939

Albane et son père firent leur entrée dans le grand salon en se tenant par la main. Le châtelain portait un costume trois pièces gris et une lavallière blanche en guise de cravate.

Quant à la jeune femme, elle avait mis une robe de sa mère, qui datait des années 1920. Ce fourreau en soie rouge étoilée de strass lui conférait une rare élégance. Comme il s'agissait d'un modèle sans manches, elle avait drapé ses épaules et ses bras d'un somptueux châle en cachemire aux motifs d'inspiration orientale, ayant lui aussi appartenu à Mathilde de Séguilières.

Sa chevelure brune, aux souples ondulations, était relevée en chignon, ce qui dégageait la ligne pure de son cou.

— Seigneur, serions-nous frappés d'un enchantement, qui nous aurait ramenés au temps de notre splendeur ? s'étonna Amédée en serrant les doigts de sa fille.

Elle était montée le chercher lorsque tout avait été prêt, car il n'avait rien vu des ultimes préparatifs de Noël. La surprise était réussie, comme le prouvait son expression éblouie.

— Nous avons œuvré tous ensemble, père, précisa-t-elle en riant. Est-ce que cela vous plaît ?

— Je pourrais en pleurer, souffla-t-il à son oreille.

— Ah ça oui, tout le monde y a mis du sien, Monsieur, affirma Maria, un tablier blanc sur sa robe du dimanche.

Les réfugiés au complet s'étaient rassemblés devant la majestueuse cheminée en marbre, où flambait un superbe feu dont les hautes flammes éclairaient presque toute la pièce.

Ils se tenaient debout, un peu figés, comme s'ils attendaient sagement le début des festivités. Ils avaient fait des efforts de toilette en l'honneur de ce soir de Noël si particulier, le premier qu'ils passeraient loin de chez eux, loin de leur terre natale.

— Seigneur, quelle flambée ! s'inquiéta le châtelain.

— Père, rassurez-vous, Raphaël et M. Meyer ont ramoné une partie du conduit de la cheminée, expliqua Albane. Je vous épargne les détails de leur rude labeur, c'était un véritable défi. M. Goetz a débité les bûches, du chêne bien sec.

— J'admets qu'il règne une agréable chaleur, je vous félicite, messieurs, et je vous remercie, s'enthousiasma le châtelain. Et ce sapin immense, qui l'a coupé et ramené ?

— Mon cousin, le métayer, avec son fiston de quinze ans, répliqua Maria. Mais notre demoiselle, avant ça, était allée le choisir dans les bois avec les enfants.

— Oui, on a même aidé à le transporter dans le salon, se vanta Franz Meyer, du haut de ses huit ans.

Clara Fischer s'était assise dans une bergère au tissu élimé. La vieille dame savourait la douceur de ces instants autant que la beauté du lieu, sous la lumière des bougies. Elle portait ses plus beaux bijoux, ses cheveux blancs relevés en chignon.

— Monsieur de Séguilières, Marguerite, Félicia et moi, nous avons confectionné les guirlandes de l'arbre avec du papier doré, annonça Lidy, radieuse dans sa robe d'un vert pâle, au col de dentelle blanche. Deux longues nattes blondes encadraient son ravissant minois.

— Je vous félicite toutes les trois, répondit Amédée. Mais dis-moi, Albane, tu as déniché les anciennes décorations de Noël, celles que Mathilde achetait à Périgueux !

— Père, comme je les contemplais en secret chaque année avant Noël, je savais où les trouver. Je suis sûre que maman, du Ciel, est heureuse de les revoir.

— Ma petite fille, je t'ai mené la vie dure après son décès, et tu n'as jamais émis une plainte, soupira le châtelain. Maria me disait que tu étais toute triste, je ne pensais qu'à mon deuil.

— Nous chérirons toujours nos disparus, monsieur, intervint Mireille tout en berçant le petit Pierre, niché dans son landau. Cependant en ce soir de fête, accordons du répit à nos chagrins, Dieu ne nous en voudra pas.

— Voici un excellent conseil, ma chère amie. Eh bien, que la fête commence ! Prenons place à cette magnifique table…

— Vous la présiderez, père, dit Albane en lui désignant un fauteuil à haut dossier. Regardez, Lidy a cueilli du lierre et du houx afin de décorer aussi la nappe.

— Une pièce de musée, cette nappe damassée, couleur ivoire, commenta Odile Goetz, je m'y connais en tissu. Et puis je n'en avais jamais manipulé une aussi grande. Félicia, Lucas, il faudra faire attention à ne pas la salir en mangeant…

— Combien sommes-nous, en fait ? s'enquit le châtelain.

— On est quinze, monsieur, vous ne savez plus compter, s'esclaffa Ronald avec une grimace malicieuse.

— Je plaisantais, mon garçon ! Sache que je suis bien content de te voir rétabli. Il paraît que tu retourneras bientôt en classe.

— Après ces congés, indiqua Raphaël. Mais il n'ira pas en récréation, le docteur Géraud m'a recommandé de le garder au calme jusqu'à Mardi gras. Il rattrapera ainsi les leçons qu'il a manquées.

Amédée acquiesça d'un signe de tête, puis il considéra Albane d'un air intrigué.

— Mais j'y pense, tu n'as pas invité notre fidèle médecin ? Cela me chagrine de l'imaginer sans bonne compagnie la veille de Noël !

— Père, je lui ai rendu visite il y a deux jours et bien sûr, je l'ai invité, mais il partait pour Bordeaux, chez son oncle.

— Vraiment ?

— Je n'ai aucune raison de vous mentir. Si nous goûtions aux hors-d'œuvre, préparés par toutes ces dames ? Il y a même du foie gras, sur du pain grillé, proposa Albane, dont les joues s'étaient colorées.

En lui disant au revoir, dans la pénombre du vestibule, Joseph Géraud avait osé poser ses lèvres sur les siennes en la serrant contre lui. Ce timide baiser et son étreinte d'homme troublaient encore Albane.

Si le dîner n'était pas copieux, il faisait la fierté de Maria, qui multipliait les allers-retours en cuisine. Lidy lui avait offert son aide mais la domestique avait refusé d'un air offensé. Au moment de déguster les confits d'oie croustillants et les pommes de terre sautées, un silence religieux se fit. Seul Amédée souffrit dans son orgueil de la vaisselle et des couverts ordinaires, mais il n'en montra rien.

— Monsieur de Séguilières, je ne sais pas si on vous l'a dit, insinua soudain Étienne Goetz, mais il paraît que votre voisin, Maubert Guérin, a de nouveau disparu. Je l'ai appris par le facteur, hier matin.

— Je vous en prie, monsieur Goetz, évitons d'évoquer cet individu un soir de Noël ! se récria Albane.

— Tant mieux s'il s'est volatilisé, rétorqua Amédée. Je suppose qu'il est parti s'encanailler à Paris et en confiant ses chevaux à ses employés.

— Il faudrait vérifier, quand même, insista Meyer. Ce serait un soulagement si ce type et sa clique avaient décampé.

— M. Guérin a fait preuve d'une grande générosité envers nous, Otto, protesta son épouse. Il nous a dédommagés et grâce à lui, j'ai pu rester avec Ronald à l'hôpital. Pour ma part, je souhaite qu'il ne lui soit pas arrivé malheur.

Ses yeux verts fixés sur le contenu de son assiette, Lidy sentit son cœur battre plus vite. Elle avait maudit chaque jour celui qui l'avait humiliée et violée et à présent elle s'interrogeait sur la puissance de ces malédictions. La haine avait pu créer des ondes néfastes capables de réduire Maubert Guérin à néant, du moins elle s'en persuada, naïvement satisfaite.

— Dites, mademoiselle Albane, à quelle heure on ouvre les paquets, ceux sous le sapin ? demanda alors Lucas, le benjamin des Goetz.

— Après le dessert, mon mignon, répondit Maria. Finis donc ta viande, si tu es pressé de voir ton cadeau.

— Et quand mademoiselle Albane aura allumé les toutes petites chandelles de l'arbre, ajouta Lidy.

Raphaël, lui, observait discrètement les uns et les autres, en sirotant son verre de vin rouge. En chemise blanche sous une veste de velours brun, il écartait souvent d'une main une mèche de sa chevelure noire qui frôlait son front.

— Mon cher petit-fils, nous joueras-tu de l'harmonica, après ce délicieux repas ? s'enquit sa grand-mère.

— Sans doute, mais je ne voudrais pas réveiller le bébé qui dort si bien, répondit-il en lui souriant tendrement.

— Pierre fait ses nuits maintenant, au mieux cela le bercera, affirma Mireille.

Le châtelain se leva au même instant, les bras tendus comme pour envelopper d'un grand geste ceux qui l'entouraient.

— Mes chers amis, ma précieuse Albane, il y a des années que je n'avais pas vécu de tels moments de joie, dit-il d'un ton solennel. J'ignore si nous fêterons ensemble le prochain Noël, mais je sais qu'un enfant sera là, blotti sur la poitrine d'Albane ou endormi dans son berceau. Mon petit-fils, mon héritier, qui sera né entre ces murs, sous le toit de mes ancêtres, et je serai consolé de tous mes malheurs.

— Il faut trinquer à ce petiot, Monsieur, lui dit Maria. Allez, je vais chercher le champagne et les gâteaux. Cette fois, je veux bien de l'aide... Lidy, Marguerite, vous venez, mes petites ?

— Du champagne ? s'affola Albane. Du cidre aurait suffi. Père, ce n'est pas raisonnable.

— Je n'y suis pour rien, ma fille.

— C'est mon cadeau, avoua Clara Fischer. J'ai chargé Raphaël d'en acheter deux bouteilles... Lidy a eu quinze ans aujourd'hui, je tenais à fêter cela. Maria lui a fait un délicieux gâteau, Albane lui a offert un ravissant collier. Pour votre accueil, pour toutes ces attentions délicates, je voulais vous remercier, monsieur de Séguilières, et que ce réveillon au château devienne un souvenir inoubliable.

Une demi-heure plus tard, Albane assistait à l'ouverture des paquets, ponctuée de cris surpris et d'éclats de rire. Assise près la cheminée, où un épais lit de braises rougeoyait, elle se réjouissait du bonheur des plus jeunes et du plaisir timide des adultes. Les réfugiés, surtout, ne s'attendaient pas à recevoir un cadeau.

— Madame Mireille a travaillé dur, fit remarquer Maria. Si le froid vient, on aura tous les mains au chaud.

— Comment vous remercier, madame Dresner ? s'écria Odile Goetz. Nous avons tous reçu de si jolis gants. Vous tricotez à merveille.

— Les petits et les grands, en plus, renchérit Petra Meyer. Comment avez-vous fait pour les mesures ?

— Oh, parfois à vue d'œil, mais Lidy était dans la confidence et elle m'a aidée en faisant dessiner leurs menottes à Lucas et à Franz.

— Même à moi et à Félicia, révéla Marguerite. Mademoiselle, merci pour les livres, les images sont très belles.

Sacrifiant son dernier salaire, Albane avait acheté des romans d'aventures aux trois filles et des jouets aux garçons, ainsi que des sachets de bonbons. Elle avait offert également à tous les adultes de modestes boîtes de chocolats.

Son père, toujours à table, se leva brusquement. Il marcha vers elle et l'embrassa sur le front.

— Quelle belle soirée, ma fille chérie, murmura-t-il. À présent, Raphaël, il est temps de nous jouer un peu de musique sur votre harmonica !

— Volontiers, monsieur, répondit le jeune homme.

Debout à côté de l'arbre encore illuminé par de minuscules bougies, il sut les charmer en interprétant « Mon beau sapin », « Il est né le divin enfant », et enfin le célèbre hymne chrétien « Adeste fideles ».

Lorsqu'il salua son public d'un geste élégant, son regard bleu croisa celui d'Albane. Il eut alors un sourire tendre et lumineux, dédié à elle seule, et pour la première fois la séduction de Raphaël la toucha en plein cœur.

17
Les blessures de l'hiver

Brantôme, école primaire, mercredi 10 janvier 1940

De l'estrade où trônait son bureau, Albane surveillait ses élèves. Elle avait donné une récitation à apprendre aux plus grandes et un dessin à recopier aux plus petites. Certaines fillettes avaient un gilet ou un pull sur leurs tabliers. Après un mois de décembre très pluvieux, le froid avait sévi sur toute la France, avec son cortège de neige et de verglas[1].

Le poêle à bois, pourtant allumé par Raphaël très tôt, ne parvenait pas encore à réchauffer la classe.

— Maîtresse, est-ce qu'on ira en récréation ? demanda soudain Véronique, une enfant de réfugiés.

— Je préfère vous garder à l'abri, répondit Albane. Et je te rappelle que tu dois lever la main, avant de poser une question. Ce n'était pas le cas dans ton ancienne école ?

— Si, maîtresse, mais là j'ai oublié !

— Fais un effort la prochaine fois, Véronique. Bien, écoutez-moi, sous la couche de neige, le sol de la cour est verglacé et vous pourriez tomber… Oui, Marguerite ?

— Mademoiselle, chez nous, en Alsace, il fait très froid l'hiver, ça glisse, pourtant on a le droit de jouer dehors, déclara celle-ci, en tenant le bras en l'air.

1. Fait véridique, le 9 janvier 1940, presque toute la France était enneigée, avec des températures très basses.

— Je m'en doute, cependant tant que vous êtes à l'école, sous ma responsabilité, je tiens à éviter le moindre accident. J'en profite pour annoncer aux élèves qui habitent en dehors de la ville que vous pourrez rentrer auprès de vos parents après le déjeuner. C'est une décision de monsieur le maire.

Il y eut aussitôt une rumeur joyeuse. Déçue de ne pas sortir en récréation, Lidy leva la main à son tour.

— Nous aussi, mademoiselle ?

— Non, vous resterez là, puisque M. Wendling et moi-même devons faire la classe jusqu'à l'heure habituelle.

— Je suis en âge de raccompagner Marguerite et Félicia, qui peuvent s'occuper de leurs petits frères, ajouta Lidy.

— C'est non, ne discute pas, je te prie, trancha Albane.

Souffrant d'un début de migraine, la jeune femme se sentait transie malgré la veste en laine qu'elle portait sur sa blouse. Durant le trajet quotidien du château à l'école, le froid glacial l'avait oppressée jusqu'au malaise.

Si la Dordogne avait sûrement connu des hivers rigoureux par le passé, les conditions climatiques actuelles lui paraissaient exceptionnelles dans cette région proche du sud-ouest. Elle savait par Raphaël qu'elles étaient plus terribles encore dans le nord et l'est de la France.

— Un peu de silence, s'il vous plaît ! ordonna-t-elle, exaspérée par les bavardages qui couraient de pupitres en pupitres.

Une fatigue anormale lui rendait pénible le moindre geste, comme si son corps fonctionnait au ralenti. Elle fut presque soulagée lorsqu'on frappa à sa porte, vingt minutes plus tard. Sarah, une des plus grandes de la classe avec Lidy, était en train de réciter la poésie et Albane lui fit signe de se taire.

— Nous reprendrons un peu plus tard, Sarah. Je sors quelques minutes, surveille tes camarades.

Raphaël n'avait pas osé entrer, et il fut surpris de la voir se précipiter dans le couloir, en refermant derrière elle.

— Qu'est-ce qui se passe ? dit-elle sans le regarder.

— Je voulais vous prévenir que je laisse mes élèves aller en récréation, à part Ronald.

— Ce n'est pas prudent, il fait vraiment trop froid, la neige gèle dès qu'elle tombe sur le verglas. Mon Dieu, il faudrait aussi chauffer ce couloir.

— Quand même, bien équipé, la température extérieure est supportable, surtout si l'on s'agite comme le feront tous ces garçons, nota-t-il.

Le teint livide, Albane secoua la tête. Raphaël constata qu'elle claquait des dents et que son front était en sueur. Sans l'avertir, il prit sa main gauche entre les siennes.

— Je comprends mieux, vous êtes brûlante de fièvre. Allez vous étendre sur le divan, là-haut, dans votre ancien logement. Il y fera froid, mais enveloppez-vous dans des couvertures. J'appelle le docteur immédiatement.

— Non, ne le dérangez pas, je vais prendre de l'aspirine, il y en a dans la pharmacie de l'école. Et puis je ne peux pas laisser ma classe, dit-elle dans un souffle.

— Albane, je m'en occuperai, murmura-t-il. Je vais appeler Lidy, il vous faut de l'aide pour monter l'escalier.

Elle n'eut pas la force de discuter. Ses tempes cognaient et des frissons parcouraient son dos et ses jambes.

Contente de jouer les gardes-malades, Lidy installa Albane sur le divan, avec un coussin sous la tête. Elle l'enveloppa de deux couvertures.

— Mademoiselle, je peux ajouter l'édredon rouge, si vous voulez, proposa-t-elle.

— Non, c'est suffisant, merci…

— Alors vous habitiez ici avec votre mari ? Dites, ça devait vous changer du château !

N'obtenant pas de réponse, Lidy observa d'un œil curieux l'ameublement du logement, les cadres sur les murs, le tissu des rideaux. Elle retourna dans la chambre où elle avait pris les couvertures et considéra le lit avec perplexité, jusqu'à imaginer un couple nu s'adonnant à des ébats amoureux.

— Lidy, peux-tu me donner de l'eau ? Il y a un verre dans le cabinet de toilette.

— J'arrive, mademoiselle !

L'adolescente actionna le robinet, mais en vain, l'eau devait être gelée. Vite, elle rejoignit la jeune femme qui tremblait toujours.

— Quand le médecin sera là, Lidy, tu pourras redescendre en classe. J'entends des cris dans la cour, ce sont les garçons, sans doute. Regarde par la fenêtre, s'il te plaît.

— Tout de suite, mademoiselle.

— Alors ?

— Oui, il y a les élèves de Raphaël, mais mon frère a fait sortir les filles aussi. Ne vous inquiétez pas, personne ne se fera mal. Franz fait des glissades, on dirait qu'il patine !

— C'est dangereux, gémit Albane.

Le cœur en fête, Lidy entendit à peine, fascinée par David qui lançait des boules de neige sur ses camarades. Un bonnet de laine grise protégeait ses boucles noires et ses yeux aussi noirs brillaient de joie.

— Ah, une voiture se gare près du portail, mademoiselle ! C'est le docteur Géraud. Je l'attends avec vous et je m'en irai.

— Non, va t'amuser toi aussi, Lidy. Tu n'as qu'à laisser la porte du palier entrebâillée.

Dès qu'elle fut seule, Albane se mit à sangloter. L'esprit agité, elle craignait et espérait à la fois l'arrivée du médecin. Lorsqu'il entra, sa sacoche à la main, elle ferma les yeux.

— Mon Dieu, j'avais hâte de vous revoir, mais pas dans ces conditions, marmonna-t-il. Qu'est-ce qui se passe ? M. Wendling m'a parlé d'une forte fièvre. Il n'y a rien d'étonnant ! Une future mère ne devrait pas faire toutes ces allées et venues à pied, dans un froid sibérien.

— Je suis désolée, docteur. Je voulais prendre de l'aspirine pour me sentir mieux...

— Vous pourrez quand je vous aurai examinée. Il y a quelques cas de grippe en ville, et ce médicament est très efficace.

Il repoussa légèrement les couvertures pour l'ausculter avec soin. Albane se calma un peu, peut-être inconsciemment rassurée par sa présence.

— Est-ce que vous toussez ?

— Non, pas du tout, je ne suis même pas enrhumée.

— Pourquoi avez-vous pleuré ?

— C'était un mélange d'angoisse et de contrariété, je suis si nerveuse en ce moment. Je m'inquiète sans cesse pour tous ces enfants que l'on nous confie. Certaines de mes élèves ont de sérieuses difficultés à suivre les leçons, c'est difficile à gérer sans nuire aux autres... Et j'avais peur de vous revoir après la lettre que je vous ai envoyée.

— Nous en discuterons plus tard, quand vous irez mieux. C'est le médecin à qui vous avez affaire maintenant. Vous êtes épuisée et enceinte de surcroît, déclara-t-il d'un ton soucieux. Je vous prépare de l'aspirine, j'en ai toujours avec moi. Avez-vous consulté Mme Ribes, la sage-femme que je vous ai recommandée ?

— Pas encore, je voulais le faire à la fin du mois de décembre, mais je n'en ai pas eu l'occasion ni le temps.

Avec un soupir ennuyé, Géraud prit place au bord du divan. Il toucha son front du dos de la main, puis il lui donna le verre où deux cachets blancs fondaient dans un peu d'eau.

— Le robinet coule à peine, l'effet du gel, dit-il. Albane, je vous en prie, ménagez-vous. Il vous faudrait du repos, mais également de la tranquillité d'esprit.

Puisque j'ai dû venir ce matin, autant vous rassurer sur un point.

— Lequel, docteur ?

— Maubert Guérin ! Je sais où se trouve votre voisin et il serait bien en peine de vous chercher des ennuis. Sa disparition a donné lieu à des rumeurs extravagantes, mais j'ai l'explication. Hier, le maire et moi, nous avons été convoqués par le nouveau brigadier de gendarmerie, Fernand Chabot, un homme de poigne. Comme il avait besoin de renseignements sur les gens arrêtés ici, à Brantôme et dans les environs, il nous a fourni la liste des « indésirables » enfermés au château du Sablou.

— Ce nom ne me dit rien, avoua-t-elle.

— Il s'agit d'une propriété privée, très isolée au cœur de la forêt Barade, près de Montignac-sur-Dordogne. Le préfet l'a réquisitionnée pour y établir une sorte de prison, le gouvernement Daladier voulant renforcer la surveillance des milieux politiques considérés comme dangereux. La procédure d'internement s'étend à tout individu, étranger ou non, suspecté de porter atteinte à la défense nationale ou à la sécurité publique.

— Si je comprends bien, Maubert Guérin aurait été arrêté ?

— Tout à fait, le décret-loi du 18 novembre 1939, signifiant une nouvelle étape en ce qui concerne la répression.

Le médecin tira un papier de sa poche et il ajusta ses lunettes pour lire un texte à voix haute.

— « Les individus dangereux pour la défense nationale ou pour la sécurité publique peuvent, sur décision du préfet, être éloignés par l'autorité militaire des lieux où ils résident et, en cas de nécessité, être astreints à résider dans un centre désigné par décision du ministre de la Défense nationale et de la Guerre et du ministre de l'Intérieur. »[1] Voilà, c'est très précis, décréta-t-il. Guérin

1. Faits authentiques.

a été arrêté juste après la promulgation de ce décret, et il a dû retrouver là-bas ces trois Suisses allemands qui ont commis des dégâts au château. J'ai vu le nom d'Ulrich Mann, dont vous m'aviez parlé, dans la liste.

— Quel soulagement, je vous remercie de m'en avoir informée, docteur. Le voisinage de Maubert Guérin était une source constante d'anxiété. Que sont devenus ses chevaux ?

— Réquisitionnés, et son personnel a vidé les lieux.

— Mais de quoi l'accusait-on exactement ? On n'arrête pas quelqu'un sans raison grave.

— Je n'en sais pas davantage pour le moment. Si l'on se fie à son comportement, à certains de ses propos, il a pu être jugé comme susceptible de troubler l'ordre public. Ou bien il avait des accointances avec l'ennemi. N'oublions pas ses nombreuses absences. Nous savons qu'étant originaire de Picardie, il a pu séjourner régulièrement en région parisienne où il a des amis, et peut-être y rencontrer des membres d'un parti extrémiste.

Elle se contenta d'approuver d'un signe de tête qui trahissait sa lassitude.

— Albane, j'insiste pour vous ramener au château en voiture, à l'heure qui vous conviendra, lui dit-il en l'observant.

— Ne vous donnez pas cette peine, je vais déjà mieux. Et même si le maire nous a dit de libérer après le déjeuner les élèves qui habitent en dehors de Brantôme, pour les autres, il y aura classe l'après-midi. Joseph, malgré tous vos efforts, je sens que vous êtes malheureux et en colère. Je vous ai écrit par honnêteté, pour vous éviter de faire des projets d'avenir où j'aurais une place.

— Pourtant quand je vous ai embrassée avant Noël, vous ne m'avez pas repoussé, plaida-t-il. Alors j'ai cru à ma chance. Durant mon séjour à Bordeaux, je n'étais plus le même homme. Ma tante et mon oncle se moquaient de ma gaieté exubérante. Mais le lendemain du jour de l'An, j'ai eu votre courrier. La chute s'est avérée brutale, pour moi qui étais plein de rêves d'amour, vieil idiot que je suis.

Albane se redressa péniblement afin de le regarder en face. Il baissa les yeux, un rictus amer sur les lèvres.

— Vous n'êtes pas vieux, Joseph, et quant à ce baiser, j'ai été surprise, car vous n'aviez jamais osé. Je le garderai comme un doux souvenir, car j'éprouve une grande affection pour vous et beaucoup de respect.

— De l'affection, du respect, à mon âge qu'attendre de plus ? Vous devez sûrement avoir d'autres sentiments envers Raphaël Wendling, sinon il logerait dans cet appartement au lieu de rentrer chaque soir avec vous.

— Mais il veille sur sa grand-mère et sa sœur, il nous aide pour le bois de chauffage ! s'indigna-t-elle.

— Peu importe, soyez prudente, Albane. Dans une petite ville comme Brantôme, les ragots se propagent aussi vite que la grippe. On jase sur votre séduisant collègue et vous, sur les sourires que vous lui adressez à l'épicerie ou à l'école. Une institutrice, veuve d'un soldat, doit avoir une conduite irréprochable. Les gens ignorent ce que je sais au sujet de votre défunt mari.

— Docteur, ce sont d'ignobles commérages. Bientôt on dira que l'enfant n'est pas de Louis Molinier, ce héros dont je bafoue la mémoire. Vous n'avez pas compris ma lettre, il me semble. Je souhaite avant toute chose rester libre, donc seule, auprès de Maria, de mon père.

Joseph Géraud se leva et rangea ses instruments. D'une nature généreuse, il s'en voulait déjà de lui avoir tenu ce genre de discours.

— Pardonnez-moi, Albane, je me suis emporté à tort, piégé par une stupide jalousie. Je vous connais bien et je sais que vous êtes la droiture même. Reposez-vous encore un peu. Je vous attendrai à la fin des classes pour vous ramener, je serai garé près du portail de l'école.

Il guetta sa réponse, le dos tourné, absorbé par le spectacle de la neige qui ruisselait derrière les vitres.

— Je vous en prie, ne partez pas tout de suite, docteur. Je ne suis pas la droiture même, puisque je vous cache l'essentiel. Il m'est arrivé un accident, hier matin très tôt. Il faisait encore nuit et j'ai couru jusqu'à l'écurie donner du foin à Ulysse.

Tout de suite, il fit volte-face et scruta son joli visage d'une pâleur alarmante.

— Quoi donc, Albane ?

— Il y avait déjà de la neige, mais autour de la fontaine, celle proche du puits, le sol était gelé. Je suis tombée sur le bas du dos, c'était violent, j'en ai eu le souffle coupé… Depuis je suis endolorie et je souffre du ventre, même la nuit. Alors j'ai peur, docteur, j'ai tellement peur de perdre le bébé.

— Avez-vous des saignements ?

— Oui, un peu ce matin. Je me suis tout de suite affolée, sans même oser demander l'avis de Mireille, à qui je me confie souvent, comme à une seconde mère. Selon elle, mon enfant allait bientôt bouger, mais je n'ai rien senti ces derniers jours.

— Vous en êtes à quatre mois de grossesse, il y a des bébés paresseux, d'autres plus agités, répliqua-t-il pour la rassurer. De légers saignements ne sont pas toujours alarmants. Je vais tout de même passer prévenir Mme Ribes. Elle vous examinera et nous en saurons plus. Je vous recommande de rester couchée en attendant qu'elle arrive.

— Très bien, je vous fais confiance, docteur.

Albane s'était endormie après le départ du médecin, mais des bruits discrets la réveillèrent. En ouvrant les yeux, elle vit une inconnue en train d'allumer le poêle. Accroupie, celle-ci soufflait sur des bouts de cageots, pour obtenir des flammes. Le feu prit d'un coup, et vite, elle ajouta des bûches.

— Madame, appela-t-elle. Qui êtes-vous ?

— La sage-femme, Odette Ribes. Le docteur Géraud m'a dit de venir le plus rapidement possible.

— Bonjour madame, et merci de vous être déplacée par ce mauvais temps, répondit tout bas Albane.

— Ne vous faites pas de bile, j'ai l'habitude dans mon métier. Dites donc, on voulait vous faire geler !

— Personne n'occupe ce logement, on chauffe juste les salles de classe. Et je n'avais pas froid avec les couvertures.

De taille moyenne, robuste et avenante, Odette Ribes eut un grand sourire en s'approchant du divan. Elle avait des cheveux roux coupés assez court et sûrement frisés au fer.

— C'est votre premier bambin et hier vous avez fait une chute, le médecin m'a expliqué la situation. Avant de vous examiner, je dois me laver les mains, si vous avez encore de l'eau.

— Peut-être au robinet de l'évier.

— Entendu, sinon j'utiliserai de l'alcool dilué, j'en ai une bouteille. N'ayez pas peur, ma jolie petite dame. Il faut vous détendre.

— Je vais essayer... Maintenant je me souviens de vous avoir croisée cet été, deux ou trois fois, les jours de foire, déclara Albane.

— Moi, je vous connais de loin ! Je me suis établie à Brantôme il y a deux ans et les gens me parlaient souvent de l'institutrice, la demoiselle du château de Séguilières. Un matin de juillet, vous avez traversé ma rue et la voisine m'a dit qui vous étiez. J'ai pensé que vous étiez jolie comme un cœur. Par la suite, je vous ai aperçue plusieurs fois. Bon, j'ai pu me savonner les mains, au travail.

Malgré la délicatesse dont elle fit preuve, l'examen minutieux que pratiqua Odette Ribes parut pénible et gênant à Albane. Les yeux fermés, elle serra les dents en contenant ses larmes. Lorsque la sage-femme remonta les couvertures jusqu'à sa poitrine avec des gestes précautionneux, mais en silence, l'anxiété la reprit.

— Pourquoi vous ne dites rien ? balbutia-t-elle. Est-ce que le bébé va bien ?

— Hélas, ma pauvre petite dame, vous saignez toujours, et je n'ai pas entendu le cœur de l'enfant. Je suis navrée, mais vous faites une fausse couche. À ce stade de la grossesse, il vaut mieux aller à l'hôpital. Ils feront en sorte d'éviter une infection.

Prise de panique, Albane fit non de la tête. Elle se redressa pour s'asseoir.

— Vous en êtes sûre ? demanda-t-elle. Mon bébé est mort, c'est ça ! Seigneur, c'est moi qui l'ai tué. Si je n'étais pas tombée, hier matin, rien ne serait arrivé. Je ne peux pas le croire ! Et il n'y a rien à faire ? Vous avez pu vous tromper, madame.

— Pas après quinze ans d'exercice. Il ne faut pas vous croire coupable. L'enfant n'était peut-être pas viable. Le docteur m'a confié que vous ne l'aviez pas encore senti bouger. Cette chute que vous regrettez a pu provoquer les saignements en vous épargnant des soucis de santé plus graves.

Désespérée, Albane se remit à pleurer. D'un geste poignant, elle posa ses paumes sur son ventre.

— Je comprends votre gros chagrin, soupira Odette Ribes. Tout se sait en ville. Votre mari était très apprécié ici. Louis Molinier fait figure de héros de la guerre, à Brantôme. Ce bébé comptait pour vous, il aurait su apaiser votre deuil.

— Oui, oui, il était pour moi une promesse de bonheur, une petite étoile qui brillait dans les ténèbres, gémit Albane entre deux sanglots. Je l'aimais déjà, et mon père était prêt à l'adorer.

Apitoyée, la sage-femme acquiesça en lui tapotant l'épaule.

— Combien de fois j'ai dû consoler une mère dans votre cas, insinua-t-elle. Un enfant meurt avant le terme, et on en ignore la cause. Il peut s'agir du premier ou du sixième, il n'y a aucune règle définie. C'est une profonde blessure, dont on ne se remet jamais vraiment.

— Je l'ai imaginé si souvent, mon bébé. Fille ou garçon, je m'en moquais. Je me voyais lui donnant le sein, puis l'aidant à faire ses premiers pas. Il m'aurait souri après la tétée... Je voulais l'élever avec amour, lui transmettre mes valeurs.

— Allons, vous vous faites du mal, là ! Ayez foi en Dieu et en l'avenir. Vous êtes toute jeune.

— Je vous en prie, madame Ribes, je me doute de ce que vous allez dire pour me réconforter : un jour je me remarierai et j'aurai des enfants. C'est gentil à vous, mais ce bébé que j'attendais en le chérissant déjà, je ne le verrai jamais, il n'aura pas reçu un seul baiser de sa maman. Il deviendra un fantôme niché au fond de mon cœur.

Très émue, la sage-femme ne sut que répondre. Elle remit son manteau et rangea son matériel.

— Le docteur Géraud doit téléphoner à l'hôpital, j'irai le lui dire en rentrant chez moi.

— Vous pouvez l'appeler du poste de l'école, suggéra Albane. L'appareil est dans le couloir, sur une table.

— D'accord, on gagnera du temps.

On frappait à la porte du logement. Odette Ribes entrouvrit et se trouva en face de Raphaël.

— Ah, c'est votre collègue, indiqua-t-elle. On s'est vus tout à l'heure dans la cour, n'est-ce pas, monsieur ?

— En effet. Je dois parler à Mme Molinier, ce ne sera pas long, si elle peut me recevoir.

— Entrez, Raphaël.

— Faites donc, je partais de toute façon. Je vous dis au revoir, madame Molinier.

Albane s'était rallongée. Elle jeta au jeune homme un regard d'une infinie tristesse. Impressionné par son air tragique, il se détourna pour remettre du bois dans le poêle.

— Il fait bon ici, quand le feu est allumé, nota-t-il. Vous devriez peut-être y rester jusqu'à demain, si vous êtes grippée.

— On va m'hospitaliser aujourd'hui, Raphaël, annonça-t-elle. Il faudra trouver quelqu'un pour me remplacer. Organisez-vous avec le maire et le docteur Géraud. J'ai succédé à Mlle Gauthier quand elle a pris sa retraite. C'était une enseignante de premier ordre, et elle habite toujours Brantôme, près de la Porte des Réformés.

— Que vous arrive-t-il, Albane ? Ce doit être grave pour qu'on vous hospitalise.

— La pire des choses, je perds mon bébé, lâcha-t-elle d'une petite voix altérée par le chagrin. Vous n'avez pas besoin de détails, ce sont des problèmes de femme.

— J'y ai été confronté adolescent avec ma mère.

— Pardon, vous me l'aviez dit, c'est vrai. Je suis désolée, j'ai du mal à réfléchir.

— Ne le soyez pas, vous êtes en état de choc. Il faut faire le nécessaire pour votre santé et de mon côté, je trouverai une solution pour vos élèves. Je montais vous informer d'un changement de programme cette semaine. Le secrétaire de mairie est venu me donner une directive du maire. L'école sera fermée jusqu'à lundi prochain à cause des intempéries.

— Quelle étrange coïncidence, marmonna-t-elle en essuyant ses larmes. Je suppose que le docteur Géraud va demander une ambulance, ou il me conduira lui-même à Périgueux. Je pourrai sans doute contenir mon chagrin à force de volonté, mais je pense à mon père. Il se réjouissait tant d'avoir un descendant. Je ne vous l'ai pas dit, mais j'aurais dû avoir un frère de dix ans. Raphaël, pourriez-vous lui apprendre la mauvaise nouvelle ? Si cela vous embarrasse, chargez Mireille de le faire.

— Pour cela aussi, je ferai au mieux, Albane. L'essentiel est que vous reveniez saine et sauve au château, affirma-t-il en la fixant de son regard bleu, où se lisait une immense compassion.

18

Un soir de février

Périgueux, hôpital général, vendredi 12 janvier 1940, en fin de matinée

Albane s'impatientait, assise dans son lit. Grâce à Maria, qui lui avait apporté sa brosse à cheveux et des vêtements propres, elle s'était coiffée. Une infirmière avait procédé à sa toilette et maintenant la jeune femme avait hâte de quitter l'hôpital.

— Vous êtes jolie comme tout, mademoiselle, murmura la domestique. Je suis bien contente, parce que vous avez moins mal au ventre, aujourd'hui.

— Oui, mais j'ai passé une mauvaise nuit, et toi aussi, Maria. Quand je pense que tu as dormi sur cette chaise... Tu dois être endolorie. S'ils refusent de me laisser partir, il faudra que tu rentres au château. Je me demande comment ils font sans toi.

— Mme Meyer et Mme Goetz sont de bonnes ménagères, elles ont dû cuisiner et s'occuper du poulailler.

— Et la chèvre ? Tu m'as dit qu'elle était difficile à traire. Le petit Pierre ne peut pas se passer de son lait.

— Marguerite se débrouille bien, ne vous tracassez pas. C'est pour vous que je m'inquiète. Pardi, après tous ces chagrins, perdre votre bébé... Votre histoire me tournait dans la tête, je n'ai guère fermé l'œil. Si j'avais pu me douter, pour votre mari.

— Maria, hier, je n'étais pas vraiment dans mon état normal, peut-être à cause du chloroforme, des médicaments. Je serais d'avis de ne rien dire à mon père.

— Pourquoi donc ? Autant crever l'abcès, mademoiselle.

— Alors plus tard, quand il sera moins triste. Tu l'as écouté, la veille de Noël ! Il parlait de son héritier comme s'il était sûr que je lui donnerais un petit-fils.

— C'était bien le cas, misère, marmonna Maria.

L'apparition de Denise Molinier, qui venait d'écarter les rideaux blancs d'un geste vif, les fit taire.

— Bonjour, je n'ai pas pu passer plus tôt, se justifia-t-elle. Ce matin, on m'a affectée au service des indigents. Comment te sens-tu, ma chère belle-sœur ?

— Un peu mieux et j'espère sortir dans la journée.

— Ton docteur, Joseph Géraud, est là, en rendez-vous avec le médecin qui s'est occupé de toi. Nous en saurons plus quand il montera te voir. Cela dit, la consigne est de libérer les lits au plus vite quand c'est possible. Et sois tranquille, j'ai suivi ton conseil au sujet de maman. Déjà, elle pleure mon frère une partie de la nuit, et la journée, elle subit les caprices de qui tu sais…

— De Régina, précisa Albane. Ne te gêne pas, Denise, Maria sait toute la vérité. J'avais besoin de me confier, cependant je ne dirai rien à mon père, pour les mêmes raisons. À quoi bon lui causer un nouveau tourment, lui qui chérissait déjà l'enfant que j'ai perdu ?

— Sage décision. Je te remercie, car ainsi tu protèges encore mon frère. Franchement, comment Louis a-t-il pu s'enticher de Régina ? C'est une véritable calamité, affirma Denise. Elle passe son temps à fumer, à lire des revues et maman a dû mettre sous clef nos dernières bouteilles d'armagnac. La cave à vin se vide de jour en jour. Notre Louisette semble avoir peur de sa propre mère, je t'assure.

— Au moins, cette fillette a un foyer, des personnes dévouées qui lui témoignent de l'affection, répondit Albane.

— De toute façon, maman n'aurait jamais hébergé Régina s'il n'y avait pas eu Louisette. Elle tolère sa présence pour la petite. Bon, j'ai du travail, je te souhaite un prompt rétablissement, et je te dis au revoir, au cas où je ne puisse pas revenir.

Un sourire attendri sur le visage, Denise Molinier embrassa Albane sur les deux joues.

— Au revoir, Maria, prenez bien soin de ma belle-sœur.

Au bout d'une dizaine de minutes, ce fut au tour de Joseph Géraud de se présenter devant Albane. Il semblait bouleversé et il demeura silencieux un moment, après avoir marmonné un « bonjour » à peine audible.

— Bonjour, docteur, je suis soulagée de vous voir, avoua-t-elle. Ici, j'ai pu constater que certains médecins n'ont pas vos qualités humaines.

— Ma chère Albane, je vous remercie du compliment, mais si j'exerçais dans un hôpital, je me serais peut-être endurci à force d'être confronté à toute la misère du monde, à des morts injustes. Dites-moi, Maria, vous m'avez l'air fatiguée.

— Je n'ai que l'air, docteur, je suis solide comme un chêne !

— Tant mieux, car vous allez aider notre malade à s'habiller. Je vous ramène à Brantôme. Bien entendu, Albane, vous devrez rester couchée bien au chaud et vous nourrir correctement.

— Je suivrai toutes vos recommandations, docteur.

— Et plus d'imprudences lorsque vous irez dehors. Le froid perdure, aucun redoux ne se profile à l'horizon, soupira-t-il. Le château doit être une glacière.

— Pour sûr, on se cantonne à la cuisine et on monte dans les chambres le soir juste pour se mettre au lit. Je distribue des bouillottes aux enfants, relata Maria. Mademoiselle, j'ai besoin de me rendre aux commodités, je reviens vite.

Dès qu'ils furent seuls, Joseph Géraud prit place sur la chaise, se rapprochant ainsi de la jeune femme.

— J'ai obtenu des renseignements de mon confrère. Ma conscience professionnelle me pousse à vous les communiquer, mais je le fais à regret, car je crains de vous affliger encore.

— Je préfère savoir, docteur. Une religieuse m'a dit que mon enfant, un garçon, n'était pas viable, souffla-t-elle.

Sa voix avait tremblé et il vit ses efforts pour ne pas fondre en larmes. Consterné, il lui prit la main.

— Une chose est sûre, votre chute n'a pas tué votre bébé, il était déjà mort.

— Mais de quoi ?

— Nous soupçonnons une malformation cardiaque. Ce petit être était condamné, aussi ne vous sentez plus coupable, ma chère Albane.

— Je m'estimerai toujours en faute, docteur. Et si c'était moi, sa maman, qui lui avait nui ? En apprenant que j'étais enceinte, j'ai d'abord été révoltée. Je peux bien vous l'avouer, j'en voulais à mon défunt mari, comme s'il me jouait un ultime mauvais tour. Je rêvais de liberté, d'une existence différente. Ce soir-là, en partant de chez vous, je suis allée prier à l'église, consumée de honte par ce que je ressentais. J'implorais Dieu de me pardonner, je le suppliais de m'aider à accepter mon état. Il m'a exaucée, car quelques heures plus tard, j'étais heureuse de devenir mère, oui, sincèrement heureuse, je vous le promets.

— Voyons, calmez-vous, vous tremblez à nouveau ! Albane, votre réaction était compréhensible, dans la situation complexe où Molinier vous avait laissée. Et elle a été de courte durée, car vous êtes la bonté et la droiture incarnées. Le Seigneur a rappelé à lui l'âme innocente de votre enfant, c'est ainsi, il faut tourner cette page douloureuse.

Elle respira profondément, tandis qu'il étreignait ses doigts, tièdes et si menus, au creux de sa paume d'homme.

— Maintenant vous allez me dire qu'à mon âge, je pourrai me remarier et fonder une famille, n'est-ce pas, docteur ?

— Vous remarier certes, mais selon mon confrère, ce serait dangereux d'envisager une autre grossesse à l'avenir. Soit vous ne la mèneriez pas à terme, soit l'accouchement pourrait vous être fatal.

— Ma punition, murmura Albane en s'allongeant, les yeux fermés sur ce verdict qui la dévastait.

— Vous n'avez pas à être punie, protesta-t-il. Et dans ce domaine, il n'y a pas de règle absolue. Ce diagnostic peut changer par la suite. Cessez donc de vous torturer ! Vous serez bientôt dans votre château, auprès de votre père. Ne vous faites pas de soucis non plus pour les frais d'hôpital, je les ai payés.

— Oh non, il ne fallait pas, Joseph. Je vous rembourserai en plusieurs fois, sur mon salaire.

— C'est hors de question, vous venez de prononcer mon prénom, de votre voix si douce. Je suis largement remboursé.

— Il ne faut pas m'aimer, cela vous rend malheureux, supplia-t-elle.

— Rien ne pourra m'en empêcher, Albane. On ne commande pas à ses sentiments d'apparaître ou de disparaître. Et vous vous trompez, chaque instant auprès de vous me comble de bonheur.

Château de Séguilières, dimanche 14 janvier 1940

Des flocons de neige aériens voltigeaient au gré du vent derrière les fenêtres. Il faisait toujours aussi froid, et dans les foyers de Dordogne comme dans toute la France, on songeait aux soldats mobilisés en septembre qui affrontaient à présent les rigueurs exceptionnelles de l'hiver. Les mères, les sœurs, les fiancées et les épouses préparaient des colis pour eux, où les chaussettes et les gants en laine côtoyaient de la charcuterie, des tablettes de chocolat et des biscuits.

Confortablement installée dans son lit, un plateau posé sur ses cuisses, Albane avait écrit une deuxième lettre à son amie Coralie. Une bouillotte en grès à ses pieds, le haut du corps emmitouflé, la jeune femme éprouvait un bien-être presque animal.

« Je suis au chaud, sous mes édredons, je n'ai plus mal et on va bientôt m'apporter mon goûter », se dit-elle.

À tous ceux qui se seraient coupés en quatre pour la consoler, elle offrait un grand sourire affectueux.

« Ils ne doivent pas savoir que j'ai toujours autant de chagrin. Coralie, c'est différent, elle est si loin. »

Avant de plier la feuille couverte de son élégante calligraphie à l'encre violette, Albane la relut, selon son habitude.

Ma chère Coralie,

J'espère toujours recevoir des nouvelles de toi. Tu n'as pas répondu à ma lettre, peut-être ne l'as-tu pas reçue... J'aimerais savoir ce que tu vis, si tu rencontres des gens de ton âge, et comment ta maman et toi vous supportez votre exil.

Je me demande s'il fait aussi froid à Londres qu'ici, dans mon cher Périgord. Notre vieux château grelotte, inchauffable, mais nos réfugiés du Bas-Rhin ne se plaignent pas, accoutumés à ce climat, plus fréquent chez eux. Presque toute la France est touchée par ce climat polaire, les températures descendent bien au-dessous de zéro[1]*.*

En ce dimanche de neige, Coralie, tu seras ma confidente, celle à qui je peux ouvrir mon cœur durement éprouvé. J'ai fait une fausse couche mercredi, et je n'accepte pas la perte de mon enfant, un garçon, selon le médecin qui a pratiqué

1. Cette vague de froid a duré du 10 au 26 janvier 1940.

sur moi une intervention indispensable, faite sous chloroforme. Ce bébé illuminait mon avenir, c'était une promesse de joie et d'amour.

J'avais imaginé mon existence avec lui, nos jeux, nos lectures, nos câlins. En écrivant ces mots, je recommence à pleurer, c'est plus fort que moi, d'autant plus qu'il me sera difficile d'être mère, si je me fie au verdict du corps médical.

Albane s'arrêta de lire un instant, dépitée de voir que les mots suivants avaient été en partie effacés par ses larmes. Ils étaient encore déchiffrables, mais elle se promit de les repasser au crayon.

Maintenant Coralie, pour te montrer combien j'ai de la chance dans mon malheur, je dois te raconter mon retour de l'hôpital où je suis restée à peine deux jours, veillée par ma chère Maria. L'école ayant fermé à cause du froid, les enfants que nous hébergeons ont surgi des cuisines pour m'accueillir dans le hall glacial. Ils m'ont tous embrassée avant d'entonner en chœur une chanson traditionnelle que Raphaël Wendling leur avait fait répéter. Il s'agissait de « En passant par la Lorraine ». Le choix était judicieux pour eux.

Quant à leurs parents, ces dames Meyer et Goetz m'ont gratifiée d'une bise sur le front, sous l'œil gêné de leurs maris, dont l'émotion se devinait. Mireille Dresner m'a serrée contre elle, et bien sûr, mon père a mis la dernière touche dramatique au tableau.

Les traits marqués, il m'a tendu les bras, où je me suis réfugiée, et il s'est écrié que j'étais son unique trésor sur terre et autres propos fantasques. Ensuite j'ai pu monter dans ma chambre et me coucher, reprise de pénibles douleurs au ventre.

Depuis on me dorlote, on se dévoue du matin au soir pour moi, au point que j'ai l'impression de jouer les princesses. J'en profite pour faire lire et même faire étudier ses leçons à Franz, un de nos deux benjamins. Le second, Lucas, âgé de cinq ans, ne devrait pas aller en classe, si l'on respectait les directives du gouvernement, mais sa mère a insisté et Raphaël a cédé.

Ce jeune homme s'est révélé un excellent enseignant, ainsi qu'un bûcheron efficace. Son amitié me réconforte, sans aucune arrière-pensée.

Je t'en prie, Coralie, réponds à ma lettre, je m'inquiète pour ta maman et toi. Des rumeurs filtrent depuis l'Allemagne, grâce aux Juifs qui ont fui ce pays pour échapper aux persécutions et témoignent de ce qu'ils ont vécu. Le docteur Géraud, dont j'ai découragé les espoirs, me rend visite chaque matin. Il me tient au courant de l'actualité et j'ai su ainsi, avec du retard je te l'accorde, qu'un attentat contre Hitler avait échoué, le 8 novembre dernier, dans une brasserie de Munich. Il devait prononcer un discours, mais quand la bombe a explosé, il avait quitté la salle. Hélas, il y a eu huit morts et plus de soixante blessés[1]*. Il paraît aussi que cette vague de froid qui touche les pays frontaliers a freiné les projets d'offensive vers l'ouest de nos ennemis, donc vers la France…*

Sois très prudente, je t'embrasse.

Ta fidèle amie, Albane

Elle plia la feuille en quatre et la glissa dans une enveloppe en oubliant les taches d'encre causées par ses larmes. Une agréable envie de dormir l'alanguissait et elle se pelotonna au creux de son lit, la tête nichée dans son oreiller.

« Sans aucune arrière-pensée, se répéta-t-elle. Je n'aurais pas dû le préciser, Coralie va en déduire que c'est tout le contraire, telle que je la connais. Tant pis… »

On toqua trois coups discrets à sa porte. Elle répondit vite : « entrez », ayant entendu une discussion animée et des voix de filles.

— Votre goûter, mademoiselle, dirent-elles en pouffant.

1. Fait véridique.

— Thé de Chine et brioche maison, minauda Lidy.

— Et une tartine du premier fromage frais, au lait de vache, fabriqué par ma mère, renchérit Marguerite Meyer.

Château de Séguilières, mardi 6 février 1940

Dès la fin du mois de janvier, un redoux s'était amorcé dans toute la France. Albane avait repris ses fonctions d'institutrice après une semaine de convalescence, pressée de retrouver sa salle de classe et ses élèves. Son chagrin s'était atténué, mais il ressurgissait souvent, soit en contemplant le petit Pierre, devenu un beau bébé de six mois et demi, soit devant la layette pour nouveau-né qu'avait tricotée Mireille et qui ne servirait pas.

En ce jour de Mardi gras, les enfants du château étaient rentrés de l'école au pas de course, Maria leur ayant promis des beignets.

— Qui va se régaler ? s'exclama celle-ci en les voyant débouler dans la cuisine.

— C'est nous, répliqua Félicia Goetz, les yeux brillants de joie.

— Vous et vos parents, ainsi que mademoiselle et Raphaël, ajouta Clara Fischer, assise au coin de la cheminée.

— Il y en aura pour tout le monde, affirma Maria. Dieu soit loué, on ne manque de rien pour le moment. Des œufs, des poulets, du lait et de la viande, grâce au cochon qu'on a tué.

— Moi, je n'en mangerai pas, décréta Lidy. La pauvre bête a crié si fort quand votre cousin l'a tuée. Je me suis enfuie au fond du parc pour ne plus l'entendre.

— Ne cause pas de ça, tu vas couper l'appétit des autres, lui reprocha la domestique, un peu vexée.

— Il n'y a pas de risques, se vanta Ronald. J'ai l'estomac qui grogne de faim.

Durant la vague de froid, la grande cuisine au plafond voûté était devenue la pièce où l'on se réunissait. Le soir, Otto Meyer et Étienne Goetz y jouaient aux cartes, le châtelain et Raphaël disputaient une partie d'échecs. Même Mireille s'attardait là pour tricoter sous la lampe à pétrole quand son petit-fils s'était endormi.

— Lavez-vous les mains et mettez-vous à table, les enfants, ordonna Maria.

La porte communiquant avec l'arrière-cour s'ouvrit à la volée sur Otto Meyer, les bras chargés de bûches longues d'un mètre. Amédée de Séguilières, qui le suivait, l'aida à les ranger dans l'angle le plus proche de l'âtre.

— Où est Albane ? interrogea-t-il en ôtant sa redingote en cuir. Les enfants sont là, ma fille doit être de retour !

— Mademoiselle et mon frère installent la radio dans le salon, monsieur, expliqua Lidy.

— Quelle radio ?

— Celle de l'école, qui était dans le logement de l'ancien maître, M. Molinier, indiqua Ronald.

— Pourquoi une radio ? maugréa le châtelain. Nous avons déjà un agent de renseignement en la personne du docteur Géraud. Quand je le vois arriver, j'ai le cœur qui s'affole, sachant qu'il va m'assener toutes les mauvaises nouvelles du monde !

— Nous devons pourtant nous tenir informés, fit une douce voix de femme.

— Mireille, ma chère amie, vous êtes là ?

— Je viens d'arriver du boudoir, Pierre dort bien.

— Je vous donne raison, madame Dresner, on doit savoir ce qui se trame au-delà de nos frontières, concéda Otto Meyer. Moi, si je croise le docteur, je lui pose des questions, et quand Goetz revient du chantier, il m'interroge à son tour. Et ça va de mal en pis... La Finlande a mis en déroute l'armée allemande, tandis qu'en janvier la Belgique a proclamé la mobilisation générale. La guerre enflamme l'Europe.

— Otto, n'effraie pas les petits ! protesta son épouse, qui entrait à son tour, un panier rempli d'œufs à la main.

— Petra, ne t'en mêle pas ! hurla-t-il. Bon sang, si je pouvais être embauché à l'abbaye, comme Goetz, mais ils n'ont pas besoin d'un ouvrier en plus.

— Étienne avait appris la maçonnerie avant de travailler à la brasserie, plaida Odile. Mon mari connaît un peu le métier. Vous, Otto, vous éleviez des vaches.

— Un dimanche, papa nous emmènera visiter la grotte du Jugement Dernier ! s'écria Félicia. Il y a d'immenses sculptures taillées dans la pierre.

— C'est exact, ma petite, l'endroit est fascinant, commenta le châtelain, assis au bout du banc. Et l'abbaye en elle-même est un monument magnifique. Je n'y ai pas mis les pieds depuis des années.

Soucieux, Amédée se tut. Il bourra sa pipe avec des gestes nerveux, les sourcils froncés.

Dans le salon, Albane et Raphaël fixaient, pleins d'espoir, le poste de radio TSF d'où s'échappaient par intermittence des grésillements et des sifflements discordants. Le jeune homme l'avait posé sur une commode.

— Vous dites qu'elle fonctionnait bien quand vous habitiez le logement ? demanda-t-il en continuant à tourner le bouton en quête d'une fréquence.

— Je vous assure, j'écoutais de la musique, insista-t-elle.

— Qu'est-ce qui ne marche pas ? Je la bricole depuis trois jours, j'ai changé les lampes à vide, on devrait obtenir au moins une station.

— Autant l'éteindre un peu, Raphaël, et essayer à nouveau un peu plus tard. C'est Mardi gras et Maria ne servira pas ses beignets sans nous. Nous faisons attendre les enfants.

— Vous avez raison, mais je ne lâche pas l'affaire, déclara-t-il. En ville, dans le café où je passais mes samedis soir, la radio diffusait des informations, et je prenais des notes.

— Pourquoi vous priver de vos sorties ? s'étonna Albane. Je suis rétablie, votre sœur se montre d'une sagesse exemplaire, et votre grand-mère apprécie la compagnie de Mireille.

— Je n'y trouve plus d'intérêt, et puis il y a eu ces grands froids, le verglas, le gel. Je me sentais indispensable ici, sans doute de la vanité masculine, plaisanta Raphaël.

— Vous avez un tempérament de chef, répliqua-t-elle. J'en ai eu la preuve quand vous dirigiez vos compatriotes pour faire le maximum de bois de chauffage.

— Certes, Meyer et Goetz rechignaient à l'effort et j'ai dû les mener à la baguette !

Amusé par sa propre remarque, il éclata de rire. C'était très rare chez lui et cet éclat de gaieté inattendu le transfigura. Albane recula prudemment de quelques pas, comme si elle était en danger. En se détournant, elle aperçut son père qui les observait depuis la salle à manger.

— Que faites-vous donc ? s'enquit-il d'un ton réprobateur. Ma fille, Maria te réclame, et vous Raphaël, dites-moi ce que vous espérez tirer de cet affreux appareil de TSF !

— Des bribes d'actualité, monsieur.

— Dans ce cas, achetez des journaux, au moins ils serviront à allumer les feux, rétorqua Amédée. Venez, tous les deux, il fait un froid terrible dans ce salon.

D'une nature directe, Raphaël rattrapa le châtelain pour le regarder dans les yeux.

— Monsieur de Séguilières, en quoi vous ai-je contrarié ou déplu ? Vous n'avez jamais eu ce ton-là à mon égard, depuis mon arrivée ici.

— Eh bien, répondez-lui, père, intervint Albane. Je vous laisse entre hommes.

Elle disparut de leur champ de vision, et ils se toisèrent, chacun sur la défensive.

— Je vous apprécie, Raphaël, cependant je tiens à protéger ma fille. Quelqu'un m'a dit que des rumeurs couraient en ville, sur Albane et vous. Le docteur Géraud me l'a confirmé. Vous savez combien sa réputation doit être irréprochable. Si encore elle avait mené sa grossesse à terme, les commères auraient fini par se taire, mais il n'y a plus ce bouclier que représentait l'enfant à venir. Alors soyez plus distant l'un avec l'autre.

— Mais monsieur, nous enseignons dans la même école, nous devons échanger sur les leçons, partager certains livres de classe, et discuter des consignes du maire. L'amitié est-elle proscrite entre un homme et une femme ? Et qui vous a parlé de ces ragots ?

— Je ne sais plus, marmonna Amédée.

— Ah, évidemment… Monsieur, j'ai beaucoup de respect pour votre fille. Je tentais simplement de la soutenir, touché par les épreuves qu'elle a endurées. Votre manque de confiance me blesse. Alors si vous l'exigez ou bien si cela vous rassure, je m'installerai dans le logement de l'école. Je viendrai le dimanche rendre de courtes visites à ma grand-mère. Un mot de vous et je plie bagage sur-le-champ.

Secrètement affolé à cette perspective, le châtelain haussa les épaules.

— Je ne vous en demande pas tant, mon garçon, répliqua-t-il d'une voix radoucie. Restez avec nous, mais suivez mon conseil, pas trop de familiarité envers Albane.

— Je ferai en sorte de vous donner satisfaction sur ce point, monsieur.

Le crépuscule bleuissait les petits carreaux des fenêtres en demi-lune de la cuisine, où il faisait une agréable chaleur. Les beignets dorés et succulents n'étaient plus qu'un souvenir et déjà un ragoût mijotait sur les braises.

Maria avait allumé les deux grosses lampes à pétrole qui éclairaient la table sur laquelle les enfants faisaient leurs devoirs.

— Chaque soir, nous sommes tous réunis ici, en fait c'est un peu notre quartier général, fit remarquer Étienne Goetz.

Il venait de rentrer harassé du chantier de l'abbaye et Otto Meyer lui proposa un verre de vin avec un clin d'œil.

— Non, j'en boirai pendant le repas, là, je monte faire un brin de toilette.

— Je t'accompagne, sinon tu ne trouveras pas ton linge propre, le taquina son épouse.

Assise entre Lidy et Marguerite, Albane observait tour à tour son père et Raphaël.

« Qu'est-ce qu'ils ont pu se dire ? songeait-elle. Ce ne devait pas être très important... »

La jeune femme se sentait particulièrement bien ce soir-là, en sécurité et apaisée. Le petit Lucas lui montra un dessin et elle le félicita. Il la gratifia d'un timide sourire, adorable avec ses cheveux châtains, plus raides que ceux de sa sœur Félicia.

« Je serai institutrice de longues années, et j'aurai toujours des enfants à éduquer, à rassurer, à protéger. Tant pis si ce ne sont pas les miens », pensait-elle.

— Mademoiselle, j'ai corrigé les fautes de ma rédaction, lui dit Marguerite. Je pourrai aller traire la chèvre ?

— C'est à ta maman et à Maria que tu dois demander la permission, ma mignonne, répondit-elle.

— Bien sûr, mais nous irons ensemble, ma fille, tu ne sors pas toute seule quand la nuit tombe, déclara Petra Meyer.

— On sera trois, alors ! s'esclaffa la domestique. La vache ne donne son lait qu'à moi, pardi.

— À ce propos, je vous félicite pour votre fromage frais, madame Meyer, il est délicieux, affirma Mireille.

Elle avait Pierre sur les genoux. Le bébé gazouillait si fort que Lidy éclata de rire.

— Il est drôle, ça donne envie de le chatouiller ! s'écria Ronald.

— Cela l'agiterait inutilement, mon garçon, et il dormirait mal cette nuit, professa Clara Fischer.

— D'accord, m'dame.

La vieille dame, la doyenne des réfugiés, avait pris l'habitude de passer la majeure partie de son temps au rez-de-chaussée. On lui donnait le meilleur siège, et les enfants lui obéissaient sans protester.

— Raphaël, s'il te plaît, pourrais-tu monter dans ma chambre et me rapporter mes lunettes et le livre qui est sur ma table de chevet ? dit-elle soudain au jeune homme.

— Volontiers, grand-mère.

— Prenez une lanterne, il fait sombre dans l'escalier, lui conseilla le châtelain.

— Ne vous inquiétez pas, monsieur, je ne ferai aucun faux pas, rétorqua Raphaël en le défiant d'un regard malicieux.

Albane en fut témoin, mais elle renonça à comprendre. Comme Mireille s'était levée pour préparer le biberon, elle céda au besoin de tenir le bébé contre elle.

— Confiez-moi Pierre, il doit commencer à peser lourd, lui proposa-t-elle.

— J'allais le donner à votre père, qui tendait les bras ! Mais vous êtes sûre, Albane ? Enfin, comment dire, vous n'avez pas pris Pierre depuis…

— Je sais. Je craignais d'en souffrir, alors je me contentais de l'admirer, de lui caresser la joue. Ce soir, j'ai envie de le cajoler.

— J'en suis ravi, ma fille chérie, ne te prive pas de cette joie.

Sur ces mots, Amédée baissa la tête en feignant de consulter l'heure sur sa montre à gousset, qu'il avait sortie de la poche intérieure de son veston. Personne ne vit ses yeux embués de larmes. Il souffrait en silence, à jamais en deuil de son petit-fils, et malade de compassion pour sa précieuse enfant, son unique descendante.

— Il faudrait avoir une photographie de Pierre à cet âge-là, suggéra-t-il, ayant réussi à dominer son émotion. Mireille, ma chère amie, qu'en dites-vous ?

— J'aimerais bien, monsieur, mais cela nous obligerait sans doute à aller jusqu'à Périgueux.

— Non, madame Dresner, ce ne sera pas la peine ! s'écria Lidy. Mon frère a un appareil photo, il manque juste des pellicules.

Exaltée, l'adolescente se leva du banc et contourna la table pour se pencher sur le bébé, niché contre la poitrine d'Albane. Son crâne rond orné de mèches brunes, il ouvrait ses grands yeux bleu-vert.

— Dommage, Pierre sera en noir et blanc, lui qui est tout rose, déplora Marguerite.

Nul n'oublierait ce moment où l'on imaginait le portrait de l'enfant sur un carré de papier glacé. Pareils à un redoutable avertissement, trois coups de klaxon retentirent à l'extérieur du château, du côté de la cour d'honneur.

— Qui vient nous déranger ? s'indigna Maria. A-t-on idée de faire un tel raffut ?

— Je vais de ce pas m'enquérir de l'identité du visiteur, déclara le châtelain.

Il remit sa redingote et ajusta le foulard qu'il portait au cou.

— Je peux vous accompagner, père, proposa Albane.

— Inutile, tu prendrais froid dans le hall.

On klaxonnait encore, lorsque Raphaël réapparut. Il donna vite ses lunettes et son livre à sa grand-mère.

— Monsieur, j'ai vu la voiture, c'est un taxi, expliqua-t-il à Amédée. Personne n'en descend, ce qui me paraît bizarre. Je viens avec vous, on ne sait jamais.

Ils sortirent de la cuisine en se souriant, leur querelle déjà oubliée. Livide, Mireille s'approcha d'Albane.

— Ma chère petite, ne m'en veuillez pas, mais je préfère m'enfermer dans le boudoir avec Pierre. Il n'est pas affamé, il prendra son biberon plus tard.

— De quoi avez-vous peur, ma pauvre amie ? s'étonna Clara Fischer.

— Je l'ignore, mais je ne peux pas rester là. Ce klaxon, les paroles de Raphaël... Vous avez entendu, on a claqué des portières, je dois me cacher.

— Je comprends, Mireille, allons-y, je vous escorte, lui dit Albane, apitoyée par sa crise de panique.

Elles traversèrent d'abord la salle à manger plongée dans la pénombre. À travers les vitres de hautes portes entrouvertes, elles regardèrent dans le hall, où le soir Maria veillait à allumer une lampe à huile dispensant une faible clarté.

— Non, ce n'est pas possible, je fais un cauchemar, articula péniblement Albane.

Elle ne pouvait pas détacher ses yeux de la femme que son père et Raphaël avaient invitée à entrer, et dont la voix basse et rauque lui parvenait, mêlée à celle de l'homme qui portait une valise, de toute évidence le chauffeur du taxi.

— Mireille, emmenez votre petit Pierre dans le boudoir et patientez, je veux vous épargner la scène qui va suivre... Nous avons la visite de Régina.

— Comment ose-t-elle venir ici ?

— Je me demande surtout pourquoi, répondit tout bas Albane en se dirigeant vers le hall d'une démarche élégante, tête haute.

Son dernier et bien frêle espoir était d'empêcher Régina de se présenter et de réussir à l'entraîner dehors, quitte à la remettre de force dans la voiture. Mais il était trop tard.

— Eh oui, monsieur l'aristo, Louis et moi, on s'adorait, et on a même eu une fille, ma Louisette ! vociférait l'intruse. On vivait en couple, et il a fallu qu'il vienne à Brantôme ! Après ça, moi je ne comptais plus, à cause de votre mijaurée de fille !

— Modérez votre langage, madame, rétorqua Amédée. Et je vous prie de sortir, vous êtes ivre et vous délirez !

— Non, je n'sais pas où dormir. Et puis faut payer le taxi, depuis Périgueux, ça coûte cher, et je n'ai pas un sou vaillant. Ouais, j'ai bu un petit peu, monsieur du château, mais je dis la vérité, ça, je vous le jure. Tiens, voilà la légitime de mon homme, la veuve de guerre !

Albane se plaça entre son père et Régina qui titubait, encore assez lucide pour toiser sa rivale avec de la haine dans les yeux.

— Seigneur, qu'est-ce que raconte cette femme, ma pauvre enfant ? s'écria le châtelain, le teint cramoisi.

— Je vous expliquerai tout dès qu'elle sera partie.

— Si je dois ramener la dame à Périgueux, ça double le prix de la course, annonça le chauffeur de taxi sèchement.

— Je n'retourne pas chez Mme Molinier, elle m'a fichue à la porte comme une malpropre, se lamenta Régina. J'suis à la rue, séparée de ma gamine.

Sur cet aveu plaintif, elle trépigna et aligna des jurons d'une rare grossièreté.

— Ne vous donnez pas en spectacle, lui dit Albane. Vous n'avez rien à faire ici. J'ai assez d'argent pour votre retour et une chambre d'hôtel.

Sidéré, Raphaël n'osait pas intervenir, mais il concevait sans peine le drame personnel et le lourd secret qu'avait dissimulés la jeune femme, dont le joli visage demeurait impassible en dépit des insultes et des récriminations de Régina.

— Je n'attendrai pas, ma fille ! enragea soudain Amédée. J'ai une seule question ! Cette créature dit-elle la vérité sur ton mari ? Elle était sa maîtresse et ils ont eu un enfant illégitime ? Tu le savais et tu as gardé cette ignominie pour toi !

— Oui, père, elle dit vrai, hélas. Je l'ai découvert le jour de la mobilisation. Louis me trahissait sans aucun scrupule. Je ne pouvais pas vous en parler, par amour-propre.

Dans un état alarmant d'extrême agitation, son père recula vers l'escalier. Il pointa en l'air un index tremblant.

— Molinier a eu de la chance de mourir sur le front, car je l'aurais étranglé de mes mains s'il était revenu. Je ne veux plus rien entendre ni voir, je me retire dans mes appartements. Que personne ne me dérange !

— Monsieur, attendez ! protesta Raphaël.

— Non et non !

Terrassé par le poids d'une réalité qui lui répugnait, heurtant ses valeurs morales et son orgueil, le châtelain s'élança à l'assaut de la volée de marches qui le conduirait en lieu sûr. Même Régina, impressionnée, ne fit pas de commentaires.

— Lavez votre linge sale en famille si ça vous chante, mais faudrait me régler la course, insista le chauffeur du taxi d'un ton hargneux.

— Accordez-nous un peu de temps, monsieur, nous devons trouver une solution, déclara Raphaël. Albane, que puis-je faire pour vous aider ?

— Je viens de penser au Grand Hôtel de Brantôme, près du pont, hasarda-t-elle. Mais c'est assez cher.

Régina les observait en allumant une cigarette, avec un rictus ironique.

— On dirait que tu as vite remplacé Louis, jeta-t-elle en riant. Ma foi, c'est un beau gars. Tu lui as dit que tu étais un peu prude au lit ?

Albane fit appel à toute sa volonté pour ne pas la gifler. Elle serra les poings, terriblement vexée.

— Taisez-vous, madame ! s'emporta Raphaël, furieux. Ne vous en prenez plus à Mlle de Séguilières, sinon je perdrai patience. Je n'ai jamais frappé une femme, mais j'en suis tout à fait capable.

Il sortit de son portefeuille une liasse de billets de banque qu'il brandit sous le nez du chauffeur.

— Conduisez-nous à Brantôme, cette personne et moi, dit-il. Vous pouvez remettre sa valise dans votre véhicule. Albane, le logement de l'école ne nous coûtera rien. Je ferai du feu dans le poêle. Nous aviserons de la suite demain matin.

— Mon Dieu, je suis navrée, Raphaël, mais oui, c'est une idée. Vous serez obligé de revenir à pied.

— Ce sera souverain pour calmer mon indignation, ne vous en faites pas. Si vous voulez bien m'ouvrir la porte.

Il la rassura d'un sourire affectueux, ensuite il saisit Régina par le coude pour l'emmener sur le perron. Hébétée, celle-ci lança son mégot de cigarette en direction d'Albane, puis elle lui tourna le dos.

19
Raphaël Wendling

Château de Séguilières, même soir, mardi 6 février 1940

Albane regarda le taxi descendre l'allée, puis elle considéra le mégot de cigarette d'où s'élevait encore un filet de fumée.

— Je n'ai pas rêvé, cette femme a osé venir au château, pour me tourmenter un peu plus. Seigneur, père ne me pardonnera jamais. Je dois monter lui parler.

Elle se penchait pour ramasser le mégot quand la voix de Maria la fit sursauter.

— N'touchez pas à ça, mademoiselle, je vais le jeter ! Quand j'ai entendu crier, j'ai dit aux autres de rester dans la cuisine. J'étais derrière la porte de la salle à manger, j'ai tout vu !

— Oh, Maria, c'est un véritable désastre.

— Oui, y a pas d'autre mot, et si j'avais pu me montrer, je l'aurais fichue dehors, cette sale engeance, avec un grand coup de pied quelque part. J'en ai connu des vipères dans son genre.

Incapable de pleurer, la gorge nouée, Albane était comme foudroyée par ce nouveau coup du sort.

— N'allez pas tout de suite chez Monsieur, il faut le laisser se calmer, recommanda Maria. Je vous ramène à la cuisine, je vous servirai un verre de vin vieux pour vous requinquer.

— Je ne peux pas, ils vont tous m'observer en se posant des questions.

— Si vous entrez dans la cuisine avec Mireille, ils croiront que vous étiez dans le boudoir, vous aussi.

— Mais père ne descendra pas dîner et Mme Fischer va se demander où est Raphaël.

— Heureusement qu'il était là, lui, admit Maria. On inventera une histoire, je causerai d'une voyageuse égarée, prise de boisson…

— Mireille a aperçu Régina, je refuse de la forcer à mentir. J'en ai assez des mensonges, des non-dits. Puisque mon père sait la vérité, je préfère la révéler à tous.

— Faites ce qui vous plaira, mademoiselle, vous êtes la victime, dans cette affaire.

Oppressée, Albane se remémora chaque détail de la scène. Soudain les battements de son cœur s'accélérèrent et elle crut suffoquer.

— Oh non, ce qu'elle a dit de moi devant Raphaël, gémit-elle tout bas. Maria, as-tu entendu ?

— Quoi donc ? Je n'étais pas à côté, à part sa flopée de jurons, je n'ai pas compris grand-chose à son charabia. Venez donc au chaud, vous grelottez. Allez voir Mireille, il fait bon dans le boudoir. C'est une bonne amie, elle vous consolera.

— N'insiste pas, Maria, j'ai besoin d'être seule un moment, pour réfléchir et me remettre de ce cauchemar. N'aie pas peur, je ne serai pas loin.

— Avec votre cheval, je parie, soupira la domestique. Gamine, dès que vous aviez de la peine, je vous retrouvais dans son box. Quand même, enfilez un manteau. Dépêchez-vous, je dirai que vous êtes dans votre chambre.

— J'ai une veste en laine à l'écurie, ne te fais pas de souci.

— Vous ne serez pas tranquille longtemps, on viendra à trois pour traire nos bêtes.

— Accorde-moi une petite heure, Maria…

Pendant plus d'une vingtaine de minutes, Albane garda sa joue appuyée contre l'encolure du vieil Ulysse, les paupières closes, les mains enfouies sous sa crinière dorée. Lorsque son cœur reprit un rythme normal, elle ouvrit les yeux et commença à caresser l'animal. Après un long silence, elle lui confia à mi-voix ses regrets et ses blessures intimes.

— Je voudrais revivre mon enfance… Que maman soit là et me joue du clavecin. Papa me donnait des leçons d'équitation, et dès que j'ai su galoper, il m'emmenait en promenade. Tu m'obéissais et cela m'émerveillait. À l'époque, nos écuries abritaient six chevaux. Le favori de papa, c'était un étalon blanc de race espagnole.

Elle prononçait le doux mot « papa » uniquement sans aucun témoin, en le savourant. Amédée de Séguilières lui avait toujours refusé la joie de l'appeler ainsi.

— Petite fille, j'étais certaine de vivre dans un paradis, Ulysse. Le château, le parc, les fleurs, la volière de maman, où elle élevait des colombes blanches. Mes parents devaient être très amoureux, pourtant ils ne s'embrassaient jamais devant moi. Au fond, Ulysse, ce n'est guère intéressant d'être adulte, surtout pour les femmes. Enfin si, je suis contente d'enseigner, mais le reste, le mariage, ce qu'il implique, j'ai été déçue. Certes, on conçoit un bébé… Et parfois on le perd avant de pouvoir le serrer contre soi. Mon bébé. Je l'aurais tellement aimé.

Le cheval émit un petit hennissement modulé, comme s'il percevait le désespoir d'Albane, puis il frotta sa tête contre elle, en s'ébrouant.

— Je te fatigue avec mes lamentations, dit-elle d'un ton amer. Si tu savais combien la vie des humains est compliquée. Ce soir, en face de Régina, j'ai eu des pulsions de violence… J'aurais pu la frapper. Pourquoi est-elle venue ? Juste pour meurtrir mon père ! Ou bien m'humilier encore une fois… Ulysse, elle a osé dire que j'étais prude au lit, devant Raphaël. Quelle vipère !

Elle devrait être heureuse d'avoir Louisette, une jolie petite…

Un bruit tout proche la fit taire. Aussitôt la chèvre se mit à bêler et la vache poussa un meuglement.

— Qui est là ? Maria ?

— Non, Albane, c'est Raphaël. Mais Maria, Mme Meyer et Marguerite vont arriver.

Elle se rua hors du box et tira le loquet. Le faisceau jaune de lampe à piles dansait dans l'allée centrale de l'écurie.

— Nous devons discuter, venez là-haut, chez moi, proposa le jeune homme. Dépêchons-nous.

— D'accord… Je vous suis. Il faudra m'éclairer, les marches sont si raides et l'escalier si étroit. J'ai peur de tomber.

— Je vous tiendrai la main, avec votre permission.

— Vous l'avez, bien sûr. Je ne vous remercierai jamais assez pour votre aide, ce soir.

Accablée par l'intrusion de Régina et ses conséquences, Albane n'était plus en mesure de réfléchir. Elle avait juste envie d'être réconfortée, or les doigts de Raphaël, qui enveloppaient les siens, lui procuraient cette sensation.

— Vite, souffla-t-il. J'entends la voix de Maria.

Ils entrèrent précipitamment dans la petite chambre où s'était installé Raphaël. Un parfum insolite surprit agréablement la jeune femme.

— J'allume une bougie, lui dit-il tout bas. Avez-vous remarqué qu'il ne fait pas froid. Le foin, la paille, les animaux en dessous servent d'isolant.

La clarté révéla l'aménagement sommaire de la pièce dont la dimension équivalait à peu de chose près à celle d'une cheminée monumentale des cuisines.

— Qu'est-ce qui sent si bon ? s'enquit Albane en découvrant, accrochées sur les murs, des affiches colorées, marquées par d'anciennes pliures. Elle y lut le nom d'opéras célèbres, *Tosca*, *Faust* et *La Traviata*.

— Je fais brûler de l'encens, des cônes qui se consument très lentement, expliqua-t-il. Je les mets au fond d'une boîte en fer, il n'y a aucune flamme, donc pas de risque d'incendie.

— Je vous fais confiance, murmura-t-elle.

— Vous regardez ces affiches, je les ai rapportées d'Obernai.

— Vous y teniez beaucoup, dans ce cas !

— Oui, mon père était baryton, il a chanté dans ces trois opéras, à Strasbourg. Ensuite, pour pouvoir épouser ma mère, il a repris les rênes de l'entreprise familiale.

— D'où vos talents de musicien, hasarda-t-elle.

— Si le piano à queue du salon pouvait être accordé, je serais enchanté de jouer pour vous. Asseyez-vous, Albane, que je vous raconte mon expédition à Brantôme.

Elle prit place sur un tabouret, l'unique siège disponible, en baissant les yeux pour fuir son regard couleur d'azur.

— En fait, cette horripilante personne, Régina, empestait vraiment l'alcool, elle a même somnolé durant le trajet. Le taxi m'a déposé près du portail de l'école et j'ai dû la secouer pour la réveiller. Quand j'ai pris sa valise, elle m'a suivi sans dire un mot. Une fois dans le logement, j'ai fait du feu, et là je l'ai entendue qui disait : « Mon Louis habitait là, on me l'a tué. »

Albane revit Régina, très mince dans un tailleur en tweed, un béret sur ses courtes boucles blondes, la bouche fardée de rouge vif.

— Et ensuite ? A-t-elle dit autre chose ?

— Non, je pense qu'elle pleurait en allant dans la chambre, où je l'ai aperçue couchée à même le matelas, recroquevillée sous une couverture… Elle avait dû la prendre sur le divan. Je lui ai quand même signifié, au moment de partir, de ne pas faire d'esclandre demain matin, car il y avait classe. Nous aviserons vers midi, pendant que les élèves mangent leur gamelle.

— À cette heure-là, elle sera sûrement dégrisée. Raphaël, vous méritez de mieux comprendre la situation. Cette femme était hébergée chez la mère de mon mari, à Périgueux, avec l'enfant, baptisée Louisette. Lors de mon séjour à l'hôpital, Denise, ma belle-sœur, une des infirmières, m'a avoué que le comportement de Régina devenait intolérable. Mme Molinier a dû la chasser, en gardant sa petite-fille.

Une fois encore, Albane relata sa triste histoire, qu'il écouta attentivement. Des éclats de rire et des conversations leur parvenaient de l'écurie, assortis du tintement des seaux en zinc sur les pavés.

— J'ai l'intention de résumer ce pitoyable récit à vos compatriotes, après le dîner, avoua-t-elle.

— Mais pourquoi ?

— Mireille et Maria sont au courant. Je préfère que tout le monde le soit pour pouvoir tourner cette page déplorable. Ce sera comme un exorcisme, qui me délivrera de ces bassesses dont j'ai honte.

— Il n'y a pas de honte à avoir ! s'insurgea-t-il. Cependant si vous y tenez vraiment, je distrairai les enfants ou mieux, je les emmènerai faire une balade nocturne.

— Mon instinct me pousse à cette confession, Raphaël. Tout à l'heure, blottie contre mon cheval, je regrettais mon enfance, ses joies… Je faisais le point sur mes pathétiques déboires.

Nerveux, il approuva d'un signe de tête, confus de l'avoir écoutée, lorsqu'elle évoquait l'échec de son mariage et la pique vénéneuse de Régina.

— Quant à mon père, j'ignore comment le raisonner, ajouta Albane. Il peut ruminer ses colères plus d'une semaine. Ce sera impossible d'implorer son pardon s'il se barricade dans sa chambre.

— Ce problème est secondaire, protesta-t-il. Est-ce qu'il vous arrive de penser un peu à vous ? En six mois, vous avez été trahie, méprisée, insultée par la maîtresse de votre mari, sans oublier votre fausse couche, un drame traumatisant pour une future mère. Dès notre première rencontre, j'ai lu dans vos yeux une souffrance muette et je m'interrogeais. J'ai fini par déduire que vous redoutiez de perdre votre époux, et quand vous avez appris sa mort, je suis allé à l'église prier pour vous.

Doté d'une voix suave, un peu grave, aux accents tendres, Raphaël versait un baume invisible sur les plaies vives de la jeune femme.

— Je vous remercie d'avoir eu autant de compassion pour moi, répondit-elle avec un sourire proche des larmes.

— C'est l'attitude d'un ami dévoué, Albane, ce que je veux être pour vous.

— Le silence est revenu en bas, la traite est terminée, nous ne pouvons pas nous attarder, dit-elle en se levant.

— Tant que M. de Séguilières l'ignore, insinua-t-il. Votre père m'a prié et même ordonné de me montrer distant envers vous afin de préserver votre réputation.

— Ah, c'était notre attitude trop familière dans le salon qui le préoccupait, et pas le poste de radio, j'aurais dû m'en douter... Raphaël, vous m'avez rendu un grand service, ce soir. Merci, j'ai rarement eu le soutien d'un ami comme vous. Mais je ne pourrai pas effacer cette scène épouvantable de ma mémoire, où Régina m'a de nouveau humiliée.

Un sanglot convulsif la secoua, altérant l'harmonie de ses traits adorables.

— Pleurez si vous en avez envie, dit-il en lui ouvrant ses bras où, sans hésiter, elle se réfugia.

Raphaël la tint contre lui, comme il l'aurait fait pour Lidy. Albane, malgré ses larmes, était sensible au contact de ses mains d'homme sur son dos, à celui de son corps aussi, tout près du sien. Peu à peu, l'étau qui broyait son cœur lâcha prise. Elle aurait voulu demeurer ainsi longtemps, et quand il esquissa un léger mouvement de recul, elle s'accrocha aux pans de sa veste.

— Juste quelques minutes encore, j'ai enfin l'impression d'être protégée... Votre sœur a de la chance d'avoir un grand frère pour la consoler.

Albane tentait de nier, presque inconsciemment, le trouble enivrant qu'elle éprouvait et Lidy lui servait de prétexte.

Bouleversé, Raphaël l'étreignit un instant, en caressant la masse soyeuse de sa chevelure. Surprise, la jeune femme s'abandonna aux ondes de pure exaltation qui la faisaient trembler. Lorsqu'elle tendit son visage vers lui, il se pencha pour l'embrasser délicatement sur la bouche.

Albane répondit à son baiser, comblée par le tendre jeu de leurs lèvres complices.

— Excusez-moi, j'ai eu tort, murmura Raphaël en s'écartant d'elle.

— Non, je vous ai provoqué, et je ne le regrette pas.

— Moi non plus, dit-il en souriant. Rentrez la première, pour donner le change. Je vais fumer une cigarette et je viendrai un peu plus tard. Je vous prête ma lampe pour descendre, faites attention...

En marchant vers le château, Albane contemplait le ciel encore assez clair, sur lequel se dessinaient les cheminées et les toits pointus des tours. Une joie étrange lui redonnait la force d'espérer.

— Seigneur, je vous remercie d'avoir créé des êtres de bonté et de loyauté, dignes de confiance. Et Louis, si tu me vois et si tu m'entends, je te pardonne enfin. Nous n'étions pas faits pour vivre ensemble et tu étais condamné, comme notre enfant.

D'une des fenêtres de sa chambre, qu'il avait entrouverte, Amédée de Séguilières observait sa fille, fine silhouette arrêtée entre les écuries et la petite tour d'angle. Il la vit se signer, une expression radieuse sur le visage.

— Comment peut-elle avoir cet air-là, après ce qui s'est passé ? s'étonna-t-il. Et d'où vient-elle ?

Seul dans l'obscurité, car il n'avait pas allumé de lampes, il méditait sur la cruauté du destin, tout en se félicitant de son intuition.

— Louis Molinier m'était antipathique. J'avais beau faire des efforts, ses mimiques, sa moustache, le timbre de sa voix, tout me dérangeait chez ce garçon, marmonna-t-il. Ce mécréant nous a bernés sans scrupule. Les serments qu'il a prononcés à l'église, c'était de la comédie pour mieux me voler ma fille, se l'approprier.

Submergé par une fureur rétrospective, Amédée s'éloigna de la fenêtre pour se servir un verre de cognac. Il s'installa dans son fauteuil en cuir et dégusta l'alcool ambré.

— Albane n'était pas vraiment amoureuse de ce paltoquet, de ce guignol. Elle croyait l'être ! Ma pauvre enfant, si Mathilde ne nous avait pas quittés, tout aurait été différent. Une fille se confie volontiers à sa mère, qui peut mieux la guider qu'un hurluberlu de mon espèce, soupira-t-il. Mon Dieu, cette Régina, pas vilaine, mais vulgaire ! Même sobre, ce doit être une harpie. Et Louis se pavanait sous nos yeux, alors qu'il avait une enfant avec sa maîtresse. Je veux connaître tous les détails.

Amédée se tut brusquement, pour mieux concevoir le chagrin qu'avait dû ressentir Albane. Il en tressaillit de rage, puis il céda à l'admiration.

— Une Séguilières de bonne race, dit-il en souriant. Elle n'a montré à personne sa douleur, elle n'a pas cherché à se faire plaindre, et même ce soir, Seigneur, comme je l'ai trouvée belle et digne.

Des pas dans le couloir lui firent tendre l'oreille. Plein d'espoir, le châtelain attendit, mais nul ne frappa à sa porte. Il reconnut les intonations traînantes d'Étienne Goetz et sa déception fut le coup de grâce.

Il n'y avait plus qu'un remède. D'un geste rapide, il s'empara de son cor de chasse et joua la musique poignante de l'hallali qui accompagnait la mise à mort de l'animal traqué.

Mireille avait donné son lait de chèvre à Pierre et le bébé, repu, s'était endormi quand Albane toqua discrètement à la porte du boudoir.

— Ah ma pauvre petite, je m'inquiétais pour vous. J'avais entendu la voiture partir, alors je suis allée chercher le biberon. Maria m'a fait des signes bizarres, si bien que je suis vite revenue ici.

— J'étais à l'écurie, Mireille. Je passe juste pour vous rassurer. Raphaël m'a été d'un grand secours, il a conduit Régina à l'école. Vous feriez mieux de dîner là, je dirai à Lidy de vous préparer un plateau.

— Pourquoi, Albane ?

— J'ai l'intention d'expliquer la situation exacte à nos réfugiés, après le repas. Là encore, Raphaël m'aidera, en éloignant les enfants.

— Ce sera pénible pour vous.

— Peut-être, mais si Régina revenait faire un scandale en mon absence, ils sauront qui elle est, et ils agiront en conséquence.

— Que vous êtes vaillante, Albane, j'envie votre courage ! Je vous souhaite bonne chance, ma petite. Cela dit, une institutrice qualifiée sait se faire écouter. Ensuite, vous devriez monter parler à votre père.

— Bien sûr, mais s'il joue du cor de chasse, c'est bon signe, il s'est calmé…

Brantôme, mercredi 7 février 1940

La « petite troupe du château » approchait de l'école. Albane et Raphaël étaient juste derrière Lucas et Franz, qu'encadraient leurs sœurs, Félicia et Marguerite. Lidy et Ronald avançaient de front, en chantant des comptines.

— Mademoiselle, y a déjà du monde devant le portail, signala Franz. On est en retard ?

— De quelques minutes. Et je te le rappelle, il faut dire « il y a déjà du monde », le sermonna Albane.

La perspective de revoir Régina l'angoissait beaucoup, même si Raphaël avait promis d'être à ses côtés.

— Je voudrais vous parler, lui dit-elle, alors qu'il faisait entrer les élèves dans leur cour respective, les garçons à gauche, les filles à droite.

— Dans ce cas, nous allons accorder à nos écoliers une courte récréation. Il fait doux aujourd'hui.

Il haussa la voix pour annoncer sa décision, saluée aussitôt par une joyeuse clameur. Lidy en profita pour courir jusqu'à la grille. David était là, les mains nouées autour des barreaux.

— Tu viendras ce soir ? demanda l'adolescente. On n'a pas pu s'embrasser depuis une semaine.

— Mon père s'est aperçu que je sortais par la fenêtre, il m'a fait une grande leçon de morale. Maintenant mes parents me surveillent, Lidy. J'essaierai demain, comme il n'y a pas école, je trouverai un prétexte.

— Je t'attendrai dans le pavillon du parc, tout l'après-midi s'il le faut. David, je t'aime tant.

— Chut, ma petite sœur nous surveille. Je m'en vais.

Fascinée par sa démarche énergique et le brillant de ses cheveux noir de jais, Lidy le suivit des yeux. Enfin elle se retourna pour toiser d'un regard hostile une fillette de onze ans, coiffée d'une longue natte brune dans le dos.

— Tu vas nous laisser tranquilles, Rébecca, lui dit-elle. On est amoureux, ton frère et moi, ne va pas le raconter.

— Toute l'école le sait, Lidy.

— Mais pas notre maîtresse ni le maître. Alors tiens ta langue où je déchirerai ta carte de géographie. On doit les rendre ce matin.

Du préau, Albane et Raphaël observaient les deux filles sans pouvoir entendre ce qu'elles se disaient.

— Rébecca est une excellente élève, mais Lidy lui cherche querelle à la moindre occasion et cela m'ennuie.

— Je la réprimanderai à ce sujet. Albane, nous avons peu de temps, de quoi vouliez-vous me parler ? Du baiser que je vous ai volé ?

— Vous ne m'avez rien volé du tout, répliqua-t-elle. En chemin, j'avais prévu de vous raconter ma confession publique, mais je n'ai pas pu, nous avons débattu sur le certificat d'études et les directives du gouvernement. Et hier soir, après avoir emmené les enfants en balade, vous n'êtes pas rentré avec eux. Ronald m'a dit que vous étiez fatigué...

— J'avais besoin de m'isoler pour réfléchir. Dites-moi vite comment mes compatriotes ont réagi.

— Très bien, j'ai été succincte, mais précise. Ces messieurs Meyer et Goetz ont pris la chose comme une fatalité, et toutes les bonnes paroles de réconfort de ces dames m'ont fait comprendre que les maris infidèles sont légion... Personne n'a osé me poser de questions, néanmoins je pense qu'en mon absence, Maria devra fournir quelques détails. Peu importe ! Si vous saviez à quel point j'étais soulagée.

— Et votre père ?

— Je suis montée le voir dans sa chambre. Il devait s'en douter, sa porte était entrebâillée. Il m'a serrée dans ses bras en me câlinant, ce qu'il n'avait jamais fait. J'ai encore pleuré et nous avons discuté jusqu'à minuit.

— Au fond, la visite de cette femme a eu du bon, même si c'était un moment fort pénible, admit Raphaël.

— Et qui vous a coûté cher. Je vous rembourserai l'argent du taxi ce soir. Je vous défends de refuser, sinon je me sentirais mal, or c'est déjà le cas à cause de Régina.

— Qui nous épie d'une fenêtre de l'étage, une cigarette au coin des lèvres, répondit-il. Il vaudrait mieux que le maire ne nous rende pas visite.

— Pourquoi se montre-t-elle ? Des enfants la regardent, s'affola Albane. Comment faire, je ne pourrai jamais attendre midi pour aller l'affronter, et je dois téléphoner à Périgueux, chez les Molinier.

— Déjà faisons entrer tout le monde en classe, trancha-t-il.

— Oui, et j'ai une idée. Je vais donner une rédaction à mes grandes élèves, et un dessin pour les plus petites sur le thème de la neige. Elles seront sages une petite heure…

— Mais je devais vous accompagner, s'étonna-t-il.

— Pensez à moi, cela me suffira, Raphaël.

Il acquiesça, en évitant de répondre qu'il pensait à elle sans cesse depuis des semaines.

Survoltée, Albane appela en priorité Adèle Molinier, cette belle-mère de quelques semaines, qu'elle espérait ne plus revoir ou le moins souvent possible.

— Bonjour, madame, je voudrais savoir pourquoi vous avez mis Régina à la rue.

— Albane, mais…

— Je suis pressée, j'ai dû laisser mes élèves pour vous joindre. Répondez-moi vite, je vous prie. Régina s'est présentée au château hier, il a fallu payer la course du taxi et la loger au-dessus de l'école. Vous aviez sûrement une sérieuse raison de la chasser, mais c'est un acte inconsidéré à l'égard surtout de Louisette qui doit réclamer sa maman.

— Ah vous croyez ça, vraiment ? s'enflamma Adèle Molinier. Ma malheureuse petite-fille dépérissait à vue d'œil, malmenée par cette misérable créature. Oui, elle était terrifiée par sa propre mère, une bonne à rien saoule du matin au soir, enfumant la maison. La coupe a été pleine dans la nuit de lundi à mardi, quand les hurlements de Louisette m'ont réveillée ! Régina, sous l'effet de l'alcool, rouait de coups ma pauvre chérie. J'ai pu l'arracher de ses griffes et m'enfermer à clef avec elle dans le salon, d'où j'ai téléphoné à Denise. C'était un véritable appel au secours, Albane.

— Je comprends, madame.

— Tôt le matin, ma fille et son fiancé sont venus. Gérard avait demandé conseil à son père, qui est commissaire de police, et celui-ci lui a indiqué que j'allais devoir porter plainte et obtenir la garde de ma petite-fille. Quand Régina s'est réveillée en milieu d'après-midi, j'ai fait sa valise, sous la protection de mon futur gendre. Nous l'avons mise à la porte sans brusquerie. Louisette lui a même fait une bise, en murmurant un « au revoir ».

— Et Régina ne s'est pas rebiffée ?

— Non, elle paraissait absente, pareille à un automate. Je suis navrée qu'elle vous ait importunée, Albane, mais je ne la reprendrai pas chez moi. Ma petite-fille doit grandir dans un foyer stable, entourée d'amour, ce que souhaitait Louis, paix à son âme. Débarrassez-vous de Régina, je vous le conseille. Sa place est dans un asile.

Adèle Molinier coupa la communication, laissant Albane désemparée.

— M'en débarrasser, mais comment ? se disait-elle en courant jusqu'à sa classe.

À peine entrée, elle se plaça sur l'estrade et prit sa règle en fer sur son bureau.

— Mes enfants, je dois encore m'absenter. Pendant ce temps, travaillez bien. Sarah, Lidy, vous êtes les plus âgées, je compte sur vous pour maintenir la discipline, et si nécessaire, aider vos camarades, notamment les petites.

— C'est à cause de la dame d'en haut ? interrogea Félicia, plus hardie, car elle connaissait mieux Albane.

— En effet, il s'agit d'une personne sans domicile que nous avons accepté d'héberger pour la nuit, M. Wendling et moi. Elle repartira dans la journée, à la suite de l'entretien que nous allons avoir. Je reviens le plus vite possible, écrivez une belle rédaction, et faites de jolis dessins.

— Oui, mademoiselle, s'écrièrent plusieurs écolières.

En grimpant l'escalier, Albane essaya de dominer son anxiété. Sachant désormais pourquoi Adèle Molinier avait jeté Régina à la rue, elle décida de ne pas ménager cette mère indigne et de lui faire comprendre le mal et le chagrin qu'elle avait infligés à Louisette.

Sur le palier, elle trouva grande ouverte la porte du logement, d'où s'échappait une odeur de café chaud.

— Eh bien, entre, fais comme chez toi, lui cria Régina, une tasse fumante à la main, une cigarette dans l'autre.

— Bonjour, vous semblez plus lucide qu'hier, déclara Albane.

— Pas de politesse, mademoiselle ! Tu es bien mignonne dans ta blouse de maîtresse d'école, et puis bien coiffée. Louis te voyait attifée comme ça presque tous les jours quand il a été nommé ici, à Brantôme.

— Si j'avais su qu'il vous fréquentait depuis des années et que vous aviez un enfant, j'aurais repoussé ses avances, Régina. Je ne suis pas responsable de sa conduite passée, alors arrêtez de m'insulter, de me menacer. Dans cette histoire, je suis une victime, comme vous.

— Je l'sais, mais je t'en veux, parce qu'il t'aimait ! Moi, j'étais son jouet, celle qui acceptait toutes ses fantaisies au lit. Et puis, il venait chez moi pour Louisette. Il l'adorait, sa gosse… J'en profitais, quitte à inventer que la petite était de santé fragile, souvent malade, comme ça, il accourait à son chevet. Je tenais le thermomètre au-dessus du poêle à la mauvaise saison, pour faire monter la température. Des ruses de pauvre fille, quoi !

— Comment avez-vous rencontré Louis ? s'enquit Albane d'un ton moins hostile.

— Un soir de bal, dans une guinguette au bord de l'Isle. Il m'a invitée à danser, deux heures après, il me couchait sur l'herbe derrière une baraque. À l'époque, mon corps le rendait fou de désir, et moi, amoureuse à en crever, je ne lui refusais rien. On allait dans un hôtel bon marché, il m'achetait des robes, des babioles, raconta rêveusement Régina.

Les larmes aux yeux, elle écrasa sa cigarette dans l'évier et y déposa sa tasse vide. Albane fut sensible à son allure féline, au charme de son visage étroit aux pommettes hautes.

— Louis vous aimait, Régina, j'en suis sûre, dit-elle. Cessez de boire autant, comportez-vous mieux, ensuite implorez Mme Molinier de vous pardonner. Louisette a besoin de vous.

— Ma gosse a trouvé un toit, une grand-mère, une famille, alors je ne veux plus l'approcher. Je l'ai frappée, l'autre soir, j'avais trop bu. Elle avait mouillé ses draps, je voulais la forcer à dormir dedans. Si Louisette m'oublie, elle aura une belle enfance. Moi, je suis de l'Assistance publique, placée en usine à quinze ans. Louis, je l'ai pris pour le prince charmant, et quand je suis tombée enceinte, j'étais sûre qu'il m'épouserait. J'ai vite compris mon erreur. Il avait honte de moi, je n'étais pas assez bien pour les Molinier. La suite, tu la connais... Maintenant, il est mort ! La nuit je fais des rêves affreux, il se glisse sur moi, couvert de sang, défiguré.

— Il fallait vous confier à Denise, qui est infirmière. Vous avez besoin d'être soignée, Régina.

— Bah, Denise et son abruti de fiancé m'ont dit ça, eux aussi. Ils voulaient me faire interner quelque part. Ma maladie, c'est que je ne peux plus vivre sans Louis, je l'aimais trop, je l'aimerai toujours, gémit-elle en guise de réponse.

— Mais où comptez-vous aller ? Vous ne pouvez pas occuper ce logement plus longtemps. Retournez à Périgueux, il y a un autocar à midi, je vous donnerai un peu d'argent.

— Tu es vraiment une brave fille, Louis me le répétait, soupira Régina.

— Une brave idiote, oui, prude au lit en plus, répliqua Albane, qui ne se remettait pas de cette allusion, reçue de plein fouet en présence de Raphaël.

— Ne t'bile pas, sans doute que tu n'aimais pas Louis, pas comme il fallait. Le corps, il ne peut pas mentir, lui. Quand tu aimes un homme pour de bon, que tu l'as dans la peau, le plaisir, ça devient un feu d'artifice, ça t'emmène au septième ciel, comme disait une copine à l'usine.

Gênée d'avoir rougi, Albane se détourna. Elle rinça la tasse de Régina afin de se donner une contenance.

— Changeons de sujet, l'heure tourne, je dois rejoindre mes élèves, affirma-t-elle en s'essuyant les mains. Tenez, voici cinq francs pour vous dépanner, je ne peux pas faire mieux.

— Ne t'inquiète pas, garde tes sous, je vais partir, j'ai de quoi m'offrir un beau voyage dans ma valise, un petit cadeau que Louis m'a laissé. Je suis prête, tu ne me reverras jamais, sois tranquille.

— Bonne chance et courage, alors, Régina. Nous avons pu discuter sans heurts, c'est appréciable, nota Albane.

— Adieu, mademoiselle l'institutrice...

De retour dans sa classe, Albane guetta d'une des fenêtres le départ de Régina. Encline à la compassion, elle ne pouvait s'empêcher de la plaindre.

— Celles qui ont terminé leur rédaction, portez vos cahiers sur mon bureau, dit-elle à ses élèves en se dirigeant vers le tableau noir. Rébecca, ramasse les dessins des petites, je te prie.

La détonation retentit à cet instant précis dans toute l'école. Il n'y avait pas de doute pour Albane, c'était un coup de feu qui avait éclaté à l'étage.

— Mon Dieu, non, non, balbutia-t-elle en se signant. Ne bougez pas d'ici, n'ayez pas peur, je cours prévenir M. Wendling.

Ils découvrirent ensemble le corps sans vie de Régina, gisant en travers du lit de la chambre. Elle avait dû lâcher le revolver en mourant. Son corsage de soie noire était rouge de sang, du côté gauche.

— Ne regardez pas ça, Albane ! s'écria Raphaël en la prenant contre lui. On ne peut plus la sauver, elle s'est tiré une balle dans le cœur.

— Seigneur, quelle horreur ! Louis m'avait dit qu'il possédait une arme. C'était le petit cadeau dont Régina m'a parlé pour s'offrir un beau voyage. Moi qui songeais à un bijou qu'elle revendrait... Je n'ai rien soupçonné, elle avait l'air paisible et presque amicale.

— Pauvre jeune femme, marmonna-t-il. Avant de mourir à la guerre, Louis Molinier a semé en égoïste bien des graines de désespoir.

Le dos obstinément tourné au lit, Albane le dévisagea avec une expression effrayée.

— Que faire, Raphaël ? Nous devons épargner nos élèves. Je répugne à leur mentir, mais ils ont tous entendu la détonation.

— Venez, ne restez pas dans cette chambre, redescendons. Je vais téléphoner au docteur Géraud, ensuite aux gendarmes, le maire en dernier, car il nous demandera ce qu'une inconnue faisait là.

— Mais que dire aux enfants ? insista-t-elle dans le couloir du rez-de-chaussée.

— La vérité, Albane.

— Les plus jeunes ne peuvent pas comprendre.

— D'accord, parlons d'un accident. La dame était de passage, elle voyageait seule et par mesure de prudence, elle avait un pistolet. En le manipulant, le coup est parti et elle s'est sérieusement blessée. Je dirai aux gendarmes de ne pas emporter le corps avant la sortie des classes.

— Je m'en tiendrai à votre version, qui occulte la mort et la notion de suicide, merci, Raphaël, chuchota-t-elle. Je revois Régina en train d'éteindre sa cigarette, il y a si peu de temps, et c'est fini pour elle. Louisette se retrouve orpheline.

Raphaël ne fit aucun commentaire, la mine grave. Ils se séparèrent après avoir échangé un dernier regard, tous deux consternés par cette tragédie.

20

Les menaces du printemps

Château de Séguilières, samedi 9 mars 1940

Accoudée au rebord de la fenêtre de sa chambre, Albane regardait jouer Franz et le petit Lucas sur les pavés moussus de l'arrière-cour. Leurs rires et leurs cris résonnaient dans l'air tiède de l'après-midi. Ils s'envoyaient un ballon en baudruche qu'elle avait déniché au fond d'une malle, sous les combles du château.

— Ces deux-là deviennent de bons amis, dit-elle à Maria.

— Ils s'entendent même pour faire des bêtises, mademoiselle.

La domestique lui apportait du linge propre repassé par les soins d'Odile Goetz.

— J'aurais pu m'en occuper, Maria. Pose vite cette panière sur mon lit et viens un peu près de moi, le vent a un parfum de printemps.

— Je n'ai pas le temps de rêver, mademoiselle. Petra et moi, on fait le ménage dans le salon, et quand on aura terminé, on fera des crêpes pour le goûter. Oh misère, j'allais oublier, Monsieur m'a demandé de vous remettre une lettre. Le facteur la lui a donné ce matin, quand vous étiez partie à vélo à Brantôme, et comme vous venez juste de rentrer… Tenez, elle était dans ma poche de tablier.

— Merci, Maria, c'est peut-être Coralie ! Je voudrais tant avoir de ses nouvelles, je lui ai envoyé trois courriers, elle ne m'a pas répondu.

Albane fut déçue de voir un timbre français et le cachet de la poste qui indiquait la ville de Périgueux.

— Je la lirai plus tard, marmonna-t-elle. Ce doit être encore Denise Molinier.

Maria haussa les épaules en quittant la pièce. Ses intonations et son expression boudeuse trahissaient son mécontentement obstiné, mais Albane ne s'en formalisait plus, restant sur ses positions. Elle rangea l'enveloppe au fond du tiroir de sa table de nuit avant de dénouer ses cheveux, qu'elle avait attachés sur la nuque.

« Il y a déjà un mois que Régina est morte, se dit-elle. Tant pis si mon père et Maria m'en veulent toujours, je n'ai pas pu faire autrement. »

La jeune femme ôta son corsage et sa jupe-culotte pour enfiler une robe en flanelle beige, plus confortable. Agacée, elle se mit à déambuler dans sa chambre, en continuant à parler toute seule.

— La fosse commune, le maire ne voyait pas d'autres solutions. C'est le triste sort des indigents, des gens qui n'ont plus de famille, serinait-il. Je n'ai pas pu l'accepter, et aujourd'hui je suis allée porter les premières jonquilles du parc sur sa tombe, une simple surface de terre un peu bombée, une croix en bois avec son nom, Régina Picard, et deux dates : « 1915-1940 ». Quand Louisette sera plus grande, elle saura où venir prier pour sa mère.

Il n'y avait plus un bruit en provenance de l'arrière-cour. Intriguée, Albane retourna à la fenêtre qu'elle avait ouverte sur un ciel d'un bleu pur. Franz et Lucas n'étaient plus là, mais le ballon gisait, tout aplati, sur le sol.

— Où sont-ils, ces garnements ? Chaque samedi c'est pareil, il faut les chercher partout. Lidy se promène avec Marguerite, on ne peut pas les obliger à surveiller les petits du matin au soir… Au moins, je sais où sont Ronald et Félicia, père les a emmenés à la pêche, ainsi que M. Meyer.

Malgré son envie de s'allonger, Albane chaussa ses mocassins en daim, résignée à retrouver elle-même les deux garçons.

— Je suis sotte, ils ont pu rentrer ou aller voir la vache, qui est au pré. On leur a interdit d'approcher de la route et Raphaël a renforcé le couvercle du puits… Raphaël qui m'évite et garde ses distances, à l'école et ici. Je croyais qu'il y aurait d'autres baisers, mais non. Enfin, je lui pardonne, car il est le seul à m'avoir comprise et soutenue pour Régina. On ne pouvait pas l'enterrer comme un chien… Mais j'ai emprunté de l'argent au docteur Géraud, et papa se sent déshonoré.

« Tu contractes des dettes, ma fille, afin d'inhumer dignement la maîtresse de ton défunt mari, s'était enflammé le châtelain. Tu brigues une auréole, la sainteté ? »

La gorge serrée, Albane jeta un coup d'œil sur le tiroir où elle avait rangé la lettre en provenance de Périgueux.

— Tant pis, autant la lire avant de la déchirer, comme les trois précédentes, pleines d'inepties.

En étudiant l'adresse écrite sous le timbre, un doute la traversa.

— Mais on dirait l'écriture de Coralie… Elle serait revenue en France ?

Sans plus hésiter, elle décacheta l'enveloppe. Un petit cri de joie lui échappa, en déchiffrant les premiers mots : « Ma chère Albane, ma fidèle amie. »

— C'est bien elle, il y a l'en-tête de la pharmacie sur la feuille. Sa maman et elle doivent être de retour à Périgueux…

Elle s'empressa de parcourir les lignes tracées par Coralie, au crayon de papier, ce qui la surprit.

Comme tu le comprendras en recevant cette courte missive, j'ai retrouvé ma ville natale, ma chambre, et le plus important, mon cher papa. Il était très heureux de nous revoir, bien sûr, mais à présent, il parle de nous installer tous en Suisse, un pays neutre, où il a mis des capitaux à l'abri. Il compte vendre un bon prix notre immeuble bourgeois, qui date du XVIIIe siècle, et le fonds de commerce.

Pardonne-moi, Albane, d'être si brève, j'ai rendez-vous avec Richard, que je voyais souvent avant mon départ pour Londres. Te souviens-tu de lui ? C'est le fils d'un notaire.

Je te promets d'emprunter la voiture de papa pour te rendre visite dans ton château d'ici une semaine. Je m'en veux de ne pas avoir répondu à tes lettres, tu as eu beaucoup de malheurs en peu de temps, nous en discuterons de vive voix le jour de ma venue.

Je t'embrasse,

Coralie

Un peu frustrée, mais déjà ravie d'accueillir bientôt son amie, Albane se mordilla la lèvre inférieure.

— La Suisse, un beau pays, un lac immense, des montagnes, soupira-t-elle. S'ils habitent Genève, Coralie rencontrera peut-être l'ancienne fiancée de Raphaël au cours d'une soirée mondaine.

Le jeune homme hantait ses pensées. Même si son attitude envers elle, respectueuse à l'excès, l'exaspérait.

— Mon père a dû l'assommer de nouvelles mises en garde et il lui obéit, pourtant nous aurions bien des occasions de nous embrasser, loin des regards indiscrets. Je dois être sage, bien sûr, tout Brantôme épie mes faits et gestes, moi la jeune veuve de guerre qui n'a pas pu mettre au monde l'enfant du héros de la ville.

Tout de suite, Albane se reprocha ce cri du cœur. Elle avait pardonné à Louis, seule avec Dieu le soir de la visite de Régina, après le baiser inoubliable que lui avait donné Raphaël.

— Seigneur, ne m'en veuillez pas, chuchota-t-elle en effleurant sa médaille de baptême, qui reposait sur sa poitrine au bout d'une chaîne en or. J'ai dû répondre à tant de questions, depuis que j'ai perdu mon bébé. Les mères de mes élèves, après avoir scruté ton tour de taille, l'épicière, l'épouse du maire. Oh non, je vais encore pleurer.

Elle remit la lettre de Coralie dans le tiroir avant de sortir de sa chambre.

— « Patience et longueur de temps font plus que force ni que rage ! », récita-t-elle en descendant l'escalier.

C'était la morale de la fable « Le lion et le rat », de l'illustre Jean de la Fontaine, que ses écolières devaient apprendre pour le lendemain.

— Je serai patiente, et un jour je pourrai revivre, aimer et être aimée, ajouta-t-elle.

Parvenue dans le hall, Albane aperçut la voiture du docteur Géraud garée au milieu de la cour d'honneur. Il semblait sermonner Franz et Lucas, qui l'écoutaient tête basse. Maria avait dû ouvrir les larges portes vitrées pour faire sécher plus vite le carrelage noir et blanc, lavé au savon noir par ses soins.

— Docteur, appela la jeune femme. Il y a un problème ?

Le médecin la vit qui se tenait sur le perron ceinturé de balustrades en pierre grise. Le soleil faisait briller ses cheveux bruns et dorait son visage. Elle lui souriait et il ressentit une pointe d'amertume au creux de sa poitrine, la trouvant de plus en plus jolie.

— Ces garçons étaient au bord de la route, près du portail. Je leur ai dit de monter dans ma voiture. Je préférais les ramener ici. Je leur remettais en mémoire le grave accident de Ronald…

— Je vous remercie, docteur, j'allais justement partir à leur recherche. Franz, Lucas, vous avez encore désobéi, je devrais vous priver de goûter.

— Oh non, mademoiselle ! protestèrent-ils en chœur.

— Je ne le ferai pas, car il y a des crêpes, mais toi, Franz, tu auras cinquante lignes à écrire. Quant à toi, Lucas, tu essuieras la vaisselle ce soir. En plus, vous avez percé et écrasé le ballon que je vous ai prêté. C'était le mien quand j'avais votre âge.

Joseph Géraud avança vers les marches du perron, charmé par sa voix et sans pouvoir la quitter des yeux.

— Je vous découvre en maîtresse d'école, plaisanta-t-il d'un ton faussement joyeux.

— Il me manque la blouse, répliqua-t-elle. Vous nous rendiez visite ? Il n'y a rien de grave en ville ?

— Pas à ma connaissance, je voulais vous parler en privé.

— Très bien, nous pouvons marcher un peu autour du château, il fait si beau, on se croirait au printemps, proposa Albane en le rejoignant.

— Il ne tardera pas, les primevères et quelques jonquilles ont fleuri dans mon modeste jardin.

La jeune femme ordonna aux garçons de rejoindre Maria et Petra Meyer dans le salon.

— Offrez-leur vôtre aide, ce sera gentil. Au fait, pourquoi étiez-vous au bord de la route ?

— Comme ça, bredouilla Franz.

Lucas et lui détalèrent avec des mines coupables. Amusée, Albane secoua la tête. Elle songea à son fils, qui serait né au début du mois de mai. L'image d'un bel enfant brun traversa son esprit, la représentation idéale de l'héritier des Séguilières.

— Mon père me boude, docteur, soupira-t-elle. Il m'a très vite pardonné au sujet de Louis, de ce qu'il nomme « mon grand secret », mais il ne décolère pas pour l'argent que je vous ai emprunté.

— Quel orgueilleux ! Je lui ai pourtant répété que cela ne le concernait pas. C'est entre nous deux, Albane. Comment peut-il vous le reprocher ?

— Nous sommes pauvres et sa fierté en souffre.

— Votre décision d'inhumer décemment cette malheureuse était admirable. Régina Picard avait dû atteindre un paroxysme de désespoir pour se suicider. Je pensais à elle, ce matin. Son geste fatal date d'un mois.

— Dieu soit loué, les élèves n'ont appris son décès qu'un peu plus tard. N'en parlons plus... Que vouliez-vous me dire, docteur ?

— Je n'aurai plus jamais le plaisir de m'entendre appeler Joseph ?

— Excusez-moi d'être constamment vigilante, de ne pas m'autoriser le moindre élan d'amitié ! J'ai failli vous prendre le bras, à l'instant, Joseph, or je me suis retenue. Au moindre faux pas, on peut m'interdire d'enseigner.

— Dans les circonstances actuelles, j'en doute fort, répondit le médecin. À Bourdeilles, l'école aurait fermé si l'ancienne institutrice n'avait pas repris du service à soixante-seize ans.

Ayant descendu l'allée bordée de buis, ils étaient presque arrivés à la hauteur du pavillon de chasse, dont les murs en brique rose se devinaient entre les arbres.

— C'est étrange, Joseph, la drôle de guerre, comme disent les journaux, me donne l'impression que nous sommes protégés, que les combats ne nous atteindront pas, lui confia Albane. Je me tiens au courant des événements, mais ils me paraissent lointains, un peu irréels. C'est puéril de ma part.

— Ne vous discréditez pas ainsi. Beaucoup de gens doivent penser comme vous. Hélas Hitler vise à présent le Danemark et la Norvège. À mon avis, on peut craindre également l'invasion de la Belgique. En janvier, le colonel Charles de Gaulle s'est efforcé, par un mémorandum, d'attirer l'attention de nos hommes politiques sur les dangers qu'une offensive mécanique allemande ferait courir à la France[1].

1. Fait véridique. Et en janvier 1940, Charles de Gaulle était bien colonel.

— Je crois que M. Wendling en a discuté avec mon père lors d'un repas, mais j'écoutais à peine.

— Ce devait être après votre séjour à l'hôpital, ma chère Albane, insinua Géraud. Mais j'en reviens à la raison de ma visite. Il s'agit de Maubert Guérin.

— Ils l'ont libéré ? s'écria-t-elle.

— Non, rassurez-vous, Guérin est toujours prisonnier au château du Sablou, mêlé à d'autres indésirables de son genre, de plus en plus nombreux. Mais le préfet, habilité à prendre les mesures de répression nécessaire, est un ami de notre maire. En tant qu'adjoint, j'ai pu consulter des dossiers sur les détenus relevant de notre commune, Guérin et les Suisses allemands. Il n'y a rien d'intéressant sur ces trois pauvres bougres, qui ne parlent même pas français et doivent clamer leur innocence dans leur dialecte.

Le médecin s'était arrêté de marcher. Albane l'imita, curieuse de savoir ce qu'il tenait à lui dire.

— Vous en savez plus sur Maubert Guérin ? hasarda-t-elle.

— J'ai découvert que la police l'a appréhendé à la suite d'une dénonciation venant d'un homme qui avait séjourné chez Guérin, au début du mois de novembre. Sa maîtresse l'accompagnait. Il y avait un autre couple illégitime. Il semblerait que votre voisin organisait des soirées bien arrosées, et portant atteinte aux bonnes mœurs. L'auteur de la dénonciation, lui-même interrogé par la police pour des activités inquiétantes, aurait révélé les prises de parti extrémistes de Guérin, un fasciste avéré. De surcroît, il l'a accusé du viol d'une adolescente.

— Quel personnage immonde ! s'indigna Albane.

— De toute évidence, la dénonciation serait une vengeance à la suite d'un désaccord ou d'une histoire d'argent. Ironie du sort, ils sont désormais ensemble au château du Sablou, précisa-t-il. Qu'ils s'entre-tuent, cela fera deux crapules de moins dans la région.

— Et si Maubert Guérin réussissait à s'évader ? Joseph, je ne le pensais pas capable d'un acte aussi odieux. Souiller l'âme et le corps d'une innocente…

Elle frissonna de répulsion, n'ayant jamais pu effacer le souvenir de sa nuit de noces, où Louis s'était montré brutal, en proie à une frénésie aveugle.

— Je suis désolé, vous êtes choquée, Albane. N'ayez pas peur, il serait difficile de s'enfuir du château du Sablou. La propriété est entourée d'une clôture en fils barbelés, ils ont construit un mirador et il y a plusieurs gardiens[1]. Cela dit, en effet il vaut mieux se méfier, d'où ma visite.

Le docteur prit ses mains entre les siennes, en la fixant avec une tendresse passionnée.

— Je ne supporterais pas que Guérin vous fasse du mal ! Je bouillonne de rage quand je pense qu'il aurait pu s'en prendre à vous durant les semaines où il habitait près du château.

— Il ne m'est rien arrivé, Joseph, affirma-t-elle. Remontons l'allée, il fait frais ici, nous serons mieux au soleil.

Il fut obligé de lâcher ses mains et elle s'écarta d'un bon mètre, en lui adressant cependant un sourire amical. Géraud ne fut pas dupe.

— Excusez-moi, marmonna-t-il.

— Ce n'est rien, je suis trop nerveuse à cause de cette affaire de viol. Savez-vous où cela s'est passé ? Maubert Guérin était souvent absent.

— D'après le rapport relatif à la dénonciation, l'agression a eu lieu chez lui. On peut supposer qu'un des invités de ce saligaud avait amené cette malheureuse jeune fille. Vraiment, Albane, je n'ai pas d'autres renseignements.

— Ils ont pu la tuer, docteur !

1. Authentique.

— Les gendarmes ont déjà fouillé les lieux une première fois sans rien trouver de concluant, mais ils vont y retourner en espérant découvrir cette fois un élément permettant de l'inculper. Si Guérin s'avérait coupable de meurtre, cela arrangerait le commissaire de police Edmond Jacquet, responsable de la sécurité publique de notre département. Il pourrait l'envoyer aux assises.

— C'est le père du fiancé de Denise Molinier. Louis m'avait dit de solliciter son aide si j'avais des ennuis.

— Pour une fois, votre mari avait raison, certaines relations sont très utiles en temps de guerre, concéda-t-il.

— Je pourrais peut-être demander à ce monsieur comment empêcher Adèle et Denise Molinier de m'écrire, déclara Albane avec un léger rire désabusé. J'essaie de plaisanter, mais j'ai reçu trois lettres de ces femmes depuis le décès de Régina. Dans la première, elles prétendent que j'ai poussé Louis au désespoir. Selon elles, si je lui avais pardonné, il n'aurait pas cherché à mourir en se portant volontaire pour l'offensive qui lui a coûté la vie. Je suis une fille froide et hautaine, imbue de ma particule, et surtout je n'aimais pas assez mon mari… Et j'ai eu l'audace d'introduire mon amant sous leur toit ! Vous, Joseph.

— Moi ! Seigneur, je n'ai pas ce privilège, soupira-t-il. Albane, il fallait m'avertir. Je me rends souvent à Périgueux, j'irai détromper ces dames et leur signifier de vous laisser en paix.

— Ne vous donnez pas cette peine. Je brûlerai la prochaine lettre sans la lire si elles persévèrent. Et Denise qui m'appelait sa petite belle-sœur à l'hôpital. Quelle hypocrisie !

— C'est infâme, sa mère doit lui monter la tête contre vous. Dieu merci, vous ne paraissez pas en être affectée.

— J'ai tellement souffert, Joseph, je refuse de me laisser atteindre par des calomnies et des sottises.

Ils continuèrent à remonter l'allée d'un pas tranquille, en poursuivant leur conversation.

À l'intérieur du pavillon de chasse, Lidy et David les regardaient s'éloigner par une étroite fenêtre aux carreaux cassés. Ils purent enfin respirer à leur aise.

— Si mademoiselle nous avait découverts, c'était la fin de tout, murmura l'adolescente. À un moment, mon nez me démangeait, j'ai eu peur d'éternuer.

— Je m'en suis aperçu, tu plaquais tes mains sur ton visage.

— Il n'y a plus de danger, on peut s'embrasser encore, David.

— Pas longtemps, je dois rentrer aider mes parents. Il y a eu un problème à la ferme avec les gens qui nous hébergent. Lidy, je n'avais pas le courage de te l'annoncer, on s'en va.

— Comment ça, vous vous en allez ? Où, quand ?

— Demain, on prend l'autocar pour Périgueux, de là on ira jusqu'à Libourne en train.

David voulut l'enlacer, Lidy le repoussa de toutes ses forces. Elle suffoquait, sans parvenir à pleurer.

— Je ne te crois pas, les réfugiés du Bas-Rhin doivent rester en Dordogne. Je vais mourir si tu pars !

— Bon sang, ne dis pas de bêtises, Lidy. Ce matin, mon père a frappé le fermier. Ce cul-terreux a osé faire des avances à maman, gestes à l'appui. Quand elle s'est débattue, il l'a traitée de « sale youpine » et « de sale garce ». On ne peut pas rester chez eux, tu comprends ?

Très pâle, Lidy s'était appuyée contre un mur, sourde aux explications de David.

— C'est loin, Libourne ? demanda-t-elle tout bas.

— Près de Bordeaux.

— Bordeaux, j'ai vu ce nom-là sur la carte de France. Et il y a quoi, à Libourne ?

— Un cousin germain de maman. Elle lui avait donné de nos nouvelles au mois de février, en téléphonant de la poste. Il se disait prêt à nous accueillir… Lidy, je suis désolé, on s'écrira.

— Alors tu ne m'aimes pas ! Si tu m'aimais, tu resterais ici, à Brantôme, avec moi.

David essaya encore une fois de la prendre dans ses bras, mais elle se dégagea en sanglotant.

— Eh bien, va-t'en, disparais ! Je te déteste, tu entends, je te hais ! Va-t'en...

— On se sépare comme ça, sans un baiser ? Lidy, je t'en prie.

Elle haussa les épaules et se précipita dehors, pour courir vers le château.

Assis au volant de sa voiture, le docteur Géraud venait de prendre congé d'Albane. Elle l'avait invité à entrer, pour boire un thé, mais il avait refusé.

— Une autre fois alors, Joseph, le taquina-t-elle en insistant sur son prénom. Pourquoi ne pas dîner avec nous samedi prochain ?

— J'y réfléchirai, mais vous êtes déjà si nombreux. Et devant tout ce monde, vous serez obligée de m'appeler docteur, lui répondit-il avec un clin d'œil. Je dois partir, j'ai des visites à faire au Chatenet et à Saint-Pardoux-de-Feix.

Il claqua sa portière et lança le moteur. Albane s'écarta prudemment pendant qu'il manœuvrait. Elle rêvait de savoir conduire, comme Coralie, mais elle n'osait pas demander au médecin de lui donner quelques leçons.

— Mais c'est Lidy !

En regardant le médecin s'engager dans l'allée, elle avait vu l'adolescente, vêtue ce jour-là de sa robe verte, tricotée par Mireille pour Noël. La course folle de Lidy la surprit aussitôt.

— Qu'est-ce qu'elle a ? On dirait qu'elle pleure, ou bien elle souffre ! Elle a pu se blesser...

Joseph Géraud franchissait déjà le porche, ayant accéléré dans la pente douce qui menait à la route. Albane se précipita à la rencontre de Lidy, mais celle-ci obliqua pour l'éviter. Elle se jeta dans la haie de lauriers et de troènes, dans l'espoir de la traverser pour enjamber ensuite le mur d'enceinte séculaire, effondré à plusieurs endroits. Ralentie par l'enchevêtrement des branchages, elle poussa un hurlement d'impuissance.

— Lidy, ne te sauve pas !

— Fichez-moi la paix, mademoiselle !

Le visage luisant de larmes, elle s'était retournée et jetait sur la jeune femme un regard de bête traquée. Sans trop savoir pourquoi, Albane la revit dans les bois, ce jour d'automne où Marguerite et elle s'étaient perdues, en cherchant des champignons. Lidy avait au fond de ses yeux verts la même expression, un mélange de terreur et de chagrin.

— Ne bouge pas, tu vas déchirer ta robe, une ronce s'est prise dans les mailles, lui dit-elle gentiment.

— Je m'en fiche de ma robe, de vous, de tous les autres !

— Tu peux me confier ce qui te rend aussi malheureuse, Lidy. Tu te souviens du soir où je vous ai fait monter sur Ulysse pour vous ramener au château ? Tu avais mal au ventre et je t'ai dit de te reposer dans ma chambre. Nous avons bavardé, tu te sentais mieux et tu as eu cette merveilleuse idée de fêter Noël dans le salon…

Hébétée, Lidy approuva d'un signe de tête. Sans avancer vers elle, Albane continua à lui parler doucement.

— Tu peux aller dans ma chambre, comme ce soir-là ! Maria doit être en train de faire des crêpes, je te monterai un plateau, tu ne verras personne.

— C'est David Cohen, avoua Lidy. Sa famille s'en va ! Ils partent demain. Il m'abandonne, moi qui l'aime si fort.

— Rentrons, tu vas tout me raconter. Je me doutais que ce garçon te plaisait, mais pas à ce point. Viens vite, si ton frère te voyait dans cet état, il serait très inquiet.

— Raphaël, il se moque bien de moi, grand-mère aussi. Vous ne pouvez pas comprendre, mademoiselle, je suis un fardeau pour eux.

— J'ignore pourquoi tu crois cela, Lidy. Il faut me l'expliquer. Dépêchons-nous. D'abord, il faut décrocher cette branche de ronce de ta jolie robe. Mireille pourra la raccommoder.

— J'en veux plus, je la donnerai à Marguerite.

— Tu as le droit de la lui offrir, admit Albane. Voilà, j'ai pu te libérer, allons-y.

Lorsqu'elles passèrent dans le hall pour emprunter l'escalier, une bonne odeur de crêpes chaudes flottait dans l'air. Morose, l'adolescente suivit la jeune femme qui la tenait fermement par la main, comme si elle craignait de la perdre en chemin.

« C'est étrange. Pourquoi je revois sans cesse Lidy ce soir de novembre ? Elle était amorphe, muette, on l'aurait dite terrassée par une catastrophe », songeait Albane.

Sur le palier, un doute innommable s'infiltra dans son esprit, dont elle s'effraya. De toute son âme, elle espéra se tromper.

« Non, j'ai trop d'imagination. Marguerite était avec elle, je les ai trouvées ensemble, avec leurs paniers de cèpes », pensa-t-elle pour se rassurer.

Silencieuse, Lidy s'était assise au bord du lit. Ses doigts grattaient le satin de la courtepointe.

— Alors, parlons de David Cohen, dit Albane en prenant place à ses côtés. Quand t'a-t-il appris son départ ? Hier, à l'école ?

— Tout à l'heure, dans le pavillon de chasse. On se retrouvait là, les jeudis après-midi et même le soir, quand il pouvait venir à vélo.

— Mais… depuis combien de temps ?

— Je ne sais plus, un peu avant Noël. De toute façon, c'est fini, je ne le reverrai jamais, et je vais en mourir.

Touchée par sa détresse, Albane la prit par les épaules et l'attira contre elle.

— En quelques mois, j'ai perdu mon mari et le bébé que j'attendais. J'ai été très malheureuse, Lidy, à en tomber malade, mais je ne suis pas morte. Tu guériras de ce gros chagrin.

— Jamais ! David prétend qu'il m'écrira, il ment, j'en suis sûre. Ils vont habiter près de Bordeaux, chez un cousin de sa mère. S'il part, ça veut dire qu'il ne m'aime pas.

— Ce garçon a seize ans, il doit suivre ses parents.

Lidy sortit de son abattement. Elle dévisagea Albane avec une expression farouche.

— Pourquoi ? Il me racontait de si belles choses en me serrant dans ses bras. On s'embrassait et on faisait des projets. On voulait se marier. C'était tellement bon, tous ces baisers.

Angoissée par ces aveux, Albane se rappelait les confidences de Clara Fischer sur la précocité et les dérives de sa petite-fille.

— Il n'y a eu que des baisers, Lidy ?

— Oh ça oui, David me respectait. On n'a rien fait tous les deux. Il me cajolait beaucoup, en caressant mes cheveux, mes joues. Maintenant je regrette de l'avoir laissé tout seul dans le pavillon. Il était triste, parce que je refusais de lui dire adieu. Il voulait un dernier baiser. Et moi, j'ai crié que je le détestais.

— Calme-toi, si David t'aime, il t'écrira. Bordeaux, ce n'est pas très loin par le train, il pourrait même te rendre visite cet été. Lidy, tu es toute jeune, ne te gâche pas la vie à cause de ce garçon.

— Elle est déjà gâchée, ma vie. Je suis une mauvaise fille, menteuse et vicieuse. Le directeur du pensionnat me le disait, à Obernai. Après tout, il vaut mieux que David s'en aille, car je n'aurais pas pu me marier avec lui.

— Pas avant un an ou deux, en effet.

— Ce n'est pas à cause de mon âge. Je ne suis pas digne de lui.

— Ne dis pas ça. Tu trembles, ma petite chérie, allonge-toi un peu. Je vais te prêter mon châle.

— Ma petite chérie, répéta Lidy d'un ton rêveur. Maman m'appelait souvent comme ça. Vous m'aimez un peu, alors ?

— Mais bien sûr, je t'aime beaucoup, comme si tu étais ma petite sœur.

Apaisée par ces mots, l'adolescente s'étendit avec un soupir sur le lit, tout en s'enveloppant du châle en laine.

— Si je nous rapportais des crêpes et deux tasses de thé ? lui proposa Albane qui dissimulait son émotion.

— Pas tout de suite, restez, mademoiselle, je vous en prie. Tenez-moi la main, j'ai tellement peur, la supplia Lidy.

— De quoi as-tu peur ? Il faut me le dire si tu veux que je t'aide et que je te protège.

— Je ne sais pas trop... Avec David je me sentais en sécurité, et puis il me rendait meilleure. Enfin j'avais l'impression d'être comme les autres filles. J'ai fait de vilaines choses à Obernai, et même ici...

Albane retint sa respiration, consciente de vivre un moment délicat où elle ne devait commettre aucune erreur.

— Ma petite chérie, écoute-moi ! Si on t'a forcée à faire ces vilaines choses, que ce soit à Obernai ou ici, ce n'est pas ta faute. On a profité de toi, de ton besoin d'être aimée.

Lidy approuva d'un signe de tête, avant d'éclater en gros sanglots. Bouleversée par sa détresse, Albane lui caressa le front et les joues, avant de la prendre dans ses bras.

— Calme-toi, je t'en prie, murmura-t-elle. Tu peux me parler, je ne te jugerai pas et je t'aimerai toujours. Qu'est-ce qui te fait autant de peine ?

— D'abord, mademoiselle, dites-moi si c'est vrai que Maubert Guérin est en prison...

— Oui, la police l'a arrêté et enfermé dans un camp d'où il ne peut pas s'évader, il y restera longtemps. Mais comment le sais-tu ?

— J'ai entendu M. Meyer en discuter avec sa femme. J'étais contente, mais après j'ai eu peur que ce soit faux.

Le doute atroce qui tourmentait Albane se changea en certitude. Elle ne pouvait plus reculer, si elle voulait connaître la vérité.

— Lidy, est-ce que Maubert Guérin t'a fait du mal ?

— Si je vous le dis, tout le monde le saura, ma grand-mère, mon frère, les autres. Je les dégoûterai.

— Je te promets de garder le secret, peut-être pas pour toujours, mais au moins pendant quelques mois. Cela me donnera le temps de te faire comprendre que tu as été une victime. Lidy, c'était ce samedi 11 novembre, quand je vous ai trouvées dans la forêt, Marguerite et toi n'est-ce pas ? Tu semblais épuisée, tu pouvais à peine articuler un mot, pourtant je n'ai rien soupçonné. Lidy, qu'est-ce qui s'est passé ?

— On était dans la forêt il y avait David avec nous. Je lui avais proposé de venir, ça l'amusait de ramasser des champignons. Et puis Maubert Guérin est arrivé à moto sur la piste. Il s'est arrêté pour nous observer. Quand il m'a fixée, il avait un regard étrange. Si seulement je m'étais enfuie dans les bois, il n'aurait pas pu me suivre. Non, comme une idiote, je lui ai obéi quand il m'a dit d'approcher et qu'il m'a fait monter presque de force derrière lui…

Lidy se remit à pleurer, en cachant son visage au creux de l'épaule d'Albane.

— Je ne pourrai jamais vous dire le reste, mademoiselle.

— Il le faut, ma chérie, n'aie pas honte, continue.

— D'accord, je vais essayer… Il a démarré tout de suite, en prétendant qu'il voulait me ramener au château, parce que je fréquentais un « youpin » ! Il roulait très vite, alors je n'ai pas osé sauter de la moto, pourtant je me doutais qu'il m'emmenait chez lui… Là-bas, il y avait deux couples dans le salon, de la lumière rouge. Il me tenait les bras dans le dos, et ces gens, ils riaient.

Personne n'a essayé de m'aider. Il m'a poussée dans une petite pièce où il faisait froid, sur un lit. Je ne pouvais pas crier, ni bouger. J'aurais voulu me défendre, mais non, j'étais comme paralysée. J'ai eu tellement mal… J'avais peur d'en mourir. Juste après, il était encore sur moi, il m'a dit ça : « Si tu racontes ce qui s'est passé, ton youpin, je l'égorge. » Il l'aurait fait, mademoiselle, j'en suis sûre. Quand j'ai rejoint Marguerite, David était parti en colère, et moi je me sentais sale, encore plus mauvaise qu'avant. Mais je ne pensais qu'à une chose : personne ne devait le savoir, jamais… J'ai inventé une histoire pour Marguerite, en lui faisant promettre de ne pas parler de Maubert Guérin.

Toute tremblante, Lidy demeurait blottie dans les bras d'Albane, qui déposait des petits baisers sur ses cheveux.

— Là, là, c'est fini, ma chérie. Tu as été tellement courageuse de garder autant de douleur en toi, de ne rien montrer.

— C'est grâce à David, mademoiselle. Si on ne s'était pas réconciliés, le lundi après l'école, j'aurais été désespérée. Mais il m'aimait, il me respectait… Et il s'en va demain.

Malgré ce constat balbutié d'un ton tragique, Lidy releva enfin la tête pour regarder Albane et lui sourire.

La pathétique confession de l'adolescente avait éveillé en la jeune femme des sentiments exacerbés qui la ravageaient. Elle cédait à la haine, à l'esprit de vengeance, profondément révoltée par ce crime dont l'horreur la révulsait. Nauséeuse, elle concevait la terreur innommable de Lidy, sa douleur et sa peur de mourir sous les assauts d'une brute sans pitié.

— Cet homme paiera un jour pour ce qu'il t'a fait, ma petite chérie. Ne pleure plus.

Avec une infinie tendresse, Albane l'enlaça et la berça contre elle, comme un bel oiseau blessé que le destin aurait niché au creux de ses mains.

Brantôme, dimanche 10 mars 1940

Le clocher de l'église Saint-Pierre sonnait 8 heures, sous un ciel nuageux présageant une journée de pluie. Réunie à l'endroit d'où partait l'autocar pour Périgueux, la famille Cohen patientait en silence, leurs quatre valises posées sur les pavés du trottoir. David fut le premier à voir Albane et Lidy qui se dirigeaient vers eux d'un pas rapide. Rachel, sa mère, les aperçut peu après.

— Mais c'est ton institutrice, Rébecca, souffla-t-elle.

Isaac Cohen se retourna. Il observa la très jeune fille aux longs cheveux blonds, divisés en deux tresses, qui regardait uniquement David, avec un sourire proche des larmes. Il ne s'étonna plus des escapades de son fils ni de ses regrets de quitter Brantôme.

— Bonjour, dit alors Albane, arrivée devant eux, recevant en retour un salut respectueux des époux Cohen.

Elle s'était coiffée d'un chignon pour l'occasion, et portait un tailleur bleu marine sur un corsage blanc.

— Mademoiselle, vous venez me dire au revoir ? s'écria Rébecca.

— Mais oui, tu étais une bonne élève, je tenais à t'embrasser, et à serrer la main de tes parents et de ton frère.

— Nous avons décidé de notre départ hier matin, or il n'y avait pas classe, aussi je me demande qui vous en a informée, madame Molinier, s'étonna Isaac Cohen.

— C'est moi, monsieur, avoua Lidy. On est bons amis avec votre fils, j'étais très triste qu'il s'en aille. Je voulais le voir une dernière fois.

— L'autocar doit être en retard, insinua Rachel Cohen. David, fais un petit tour avec ta camarade.

— Merci, maman ! Viens, Lidy.

Albane fut touchée par la délicate attention de cette jolie femme aux traits d'une finesse exquise, sous de lourdes boucles noires.

— M. Wendling vous transmet ses amitiés, il regrettera David, qui travaillait sérieusement, déclara-t-elle au couple. Je vous souhaite un bon voyage.

— Dieu y veillera, répondit Isaac Cohen sobrement.

— Je prierai pour vous tous, ajouta Albane. Et toi, Rébecca, tu pourras m'écrire.

— Oui, maîtresse, mon frère a votre adresse au château.

— Eh bien, c'est parfait.

L'autocar apparut sur le pont de la Dronne, dans un concert de pétarades. Cachés derrière la guérite de la compagnie de tramways, dont les services ne fonctionnaient plus depuis des années, les amoureux échangeaient fébrilement leurs derniers baisers.

— Je reviendrai, je te jure qu'on se reverra, chuchota le garçon en l'étreignant.

— Je te crois et je t'attendrai, David. Oui, on se reverra...

21

Les dangers de l'amour

Château de Séguilières, mardi 2 avril 1940

Coralie Laville se gara dans la cour d'honneur à midi. Elle sortit de sa voiture, une Traction Avant noire, en jetant un coup d'œil mélancolique sur la façade du château, dont les vieilles pierres se doraient au soleil. Albane apparut aussitôt sur le perron, et dévala les marches.

— Je m'inquiétais, tu es en retard ! cria-t-elle à son amie.

Les deux jeunes femmes s'embrassèrent, avant de s'étreindre un instant.

— Un peu plus et je t'envoyais un télégramme pour te dire que je ne viendrais pas. Heureusement j'ai trouvé une solution, en empruntant ce tacot au jardinier de la famille de Richard, ce fils de notaire dont je te parlais dans ma lettre. C'est mon amant du moment, Richard, pas le jardinier.

— Je m'en doutais, répondit Albane. Ton père n'a plus sa superbe voiture ?

— Si, mais elle avait besoin de réparations en prévision du trajet jusqu'à Genève. Nous prenons la route demain soir, je n'ai que trois heures à t'accorder.

— Seulement trois heures ? J'espérais que nous aurions la journée entière.

— Moi aussi, ce n'est plus le cas, je suis désolée. Laisse-moi te regarder, Albane, tu es ravissante, tu as même embelli.

— Merci, j'ai acheté cette robe à fleurs en ton honneur.

— Un bon choix, elle met tes formes en valeur ! Tu as de la chance, j'ai perdu du poids en Angleterre, moi qui étais trop mince, maintenant je suis plate comme une affiche.

— Tu exagères, tu es toujours une beauté fatale, la Garbo blonde de l'École normale... C'était ton surnom, à cause de ta coupe de cheveux et de tes airs mystérieux.

— Une époque révolue, et je n'ai pas le cœur à plaisanter ni à évoquer nos souvenirs de gamines, répliqua sèchement Coralie.

— Excuse-moi, je voulais juste te faire sourire. Viens, ne restons pas là, j'ai mis le couvert dans la salle à manger, précisa Albane, un peu mal à l'aise. Le repas est simple, il y a des radis du potager, un sauté de poulet façon Maria, des pommes de terre et un...

— Ne me débite pas tout le menu, je n'ai aucun appétit. Doit-on déjeuner avec tes réfugiés ? Dans ce cas, je leur donne ma part.

Blessée cette fois, Albane dévisagea son amie qui allumait une cigarette d'un geste nerveux.

— Pourquoi es-tu aussi désagréable, Coralie ? Je me faisais une fête de te revoir, mais j'ai l'impression que tu effectues une corvée dont tu as hâte d'être débarrassée. J'ajouterai qu'il ne me serait jamais venu à l'idée de t'imposer la présence de mes réfugiés, comme tu dis, puisque ce sont des inconnus pour toi. Sois tranquille, tu n'en croiseras aucun, ils sont partis pique-niquer au bord de la Dronne avec leurs enfants. Il n'y a qu'une vieille dame, Clara Fischer, alitée à la suite d'une grippe. Et Maria, qui cuisine et se réjouit de nous servir. Elle te dérangera aussi ?

Tête haute, son regard noisette étincelant d'indignation, Albane devança Coralie, pour qui elle avait également éloigné du château Mireille et son père. La chaleur surprenante de ce jour d'avril avait contribué à ce petit tour de force. Elle eut un sourire en revoyant le fier Amédée de Séguilières poussant le landau de Pierre dans l'allée.

— Et Raphaël Wendling ? s'enquit soudain Coralie qui l'avait rattrapée. Dans une de tes lettres, tu affirmais que nous formerions un couple idéal. Je voudrais m'en assurer…

— À quoi bon, puisque tu pars en Suisse, rétorqua Albane.

— Je te taquinais, mais tu as rougi, tu es amoureuse de lui !

— Peut-être, je comptais solliciter ton avis, car tu as plus d'expérience que moi dans ce domaine.

— Je me demande si c'est un compliment ou une critique, hasarda son amie d'une voix radoucie. Pardonne-moi, Albane, je t'ai fait de la peine. J'étais d'une humeur exécrable, je me suis défoulée sur toi qui as eu tant de malheurs.

— Au moins tu as l'honnêteté de l'admettre. Oublions ça, je ne t'en veux pas, tu as sûrement tes raisons.

— Il y en a tant, depuis notre exil à Londres où je ne me plaisais pas et où je m'ennuyais ferme, jusqu'au jour où maman a passé une radiographie, à cause d'une grosseur au sein droit. Le médecin a été formel, il s'agit d'une tumeur. Lorsqu'il l'a su, papa nous a dit de rentrer en France et il a préparé un nouvel exil, pour nous trois cette fois. Il a déjà contacté un hôpital de Genève où exerce un chirurgien de renom. Maman a besoin d'une opération, mais nous ne sommes pas assurés qu'elle guérira. Je pleure toutes les nuits, sauf si je m'enivre…

— Je suis sincèrement navrée, Coralie, se désola Albane en lui prenant la main. N'aie pas peur, la médecine progresse, ta maman peut se rétablir.

Coralie haussa ses maigres épaules sans daigner répondre.

Maria servit les jeunes femmes avec le sourire, enchantée de les entendre bavarder, assises toutes les deux à la grande table ovale nappée de blanc.

Réprimandée par le curé de la paroisse, la domestique ne boudait plus Albane et se consumait de remords.

— Mlle de Séguilières est un modèle exemplaire de foi chrétienne, lui avait dit le religieux dans la pénombre du confessionnal. Jésus-Christ notre Sauveur a pris en pitié Marie-Madeleine, ne l'oublie pas. Cette malheureuse Régina Picard méritait un peu de compassion, et tu aurais dû soutenir Albane et non lui faire grise mine, car elle a pratiqué le pardon des offenses. Si M. de Séguilières retrouvait le chemin de l'église, je lui ferai le même sermon qu'à toi.

Ces paroles, Maria se les répétait souvent. Ce dimanche-là, son repentir avait pris la forme d'une tarte aux noix, un dessert réservé aux grandes occasions.

— Voudrez-vous du café, avec le dessert, mesdemoiselles ? demanda-t-elle en apportant le gâteau sur un plat argenté.

— Oui, bien sûr, et toi Coralie ?

— Volontiers, un café et un doigt de cognac ou d'armagnac, si je n'abuse pas de mon statut d'invitée…

Un bruit de pas, ponctué par l'apparition de Raphaël sur le seuil de la pièce, l'empêcha d'en dire plus.

Avec ses boucles noires en désordre, sa chemise blanche entrouverte, aux manches retroussées, il émanait de toute sa personne une séduction fascinante. Son regard bleu se posa d'abord sur Albane, puis il avança d'un pas et salua Coralie d'un signe de tête.

— Bonjour, mademoiselle, veuillez excuser ma tenue, mais je suis revenu à vélo et il fait vraiment chaud.

— Vous êtes tout excusé, répondit-elle avec un sourire ébloui. Laissez-moi deviner, ne seriez-vous pas Raphaël Wendling ?

— En effet, répondit-il en souriant à son tour. Et vous êtes Coralie Laville, l'amie d'Albane.

— Exactement, je suis heureuse de vous rencontrer, Raphaël !

— Au moins, je n'ai plus à faire les présentations, leur fit remarquer Albane, soudain agacée par la moue provocante de son amie et sa façon de prononcer le prénom du visiteur.

Maria s'approcha d'un air inquiet, car elle avait préparé les victuailles destinées au pique-nique.

— Il manquait quelque chose ? s'enquit-elle en triturant son tablier.

— En fait, je suis venu chercher le biberon de Pierre, que Mme Dresner a oublié, sans doute dans son affolement de quitter l'enceinte du château, expliqua Raphaël. Elle voulait rentrer avec le bébé, alors que cet après-midi, nous avons prévu d'emmener les enfants admirer la grotte du Jugement Dernier.

— Et vous avez galamment proposé de lui rendre service ! s'écria Coralie. Un véritable gentleman !

— Que de grands mots ! Non, mademoiselle Laville, c'était la moindre des choses.

— Cette pauvre Mireille, j'ai bien vu qu'elle était dans tous ses états, se désola Maria. Le biberon doit être au frais dans le cellier. Et quand il a faim, il se fait comprendre.

— J'en ai été témoin il y a une dizaine de minutes, admit le jeune homme en riant. Lidy a eu la bonne idée de lui donner un bout de pain et il a cessé net de pleurer. Mais je ne vous dérangerai pas plus longtemps. Au revoir, mademoiselle, à ce soir Albane.

— Oui, à ce soir, Raphaël.

Il regarda une dernière fois les jeunes femmes avant de suivre la domestique. Coralie alluma une énième cigarette, en fixant son briquet en or d'un air songeur.

— Quel homme, chuchota-t-elle enfin. Tu es bénie des dieux de l'avoir à portée de main, au château et à l'école. Albane, tu es forcément folle amoureuse de lui ! Moi je le serais.

— Moins fort, s'il t'entendait... Bien sûr, j'ai des sentiments pour lui, mais je suis en deuil de Louis et on me surveille : mon père, le docteur Géraud, Otto Meyer, un des réfugiés, ardent défenseur de la morale, en ajoutant les parents de mes élèves.

— En deuil ? Dans une robe fleurie où il n'y a pas une touche de mauve.

— Ce n'est pas une question de vêtements, Coralie. Je suis tenue d'avoir une conduite irréprochable pour garder mon travail.

— Certes, il faut préserver les apparences et être prudente, mais personne ne vérifie si tu es bien dans ton lit de jeune veuve la nuit. Où est sa chambre ?

— Il s'est installé au-dessus des écuries, là où étaient logés les palefreniers au début du siècle.

Le retour de Maria, qui leur apportait du café, les fit taire.

— Monsieur Raphaël est vite reparti. Je lui ai dit que le lait du biberon pourrait tourner, par ce temps. Je crois qu'on aura un bel orage en fin de journée.

— L'occasion idéale, marmonna Coralie en adressant un clin d'œil à Albane.

— Pour quoi faire, mademoiselle Laville ? s'étonna Maria. Hé, je ne suis pas encore sourde, j'ai même l'ouïe fine.

— Rien d'important, mon amie plaisantait, soupira Albane, de plus en plus contrariée.

Le dialogue entre Coralie et Raphaël, les sourires qu'ils avaient échangés lui avaient causé un malaise indéfinissable.

Elle se leva brusquement pour prendre une bouteille de cognac presque vide dans un majestueux buffet sculpté.

— Voilà, tu auras ton petit verre d'alcool, mais pas davantage, nos réserves sont à sec. Maria, pourrais-tu nous laisser ?

La domestique s'empressa de disparaître, en faisant une courbette qui n'avait pas lieu d'être. Silencieuse, Coralie but son cognac d'un trait, puis elle s'amusa à faire des ronds de fumée.

— Nous nous sommes embrassés une seule fois, lui avoua Albane tout bas. Depuis Raphaël se montre aimable, attentionné, mais il ne cherche pas à recommencer. Jamais je n'oserai faire le premier pas.

— Je ne te croyais pas aussi prude. Ne te vexe pas, à mon humble avis tu as tort, il en serait ravi. Suis mon conseil, va vers lui ! On n'a qu'une vie, Albane, et Louis Molinier a déjà gâché une partie de la tienne, la plus importante. La guerre va bientôt passer nos frontières, ne perds pas un instant de joie, de plaisir, conclut Coralie. Si j'étais à ta place, je n'hésiterais pas.

— Cela semble évident, à ta manière de dévisager Raphaël. Et j'en ai assez qu'on m'accuse d'être prude ! J'ai des principes et des valeurs morales, on m'a éduquée ainsi.

— Après tout, fais ce que tu veux, je t'ai tenu ce discours pour ton bien. Tu aimes cet homme, Albane ! Tu viens de m'en donner la preuve puisque tu es jalouse de moi. Réfléchis, il y a sûrement d'autres jolies femmes à Brantôme, susceptibles de lui plaire. Tu le perdras...

— Je préférerais changer de sujet, Coralie. Si nous allions marcher dans le parc en parlant de tes projets. Tu as obtenu ton diplôme d'institutrice en même temps que moi, souhaites-tu enseigner, quand tu seras en Suisse ?

— Peut-être, tout dépendra de la santé de maman. J'écrirai pour te raconter mon existence à Genève.

— Comme tu m'as écrit de Londres, quelques lignes en six mois, sans daigner répondre à mes lettres, lui assena Albane, le cœur serré.

Son amie consulta sa montre en soupirant. Elle rangea son paquet de cigarettes américaines et son briquet dans son sac à main et repoussa sa chaise.

— Je ferais mieux de partir, déclara-t-elle. Nous avons changé toutes les deux, et notre complicité d'étudiantes ne renaîtra pas. Mais je suis contente de t'avoir revue.

« Moi qui avais tant de choses à te dire, pensait Albane. Je voulais te parler de Lidy, que je considère comme ma petite sœur, ma Lidy aux longs cheveux couleur de lune. Sans trahir son terrible secret, j'aurais évoqué son histoire d'amour avec David Cohen, un jeune réfugié juif, qui lui écrit tous les deux jours des lettres magnifiques… Je t'aurais aussi confié la fin tragique de Régina. »

— Je te raccompagne jusqu'à ta voiture, Coralie, proposa-t-elle à mi-voix.

— Ce n'est pas la peine, je déteste les adieux.

Il était plus de minuit, mais Albane ne parvenait pas à s'endormir, l'esprit agité par le chaos de ses pensées les plus intimes. Dans l'espoir de se calmer et de trouver le sommeil, elle contemplait le ciel étoilé par ses fenêtres ouvertes sur la tiédeur de la brise nocturne.

« Maria s'est trompée, il n'y a pas eu d'orage », se dit-elle.

La chouette blanche qui logeait en haut d'une des tours lança sa plainte monotone. La jeune femme rêva de s'envoler, comme ce bel oiseau que des paysans de la région tuaient encore bien souvent, pour le clouer sur la porte de leur grange.

— Une pratique barbare, par superstition, pour se prémunir du mauvais sort. Je l'ai expliqué à mes élèves et Raphaël a suivi mon exemple le lendemain. Raphaël…

Son cœur s'emballa en revoyant le jeune homme sur le seuil de la salle à manger. Sa stature virile, l'éclat de ses yeux bleus l'avaient frappée d'un saisissement indicible.

— Je l'ai trouvé tellement beau et si séduisant.

Albane eut envie de pleurer sur sa solitude et cet amour qui la tourmentait. Malgré l'heure tardive, elle se releva pour marcher dans la pénombre de sa chambre, les bras croisés sur sa poitrine. Au cours de ses déambulations, il lui sembla entendre de la musique. Les sons ténus ne provenaient pas du château, mais de l'extérieur.

— On dirait de l'harmonica. C'est Raphaël !

Elle se sentit appelée par la mélodie à peine audible, s'élevant vers son désarroi dans le silence de la nuit. Fébrile, elle mit son peignoir et sortit pieds nus, pareille à une fugitive affolée.

Raphaël s'arrêta de jouer lorsqu'il aperçut Albane venir vers lui, sous la clarté argentée de la lune. Intrigué, il resta assis sur un des bancs en pierre encadrant l'entrée des écuries. Elle s'arrêta devant lui, avec une expression étrange qui le dérouta.

— Est-ce que j'ai troublé votre sommeil, ou celui de quelqu'un, votre père peut-être ? interrogea-t-il. Si c'est le cas, je suis navré. Je ne croyais pas que l'on m'entendrait, car ce n'est pas la première fois et personne ne s'est plaint.

— Il faisait doux, j'avais ouvert mes fenêtres, murmura-t-elle. Cet hiver, cela ne pouvait pas me déranger.

— Albane, retournez vite vous coucher, en plus vous n'avez pas de chaussures. Pour un peu, je pensais à une crise de somnambulisme.

— Ce serait plutôt de l'insomnie, répliqua-t-elle en prenant place à côté de lui.

— Alors je suis rassuré, car j'étais déjà inquiet. Quand nous sommes rentrés ce soir, vous étiez dans votre chambre. Maria a dit à votre père que vous aviez la migraine. Vous n'avez même pas dîné avec nous. Les enfants étaient tristes, ils voulaient vous raconter la visite de la grotte du Jugement Dernier et d'un ancien habitat troglodyte.

— Les maux de tête sont une calamité, j'en souffre à la moindre contrariété. La visite de Coralie en était une de grande taille. Nous sommes devenues des étrangères l'une pour l'autre, et elle m'a fait beaucoup de peine en tenant des propos blessants. Aujourd'hui, j'ai perdu une amie, Raphaël.

Attendri par son aveu, il lui prit la main et leurs doigts s'entrelacèrent.

— Je ne porterai pas de jugement sur quelqu'un dont j'ignore tout, cependant j'ai perçu votre malaise. Vous êtes vraiment différentes, sur tous les plans, affirma-t-il.

— J'en suis consciente. Coralie a toujours eu de l'assurance, une liberté de gestes et de pensées que je lui enviais. Elle est belle, élégante, toujours à la mode et…

— Chut, plus un mot, Albane ! Ne vous comparez pas à votre ancienne amie. Aux yeux de tous ceux qui vous entourent, moi y compris, vous êtes unique et on ne peut que vous aimer.

Grisée par ces paroles, elle se blottit contre lui, heureuse de respirer son odeur, de sentir la chaleur de son corps d'homme.

— Raphaël, si vous m'aimez, comment pouvez-vous garder vos distances ? Nous avons le droit à des instants comme celui-ci, rien que nous deux, sans danger d'être surpris.

— Je sais très bien que mon attitude vous chagrine, mais je n'en changerai pas. Albane, je m'en voudrais trop si je vous faisais souffrir à l'avenir. Parfois, je regrette même ce baiser qui me hante, qui demeurera un de mes plus précieux souvenirs.

— Mais pourquoi ? Je ne comprends pas !

Elle s'écarta de lui pour scruter son regard qui brillait dans le clair-obscur.

— Je ne suis plus une enfant, Raphaël, et j'ai le droit d'être heureuse, ne serait-ce qu'une heure. Je ne regretterai jamais ce baiser, ni les suivants.

Il prit ses mains entre les siennes, tout en la dévorant des yeux. À son souffle saccadé, au frémissement de sa bouche, Albane devina qu'il luttait pour ne pas l'embrasser à nouveau.

— Je vais essayer de vous expliquer, dit-il d'un ton grave, en la fixant avec ferveur. Quand j'ai remonté votre allée après un voyage exténuant en train, dans un wagon bondé, j'ignorais ce qui allait m'arriver. J'avais une fiancée, mais je doutais déjà de nous, de nos sentiments. Et je vous ai vue, dans la lumière du crépuscule ! Comment exprimer ce que j'ai éprouvé ? Une évidence, il n'y a pas d'autres mots. J'étais désemparé et pour me protéger, j'ai manqué d'amabilité.

— Moi aussi, Raphaël. Je vous ai jugé froid, peu prévenant envers votre grand-mère.

— Pourtant, je peux vous l'avouer, votre intransigeance m'a fait sourire intérieurement. Une parfaite maîtresse d'école, très digne et si jolie. Mais vous étiez mariée à un enseignant, de surcroît mobilisé, alors je me suis raisonné, en décidant de vous aider à traverser des jours qui s'annonçaient difficiles. Nous sommes devenus des amis, des collègues.

— Maintenant, la situation n'est plus la même, je suis veuve d'un homme qui m'a bafouée. Je ne serai même pas la mère de son enfant.

— Albane, c'est aussi le problème. Vous avez surmonté des deuils, et j'ai partagé en silence votre douleur. Je vous le répète, je refuse de vous causer le moindre ennui, le moindre chagrin. Nous devons camper sur ces positions.

— Je ne comprends toujours pas pourquoi, se révolta-t-elle en nouant ses bras autour de son cou.

— Ne jouez pas avec le feu, dit-il tout bas. Si je franchis la barrière que j'ai dressée autour de vous, je me le reprocherai longtemps. En fait, c'est une question d'honneur.

— L'honneur masculin, ironisa-t-elle, au bord des larmes. Très bien, je vous libère et je ne m'approcherai plus. Voyez, je m'éloigne d'un mètre.

— Merci, marmonna-t-il.

Affligé, Raphaël alluma une cigarette, qu'il fuma adossé au mur de l'écurie en observant le quartier de lune, comme piqué à la pointe de la tour d'angle du château.

— Je vous aime tant, et vous dites m'aimer, insista Albane. Est-ce si dangereux d'échanger des baisers ?

— Tout dépend de notre volonté. Je vous désire depuis des semaines, je n'en dors plus. Chaque fois que vous m'approchez, j'ai envie de vous serrer dans mes bras, de retrouver la saveur de vos lèvres. Si je cédais à ces élans de tout mon être, et si vous y répondiez, là ce serait sans doute dangereux... Ensuite tel que je me connais, je ne pourrais plus me passer de vous. Même en cachant notre relation, on finirait par nous surprendre, ce qui vous attirerait les foudres de votre père et des bien-pensants du pays. Je passerais pour un séducteur sans scrupule. Et nous ne pouvons pas nous marier, du moins pas avant longtemps, à cause de la guerre, de votre deuil.

En dépit de sa profonde désillusion, Albane ne songeait pas à s'en aller, car tant qu'ils discuteraient, ils seraient ensemble.

— J'apprécie votre franchise, répliqua-t-elle d'un ton amer. Soit, vous vous enflammez, vous êtes un homme passionné ! Et si j'étais comme vous, Raphaël, sous mes allures de petite maîtresse d'école, sage et prude ?

Il ne put s'empêcher de sourire, mais boudeuse, elle n'en vit rien.

— Albane, ne vous dépeignez pas ainsi ! Vous êtes une femme de feu, ni sage ni prude, affirma-t-il en se tournant enfin vers elle. Votre voix est douce, votre visage angélique, mais il y a en vous une force inouïe, admirable, celle d'agir selon votre cœur et votre belle âme. C'est grâce à cette qualité que vous avez pu gagner la confiance et l'attachement de Lidy, et offrir une sépulture décente à Régina. Je pense que rien ne vous fait peur, mademoiselle de Séguilières !

— Ce n'est pas votre cas, Raphaël, vous qui redoutez un simple baiser, se moqua-t-elle.

— Vous avez raison, et je vous trouve encore plus adorable de me le dire ! Albane, je vous en prie, profitons de ce printemps, de la chance que nous avons d'être tous les deux du matin au soir. C'est déjà une bénédiction. Comprenez-moi, je suis resté discret sur mes opinions politiques, par prudence, mais je n'ai pas l'intention de rester les bras croisés si l'armée allemande envahit la France. À chaque fois que je vois sursauter Mme Dresner au moindre bruit, avec de la terreur dans les yeux, je me promets de lutter de n'importe quelle façon contre Hitler et sa horde de nazis. Ma grand-mère et Lidy étaient soulagées en apprenant que j'étais déclaré soutien de famille et que j'échappais ainsi à la mobilisation. Alors j'ai accepté mon rôle, mais en ayant le sentiment de démériter, d'être privilégié.

— Vous auriez préféré mourir sur le front, comme Louis ? Que seraient-elles devenues sans vous ?

— Je vous retourne la question, Albane. Que deviendrez-vous si je pars à la guerre et que je ne reviens jamais, après avoir connu le véritable amour, la passion partagée ? Et moi, aurai-je le courage de me battre, en sachant que vous êtes seule ? C'est précisément ce dont je tiens à vous protéger, au prix d'un sacrifice qui me coûte des efforts surhumains.

— Cette fois, j'ai compris, Raphaël. Vous me fuyez par amour, mais je suis incapable d'en faire autant. Que ce soit vous ou moi, en une poignée de secondes, le destin peut nous séparer, si ce n'est pas la mort. Tant pis si je dois souffrir encore, je veux découvrir ce véritable amour dont tu parles et dont j'ignore tout…

Il ne résista pas à cette ultime confession et la serra dans ses bras, en cherchant sa bouche. De baisers en baisers, ils se grisèrent l'un de l'autre, jusqu'au moment où le désir les affola.

— Montons chez moi, souffla-t-il en la prenant par la main.

Exaltée, Albane le suivit dans la petite chambre où la senteur de l'encens se mêlait à celle du foin et de la paille. Elle dénoua la ceinture de son peignoir et Raphaël fit glisser les bretelles de sa chemise de nuit pour caresser son cou et l'arrondi de ses épaules. Le vêtement en satinette tomba bientôt sur le plancher et pour mieux rendre hommage à sa radieuse nudité, il se mit à genoux, en appuyant son front vaincu entre ses cuisses.

La jeune femme perdit la conscience du lieu et de l'heure lorsqu'elle reçut un baiser audacieux, au plus intime de son corps de femme. Haletante de plaisir, elle entraîna Raphaël sur le lit, où elle s'allongea près de lui, voluptueuse et offerte.

— Viens, viens vite, chuchota-t-elle. C'est notre nuit d'amour, la plus belle nuit de ma vie.

Château de Séguilières, lundi de Pentecôte,
13 mai 1940

En ce jour férié, Amédée de Séguilières, Raphaël et Albane étaient assis dans le salon, autour de la radio qui fonctionnait enfin. Debout derrière eux, Otto Meyer et Étienne Goetz écoutaient, les traits tendus, la voix nasillarde qui énonçait sur fond de grésillements de terribles nouvelles.

— Je vous prie d'éteindre cet appareil ! ordonna le châtelain. Nous en savons suffisamment. Le son est tellement mauvais que je n'ai pas compris la moitié des communiqués de ce matin.

Le jeune homme s'exécuta avec un soupir de contrariété. Il aurait pu consacrer sa journée de congé à guetter la moindre information.

— Monsieur, si vous avez mal compris, je vous explique la situation, proposa Raphaël. Vendredi, les troupes allemandes ont traversé le massif des Ardennes, après être passées par le Luxembourg et la Belgique. Leurs blindés ont pu éviter les secteurs les mieux fortifiés de la ligne Maginot, vers Sedan. La Wehrmacht ne s'arrêtera pas en si bon chemin, c'est vraiment la guerre, cette fois. Il faut s'y préparer.

— Que va-t-il se passer ? demanda Albane, toute pâle sous le coup de l'émotion.

— La population va s'enfuir, comme en août 1914, annonça Otto Meyer. Des milliers de gens, en Belgique, dans le nord de la France, sont partis sur les routes, en abandonnant tout dans l'espoir de survivre.

— En effet, un exode massif risque de se reproduire ! s'écria Joseph Géraud, qui était entré sans bruit par la porte-fenêtre grande ouverte.

— Bonjour, docteur, avec le vacarme de la radio, je n'ai même pas entendu votre voiture arriver, se plaignit Amédée. Qu'est-ce qui vous amène chez moi ? Personne n'est malade !

Le médecin leva les bras au ciel avant de s'asseoir dans un fauteuil.

— Les événements actuels, monsieur. J'ai fermé mon cabinet pour vous rendre visite à tous. Je n'avais pas envie d'être seul, avoua-t-il en regardant uniquement Albane.

— Vous avez eu raison, docteur, répondit-elle en lui souriant malgré l'angoisse qui la submergeait. Mais s'il y a un exode massif comme vous le prévoyez, que devrons-nous faire ?

— Dans le meilleur des cas, si ces pauvres gens en fuite parviennent jusque chez nous, il faudra les accueillir, les aider et les soigner. Un proche avenir nous le dira.

Au même moment, les enfants du château firent irruption dans le salon ensoleillé, Lidy en tête de la petite troupe.

— Nous avons cueilli les premières fraises des bois dans le parc, annonça l'adolescente en montrant un panier.

— Et j'ai fait un bouquet de fleurs, se vanta Félicia.

Attirées par leurs voix joyeuses, Maria, Mireille, Odile et Petra arrivèrent de la cuisine, où elles faisaient des confitures.

— Qu'est-ce qui se passe ici ? interrogea la domestique. Une bonne nouvelle ?

Très digne, Albane se leva et d'un regard vibrant de tendresse, elle regarda tour à tour Lidy, Marguerite, Félicia et les trois garçons. Enfin ses yeux embués de larmes se posèrent sur le landau où dormait Pierre. Ces innocents qui l'entouraient, elle se promit de les protéger à tout prix, mais elle ne voulait pas leur mentir.

— Non, Maria, ce n'est pas une bonne nouvelle. La drôle de guerre vient de s'achever, les troupes allemandes sont entrées en France.

Le silence qui suivit demeurerait à jamais gravé dans la mémoire d'Albane. C'était un silence tissé par la terreur et l'incrédulité, la révolte muette des hommes et le désespoir des femmes. Elle le rompit de quelques mots orgueilleux, avec un lumineux sourire.

— N'ayez pas peur, nous serons les plus forts, et un beau jour, le drapeau français flottera en haut des tours du château de Séguilières…

Le cœur serré, Raphaël la contemplait, ému par sa volonté de rassurer enfants et adultes, même si ces derniers hésitaient à la croire. En cet instant tragique, il rêva d'être déjà au sein de la nuit qui les réunirait, où ils ne feraient plus qu'un, nus et oublieux des cruautés du monde.

Albane avait su lui prouver, par la magie de leurs baisers, que l'amour, s'il était une communion de l'âme et du corps, n'était pas un danger, mais une source de joie et d'espérance…

Château de Séguilières, jeudi 6 juin 1940

Du perron ensoleillé, Albane guettait le retour de Raphaël, qui était parti acheter des journaux et du tabac à Brantôme. Il devait également rendre visite au docteur Géraud.

Lorsqu'elle le vit enfin franchir le porche, en bas de l'allée, elle dévala les marches pour courir à sa rencontre.

Ses cheveux bruns soulevés par le vent chaud, en robe légère et sandales de toile, la jeune femme frôlait à peine les gravillons du sol, dans sa course folle.

Raphaël lui fit le signe habituel, puis il s'arrêta à hauteur du pavillon de chasse. Il descendit du vélo, et le dissimula derrière un buisson de troènes. Albane entra alors sous le couvert des arbres pour le rejoindre.

Ils se retrouvèrent entre les murs du petit bâtiment, où ils échangèrent un baiser passionné.

— La radio du docteur émet beaucoup mieux que la nôtre et les nouvelles de l'exode sont effroyables, Albane, murmura Raphaël en reprenant son souffle.

Il ouvrit d'un geste nerveux la sacoche en cuir qu'il portait en bandoulière.

— Nous lirons les articles qui relatent la situation plus tard, dit-il en lui montrant deux journaux.

Ils savaient tous les deux que huit à dix millions de personnes avaient fui la Belgique, les régions du Nord et de l'Île-de-France vers le sud du pays.

— Ce que j'ai écouté ce matin m'a brisé le cœur encore une fois, avoua Raphaël. Le docteur ne valait guère mieux… C'est un affreux chaos sur les routes depuis la percée de Sedan. Les gens sont à pied, chargés d'un maigre bagage, en charrette, à vélo. Ceux qui sont partis en voiture ne trouvent plus de carburant et certains sont prêts à tuer pour se procurer de l'argent ou de la nourriture, voire un véhicule.

Albane tremblait de compassion. Elle exigeait de connaître la vérité, mais elle en souffrait à chaque fois. En apprenant qu'un grand nombre de réfugiés avaient subi la mitraille mortelle des bombardiers ennemis, elle s'était mise à pleurer, après s'être enfermée dans sa chambre. Son principal souci restait celui d'épargner aux enfants le récit de ces horreurs.

— Les troupes allemandes s'approchent de Paris, ajouta Raphaël. La population de la capitale se bat pour pouvoir monter dans les trains. Albane, écoute-moi, je dois m'absenter une quinzaine de jours. Demain, le docteur Géraud viendra me chercher.

— Mais où irez-vous ?

— Nous avons décidé d'aller aux secours des réfugiés du côté de Périgueux et de Limoges. Lui en tant que médecin, et moi pour le seconder. J'ai besoin de me rendre utile. Même sans être un soldat, je tiens à sauver des vies, à consoler et à mettre à l'abri les enfants perdus, et il y en a des centaines. J'ai prévenu le maire, pour l'école. Un enseignant à la retraite, qui habite Mareuil, me remplacera.

— Je te comprends, et si je le pouvais, je te suivrais, Raphaël. Ne t'inquiète pas pour nous, pour moi, je ne faiblirai pas. Je vais prier Dieu de vous protéger, Joseph et toi. Pars, mon amour, je t'attendrai.

Brantôme, école primaire, mardi 25 juin 1940

Assise à son bureau, Albane surveillait ses élèves, occupées à corriger un devoir d'orthographe. Les plus petites ne venaient plus à l'école, d'un commun accord avec leurs parents. On ignorait ce qui pouvait arriver maintenant que Paris était occupée par les forces ennemies depuis onze jours.

Au château, la radio avait cessé d'émettre après un ultime grésillement malgré les tentatives d'Étienne Goetz de la réparer. Le docteur Géraud avait confié les clefs de chez lui à la jeune femme, mais elle refusait d'y aller en son absence.

— Quand reviendront-ils ? Raphaël m'avait parlé de deux semaines, se dit-elle à mi-voix, perdue dans ses pensées.

Lidy releva la tête de son cahier, ayant perçu ce murmure inquiet.

— Mademoiselle, est-ce que ça va ? demanda-t-elle.

— Oui, ne t'inquiète pas. Vous pouvez aller en récréation, je vous rejoins vite.

Ce fut le brouhaha habituel, les bavardages étouffés, les rires impatients. La classe se vida, mais Lidy ne suivit pas les autres. Depuis le départ de son frère, l'adolescente s'était donné la mission de veiller sur Albane.

— Je vois bien que vous êtes triste, mademoiselle, lui dit-elle en s'accoudant au bord du bureau.

— Lidy, qui ne le serait pas ? Notre pays est vaincu, envahi, et je crains chaque jour l'apparition des chars allemands dans les rues de Brantôme. Je t'ai parlé de ces milliers de morts au cours de l'exode, de ces milliers d'enfants égarés, dont certains sont devenus orphelins et l'ont compris en voyant mourir leur famille sous le feu des avions. Si j'imagine leur immense détresse, leur chagrin, les scènes de mort dont ils ont été témoins, je suis dévastée.

— Vous avez bien fait de m'en parler. Et je suis fière de Raphaël, qui est parti pour secourir tous ces enfants. Grand-mère aussi, mais elle pleure souvent. Alors je la console.

— Tu te dévoues pour nous tous, et sans toi à mes côtés, je serais encore plus triste. Tu es notre rayon de soleil.

— J'essaie d'être comme vous, mademoiselle, puisque vous êtes un peu ma grande sœur. Au fait, j'ai reçu une lettre de David, il vous envoie tous ses respects.

— Tu as de la chance d'avoir de ses nouvelles, je voudrais bien en avoir de Raphaël, répondit Albane sans réfléchir. Il est sans doute trop occupé pour m'écrire ou la poste fonctionne mal.

— David et moi, ce n'est pas vraiment pareil, nous sommes des amoureux, insinua Lidy d'un air malicieux.

— Oui, tu as raison, ton frère écrira en priorité à votre grand-mère.

— Mademoiselle, on a déjà un secret toutes les deux, vous pouvez me dire le vôtre, je ne vous trahirai pas.

— Je n'ai pas de secret, Lidy. Bon, assez discuté, le temps de récréation est presque terminé.

— Je vous en prie, soyez gentille ! Moi j'ai eu le courage de vous raconter ce qui s'est passé avec Maubert Guérin. Et puis, je vous ai vus, Raphaël et vous. C'était un soir très tard, je suis sortie me promener au clair de lune et vous étiez tous les deux dans le parc. J'étais tellement heureuse ! Mon frère vous tenait contre lui et il vous a embrassée, mais pas sur la joue…

Les yeux verts de la jeune fille pétillaient de satisfaction. Elle capitula sous ce regard adorable.

— Oui, nous nous aimons, Lidy. J'ignorais même que l'on pouvait s'aimer aussi fort… Je peux bien te le dire, je n'ai pas été heureuse avec mon mari. C'était une erreur de l'épouser. Raphaël et moi, nous sommes obligés de nous cacher pour de sérieuses raisons, alors promets-moi un silence absolu.

— C'est promis, mademoiselle, et votre secret, il est beaucoup plus beau que le mien.

Albane se leva et descendit de l'estrade. Elle prit la main de Lidy en souriant.

— Allons chercher tes camarades, tu me ferais oublier mon rôle d'institutrice, ma petite sœur chérie.

La cour de l'école était inondée de soleil. Les fillettes jouaient à la marelle ou à chat perché. Albane respira l'air chaud, en écoutant le chant des oiseaux qui s'agitaient dans les branches du tilleul, un arbre centenaire. Son ombre tiède abritait Sarah, l'aînée de ses élèves. Adossée au tronc de l'arbre, elle discutait avec une de ses camarades. Sa famille était juive, logée près de la Porte des Réformés, et elle avait deux frères de huit et six ans.

— Attendons un peu pour sonner la cloche, Lidy, je n'ai pas le cœur de retourner tout de suite en classe. Il fait si bon dehors et tout est si paisible.

Mais des clameurs affolées détrompèrent la jeune femme au bout de quelques minutes.

— Les Allemands arrivent !

— Ils sont à La Rochebeaucourt, à Mareuil !

— Des chars sont sur la route, à Verteillac[1] !

— Paraît que les boches ont pillé une ferme, à Nontron.

Des hommes couraient dans la rue, semant la panique par leurs cris et leurs gesticulations. On se ruait hors des maisons, comme si l'ennemi était déjà dans Brantôme.

Stoppées net dans leurs jeux et leurs bavardages, les écolières s'étaient figées sur place, le visage crispé, prêtes à pleurer de terreur ou à hurler elles aussi.

— Rentrez vite, les enfants, dépêchez-vous ! ordonna Albane. Lidy, Sarah, il faut m'aider. Nous serons à l'abri

1. Véridique. Dans ces dates, en juin 1940, la zone ouest de la Dordogne fut occupée massivement par des soldats qui s'installèrent dans de nombreux villages.

dans l'école et monsieur le maire va venir me donner des recommandations et de plus amples renseignements.

Ce fut une ruée plaintive vers la porte du couloir. Albane domina sa propre panique, dont il ne fallait rien montrer si elle voulait rassurer ses élèves.

— On ferait mieux de rentrer au château, mademoiselle, sanglota Félicia en s'accrochant à sa blouse.

— Pas encore, n'aie pas peur, ma mignonne.

Soudain Albane pensa à la classe des garçons. M. Favre, le retraité qui remplaçait Raphaël, les avait emmenés en forêt.

« Ils devaient revenir en fin de journée, songea-t-elle. Pourvu qu'ils ne croisent pas des soldats… Lucas est au château, mais il y a Franz, qui est si désobéissant. Il est capable de s'enfuir. »

Albane dissimula ses craintes sous un faible sourire. Une fois les enfants installées à leur pupitre, elle prit place à son bureau.

— Je vous demande d'être sages, mes enfants. Il y a moins de cris dans les rues, peut-être que les Allemands ne viendront pas à Brantôme. L'armistice a été prononcé, ils ne nous feront pas de mal, et si toutefois ils étaient là bientôt, nous devons garder notre calme. Et pourquoi envahiraient-ils notre école ? Avez-vous des idées ?

— Pour apprendre le français ? hasarda Catherine, dont les parents étaient épiciers.

— Parce qu'ils veulent voler les craies et les bouteilles d'encre, répondit Marguerite Meyer en levant la main par habitude.

— Ils vont emmener Sarah, mon père me l'a dit, les boches, ils aiment pas les Juifs, déclara Christine Labrousse, la fille du secrétaire de mairie.

— Je te demande de ne plus employer ce terme-là, Christine, la sermonna Albane.

— Des gens le criaient tout à l'heure, et pour les Juifs c'est vrai, je ne raconte pas de blagues.

Impassible, Sarah écrivait sur son cahier, comme si elle n'avait rien entendu. Cependant la réponse de Christine avait mis fin à la diversion tentée par Albane, qui décida de leur lire des pages de *Robinson Crusoé*.

Soudain alarmée, Lidy se redressa. Par la cloison vitrée à mi-hauteur séparant la salle de classe du couloir, elle venait d'apercevoir deux hommes. Ils étaient mal rasés et portaient un brassard de la Croix-Rouge, mais elle les reconnut.

— Mademoiselle, regardez, mon frère est là ! Il y a le docteur Géraud aussi.

— Tu en es sûre ?

— Mais oui !

Quand Raphaël entra, Albane ne vit plus que lui. Il y avait une expression pathétique sur ses traits marqués par la fatigue, et son regard bleu était empreint de désespoir. Elle comprit qu'il avait été plongé dans l'enfer de la guerre et repoussant sa chaise, elle s'élança vers lui et l'enlaça.

Certaines élèves se mirent à chuchoter ou à rire tout bas, mais le médecin ne parut pas très surpris.

— Les Allemands sont ici, à l'ouest de notre département, décréta-t-il d'un ton las. Il y a peu de risques de les voir débarquer à Brantôme d'ici ce soir. Albane, le maire m'a chargé de vous dire qu'il vaut mieux fermer l'école et renvoyer les enfants chez eux.

— M. Favre a emmené sa classe en forêt, docteur, il faut les prévenir, lui dit-elle en s'écartant à regret de Raphaël.

— Ne vous tracassez pas, nous les avons croisés, ils étaient sur le chemin du retour. Je rentre chez moi, j'ai besoin de dormir après des jours de cauchemar. À demain, mes amis.

Après le départ du médecin, Albane et Raphaël s'isolèrent au bout du couloir, pendant que les enfants rangeaient leurs affaires. Ils s'embrassèrent à perdre haleine, en s'étreignant de toutes leurs forces.

— Je suis revenu pour toi, mon amour, avoua le jeune homme en caressant son visage. Tu étais une étoile qui me guidait parmi le sang et les larmes.

— Oui, tu es là et je suis heureuse, envers et contre tout, maintenant et à jamais. Je n'ai plus peur de rien, tant que tu es à mes côtés.

— Et si je repartais bientôt, Albane ?

— Je t'attendrais, Raphaël, je te l'ai déjà promis, j'attendrai toujours ton retour… Comme dans la chanson de Rina Ketty que nous avons écoutée tous les deux un soir. Je t'attendrai…

Table des matières

De la même auteure

La saga de Val-Jalbert

I. *L'Enfant des neiges,* Chicoutimi, Éditions JCL, 2008 ; *L'Orpheline des neiges,* Paris, Calmann-Lévy, 2010
II. *Le Rossignol de Val-Jalbert,* Chicoutimi, Éditions JCL, 2009 ; Paris, Calmann-Lévy, 2011
III. *Les Soupirs du vent,* Chicoutimi, Éditions JCL, 2010 ; Paris, Calmann-Lévy, 2013
IV. *Les Marionnettes du destin,* Chicoutimi, Éditions JCL, 2011 ; Paris, Calmann-Lévy, 2014
V. *Les Portes du passé,* Chicoutimi, Éditions JCL, 2012 ; Paris, Calmann-Lévy, 2015
VI. *L'Ange du lac,* Chicoutimi, Éditions JCL, 2013 ; Paris, Calmann-Lévy, 2016

La saga du Moulin du loup

I. *Le Moulin du loup,* Chicoutimi, Éditions JCL, 2008 ; Paris, Les Presses de la Cité, 2008
II. *Le Chemin des falaises,* Chicoutimi, Éditions JCL, 2009 ; Paris, Les Presses de la Cité, 2009
III. *Les Tristes Noces,* Chicoutimi, Éditions JCL, 2008 ; Paris, Les Presses de la Cité, 2010
IV. *La Grotte aux fées,* Chicoutimi, Éditions JCL, 2009 ; Paris, Les Presses de la Cité, 2011
V. *Les Ravages de la passion,* Chicoutimi, Éditions JCL, 2010 ; Paris, Les Presses de la Cité, 2012
VI. *Les Occupants du domaine,* Chicoutimi, Éditions JCL, 2012 ; Paris, Les Presses de la Cité, 2013

La saga d'Angélina

I. *Angélina. Les Mains de la vie,* Chicoutimi, Éditions JCL, 2011 ; Paris, Calmann-Lévy, 2013, 2019

II. *Angélina. Le Temps des délivrances*, Chicoutimi, Éditions JCL, 2013 ; Paris, Calmann-Lévy, 2014, 2019
III. *Angélina. Le Souffle de l'aurore*, Chicoutimi, Éditions JCL, 2015 ; *La Force de l'aurore*, Paris, Calmann-Lévy, 2015, 2019

La saga des Bories
I. *L'Orpheline du Bois des Loups*, Chicoutimi, Éditions JCL, 2002 ; Paris, Les Presses de la Cité, 2003
II. *La Demoiselle des Bories*, Chicoutimi, Éditions JCL, 2006 ; Paris, Les Presses de la Cité, 2006

La saga du lac Saint-Jean
I. *Le Scandale des eaux folles*, Chicoutimi, Éditions JCL, 2014 ; Paris, Calmann-Lévy, 2016
II. *Les Sortilèges du lac*, Chicoutimi, Éditions JCL, 2015 ; Paris, Calmann-Lévy, 2017

La saga de Faymoreau
I. *La Galerie des jalousies*, Chicoutimi, Éditions JCL, 2015 ; Paris, Calmann-Lévy, 2017
II. *La Galerie des jalousies*, Chicoutimi, Éditions JCL, 2016 ; Paris, Calmann-Lévy, 2017
III. *La Galerie des jalousies*, Paris, Calmann-Lévy, 2017

La saga d'Abigaël
Saison 1
I. *Abigaël, messagère des anges*, Chicoutimi, Éditions JCL, 2017 ; Paris, Calmann-Lévy, 2018
II. *Abigaël, messagère des anges*, Chicoutimi, Éditions JCL, 2017 ; Paris, Calmann-Lévy, 2018
III. *Abigaël, messagère des anges*, Chicoutimi, Éditions JCL, 2017 ; Paris, Calmann-Lévy, 2018
IV. *Abigaël, messagère des anges*, Paris, Calmann-Lévy, 2018
V. *Abigaël, messagère des anges*, Paris, Calmann-Lévy, 2018
VI. *Abigaël, messagère des anges*, Paris, Calmann-Lévy, 2018
Saison 2
I. *Abigaël, Les Voix du passé*, Paris, Calmann-Lévy, 2022
II. *Abigaël ou la Force du destin*, Paris, Calmann-Lévy, 2022
III. *Abigaël ou le Secret des anges*, Paris, Calmann-Lévy, 2022

La saga de l'orpheline de Manhattan

I. *L'Orpheline de Manhattan*, Paris, Calmann-Lévy, 2018
II. *Les Lumières de Broadway*, Paris, Calmann-Lévy, 2018
III. *Les Larmes de l'Hudson*, Paris, Calmann-Lévy, 2019

La saga de Lara

I. *La Ronde des soupçons*, Paris, Calmann-Lévy, 2020
II. *La Valse des suspects*, Paris, Calmann-Léyy, 2020
III. *La Danse macabre*, Paris, Calmann-Lévy, 2020

Le Mystère Soline

I. *Au-delà du temps*, Paris, Calmann-Lévy, 2021
II. *Le Vallon des loups*, Paris, Calmann-Lévy, 2021
III. *Un chalet sous la neige*, Paris, Calmann-Lévy, 2021

Le Château des secrets

I. *Le Rêve brisé*, Paris, Calmann-Lévy, 2023
II. *La Ballerine de l'ombre*, Paris, Calmann-Lévy, 2023
III. *Les Cœurs apaisés*, Paris, Calmanny-Lévy, 2023

Les enquêtes de Maud Delage

VOLUME I

1. *Du sang sous les collines*, Chicoutimi, Éditions JCL, 2012 ; Paris, Calmann-Lévy, 2021
2. *Un circuit explosif*, Chicoutimi, Éditions JCL, 2012 ; Paris, Calmann-Lévy, 2021

VOLUME II

1. *Les Croix de la pleine lune*, Chicoutimi, Éditions JCL, 2013 ; Paris, Calmann-Lévy, 2022
2. *Drame à Bouteville*, Chicoutimi, Éditions JCL, 2013 ; Paris, Calmann-Lévy, 2022

VOLUME III

1. *Cognac, un festival meurtrier*, Chicoutimi, Éditions JCL, 2013 ; Paris, Calmann-Lévy, 2023
2. *Vent de terreur sur Baignes*, Chicoutimi, Éditions JCL, 2013 ; Paris, Calmann-Lévy, 2023

VOLUME IV

1. *L'Enfant mystère des terres confolentaises*, Chicoutimi, Éditions JCL, 2013
2. *Maud sur les chemins de l'étrange*, Chicoutimi, Éditions JCL, 2013
3. *Nuits à haut risque*, Chicoutimi, Éditions JCL, 2013

Livres hors-série

L'Amour écorché, Chicoutimi, Éditions JCL, 2003 ; Paris, Calmann-Lévy, 2020

Le Chant de l'océan, Chicoutimi, Éditions JCL, 2004 ; Paris, Les Presses de la Cité, 2007

Les Enfants du Pas du Loup, Chicoutimi, Éditions JCL, 2004 ; Paris, Les Presses de la Cité, 2005

Le Refuge aux roses, Chicoutimi, Éditions JCL, 2005 ; Paris, L'Archipel, 2005 ; Paris, Calmann-Lévy, 2018

Le Val de l'espoir, Chicoutimi, Éditions JCL, 2007 ; Paris, Calmann-Lévy, 2016

Le Cachot de Hautefaille, Chicoutimi, Éditions JCL, 2009 ; Paris, Calmann-Lévy, 2019

Les Fiancés du Rhin, Chicoutimi, Éditions JCL, 2009 ; Paris, Calmann-Lévy, 2019

Les Amants du presbytère, Chicoutimi, Éditions JCL, 2015 ; Paris, Calmann-Lévy, 2017

Amélia, un cœur en exil, Paris, Calmann-Lévy, 2017

Astrid, la reine bien-aimée, Chicoutimi, Éditions JCL, 2017 ; Paris, Calmann-Lévy, 2019

Les Feux de Noël, Paris, Calmann-Lévy, 2020

Les Merveilles de Noël, Paris, Calmann-Lévy, 2023

Photocomposition PCA - Rezé

Achevé d'imprimer en février 2024
par CPI BRODARD & TAUPIN (72200 La Flèche)
pour le compte des Éditions Calmann-Lévy
21, rue du Montparnasse, 75006 Paris

PAPIER CERTIFIÉ

N° d'éditeur : 1174436/01
N° d'imprimeur : 3054917
Dépôt légal : février 2024
Imprimé en France.